ゴーストライター

キャロル・オコンネル

劇場の最前列に座っていた男は、暗闇のなかで喉を掻き切られて死んでいた。泥酔状態だったらしいその男は上演中の舞台「真鍮《しんちゅう》のベッド」の脚本家だった。駆けつけたニューヨーク市警ソーホー署の刑事マロリーとライカーは捜査を開始する。だが劇場の関係者は、俳優から劇場の“使い走り”に至るまで全員が、一筋縄ではいかない変人ぞろい。おまけに、ゴーストライターなる謎の人物が、日々勝手に脚本を書き換えているという。ゴーストライターの目的は？　殺人事件との関わりは？　氷の天使マロリーが、舞台の深い闇に切り込む。好評シリーズ。

登場人物

キャシー・マロリー……ニューヨーク市警ソーホー署巡査部長
ルイ・マーコヴィッツ……マロリーの里親。故人
ヘレン……ルイの妻。故人
ライカー……ソーホー署巡査部長。マロリーの相棒
チャールズ・バトラー……マロリーの友人。コンサルタント
ジャック・コフィー……ソーホー署警部補
ジェイノス……同、刑事
ヘラー……同、鑑識課長
クララ・ローマン……同、鑑識課員
エドワード・スロープ……検視局長。ルイ・マーコヴィッツの親友
ロビン・ダフィー……マーコヴィッツの旧友。元弁護士
デイヴィッド・カプラン……マーコヴィッツの旧友。ラビ
ハリー・デバーマン……ミッドタウン・ノース署の刑事
シリル・バックナー……舞台監督
ディッキー・ワイアット……演出家

ピーター・ベック……………………脚本家
アクセル・クレイボーン……………俳優
アルマ・サッター……………………女優
ホリス・リナルディ…………………俳優。フェリスとは双子
フェリス・リナルディ………………俳優。ホリスとは双子
ギル・プレストン……………………照明係
ナン・クーパー………………………衣装係
ジョー・ガーネット…………………舞台係
テッド・ランダル……………………舞台係
バグジー（アラン・レインズ）……劇場の〝使い走り〟
バーニー・セイルズ…………………警備員
レオナード・クリッペン……………劇評家
ゴーストライター……………………脚本を書き換える謎の人物
ミセス・マコーミック………………芝居の初日に死んだ観客
ジェイムズ・ハーパー………………ネブラスカ州の保安官

ゴーストライター

キャロル・オコンネル

務 台 夏 子 訳

創元推理文庫

IT HAPPENS IN THE DARK

by

Carol O'Connell

This book is published in Japan
by TOKYO SOGENSHA Co., Ltd.
Japanese translation rights arranged with G. P. Putnam's Sons,
an imprint of Penguin Publishing Group,
a division of Penguin Random House LLC
through Tuttle-Mori Agency, Inc., Tokyo

ゴーストライター

写真のような記憶

わたしは一枚の白黒写真を持っている。写っているのは四人の子供、場所は天国《パラダイス》のビーチだ。ロバート・ルイス・スティーヴンソン作『宝島』の舞台であるパン島のことを、彼らはそう記憶していた。

背景にはヤシの木々があり、子供たちは水着姿だ。マリオンは笑みをたたえ、流木にすわって、妹のマーサを抱きかかえている。ノーマンはこのふたりのうしろに立っている。彼はいちばん上の子、きまじめな性格だ。前にいるのは、小さなジョージ。この子は、いつも下手くそなジョークを言うのだけれど、それでもちゃんと笑いをとれる。

完璧な日。スナップ写真に写る天国。

後に、一家はオレンジの果樹園を火事で失い、彼らの父親はボストンに帰る旅費を稼ぐためにサトウキビ工場で働くことになる。故郷への船旅のあいだに、子供たちは知っていたスペイン語を全部忘れてしまう。彼らの前途にはまだ、世界大戦、軍服、銃や結婚式、米軍慰問協会のダンスパーティー、ジャズとジルバ、活気ある刺激的な時代、実に生き生きした時代がある。原子爆弾が落ち、キノコ雲が広がる。彼らの家族は、さらにいくつかの戦争、テクノロジー革命や社会の変革、結婚式、葬式、たくさんの洗礼式を経て、増えていき、それとともに、四人の子供たちは歴史のなか、兄弟姉妹のなかを進んでいく。

写真のあのビーチの子供たちのひとり、マーサ・オールセンがこの九月に亡くなった。彼女はわたしのおばだ。彼女が最後のひとりだった。みんな逝ってしまった。

実社会への感謝とお詫び

本書のなかでは低く見られていますが、マンハッタンのミッドタウン・ノース警察は実はとても優秀で、劇場地区でのその働きにより、トニー賞まで受賞しています。それに、地元の労働組合も、自分たちはアーティストや職人をきちんと護っている、と言いたいでしょう。その点では、わたしより彼らのほうがずっと上です。組合員がこんなふうに殺されることはめったに――というより絶対に――ないのです。

第一章

ロロ　ブレイクの言葉を借りれば、「満たされていない欲望をなだめるくらいなら、揺りかごの幼児を絞め殺すほうがまし」ってわけだ。（スーザンのほうを向く）ああ……ごめんよ。不安になったかな？

「真鍮《しんちゅう》のベッド」第一幕

劇場地区は冬の嵐を理由に閉鎖されたりはしない。不夜街《グレート・ホワイトウエイ》（ブロードウエイの俗称）の東も西も、街は電気に満たされていた。まぶしい照明とネオンサインの輝きが、コメディーやドラマ、ダンスや歌を宣伝している。歩道のあちこちで、チケットを持つ人々がミトンや手袋で目をかばいつつ、劇場入口のド派手なひさしを眺めている。

ピーター・ベックのむきだしの両手は、ポケットに突っこまれていた。それに、頭を垂れた彼には、路面しか見えていない。彼のスカーフはさながらごわつく氷のひも。刺すような雪から身を護るには、お粗末な防寒具だ。でもそれは、この脚本家の口の動きを隠すのに役立っていた。彼の声は低く、通行人に充分な警告を与えているとは言いがたい。もし彼の顔が見えたなら、他の歩行者たちはぶつぶつぶやくこの男からそれ相応の距離を取っただろう。彼は怒ったり悲嘆に暮れたりを繰り返していた。

ウールの帽子が頭皮からむしりとられた。彼は振り返って、宙を舞う帽子を眺めた。それは、四十九番ストリートとブロードウェイの角へと向かい、街灯柱を越えて飛んでいった。彼は裸の手を掲げた。かじかんだ指を丸め、拳《こぶし》を作ろうとして。「風の盗っ人野郎め！」

彼のその他の敵は、劇団員全員だ。

彼はすでに泣きやんでいたが、涙は乾いていなかった。それは凍りついていた。ぶつぶつつぶやき、震えながら、ピーターは劇場の正面口を通り過ぎた。その入口だと、列に並んで待てと言われる可能性が高い。さらに歩道を進んでいき、楽屋口で立ち止まったが、ここで彼は考え直した。恥をかくのはごめんだ。警備員は身分証の呈示を求めるかもしれない。そして、合格者のリストに名前がなかったら、たぶん彼を却下するだろう。

角をひとつ曲がり、さらにもうひとつ曲がって、袋小路に入ったとき、風は背後から吹いていた。それは、避難梯子《ばしご》やゴミ容器の並ぶ狭い路地へと流れこみ、そのどんづまりにある裏口まで彼を吹き飛ばした。そしてそこには、彼が回避したかったいまいましい警備員がいた。三角帽子のその見知らぬ男は、ガラスのケージに囲われた電球の下で背中を丸め、タバコを吸っていた。

こいつはおれを止めるだろうか？　まあ、やってみればいい。

ドアノブに手を伸ばしたとき、ピーターは気づいた。咎《とが》められはしないだろう。警備員には彼が見えないのだ。彼はせいぜい、どうでもいいやつとしかみなされていない。それと、もうひとつ別の言いかたがあったっけ。女どもが男を去勢するのに使うあの言葉——無害ってのが。

だがな、今夜はちがうぞ！

最後の幕のあと、出演者から下働きまで全劇団員が、彼の前に額《ぬか》づき、パンツを濡らし、這って逃げていくだろう。

なかに入ると、ドアは背後でバタンと閉まった。ピーターの指、ロブスターみたいに赤いやつが、オーバーのボタンを不器用にいじくる。書割のほうへと進んでいくとき、舞台裏の明かりはちかちかしていた。どうやら配線の問題はまだ解決していないらしい。上を見あげると、あの若い照明係がキャットウォークの梯子を下りてくるところだった。足のでかい、棒切れみたいに長っぽそいそいつは、舞台袖にいたニキビ面の舞台係と並んで立った。ふたりとも、濡れた黒いウールにくるまった哀しい男には会釈すらしなかった。

仮に彼が素っ裸だったとしても、連中は彼に気づいたそぶりを見せなかっただろう。

雪片がピーターの肩や、帽子なし、ほぼ毛もなしの頭の上で解けていく。スカーフをほどき、歩きながら、彼は舞台監督のデスクのうしろの壁の黒板に目をやった。

その足が止まった。

そして心臓も止まった——

一拍——

二拍――

黒板にはブロック体の白い文字で、台詞《せりふ》の新たな変更の指示が書かれていた。初日の夜はもう過ぎている。それでもなおこの芝居は、見えない手、チョークを振るう幽霊、〝ゴーストライター〟という言葉に新たな意味を与えた何者かにより、進化しつづけているのだ。

脚本家はゲップをした。しゃっくりがそれにつづいた。床が傾き、ぐるぐる回った。

何時間か前、ピーター・ベックは泥酔状態で自宅アパートメントをあとにした。そしてその後、自宅からこの劇場までのあいだに、二軒の異なるバーで手袋を両方ともなくしている。体が横に傾き、危なく転びかけたとき、彼は声を耳にした。「開演三十分前！」一歩ごとに前に倒れそうになりながら、ピーターはよろよろと短い階段を下りていき、お客が入ってくる前に自分の席を見つけようとした――

ロビーのドアが大きく開かれた。人々が通路を進んでくる。

ピーターは自分の指定席の座席カードを見つけた。最前列。ただし、最前列中央ではない。どこぞのごますり屋の差配により、彼は脇に払いのけられ、壁のほうに追いやられていた。さらに、隣の三席にも座席カードが載っており、それらは脚本家の招待客の席となっている。もっとも、彼は誰も招いていないのだが。

重たいコートを脱ぐ元気もなく、最後の幕のために力を蓄えておこうと、彼はすわって眠りこんだ。ときおり、その潤《うる》んだ目が開いて、夜の断片をとらえた。最前列は、彼の右隣まで埋まっていた。左手の招待席三席は空っぽで、彼が友達のいない男であることを宣伝している。

そう、確かに出演者とスタッフに彼の友はいない。彼は初日に顔を出さなかった。なのに、あの野郎どもは誰ひとり、彼に電話をしようとは思わなかったのだ。本来なら、彼が大丈夫かどうか――みんなのために最後の退場を果たし、どこかの高い窓から飛びおりるか何かしたのではないか、訊ねるべきだろうに。

まどろみから目覚め、彼はゆっくり頭をめぐらせて、観客数を数えた。昨夜、この芝居を見に来た唯一の劇評家によれば、初日のお客は、千人以上収容可能なこのスペースに二十人とごくわずかだった。もっとも、悪天候、演目の看板なし、宣伝なし、という条件で、この動員数は悪くない。ああ、でもヘラルド紙のあの風変わりな劇評のおかげで、今夜はお客が増えている。少なくとも七十人が、横殴りの風と雪のこの二夜目に果敢に挑んでいた。彼らは中央の列にかたまっており、その全員が彼よりもよく舞台が見える位置にいた。

客席の照明が暗くなる。幕が開いた。ピーターのまぶたが下がり、やがて閉じた。笑い声がきれぎれに彼を目覚めさせるなか、第一幕が終盤へと近づいていく。そして、客席からの悲鳴で彼は完全に覚醒した。俳優が野球のバットを振るったのだ。

バット？　このくだりはいつ加えられたんだ？

照明が落ちた。すべての照明が。不可解にも、非常口の赤い表示までもが消えている。ピーターは分厚いウールのコートのなかで汗をかいていた。首のひきつり、さっと走った鋭い痛みを解消しようと、彼は頭を動かした。シャツの襟はぐっしょり濡れていたが、体のなかは妙にふわふわしており、心はどこかよその場所を漂っていた。聞こえるのは、何か小さなものが床に落ちた音だけだ。そしていま、暗闇と同じく、静けさも完全になった。

舞台照明が点いた。今回、悲鳴をあげたのは、ピーターの右隣の女だけだったが、彼女が見ているのは舞台ではなかった。彼女はピーターに向かって金切り声をあげていた。彼は女に顔を向け、ゴロゴロと喉を鳴らしてこれに応えた。その顎ががくりと胸に落ちた。

舞台上でふたりの俳優が禁を犯し、それぞれ役から抜け出して、目に見えない第四の壁に顔を向けた。客席をじっと見つめた彼らは、最前列の席にぐったりすわっている脚本家の血まみれの死体を目にした。一方の役者がもう一方に言った。「ああ、くそ。またかい」

第二章

ロロ　鍵がかかってるんだよ。弟たちはめったにこの部屋の窓を開けない。ハエどもが外に出てしまうのが心配なんだ。

「真鍮《しんちゅう》のベッド」第一幕

重大犯罪課のその男はすべての小道具をそなえていた。年配者のごま塩頭、人目を引く金バッジ、まぶたの垂れさがった目。その目は今夜、彼が出会うあらゆる者にこう告げている――**おれは銃を持っている。怒らせるなよ**。それでも彼は、ロビーを通り抜けるのに群衆を押しのけて進まねばならなかった。客席にいた人々はみなそこで、制服警官たちの聴取に応じている。残念ながら、ライカー刑事は今夜、酒を控えており、姪の結婚披露宴で二杯、飲んだだけだった。それではとても、どこかの芝居好きが食らわしてくる腎臓《じんぞう》へのエルボーに鈍感にはなれない。

ライカーより小柄で、年齢は半分の男が、すぐうしろからついてきて、喧噪に負けじと声を張りあげている。男は、この劇団の〝使い走り〟を名乗った。「これをやったり、あれをやったり。どんなご要望にも応えます」もっと正式な名は〝バグジー〟だ、と彼は言った。「――

やいやい言って、人をうるさく悩ますもんで（バグジーには、虫、黴菌、いらいらさせるもの、等の意味がある）」それから、こう付け加えた。「マロリー刑事はもう到着しています。地元の警官たちより早く着いたんですよ」

　もちろん、そうだろう。アッパー・ウェストサイドに住む彼女は、四十ブロックのハンデがありながら、そのレースに勝ったのだ。自動車狂。マンハッタンを走るスピードにおいて、救急車や消防車がマロリーと張り合えたらいいのに！　ライカーには自分の車がない。飲むか乗るかという簡単な選択を迫られ、運転免許はとうの昔に失効させている。だからこっちにもどるとき、彼は結婚式の別の出席者にシティまで乗せていってくれとたのみこんだ。相棒よりものろいドライバー、凍った道と人の命に気を配る人物に。

　刑事は客席へのドアを通り抜けた。すると、空間がいきなり広がり、視界が大きく開けた。何もかもがテクニカラーで飾り立てられている。豪華なレッドカーペットの通路の半ば、頭上に差し掛かる二階席が切れたところで、ライカーは天井を見あげた。そこにはダンサーたちが描かれていた。脚を蹴りあげるジャズ・ベイビーズ。その絵は、壁一面に貼りつけられたギリシャの壺の飾りと妙に調和している。列をなす赤いベルベットの椅子は、無数の凝った燭台《しょくだい》の明かりに照らされていた。ライカーはブロードウェイ好きの警官ではない。観劇の経験と言えば、ほとんどハリウッド映画の鑑賞ばかりというタイプだ。そしていま、彼は、自分が生まれる前に作られた古い映画のなかを歩き回っている。〝絢爛《けんらん》豪華〟などという言葉を口にする気はない。だが、それはまさにここにあった。

　そして彼女もそこにいた。

赤い幕に囲われて、彼の若い相棒キャシー・マロリーがステージ中央に身じろぎもせず立っている。情け容赦ない単一の照明のもと、彼女は厚紙の切り抜きのように平べったく見えた。だがこのとき、複数の照明が彼女に当てられた。四方八方から降り注がれるその光は、ブロンドの巻き毛に光輪にも似た不思議な輝きを与え、猫のような高い頬骨を浮き立たせ、すらりと伸びた長躯に丸みをつけて——彼女を生き返らせた。

ライカー刑事は思わず笑みを浮かべた。

誰だか知らないが、今夜の舞台照明の担当者は、マロリーに恋をしているわけだ。

彼女の横には、太鼓腹のミッドタウンの刑事、ハリー・デバーマンが立っていた。彼は手を振り回し、何かわめきたてている。こちらは照明係に愛されてはいないと見え、暗闇のなかにいた。それにマロリーも地元の署から来たこの男を無視していた。実は彼女のほうこそ、この管区では侵入者なのだが。

ライカーは案内係に従って通路の果てまで進んだ。この使い走りは機敏だが、スプリンターではなく、ちょこまか駆け回るタイプだった。何年も後に刑事がこの若者を思い出すとき、もつれあう砂色の髪や異様なまでにきらきらしている青い目が頭に浮かぶことはない。ライカーがイメージするのは常に、ぴくぴく動く長いひげと尻尾《しっぽ》をつけたバグジーなのだ。

遺体までの道案内は不要だった。そこには、検視局のチームと鑑識課の課員らが集まっていたからだ。あの地元の刑事、ミッドタウン・ノース署のやつがステージから下りてきて、この小集団のそばに立った。彼はズボンを引っ張りあげ、両手を広げて叫んだ。「さあ、ショーを進めよう！　仕事にかかるんだ、みんな！」

誰ひとりハリー・デバーマンには従わなかった。彼らのなかに動く者はいない。みんなマロリーを見あげただけだ。彼女はスポットライトの威光のなかに立っている。腕組みをし、目に入るものすべてを支配して。もしベストドレッサー投票があれば、その票も彼女に集まったにちがいない。カシミアのブレザーはオーダーメイド、高級なジーンズまでもが特注の品なのだから。〝歩く金《かね》〟という彼女のドレスコードは、周囲の全員にこう告げている――注目！　そして彼らはこれに従った。下にいる観客、公僕の給料に見合うみすぼらしい身なりの連中は、彼女のゴーサインを待っている。遺体を袋に入れ、現場を――彼女の現場を処理する許可を。

相棒のために、マロリーはピーター・ベックの血みどろの遺体の搬出を丸一時間、止めていたのだ。

なんて優しい。なんて親切な。

ライカーは禿げ頭の死人がすわる席の前にしゃがみこんだ。男はたぶん四十代、もっと若いかもしれない。それはなんとなく未完成な印象を与える顔だった。唇はほとんどなく、鉛筆で引いた口の線という感じ。鼻は小さく、まるでその主《ぬし》の成長についていけなかった子供の鼻だった。黒いウールのコートは前が開いており、喉の傷の出血でぐっしょり濡れたシャツの胸がむきだしになっている。男の足もとの床には、古めかしい直線刃の剃刀《かみそり》があった。そして、遺体からは都合よくぷんぷん酒のにおいがした――長く深いカットに備えた、液体による景気づけだ。

それで、うまいこと切れたのか？

デバーマンが身をかがめて、耳もとで言った。「あんたら、おれの縄張りで何してるんだよ？　あんたの相棒はなんにも言おうとしないんだが」

いまのところライカーも、自分の班がなぜ呼ばれたのか、まるでわかっていない。だから彼は肩をすくめた。「おれは蹴飛ばされた先に行くだけさ。言われたことをやるだけだよ」

ハリー・デバーマンはしゃがみこんで、床の上の血まみれの凶器を指さした。「おそらくだが――あれは死んだ男の持ち物だ。劇団の連中によると、このふぬけ野郎は折りたたみ式の剃刀でひげを剃るのを自慢にしてたらしい。この件はこっちでやる……もう行っていいぞ」

喉の裂傷《れっしょう》は、右側から斜め下へと向かっている。

「この男と知り合いだって言ってたね」ライカーは視線を上げ、バグジーがうなずくのを確認した。「彼は左利きだったのかな？」

「ああ、そうとも」デバーマンが〝使い走り〟の代わりに答えた。「傷の角度は左利きに整合する。ほら、においを嗅いでみな。酒臭いだろう？　こいつはこれをやるためにしこたま飲んだわけだよ。だからあんたらはここには用がない。どう見てもこれは自殺だ」

「殺人よ」マロリーが野次を飛ばすように言った。

ミッドタウン・ノース署の刑事は、弾かれたように立ちあがり、くるりと振り返った。マロリーは彼の知らぬ間に、ステージから下りてきて、背後に忍び寄っていたのだ。仮に彼女の接近に気づくチャンスがあったとしても、今度は吊りあがった切れ長なその目が相手をぎくりとさせる。それは異様に鮮やかな緑色をしているから。もしも機械に目があったら、きっと——

マロリーは死体に目をやった。「デバーマンは、ばらの鍵を一本、死体のコートのポケットから抜き取った。左利きの男の右のポケットから」地元の刑事に向き直り、彼女は言った。「わたしが気づかないとでも思った？」

「鍵が一本か」ライカーはラテックスの手袋をぴしゃりとはめて、死体の冬のコートの下をさぐった。ズボンのポケットに手をやると、そこにはふくらみがあった。キーホルダーの固い縁の感触が。ニューヨーク・シティでは、家の鍵のほとんどが五本単位で持ち運ばれる。郵便受けの鍵、建物の入口の鍵、そしてさらに、戸締りの厳重なこの町の平均的な住居を護る本締めボルトの鍵が三本。これでますます、オーバーのばらの鍵が興味深くなってきた。ライカーは立ちあがって、手を差し出した。「寄越しな」

苦虫を噛みつぶすための数秒の後、ハリー・デバーマンは一本だけ鍵の入った証拠袋を引き渡した。他にも何か盗んでいないか訊かれる前に、彼はじりじりと後退し、検視局や鑑識課のスタッフの向こうへと消えた。通路を逃げていきながら、デバーマンはもっと差し迫った用事があるふりをして、腕時計に二度、目をやった。

「急ぎなさいよ」マロリーは言った。その声は小さかったし、去っていく刑事はすでに声の届かないところにいたのだが。

「うまくやったな」手袋を脱ぎながら、ライカーはうしろに退《さ》がって、床の上の血だらけの凶器を見つめた。「しかしここに殺人の要素はない。あの剃刀がこいつのものと判明したならな」

マロリーは握った手を掲げ、二十ドル札の角の部分を彼に見せた。「あの鍵は仕込まれたのよ。コートのポケットは犯人の手の届く唯一のポケットだったの」

「賭けはやらんよ」ライカーは言った。ピーター・ベックの黒いオーバーは、それを着て寝たかのように皺《しわ》くちゃだった。そのポケットの一方は、左腿の下敷きになっている。それに、どれほど器用な殺人者でも、ぴっちりフィットしたズボンのポケットには手が届かなかったろう。彼は、法廷証拠としてのその重みを量るように、証拠袋の鍵を手の上で弾ませた。この話にはまだ何か裏があるはずだ。一方の眉を上げるだけで、彼は相棒にこう伝えた。**わかってるぞ。何かおれに隠してるだろ。**

マロリーは検視局の職員にうなずいた。遺体のサイズのジッパー付きの長い袋を持ったやつに。死体さらいと証拠集め屋が死者にどっと押し寄せるなか、彼女はライカーの腕に手をからませ、彼を脇に連れていくと、そこで賭け金を差し出した。「わたしの考えはこうよ。そのばらの鍵は被害者宅の玄関のドアに合う。そして、剃刀は実際、彼のものである。だから、これは殺人ってことになるの」

謎めかしやがって。

ライカーは首を振った。餌に食いつく元気はない。「しかし、なんだっておれたちが呼ばれたんだ?」この種の事件が重大犯罪課の注意を引くことはめったにない。彼らの班が好むのは、死体の数がもっと多いやつなのだ。「お・れ・の考えはこうだ……この件は管区の警察に任せよう」

彼はほほえんだ。彼女はほほえまなかった。

「まあ、他にも何かあるってなら別だがね」ライカーの笑みが少し大きくなった。これはシグナルだ。彼女は二十ドルをしまい、さっさと秘密を明かさねばならない。念を押すべく、彼は腕時計に目をやった。「何もこんな事件のために時間を無駄にすることは――」

「この芝居は昨夜が初日だったの」マロリーが言った。「ところが、第二幕の前に、公演は中断された。そして、客席には市議会議員がひとりいた。で、彼は今夜、つづきを見に来たわけ。すると、またしても中断。そこで議員は友人に電話した――よき友に。議員は市警長官の自宅の電話番号を知っていたのね。そしてビール長官は議員に賛成した。死体が二体――一公演に一体ずつ――これはちょっと多すぎる」

「それでビールが重大犯罪課に電話を寄越したわけか」つまり、相棒が地元警察より先に現場に着いたのは、無謀運転のおかげばかりじゃなかったのだ。これで、ミッドタウンの刑事があれほどこの事件をほしがったわけもわかった。ハリー・デバーマンみたいな凡庸な刑事にとって、これは出世につながる恰好の事件なのだ。

おもしろくなってきたぞ。

肩をたたかれ、ライカーは振り返った。そこには、黒っぽい長い髪の若い男がいた。マイク付きのヘッドセットとクリップボードがなかったら、この民間人は一八〇〇年代の写真から抜け出てきたかに見えただろう。シャツには古風な襟が付いており、首には紐タイが巻かれている。足もとに目をやれば、そこには先の尖ったウェスタンブーツがあるにちがいない。**ほら、やっぱり。**この男は見てくれがよく、映画スターの美しい歯をそなえていた。しかし彼は、舞台監督のシリル・バックナーと名乗った。

都会のカウボーイはマロリーに向き直った。「あなたのお考えはまちがっていると思いますよ――」

「ずっとあなたをさがしていたのよ」マロリーは言った。「この一時間、どこに行っていたんです？」

「観客といっしょにロビーで拘束されていたんです」たったいま警官たちから解放され、彼女のもとに行くよう指示されたのだ、と彼は説明した。立ち聞きしたことを詫びたあと、シリル・バックナーはつづけた。「これはまちがいなく自殺です。初日の事件のほうはと言えば――あれは数に入りませんし」

ライカーは言った。「ほう？」

「昨夜、死んだ女性は、心臓発作でしたからね」舞台監督は新聞の折りたたまれた一ページをクリップボードからはずした。「このすごい批評が出たのは、そのおかげなんですよ」太字の見出しがふたりに見えるよう、彼は紙面を掲げた。死ぬほど見たい芝居。「劇評家が論評しているのは、最初の三十分だけです。そこで女性がぶっ倒れ、警察が公演を中断させたものですから。そして、今夜もまた、われわれは一幕から先に進めなかったわけです」

眼鏡がいらないほうの刑事、マロリーは、バックナーの手から劇評をひったくった。コラムにざっと目を通すと、彼女はほほえんだ。一件目のこの自然死にいささかも動じることなく。「昨夜死んだ女性も、最前列にすわっていた……彼女も、八時三十分に死んだのよ」マロリーはわずかに顎を上げ、あなたはそういう偶然を信じるタイプなのかと無言で相棒に問いかけた。

いいや、彼はそのタイプではない。

ロビーのドアがさっと開いて、若い警官が通路を走ってきた。彼は叫んだ。「全員の聴取が終わりました！」ホームベースにすべりこむ少年よろしく大仰に両手を上げて、彼はマロリーの横に来て止まった。「死んだ男のうしろには誰もすわっていませんでした。隣の席には女性がいましたが。この人の髪には血が付着していました。でも、何ひとつ見てないそうですよ。つまり、照明がつくまでは、ですね。会場は真っ暗だったんです。たぶん一分くらいかな」

マロリーはゆっくりと頭をめぐらせ、〝みんなの使い走り〟とされる小柄な男にぴたりと目を据えた。バグジーは歩いている途中で凍りついた。マロリーは彼に呼びかけた。「照明係はどこ？　彼を連れてきて！」

ライカーが到着するまでの一時間のあいだに、〝使い走り〟はマロリーのことを充分に知り、命令されたら命がけで走るようになっていた。彼の脚は短かったが、ステージへ駆けあがるそのスピードは光の速さだった。フットライトの向こう側に着くと、彼は思い切り首をそらせ、真上を見あげて叫んだ。「ギル、下りてこい！　彼女が呼んでる！」名前を出すまでもない。彼が言っているのは明らかに〝あのおっかない彼女〟のことなのだ。

ステージの上のどこか高いところから、誰かが取り落とした紙が数枚、ひらひら舞い落ちてきた。どうやらマロリーは照明係の心もかき乱すらしい。遠くから梯子《はしご》の段をパタパタと踏む音がしたあと、背の高い若者、ジーンズにスウェットシャツという格好の、シャベル足のうどの大木がステージ上に現れた。彼には——その大きな目には——マロリーしか見えていない。

　マロリーは、側面の壁の下に並んでいる小さな電球を指さした。それらは、出口の表示の赤いライトへとつづいている。「客席の照明が落ちてるとき、あの非常用のライトはどれくらいの明るさなの？」

「じょ、じょ、上演中、お客さんに出口がわかる程度の明るさです」ギルは言った。「第一幕の終盤は別ですけど——暗転のキューが出るんで。全部の照明が四十秒間、消えたんです。ロビーの照明も。非常口のマークもです」

　舞台監督がどなった。「そりゃあ消防法違反だぞ！　おまえ、いったい何を——」

「ぼくは監督の指示に従っただけですからね」ギルは四つん這いになって、ステージ上に散らばった紙を必死で調べて回った。なかの一枚をつかみあげると、彼は白旗よろしくそれを振った。「ほら！　自分で見てくださいよ。監督は照明へのキューを追加したんだ——」

「いいや」シリル・バックナーは言った。「ぼくは照明へのキューに変更など加えていない」

「それじゃ、あのライトは昨夜はずっと点いていたわけね」マロリーが言った。「でも今夜はちがった」彼女は舞台監督に向き合い、嘘をついてみろと挑んだ。「そんな変更、他の誰が加えるっていうの？」

「ゴーストライターです」

　舞台裏には木の階段があり、それはロフトへとつづいていた。手すりのあるその通路の片側には楽屋が並んでいる。マロリーは鍵のかかったそれらのドアの向こうに何があるのか、見たくてたまらなかった。しかし、鑑識課の現場主任は急病のため連れ去られてしまったし、課員たちはまだ捜索と押収の法を犯す気になっていない。

あとで説得しよう。

彼女は〝使い走り〟と並んで舞台袖に立った。袖に置かれたシリル・バックナーのデスクからは、書割のなかの開いたドアを通してステージが見える。しかしマロリーが顔を向けたのは、反対の方向だ。彼女は、書割より頑丈な煉瓦《れんが》の壁に留められた大きな黒板の文字を読んだ。

「あの黒板はすごく古いものでね」バグジーが言った。「ずっと昔からあそこにあるんですよ。あれを使うのはゴーストライターだけです。彼はそうやってわたしらと話をするんです」

「変更シートなんぞ使ったためしがないんですからね」シリル・バックナーが制服姿の護衛に伴われ、会話に入ってきた。彼は黒板のメッセージに顔を向けた。「ああ、くそ！　ほら、これは新しい書きこみですよ」舞台監督は携帯電話の画像をつぎつぎフリックしていき、今夜、いまあるものの前に書かれていたメッセージを刑事に見せた。

マロリーがその携帯を没収して、待っていた警官にうなずくと、舞台監督は連れ去られた。バグジーはそこに残った。まるで引き綱でつながれているかのように、彼はマロリーのそばを離れない。この小男はいまや彼女の子分なのだ。

黒板に背を向け、刑事は書割のドアの向こうを眺めた。真鍮のベッド、テーブル、車椅子。それら舞台の家具のなかで、鑑識課員らがそれぞれ×印のテープの上に立っている。彼らは俳優たちの代役を務め、最前列で脚本家の遺体が発見された瞬間を再現しているところだ。出演者とスタッフは、警官たちの監視のもと、広大な観客席に閉じこめられている。だが、なかのひとりが一時《いっとき》そこから抜け出したのは確かだ。劇場内は警官や鑑識課員の出入りでざわついている。しかし彼らのなかに、黒板に板書する脱走者に気づく者はなかった。

「チョークを使うのはその幽霊だけなんですよ」バグジーが言った。「舞台監督はコンピューターを使うんでね」彼はデスクの引き出しの鍵を開け、ノートパソコンを持ちあげて、プリントアウトの束を見せた。「ほら見て。稽古《けいこ》のメモ、照明へのキュー、台詞《せりふ》の変更。わたしがそれを楽屋口のそばの告知板に張り出すんですよ」

ライカーはこの話を少しは聴いているんだろうか？　いや、聴いちゃいない。

冬のコートを脱ぎ捨て、彼女の相棒はデスクの端に尻を乗せた。黒板のその言葉などすぐに読めてしまうのに、彼はそれをいつまでも見つめている。そして、マロリーのほうは彼のスーツを見つめた。そこには皺もしみもない。通常、彼がドライクリーニングにたよるのは、そのすり切れた服を捨てる時機もはるかに過ぎてからなのだが。新品のスーツ？　この非常手段に値するのは、身内の結婚式だけだろう。葬儀に関しては、彼はもっといい加減だ。今夜、彼女は招かれなかった。たぶんそういう席には絶対、顔を出さないからだろうけれど。でも、彼はいつ、わたしを誘うことに嫌気が差したんだろう？

「これを見て」マロリーは舞台監督の携帯を掲げ、相棒にブロック体の白いチョークの文字が映る小さな画像を見せた。「ゴーストライターはピーター・ベックの芝居を書き換えていたのよ」

ライカーは人前では眼鏡をかけない。だから彼はうなずいただけで、正面にある実物の黒板から不自由なその目を離さなかった。

バグジーがマロリーに身を寄せ、小さな画面の黒板の写真を見つめた。「ああ、それは幽霊の書き換えた第二幕の台詞ですね」

そのチョークの書きこみは、その後、消されて、いまはこんなメッセージに書き換えられている。**こんばんは、マロリー刑事。あなたは実に刺激的な人だ。お許しください、女神《ミューズ》よ。確かに残酷ですが、その美しい首は失われねばなりません。ああ、わたしの行う数々の残虐行為。これもみな芸術のためなのです。**

「えらく堅苦しいよな」ライカーが言った。「初デートにしてもさ」

第三章

スーザン　背骨の怪我？
ロロ　ぼくが不注意だったのさ……血溜まりで足をすべらせたんだ。いたるところ血だらけだったから。

「真鍮《しんちゆう》のベッド」第一幕

クララ・ローマンは、鑑識員の白いオーバーオールの上にはおったコートのボタンをかけながら、ステージ上を歩いてきた。天井の照明がひょろりと背の高いこの女の渋面に注がれ、その皺《しわ》は普段以上に濃くなっている。彼女には灰色の髪とそれなりの地位がある。鑑識課の長のワンランク下に位置する彼女は、通常、デスクから夜の勤務を指揮しており、現場に乗りこむことはめったにない。今夜は例外。これはもともといた現場主任の急性虫垂炎《ちゆうすいえん》のせいなのだ。だから彼女は劇場への到着が遅れ――マロリーが鑑識課員たちにあれこれ指示しているのを見て大いに驚いた。これは容認しがたいことだ。

恐るべき手際のよさで、ローマンはこの一時間、部下たちに鞭を振るい、袋に証拠を収めてはつぎつぎに進む競争をさせてきた。そしていま、彼女は殺人担当の刑事ふたりに、自分の部下たちは今夜よそでも仕事があるのだと伝えた。「――だから、質問は手短に」彼女は大きなグラフ用紙をステージ中央の真鍮のベッドの上に広げた。

鑑識員たちは、一階の事件現場に当たるエリアの見取り図を作っていた。そこには、立入禁止の楽屋への階段も記されていた。出入口や大きな設備もだ。しかしライカーの興味の的は、イニシャルの署名が入ったいくつもの×印だけだった。それらは、ピーター・ベックが暗闇のなかで殺されていた四十秒間、出演者とスタッフのいた位置を示している。

これまでのところ、鑑識員らへの供述のクロスチェックとして、あの重要な質問――〝照明が消えたとき、あなたはどこにいましたか〟――がされたとき、嘘がばれた者はいない。

ローマンは、舞台係ふたりがイニシャルで署名した×印を軽くたたいた。「この子たちは除外した。彼らは暗転のとき小道具や家具を動かしていたの。同じことをやらせてわたしがタイムを計ったけどね、その作業を行い、なおかつ、客席で人を殺す時間はなかった」

容疑者を除外するしないは、彼女が決めることではない。しかしライカーは親にきちんと礼儀作法を教わっている。自分より白髪の多い女性と口喧嘩をする気はなかった。「目撃者からは何がつかめますかね。ほら、例の、ピーター・ベックの隣にすわってたご婦人ですが？」

「彼女には剃刀《かみそり》から飛んだ血飛沫《しぶき》がかかっていた。喉を裂いた犯人が彼女なら、飛沫の形状はああはならない。あの人は家に帰しなさい」それは誤解しようのない命令の口調だった。刑事たちがローマンの子分であるかのような。

そんなわけはない。

ライカーの相棒はこれをやり過ごしそうに見えた。いや、まさか。それは彼の希望的観測だ。彼女はほほえんだ。ほんの一瞬の閃《ひらめ》き。来るべきものの小さな前触れ。ライカーは彼女を哀願の目でちらりと見た。行儀よくしろよ。たのむから。

鑑識課の指揮官は、もう行くから、とばかりにウールの手袋をはめた。するとマロリーが礼儀正しく訊ねた。「犯人にはどれくらい血がかかったでしょう?」

「ほんの数滴、または、まったくかからなかったかね。傷の角度から見て、犯人はベックの左側にすわっていた。そこから彼の向こうに手を伸ばして喉を切り裂いたの。被害者の体が、血が飛ぶのを防いだはずよ」ローマンの手袋の手が見取り図の上にさっと斜めの線を描いた。「傷は斜め下に向かっていて、喉は半分切れていた——自殺ならそういう傷にはならない。だからあれは殺人よ」つまり、ローマンの時間も完全に無駄になってはいないということだ。

しかしライカーは過去に山ほど下手くそな自殺を見てきた。それに、殺人かどうか判断するのは、検視官の仕事であって、ローマンの仕事ではない。

「目撃者は被害者の右にすわっていた」ローマンは死亡者がいた席の左の三席を丸で囲った。「その女性によると、彼女がすわったとき、これらの席には誰もいなかった——暗転のあとも空席だったそうよ」

「そして女性は、その三つの席に載っていた座席カード、、、のことに触れている」マロリーが言った。ただ力になろうとして——少しばかり尊大に。

クララ・ローマンの鉛筆の先が見取り図にブスッと穴を穿《うが》った。考えられるこの意味はただひとつ――ああ、くそ！――彼女の部下たちが何か見落としたということだ。連中は座席カードをさがしもしなかったんじゃないか？

相棒に戦いを始める暇《いとま》を与えず、ライカーは訊ねた。「それで、ホシはどこから入ってきたんですかね？」彼は見取り図に向かってかがみこみ、案内係の責任者とチケット係がイニシャルで署名した×印を指さした。「このふたりはお互いのアリバイになっている。こいつらはロビーでいちゃついてたんだ」見てくれに関する唯一のこだわりを一時《いっとき》捨てて、ライカーはさっと眼鏡をかけ、その後すばやくポケットにしまった。彼の指が衣装係と警備員を示す×印へと下りた。「このふたつのマークはちょっとだけ位置がずれてるな。ナン・クーパーとバーニー・セイルズはこのドアの外にいなきゃおかしい。彼らはタバコを吸いに路地に出たんですよ」

自分の部下たちへのこの批判を喜ばず、ローマンは顎を突き出した。彼女は舞台袖に顔を向けて、若い鑑識員に呼びかけた。「ヘンリー、裏口の外は調べた？」

男はうなずいて、路地のゴミが入った袋と、それより小さなタバコの吸い殻の袋を掲げた。「ミス・クーパーとミスター・セイルズの口腔粘膜《こうくうねんまく》サンプルを採って！　大至急！」ローマンは刑事たちに顔をもどした。「彼らのＤＮＡを吸い殻と照合する」

「時間と金の無駄だな」ライカーは言った。「わたしならふたりとも除外しますね。バーニーは警備会社から派遣されている。ここにいたのはまったくの偶然。夜ごとにちがうやつが来るんですよ。彼には衣装係の女性のために嘘をつく理由がありません」

「観客はどうです？」マロリーが言った。「鑑識は――」

「七十一名全員にルミノールをスプレーしたか?」皮肉たっぷりにそう言うと、ローマンは手のひと振りで若い刑事を退《しりぞ》けた。「いいえ、部下たちは観客をひとりひとりようよう見て、血が付着していないかどうか確認したの」

「七十一名?」マロリーの口調は、座席カードの紛失と見取り図の誤りの他に、まだミスがあったことをほのめかしていた。彼女はスコアをつけるのが好きなのだ。

「わたしの勘定ではそうなるわね」ローマンは言った。ヒヨッコ刑事の挑発に乗る気など彼女にはないのだった。「パトロール警官が来るまで、この劇場からは誰も出ていない。そして、警官たちの勘定はわたしのと合っている」

「この人の言うとおりだよ」ライカーは仲裁に入った。「囲いこみはうまくいってた」彼は案内係の責任者による供述を相棒に渡した。「この男が劇場の外の道から警官をふたりつかまえてきたんだ。だからロビーのエントランスは即、封鎖された。それに、路地側のドアの外では、ナンとバーニーがタバコを吸っていた。このふたりは誰も通らなかったと言っている」

ローマンはうつむいて、第三の出口を示す小さな斜線を丸で囲った。「そして、楽屋口への唯一の経路にはボランティアの案内係がいたの。ご満足?」

「それで充分ですよ」ライカーはマロリーの機先を制してそう言った。「観客は誰ひとり、外に出ようとさえしなかったんじゃないかな」不慮の死は、ニューヨーク・シティではライブの演劇とみなされる。事件現場の周辺にはいつも人が群がる。しかも、今回の場合、彼らはチケットを買っていたのだ。

彼の相棒は納得していなかった。あるいは、それは単なる彼の思いこみかもしれない。とにかく彼女はうっすらと笑いを浮かべ、鑑識課の女に無言でこう伝えていた——まあ、見てなさいよ。

ひと悶着《もんちゃく》あるのか？　ああ、ちがいない。

ローマンに背を向け、マロリーは空席の列の彼方に目をやって、ロビーへのドアの明るい丸窓が暗くなるのを見守った。そしていま、非常口の赤い表示の輝きが消えた。壁ぞいに並ぶ小さな電球もだ。

どういうことなんだ？

マロリーがキャットウォークの若者を見あげて叫んだ。「ギル、舞台照明を消して！」

その瞬間、全世界が消滅した。暗転の闇のなか、よすがとなるものはすべて消え失せ、ライカーには足もとの床さえも不確実に思えた。何ひとつ見えず、空間感覚はすっかり失われ、上も下もわからない。あるのは孤立感のみだ。この劇場は鑑識員と警官と民間人でいっぱいなのだが、その仲間たちの声もステージや舞台裏の床をこする靴の音も一切聞こえない。未知へと踏みこむのを恐れ、一歩も動くまいとして、誰も彼もが死のようにじっとしている。おれはステージの縁からどれくらいのところにいるんだろう？　転落して脚を折るまで、あとどれくらいなんだ？

肉体のないクララ・ローマンの声は、教会内でのささやきと化していた。「切られたのは一箇所のみ。ためらい傷は一切ない。犯人がピーター・ベックの席までの距離を歩数で測ったとしても、その男は暗闇のなかでベックの喉を見つけなくてはならない」

「うん」ライカーは言った。「犯人はあちこち手さぐりしなきゃならない。何か予兆はあったはずだ。暗闇で誰かに手をかければ、そいつは飛びあがる。きっと言葉を発するだろう……でも、現実にはそういうことはなかった」漆黒《しっこく》の闇とともに訪れた静寂のなかで、被害者のすぐ隣にいた女性がもみあいに気づかないわけはない。彼女とピーター・ベックのあいだには、椅子の肘掛け分の幅しかなかったのだから。こうなると、彼らのさがすべき相手は剃刀を携帯した殺人コウモリだとしか考えられない――または、暗闇で目が利く何か別の化け物かだ。

虚空《こくう》からマロリーの声がした。「ローマンの部下たちが見落としたのは、座席カードだけじゃない」若い刑事は手をたたいた。すると、光が生まれた。

ライカーは振り向いて、クララ・ローマンの背中を見送った。憤然とステージを下りていきながら、彼女は荒っぽくコートを脱ぎ、手袋をむしりとっていた。そしていま、彼女の両手が握り拳《こぶし》になった。

言いたいことは伝わったのだ。

俳優たちが引き渡すよう求められたのは、舞台衣装だけだったが、スタッフの衣類はすべて、死者の血液や繊維《せんい》の付着がないか検査するため、鑑識課員らによって袋に収められていた。そんなわけでふたりの舞台係は、衣装部屋のラックから借りてきた服に靴下の足という格好でフットライトの前にやって来た。ジョー・ガーネットはひどいニキビ面の少年だ。もうひとりのティーンエイジャー、テッド・ランダルは、棒みたいな細い体に丸い頭を乗せている。自己流の速記のメモのなかで、ライカーは彼らに〝ニキビ〟と〝棒飴〟と新たな名前を授けていた。また、彼らはどちらも、名前のあとにクエスチョンマークを付与されていた。

演劇業界の雇用市場はごく小さい。不景気となればなおさらだ。刑事としては、なぜ舞台係のポジションをもっと年嵩《としかさ》の組合員が占めていないのか、疑問に思わずにいられなかった。クエスチョンマークは照明係の名前のあとにもついていた。ギル・プレストン。こちらもまた若い組合員だ。

ライカーはくるりと向きを変え、ひとりの制服警官がご婦人の一団を率いて壁際の通路を進んでくるのを見守った。このボランティアの案内係たちは、鑑識課のビニール製ショートブーツをはき、舞台衣装を身に着けていた。何時間も前に、彼女らは害のない芝居好きの人々としてかたづけられている。だが、ライカーにはもうひとつだけ訊きたいことがあった。婦人らがステージの前に集まると、刑事は、立入禁止の黄色いテープで囲われたベルベットの座席四つを指さした。「みなさんは、この座席のどれかに座席カードを置きましたか？」婦人たちは首を振った。「では、座席カードを見たというかたは？」再度、首を振ったあと、彼女らは連れ去られた。その全員が、あなたがたは容疑者じゃないと告げられて、幾分がっかりしていた。そして婦人たちは家へと送り返された。

さらに人がばらばらとステージに上がってきた。バグジーにサイズの近い衣装は見つからなかったらしい。〝使い走り〟のシャツはテントみたいに垂れさがっているし、ズボンの裾は三重に折り返されていた。
衣装係のナン・クーパーは、自前のムームーからゆるゆるの黒のシースに着替えており、そのせいで性別不詳の煙突と化していた。彼女の赤い髪は、逆毛を立ててちりちりの毛玉にしてある。まだら禿げを隠そうという虚《むな》しい試み。このことで、いま彼女はマロリーの興味の的となった。若い刑事は女の頭皮をじっと見つめて、そちらに近づいていった――そしてさらに近くに。彼の相棒は奇妙なものがあれば必ず足を止めてチェックする。だが年上の女は、この無遠慮きわまりない観察をただ受け流した。そしてそのことがライカーの注意を引いた。彼はまだナン・クーパーとは話していない。しかしいま、彼女もまた彼の手帳上でクエスチョンマークを与えられた。

列にそってじりじりと進み、彼はこの芝居に出ているただひとりの女優――若い女の前で足を止めた。彼女の目、本物のベビーブルー（澄んだ淡い青）の瞳からは、ニューヨーカーの抜け目なさはみじんもうかがえない。そしてその顔は、ライカーが抱く田舎のチアリーダーの紋切り型のイメージにぴたりと合っている。アルマ・サッターはほんの数年前に、アメリカの〝どこか〟からバスで来たばかりにちがいない。その金髪は波打ってウエストまで流れ落ちている。派手な舞台化粧を落とした彼女は、子供みたいに見えた。それに不安そうにも。彼に訊かれた座席カードのことを考えながら、女優は前後にぐらぐら体を揺らしていた。「いいえ、わたしもカードは見ていません」

息がたっぷり混じった声。まるでマリリン・モンローだ。

それ以外、遠い昔に死んだあの銀幕の大スターと似ているところはなかったが、それでもライカーはほんの少し彼女に恋をした。この瞬間が大切なもの――一種の形見であることを、彼は知っていた。

ライカーは列の先へと進んで、背の低い痩せた俳優二名の前に立った。彼のメモでは、ふたりは〝きてれつ双生児〟と名付けられている。この一卵性の双子、ホリスとフェリスのリナルディ兄弟は、まだ二十代初めだ。彼らは締まりのない口をして、馬鹿っぽさを醸し出しており、その髪は精神病院の介護係に好まれそうなスタイルに短く刈りこまれていた。

「あんたたちは？　座席カードは見なかったかな？」

足から足へそろって重心を移すとき、緩慢《かんまん》に動くふたりの目は、焦点が定まっていなかった。彼らは完璧にうすのろを演じている。ライカーは、リナルディ兄弟が背後に――間近に立つ彼の相棒に気づくのを待った。彼らには彼女の息がかかるのがわかるだろうか？　ああ、もちろん。そして、ぎくりとするときも、彼らは連動していた。チビどもは振り向いて、長身のマロリーを見あげた。彼女は腕組みをして無慈悲のポーズを完成させた。ああ、そのみごとさときたら！　彼女みたいに冷酷非情を演《や》れるやつはいない。彼女は機械のような緑の目でじっとふたりを見おろした。いまそこに命は宿っていない。そして彼女は、不気味な抑揚のない声でしゃべった。「芝居は終わった。馬鹿なまねはやめなさい」

彼女の異様さはふたりを上回っている。ド素人《しろうと》ども。双子はうすのろのうつろな表情を即座に消し去り、なんと気をつけの姿勢をとった。これは、ひどいヘアスタイルの、ただのふつうの男たちだ。

ライカーはため息をついた。役者ってやつは。

コーラスラインの向こう端で、使い走りのバグジーが教室の子供みたいに手を上げた。そして彼は言った。「双子たちは役のまんまでいるのが好きなんですよ。ふたりが演じてるのは――」

「だろうねえ」いや、あのふたりは彼に逆らいたかっただけだろう。ライカーはうしろに退《さ》がって列を眺めた。俳優がひとり足りない。年嵩の男、ステージ中央の真鍮のベッドと同じくらい横幅のある太っちょが。「あのでかいやつはどこなんだ？　ロロは？」

「それは役の名前ですよ」舞台袖から声がした。「どうもすみません」遅刻者は裸足で登場し、長い黒のローブのベルトを締めながら列に加わった。彼は一団のなかでもっとも背が高かった。それに、いまはもう三百ポンド太りすぎてはいない。体の詰め物は取り除かれており、頬もふくらみを失い、落ちくぼんでいる。あのぼうぼうの茶色の髪はうしろへなでつけて、八〇年代風パワー・ポニーテールにまとめてあった。ここで彼は、トレードマークである愛嬌たっぷりのやんちゃなほほえみを浮かべた。

おい、あんた、これまでどこに隠れてたんだよ？

この俳優はライカーのお気に入りのギャング、お気に入りの警官、お気に入りのサイコキラーなのだ。ハリウッドから消える前、アクセル・クレイボーンはただ朝、自宅を出るだけで絶賛されたものだ。目下、あの有名なハシバミ色の目は、ライカーの相棒に注がれている。そして、かの映画スターが目に映るものを気に入っていることは火を見るよりも明らかだった。

その正体に気づいたふうはみじんも見せず、マロリーは俳優の前を素通りし、彼ほど重要ではない劇団員のひとり、一本の歪《いびつ》な前歯以外目立った特徴のない若い男の前に立った。「あなたが案内係の責任者よね？」彼女は証拠袋を掲げた。「わたしたちはピーター・ベックの席の上でこの座席カードを見つけた。彼の死体の下にあったの」

「それを置いたのは案内係じゃありませんよ」男は身を乗り出して列の先を眺め、〝使い走り〟を指さした。「きっと彼でしょう」

「いいや、ちがう」バグジーが言った。「座席カードなんてひとつも見てません」彼は自分の隣に立つ男、カウボーイブーツを脱がされ、三インチ背が低くなっている舞台監督を目で示した。「シリルからもらったのはベルベットのロープですから。わたしはそれをピーターの席の左右の肘掛けに渡しときました。あの男は昨夜、顔を出しませんでしたがね。でも、今夜もいちおう同じ席をロープで仕切ったんです。最前列の中央をね。わたしならピーターを壁側に追いやったりはしませんよ」

シリル・バックナーは〝使い走り〟の肩にかばうように手をかけた。「たぶん観客の誰かが――」

「われわれは観客を除外した」ライカーは案内係の責任者とそのガールフレンドに顔を向けた。「あんたらもだ。帰っていいぞ」ふたりがステージを去ると、刑事は全員に見えるよう一枚の紙を掲げて、出演者とスタッフの列の前をゆっくりと歩いていった。「これはピーター・ベックの隣にすわっていたご婦人の供述だ。彼女は今夜、真っ先に客席に入った集団のなかにいた。被害者は座席カードの上にすわっていたが、このご婦人は最前列の席にもう三枚カードがあったのを見ている。誰かが、観客が席に着く前に、カードを置いたわけだよ」

「その三席に誰もすわらないようにね」マロリーが言った。「そうすれば、殺人者がピーター・ベックの隣にすわり――彼の喉を掻き切ることができるから。三枚のカードは照明が再度点く前に消えている」

そして十五分前、クララ・ローマンの鑑識班がそれらのカードを発見した。

「カードは舞台裏のトランクのうしろに隠してあった」ライカーは言った。「そして、あんたたちは全員、部外者がそこに立ち入ることはないと断言した。舞台裏への訪問は許されない――絶対に」こうつづけたとき、彼はごく愛想よくほほえんでいた。「ふつう、こっちからすすめたりはしないんだが……先に弁護士を呼びたい人は？」

応募者なし。

マロリー刑事は、裸足に黒のローブという格好のあの名優と向き合った。芝居の役の名で供述書に署名したやつと。**なんてお茶目な。**彼女はお茶目なものはすべて嫌いだった。「アクセル・クレイボーン？」

「あてずっぽでしょう？」映画スターの笑みは皮肉っぽかった。人類六十億のなかに、彼の名を知らぬ者などいるわけはないのだ。彼はその痩身にさらにしっかりローブを巻きつけ、ベルトを締めた。「遅れてしまってすみませんね。でも、警察の人たちがぼくのファットスーツをほしがったものですから。そのあとは、みなさん、サインもほしがりましたし」彼は、運転免許証の年齢、三十八歳より若く見えた。それに、あまりにもリラックスしすぎている。

マロリーは数歩うしろに退がって、団員たちに語りかけた。「暗転は四十秒つづいた。暗いなかで誰かがそばを通ったのを感じた人はいませんか？　物音とか動きとか、なんでもいいんですが？」

三人の俳優が挙手した。

だが、アクセル・クレイボーンは別だった。「その質問に正しい答えは得られませんよ」彼は言った。「暗示の力。役者は非常にそれに弱い。われわれは他のどの職種より陪審員にふさわしいんです。簡単に左右されますからね」

「いいえ、あなたは手を挙げませんでしたね」

アクセルの笑みが大きくなった。「もちろん。となると、ぼくがピーターを殺したとしか考えられないな。いや、まじめな話、ぼくほどいいアリバイがある人間はいないでしょう？　ぼくはずっとステージにいたんですから。ぼくとアルマはね」

「だからこそ、あなたは有力な容疑者になるの」マロリーは、衣装担当のあの中性的な赤毛女に顔を向けた。「予備のファットスーツはあるんでしょう？」

「ああ、もちろん」ナン・クーパーは言った。「なんでもかんでもふたつずつあるんだから」

「取ってきて！」

一分後、まだら禿げの赤毛女はもどってきた。彼女は、気泡ゴムの入ったかさばる縞柄のパジャマを軽々と持ってきて、マロリーの足もとに置いた。刑事はアクセル・クレイボーンに顔を向けた。「それを着て」

彼は腕組みをしてほほえんだ。いや、にやついたと言おう。「ぼくにストリップをさせたいのかな？　このローブの下はブリーフだけなんですが」

「かまわない」マロリーは言った。「さあ早く！」

「いや。それには……誘惑してもらわないと」

「ねえ、ミスター・クレイボーン」ライカーが言った。「黙ってそいつを着てください。いいですね？」

ミスター？　彼女の相棒は誰に対しても下手《したて》に出ることはない。マロリーはライカーを見つめた。だが、映画好きのあの男はただ肩をすくめ、顔をそむけただけだった。

マロリーは金の懐中時計を取り出した。養父である故ルイ・マーコヴィッツから受け継いだ品。その裏には彼の名が彫りこまれている。彼以前の持ち主、前の世代の警官たちの名の下に。通常、彼女がその時計を取り出すのは、上司らともめたときだ。それは、警官の旧家、ニューヨーク市警の王族と自分とのつながりを示すものなのだ。しかし今夜、彼女に必要なのは、そのストップウォッチ機能だった。

アクセル・クレイボーンはローブをするりと床に落とし、ほぼ裸で平然と立った。その体には古傷がいくつもあった。波乱にとんだ人生の印。自分の体に注がれるマロリーの目を意識して、彼はゆっくりと一回転し、背中に残るいくすじかの真新しいひっかき傷を誇示した。傷をつけたのは女の爪だが、それは怒りからではない。ふたたびマロリーと向き合ったとき、彼のほほえみはまだそこにあった。「充分見たかな？」俳優は身をかがめて、ファットスーツの下半分を拾いあげた。パジャマのズボンをはくと、太鼓腹ができあがり、彼の横幅、腰や腿は大きくなった。つぎに彼は上半分の太い腕を着こんだ。それから、気泡ゴムの詰め物をマジックテープのストラップで留め、ふくれあがった胸の上でシャツの前ボタンをかけた。そのあと彼は、マロリーの懐中時計に目をくれて訊ねた。「どうだったかな？」

「まだ計ってない」マロリーは言った。「客席に下りて、あの男の喉を掻き切って」

彼は興味津々とばかりにわざとらしく最前列を見おろした。被害者のいた空の席の周辺はいま、立入禁止の黄色いテープで囲われている。「あなたの言っているのが、死んだ男……その席に今夜いた男のことなら――」

「芝居ってやつよ」マロリーは言った。「さあ、ピーター・ベックを殺しに行って」

アクセル・クレイボーンは動こうとしなかった。彼女が〝お願いします〟と言うのを待っているのだろうか？　彼は狡猾《こうかつ》そうな笑いを見せた。これは大きなまちがいだ。マロリーもまたほほえんだ。そのブレザーがゆっくりと開かれていき、彼女の両手が腰にあてがわれた。女はみんなこのやりかたでこう伝える――**あんたは死んだ**。そして、これを――この暗示を強調すべく、ここでショルダーホルスターに収まった大型のリボルバー、スミス＆ウェッソン三七五口径が披露された。たいていの警官は最新式のグロックを携帯しているが、この銃はそれより見た目が恐ろしげだ。秒殺のパワーの宣伝。遊びの時間は終わった。

いまは生意気さで魅了する時じゃない。即座にそう気づき、俳優は彼女に一礼した。分厚く四肢をくるむ詰め物にもかかわらず、クレイボーンの動きはとても優雅だった。彼はダンサーのように軽やかに階段を下りていくと、死んだ男の座席の前に立ち、右手でさっと宙を切り裂いた。それから、ふたたび階段をのぼってきて、ステージ上のもとの位置にもどった。「もう一度やってみせましょうか？　きっと今度は――」

「あなたなら目をつぶっててもやれたでしょうね」懐中時計がパチンと閉じた。「詰め物で動きが鈍るということもない。それに、被害者の座席にいちばん行きやすいのは、あなただった」彼女は床に貼られたテープの×印を見つめた。鑑識が記したアルマ・サッターの位置を。「女優は真鍮のベッドとあなたを迂回しなきゃならなかった。彼女は反対へは行けない。あっち側では舞台係が小道具を移動させてたから。でも、あなたにはなんの障害物もなかった」

「確かにな」ライカーが言った。「暗闇で何かにぶつかる気遣いはない。理にかなってると思うね」

クレイボーンは笑みを浮かべた。すごくいい気になって。

いや、この俳優の表情にはそれ以上のものがある――まるで何かを秘かにおもしろがっているような。それで、いま彼は誰に笑いかけているのだろう？

マロリーはくるりと向きを変え、まるで悪事の現場を押さえたかのようにふたりの舞台係をにらんだ。彼らはまだ十代。となれば、ひとつやふたつ違法なことをしているにちがいない。

暗転の決定的四十秒を鑑識が再現したとき、このふたりは容疑者リストから除外された。しかし、彼らはどちらもそわそわしており、いまにもダッと逃げ出しそうだ。何かしたのはまちがいない。「聞いたところじゃ、あなたたちふたりは照明が消えてるあいだ、あちこち動き回っていたそうね。家具を動かしたり、小道具を回収したり……暗いなかですごいじゃない」

ニキビ面の舞台係が肩をすくめて言った。「なに、簡単さ。だって――」すると、もうひとりが彼のあばらを肘で小突いた。〝思春期〟というティーンエイジャーの教団《カルト》の部外者、特におまわりは、これを〝口を閉じろ〟の合図と読み取れないほど大馬鹿だとみなされているわけだ。

ライカーが彼らに意地の悪い笑いを賜《たま》わった。「ふうん……なんで簡単なのかな?」

「暗視ゴーグルがあるからよ」段ボール箱を脇にかかえて、クララ・ローマンがステージ上を歩いてきた。「適切な玩具があれば、それくらい朝飯前」鑑識の指揮官は片手を箱に入れ、透明なビニール袋に収められた派手な紫のプラスチック製品を取り出した。それは子供用のハロウィーンのお面に似ており、顎ひもと緑色のガラスの目が三つ付いていた。

ローマンは、お面の額の部分に位置する中央のレンズを指さした。「これは肉眼では見えない波長域の光線を放射する。でもこのゴーグルを着けていると、その光は懐中電灯のような働きをするのよ」彼女は非常に不満げに、舞台係のふたりに向き直った。「暗転中の動きを再現したとき、ゴーグルのことを言ってくれりゃよかったのにね」

ライカーも彼らに怒りの視線を投げた。「くそガキども」

少年たちはとにかく今夜、早く劇場を出たかったのだ――やるべきことがあるし、吸うべきヤクもある。おまわりなんぞくそくらえだ。情報提供して事を面倒にする必要がどこにある？それは脱出を遅らせ、なおかつ、彼らを有力な容疑者にしてしまいかねないのに？

マロリーは相棒に目をやり、彼と無言の会話を交わした。彼女が眉を上げ、彼がゆっくり首を振る。ローマンの指揮によるあわただしい証拠収集と撤退のさなか、他に何が見落とされたことか。暗視ゴーグルが何時間も見過ごされてきたとは、どういうことだろう？

クララ・ローマンが箱を掲げて、箱が六セット入りであることを示す太い文字を指さした。「ここには五セットしかない」傲慢《ごうまん》の化身のこの女は宣言した。「もし消えたゴーグルが舞台裏にあったなら、わたしの部下たちが見つけたはずよ」そしてここで、新たな疑義、さらなる侮辱を予期したのだろう、マロリーを特別にひとにらみして、彼女はつづけた。「今夜、この建物からゴーグルは持ち出されていない。わたしの部下たちが血痕の有無をチェックしたとき、観客は全員、コートを脱いだの」彼女は暗視ゴーグルの重みをてのひらで量った。「これはポケットには入らない。それに、警官たちがバッグを調べたのをわたしは知っている」

「ゴーグルはそれだけしかないんですよ」シリル・バックナーが言った。「われわれが入手したときから、五セットしか入っていなかったんです」

マロリーは容疑者の列に顔を向けた。「これを買ったのは誰？」

返事はない。みんな、首を横に振ったり、肩をすくめたりしている。ついにバグジーが言った。「きっとゴーストライターだな」

へええ、そう。

「それで思い出したけど」マロリーは鑑識課の女のほうを向いた。「チョークはもう見つかりました？」

チョーク？　なんのチョークなの？　年老いつつあるプリマドンナの驚いた目からはそんな思いが読み取れた。この女のせかされた部下たちは、彼女の到着前に黒板に書かれたメッセージのことをボスに伝えもしなかったのではないか。

「第一容疑者は、黒板を使用する唯一の人物です」マロリーは言った。「彼は今夜、わたしにメッセージを残した。あなたの部下たちもその写真を撮っていましたよ……となると、チョークはどこにあるんでしょうね」チョークの痕跡だけでも役に立っただろう。ポケットの裏地についた粉だけでも。「あなたの部下たちはそれをさがしたんですよね？」いや。マロリーにはいま、クララ・ローマンの頭のなかを流れる一連の四文字言葉を読み取ることができた。

第四章

スーザン　血溜まり？　誰の血？
ロロ　母の血、おばの血。おばあちゃんの血に、妹たちの血だよ。
「真鍮《しんちゅう》のベッド」第一幕

アクセル・クレイボーンは分厚い気泡ゴムの詰め物のなかで熱せられており、そのパジャマの衣装の襟は汗でびしょ濡れだった。暗闇のなか、空っぽの客席の見えない男を殺すため、彼は九度にわたり階段をのぼり下りさせられた。そしてマロリーは、その間ずっとタイムを計って、もっと速くと彼をせかしていた。彼女はすべてにおいて徹底している——仕返しにおいてもだ。


俳優はライカー刑事に訴えた。「ぼくは罰せられているんですか？」

「そのとおり」

舞台係のふたりも居残りさせられていたが、それは単に罰としてではない。ライカーはついに、年長者が獲得すべき組合の仕事に子供が就いているというあの謎を解いていた。そしてそこには、根深い財政難のにおいがぷんぷんした。身びいきのおかげで、このティーンエイジャーたちは、〝棒飴〟のおじにして〝ニキビ〟の父親である大ベテランの小道具方に雇われたのだ。もっと年嵩《としかさ》の男たちは、賃金カットを受け入れないことにし、別の働き口を見つけていた。ギル・プレストンも事情は似たようなものだった。彼はもともと照明責任者の助手として雇われたのだ。そして、使い走りのバグジーもまた、舞台監督の解雇された助手の仕事を肩代わりしている。

これぞ資金不足のブロードウェイだ。

スタッフは半分以上切られている。だから、ナン・クーパーの名前のあとのクエスチョンマークはいまも残っていた。なぜ、あれだけ人が切られたのに、衣装係は給料をもらいつづけているんだろう？

マロリーはキャットウォークを見あげて叫んだ。「ギル！　暗転！」すると直ちに闇が降りた。

アクセル・クレイボーンは暗転の際の自分の位置、真鍮のベッドの上にもどって、毛布をかぶった。直線刃の剃刀《かみそり》とゴーグルと座席カードという小さな殺人キットなら充分隠せたであろう毛布を。何も見えていない割に、彼のこの動きは非常にスムーズだった。

マロリーのほうは見えている——暗視ゴーグルの助けがあるから。

彼女は頭をめぐらせて、第三の目である緑のライトを盲目状態の舞台係たちに向け、暗闇のなか彼らに呼びかけた。「ガーネット！　ランダル！」ふたりはぎくりと背筋を伸ばした。見えない目が大きくなり、恐れをたたえている。彼らは彼女が正面に立っているものと思いこんでいた。マロリーはそっと少年たちの背後に回り、そのうなじに手を触れてささやいた。「あんたは死んだ」ゴーグルをむしりとって、彼女は叫んだ。「照明！」

突然の明るさに目を瞬《しばたた》きながら、少年たちはくるりと振り向いた。

肝をつぶして？　そう、まちがいない。

彼女は攻勢をかけた。「つまり……あなたたちふたりはステージで小道具を動かしていて……客席では男がひとり殺されていたのよね」一方の手が腰に行った。「なのに、それが見えなかったわけ？」

「うん、見えるわけないよ」ニキビ面の少年、ガーネットが言った。「ゴーグルをかけてるときは、ずっと床ばっかり見てるんだから」彼は友人を肘でつついた。「こないだの本稽古《げいこ》、覚えてるよな？」

「ああ」頭が丸い痩せたやつ、ランダルが言った。「広報係の馬鹿が暗転のシーンの最中にカメラのフラッシュをテストしちゃってさ。ゴーグルのせいでその光の明るさが何億倍にもなったんだ。まるでまっすぐ太陽を見てるみたいだった。失明するかと思ったよ」

「別のときは」ガーネットが言った。「隣で誰かがペンライトを点けたんだ。こっちはもう、そのシーンのあいだ、さんざんだったよ。いったん目をやられたら、回復の時間が必要なんだけど、おれたちにそんな余裕はない。何もかも一瞬でやるんだからさ。ゴーグルは照明がまた点く前に絶対取んなきゃなんないんだよ」

「さもなきゃ、ひでえ目に遭う」

「そういうこと。だからおれたちは床ばっか見てる」

マロリーは真鍮のベッドの俳優に目を向けた。「あなたのアリバイは消えた」彼女はしゃがみこんで、床に置かれた劇場の図を見た。舞台係には客席で人を殺す時間はなさそうだ。でも、彼らは何か知っている。何かしたのだ。何をだろう?

彼女は手を振って彼らを追いやった。「今夜はここまでよ。帰っていい」

少年たちがどたばたと階段を下り、すみやかに通路を退却していくと、ライカーがもうひとりの犯罪者、アクセル・クレイボーンに顔を向けた。この男も、もっと早く種明かしして、警察の時間を省《はぶ》くことができたはずなのだ。「あんたももう結構だよ。全員退出!」

マロリーの相棒ももうスターに魅せられてはいない。彼は腹を立てていた。

ステージで彼女とふたりきりになると、ライカーは真鍮のベッドに腰を下ろした。「わかってるよな。あの坊主どもだけじゃない。やつらは全員、ゴーグルのことを話すまいと決めてたんだ。それに、連中は舞台係をかばってたわけじゃない。あのふたりにやれたわけはないんだからな」

マロリーは、折りたたまれた新聞を掲げた。ひとつだけ出た初日の公演の劇評が載っているやつだ。「ブロードウェイの芝居の初日なら、何人か劇評家が来るはずだと思わない?」

「初日は何度も中止になってるの」舞台袖から息の混じる小さな声が聞こえてきた。「昨夜、幕が開くかどうかは、誰にもわからなかったのよ」

アルマ・サッターは一時間前に家に帰されている。だから、書割の開いたドアから彼女が入ってきたのは、意外だった。女優はためらいがちにふたりに近づいてきた。恐れを少しとそれ以外の諸々の罪の印を見せながら。彼女は、罪悪感に苛まれるカソリック学校の女生徒となり、告白へと向かっている。そしてその後は、もちろん、まっすぐに地獄へ落ちるのだ。

観客の刑事二名にはさまれ、アルマはステージの床にすわって、その縁から脚を垂らしていた。「ピーター・ベックはとってもいい人でした。いつもわたしに親切だったし。でも、そのうち芝居が変わって……ピーターも変わってしまったの」

彼女にはわかった。この刑事たちは今夜すでに同じ話を何パターンか聞いていて、もう飽き飽きしているのだ。ふたりの視線やジェスチャーをたよりに、アルマは刑事たちの無言のやりとりを追いかけた。男の刑事が、ただ片手を上げてみせるだけで、テンポの遅さに対する相棒の不平を抑えこむ。一方、マロリー刑事の退屈そうな表情――それに、ブレザーを開いてちらりと銃を見せるしぐさ――は、自分は銃で脅して情報を引き出すほうが好きなのだと男の刑事に告げていた。

マロリー刑事がこの最後の部分を実際、言葉にしたかのように、アルマはびくりと身をすくめた。

男のほう、親切な刑事が、彼女にほほえみかけた。「ゆっくりでいいよ、お嬢ちゃん」

お嬢ちゃん？　このキューにより、アルマは迷子の女の子の演技に入り、祈りの形に両手を組み合わせて目を伏せた。はにかみ屋の子供。「ゴーストライターによる変更は、〝太っちょのバレエ〟から始まったの。あれはすばらしかった」睫毛《まつげ》がパタパタと上に上がり、偽りの驚嘆にその目が大きくなる。「そしてピーターもそれを見た。彼もその変更については異存がなかったのよ。でもそれから、ゴーストライターが台詞《せりふ》を全部、書き直しはじめたの。稽古は毎回、どなりあいだった。そのうちピーターが職場放棄してしまって。彼は初日にも顔を出さなかった。だから今夜、最前列にいるのを見たときは、驚いたわ」

ライカー刑事は手帳にすばやくメモをとると、こう訊ねた。「その時間は?」

「開演の十五分くらい前かしら。わたしは幕のうしろに――」

マロリーが身を寄せてきた――近すぎるほど近くに。「あなたは椅子の上のあの座席カードを見たんでしょう?」

これは質問じゃない。

告白の時間だ。「ええ……もっと早くお話しすべきでしたね。ほんとにすみません」アルマはうしろめたさを表現すべくぶらぶらする靴を見おろした。悪い女の子。「わたしはすごく緊張していた……でも、わたしがカードを見たのは、そのときが最初じゃありません」ああ、これで窮地を抜け出せた。刑事たちはこの部分を気に入っている。

「なるほど」ライカーが言った。「で、客席を最初に見たとき、そこには他に誰かいたかな?」

「最前列にはいつも誰かいるんです。案内係の人たちがいたのは確か。でも舞台係はいなかった。いたら覚えているはずだわ。ステージで小道具を動かしているのが見えないように、舞台係は真っ黒な服を着ているから。今夜の完全な暗転のとき以外は、非常用ライトと非常口のマークが点灯しているの。少しでも明かりがあれば、白い肌は浮き出して見え――」ああ、しまった。女刑事が退屈しはじめている。「えーと、とにかく、舞台係が黒のスキーマスクと黒手袋をしてるのは、だからなんです」

マロリー刑事が相棒に目をやった。「ローマンはそれも見落としたのね」

「アルマ」ライカー刑事が言った。「いちばんいいとこを話してくれないか。きみは何が気になってるんだ?」

「だって、わたしの友達が今夜死んだのよ」

「あなたの恋人がね」マロリー刑事が言った。この人はもう、舞台裏の噂話をすっかり聞いているんだろう。

「わたしたちは友達だった。でも、わたしはちゃんとオーディションを受けたのよ。別にピーターが役をくれたってわけじゃない」信じてもらえただろうか? アルマはふたりの刑事を見比べた。信じてない。どっちもだ。でもまあ、つぎの部分は彼らも信じるだろう。「わたしたちは仲たがいしたのよ」

「喧嘩か」ライカーが言った。

「剃刀でね」マロリーが言う。

「そんな。馬鹿言わないで! ただのどなりあいよ。彼は被害妄想になっていた。わたしたち全員が敵に回ったと思っていたの。でも、実際はそうじゃない。誰もがピーターを気の毒に思ってた。ゴーストライターが彼を打ちのめしたんです」

「芝居を変えることで？」

「もっといい芝居を書くことでよ。わかるでしょう？　あれは自殺に決まってる。観客動員数が悲惨だったのは、お天気のせいじゃないの。アクセル・クレイボーンみたいなスターなら、ブリザードが来てたってファンを集められる。でもピーターは、弁護士たちを使って芝居の試演を中止させた。予定していた初日の公演もことごとく。連中は宣伝も全部、止めた——新聞のも、ラジオのも、テレビのも。チケットの売りあげを断てば、ブロードウェイのどの芝居だって干上がってしまう。大勢の人が解雇されたわ。訴訟費用は莫大だったし——」

「でも、あなたたちは誰ひとり、ベックの死を願ってはいなかったのよね」マロリーはこの皮肉を無表情に口にした。

「その理由がないもの。きのう判事がわたしたちの側についたんだから。判事は昨夜、公演を開始させた。それに、すばらしい批評も出たし。これも、客席のあの女性のおかげね。彼女はひどく怖い思いをした。それで心臓発作を起こして、ぽっくり逝ったのよ」

「実に幸運なブレイクだな」ライカーはもう親切な刑事ではなかった。

「でもわからない？　ピーターが今夜、現れたのはだからなのよ。芝居を干上がらせることができないなら、究極の死の接吻をそれに与える。第一幕のあと、自殺する脚本家という」アルマは締めくくりの台詞を言うために頭を垂れた。この演出を考え出すのに、彼女はほぼ一時間かけている。「芝居はピーターを殺そうとしていた……だから彼は芝居を殺したの」

物事はとても単純になりうる。警察がそれを認めさえすれば。

「劇団の全員がゴーストライターの変更に従っていた」マロリーはこれを皮肉たっぷりの非難として言った。「会ったこともなければ、誰かもわからない相手なのに――」

「そうそう」アルマは言った。「彼がまた黒板にメッセージを残していたわ。あなた宛によ」


ライカーは歩み去る女優の背中を見送った。彼女の年頃の人間は誰も彼も何かに酔っているようだ。彼女の症状――さまよう視線、反応の遅さから、鎮静剤という答えを出すのは簡単だった。ピーター・ベックが殺される前に、彼女が何か飲んでいたかどうかわかれば、参考になっただろう。あの殺しには、スピードと反射神経が求められるのだ。

相棒がアルマ・サッターにつづいて舞台袖へと向かう。そのとき、頭上の物音に彼はぐいと首をそらせた。見あげた先には、立ち聞きしているやつがいた。眼鏡なしでも、その若者の大きく瞠《みは》った目の行方は難なく追うことができた。ギル・プレストンはマロリーに夢中なのだ。

彼が近くにいることは、容易に忘れ去られてしまう。あのひょろ長い内気な照明係は、望みのない恋心を抱く男子学生よろしく常に距離を保っている。彼の視線はマロリーに釘付けだった。やがて彼女は、書割のドアを通り抜けて姿を消し、ここで初めて、若者はライカーに見られているのに気づいた。

舞台照明が消えた。

ライカーは書割のドアから流れこむランプの光をたどり、舞台袖のバックナーのデスクのそばでふたりの女に合流した。マロリーは黒板の新たなメッセージをじっと見ていた。使われた筆記用具は、ローマンの部下たちが見つけなかった白のチョーク。それはもう、誰かのポケットに収まってドアから出ていっている。だが、そのポケットはアルマのじゃない。彼の相棒が女優にコートを返したとき、そのポケットは裏返されていた。マロリーは言った。「帰りなさい」

アルマ・サッターの姿が見えなくなると、マロリーはデスクのそばの棚に手をやって、舞台監督のノートパソコンからキャンバス地のシートを――パソコン全体を覆い、そのカメラの小さなレンズだけのぞかせていたやつをめくりとった。彼女がキーをいくつかたたくと、黒板を映すカメラの映像が呼び出された。制服警官や鑑識員が行き交う動画。彼女は早送りにして人の行き来を加速させた。とそのとき――画面が暗くなった。

「くそ」ライカーは言った。「やつがパソコンの信号を妨害したんだな?」

マロリーはカメラのレンズを指でなでた。「べたついてる。犯人はローテクなのね。パソコンの死角から近づいて、レンズにテープを貼ったわけ」階段でバタバタと音がし、彼女はそちらに目を向けた。

舞台セットのうしろから足音が聞こえてきた。見ると、バグジーが制服警官に襟首をつかまれ、こっちに向かって歩いてくる。警官は言った。「楽屋から出てきたところをつかまえたんです。こいつ、そこに寝袋を隠してたんですよ」

ライカーは礼を言って警官を立ち去らせると、不安げな面持ちの〝使い走り〟に笑顔を向けた。「別にかまわんさ、バグジー。そうしたきゃここに泊まりな……ただ、あんたがおれたちに教えた簡易宿泊所の住所は抹消していいんだろうな？」

小男はマロリーのそばに寄っていき、自分の神として彼女を見あげた。マロリーは尻ポケットから丸めた札束を取り出すと、二十ドル札を一枚めくりとって言った。「これで何か食べて」

ライカーは胸を打たれた。この行為は宿なしの〝使い走り〟への同情と見ていいんだろうか？　うーん、ちがうな。だが、マロリーの養母ならこれを見て大いに喜んだだろう。遅咲きの人間性のこの明るい兆し――ペットに餌をやるマロリーの姿に。

金はバグジーの尻ポケットへと消えた。彼の視線がパソコンの画面の動画へと落ちる。カメラの暗転は終わっており、人々がまたレンズの前を行き交っていた。「ああ、わたしらもおんなじことをしてみましたよ。あの幽霊をつかまえるためにありとあらゆることを試したんです。でも何をやってもだめでね。わたしは一度、床にタルカムパウダーを撒いてみました。ゴーストライターはメッセージを残してったけど――でも、足跡はなかったんです。そいつはどっかに自分のカメラを仕込んでるんじゃないかな」

「かもしれない」ライカーは高い天井を見あげた。雑然と連なる足場や滑車や重り、パイプやロープの輪、ケーブルやワイヤーを。「だが一年かけてそれをさがすわけにもいかないしな」

彼は黒板の最新のメッセージに注意をもどした。今回、名前は入っていない。いや、その必要がないのだ。それは的確に相手を表している。「これはなんの引用なんだ？　シェイクスピアか？」

「聖書よ」マロリーは、この町で街頭演説を行う奇人変人の誰よりもよく聖書の文句を知っている。

「四年間のカソリック校通いがついに報われたな」ライカーは言った。彼の相棒は子供時代の時間の多くをユダヤ教徒の家庭で過ごしたが、彼女の養母、故ヘレン・マーコヴィッツはカソリック教徒にも同じだけの時間を与えた。これは、キャシー・マロリーの幼年期、野生化したあの浮浪児が十字を切るしぐさを見せたときに生じた誤解のせいだった。後に、あの子がこの宗教的ジェスチャーを使っていたのは、ただ狂犬や警官を撃退するためだったとわかったが。

日曜学校の落ちこぼれではあっても、ライカーには、なぜ女優がこのラブレターを彼の相棒に宛てたものとみなしたかがよくわかった。

朝のように前を見、月のように美しく、太陽のように明るく、旗を掲げた軍隊のように恐ろしいもの。それは誰か？

第五章

スーザン （部屋の端から端まで歩く） わたしは怖くない……怖くないわ。
ロロ まあ、見ていないよ。

「真鍮《しんちゅう》のベッド」第一幕

雪は弱まっていた。幹線をのぞくこの町の道路すべてを麻痺《まひ》させた嵐の最後のひと吹き。見渡すかぎり歩行者の姿はなく、一日二十四時間絶えない往来の雑音も、走り過ぎるカーラジオからの音楽の爆音も、いまは聞こえない。夜のマンハッタン――それ以上に心地よいものはない。しかし今宵《こよい》、町は屋内に引っこんでおり、ライカーは物音のなさに違和感を覚えた。不気味だ。生粋のニューヨーカーである彼は、完璧な平和を世界の終わりの静けさとしか思えないのだった。だがそのとき、巨大な除雪車が轟音《ごうおん》とともに劇場の前を通り過ぎた。除雪車の向かう先は、通行不能となったどこかの道。一方、ふたりの刑事は四十九番ストリートへと向かった。

突然吹き寄せた寒風に、ライカーはスカーフを少しきつめに巻き直した。相棒はトレンチコートを着ている。これは冬には適さない。事件現場に飛んでくる際、最初に彼女の手に触れたのがこのコートだったんだろう。彼は、寒くないかと訊きたかった。だが、その質問は曲解される恐れがある——まるで、彼女も正常な人間と同じく寒さを感じるのかどうか訊ねたかのように。〈機械人間〉マロリーが彼女のあだ名、刑事部屋で彼女に内緒で使われている呼び名だ。その部屋で、彼女はみなに距離を保たせ、自分を姓で呼ばせている。誰も彼もに。旧友夫婦の手もとで彼女が育つのを見守ってきたライカーも、もはや彼女をキャシーと呼ぶことを許されていない。

ルイ・マーコヴィッツの葬儀のあと、ライカーは、ルイの養女が〝警官の国《コップランド》〟にひとり残される日のために書かれた手紙を受け取った。故人のその遺言は、娘の面倒を見る責任をライカーに負わせており、彼はこれを彼女の安全を護れということととらえた。いま、彼はあの古い指令の解釈を拡大し、彼女を寒さから護るべく自分のスカーフをはずしてその首に巻いてやった。

マロリーは、彼の贈り物を無視することでこの親切を許した。それに彼女は、スカーフを払いのけもしなかった。彼女はそのまま自分の愛車、シルバーのコンバーティブルのロックを解除した。通り過ぎる人は誰しもこの車をフォルクスワーゲンだと思うだろうが——それは、フードの下をのぞかなければ、の話。そこには、運転を愛し運転に生きるスピード狂のためのポルシェのエンジンがある。若干自殺願望のあるライカーは、マロリーの車に同乗する課で唯一の男だ。だから自分は自動的に彼女のパートナーになったのだ——これがライカーの説明であり、彼は〝いったいぜんたいなんだって——〟と問われると、いつもそう答えている。

「最初に現着した警官の一方はわたしたちに嘘をついていた」マロリーが運転席に乗りこんで言う。「観客のひとりが、警官たちが出入口を封鎖するより早く、彼らの前を通過しているの」

「制服警官が自分のヘマをあっさり白状したってのか?」

マロリーは皮肉をこめて彼をちらりと眺めた。そうですとも。よくあることだものねえ。

それじゃ、どうして彼女にはわかったんだ? ライカーは助手席に乗りこんだ。本人に訊いてみようか? いや、このゲームのことは熟知している。班のみんなの思いこみとは裏腹に、マロリーには実はユーモアが(ひねくれたやつにせよ)あるのだ。ジョークのオチに至ったとき、彼女が声をあげて笑うことはない。ただ、ちらりとよぎる笑みが、どんなもんだと言うだけだ。

でも、今夜は負けんぞ。

それが、相棒が車を発進したときの、彼の決意だった。ヘルズキッチンのピーター・ベックの住まいをめざす六ブロックの移動のあいだに、ライカーは計算をダブルチェックし、ロビーで聴取を行った警官たちのメモに目を通した。そしていま、彼は自分の手帳を開いた。「こっちにはチケット係の供述はないな。ドナ・ルーだっけ? 彼女の聴取はおまえさんがしたんだろ?」

「ええ、そうよ」赤信号を前に車が減速した。完全停止は、マロリーの信条に反するのだ。彼女はトレンチコートのポケットから小さな証拠袋を取り出して、彼に手渡した。「誰がこれを置いていったのかドナは知らない。彼女が出勤したら、チケット売り場のブースにあったそうよ」

透明なビニールを通して、チケット四枚を束ねる紙帯のタイプのメモが読めた。〝ピーター・ベックと招待客用〟。「でも照明係の話じゃ、あの男は路地側のドアから入ってきたんだよな」

「そのとおり」マロリーは言った。「ベックにチケットは必要なかった。でも、あのありがたい批評が出たあととなると、犯人は動員数の少なさをあてにできなかったわけ。そいつはドナが最前列のその四席を売ってしまうのを防がなきゃならなかったのよ。今夜、彼女は七十二枚、チケットを出している。わたしは彼女のカウントを案内係の半券の数と照らし合わせて確認した」

ああ、くそっ！　鑑識班による血痕のチェックの際、氏名と身分を明らかにした観客は七十一人だけだ。クララ・ローマンはピーター・ベックを七十二枚目のチケットの持ち主としてカウントしたにちがいない。いまいましいドヘマがまたひとつ。

「オーケー」ライカーは言った。「たぶん、あの警官たちの話は事実とちがうんだろう。きっと誰かが出てったんだろうよ。だが、なんで連中が嘘をついたってわかるんだ？　もしかすると、ただ――」

「案内係の供述を読んで。彼は劇場の正面口の外の道から警官をふたり引っ張ってきたと言っている。その話はドナ・ルーが裏付けているしね。こうして彼ら全員がロビーにそろったの。案内係とチケット係は入口のドアに背を向けていた。誰かが抜け出したのは、そのときよ。警官たちは逃亡者を止めなかった。ふたりとも案内係の話を聞いてる最中だったから、ね？　何があったか、彼らはまだ知りもしなかったのよ。警官の一方だけがその客が駆け出ていくのを目にした……そして彼はそのことで嘘をついたの」

　ライカーはため息をついた。彼女はしゃべりながら話を作っているのかもしれないが、彼女のロジックに穴はない。お客のひとりは実際、消えてしまったのだし、ロビーにいた四人のうちひとりがその脱出を見た可能性はある。「で、おまえさんはチケットの数だけでそこまで解明したってのか？　警官の一方が嘘をついたのが、それでわかったのかい？」まずありえない。

「わたしには、どっちの警官だったのかまでわかってる」

　もちろん彼女は、占いでこれをやってるわけじゃない。それじゃあまりに簡単すぎる。

「嘘をついたのは若いほうよ」マロリーが言った。「新米警官。わたしは劇場に着いて五分で見破った。誰か通り過ぎなかったかわたしが訊ねたとき、彼はわたしの目を見られなかったの」

　オチのひとこと。

　タイミングもみごとだ。車はピーター・ベックの住まいのある脇道に入り、除雪車の通ったあとをゆっくりと進んでいった。ヘルズキッチン界隈は、遠い昔に暗黒街としての名声を失っている。富の浸潤と室内装飾家らの侵入のおかげで、いまここに住もうとするのは、ナヨ系の犯罪者ばかりだ。

「きっと被害者は劇場まで歩いていったんだろうな」ライカーは言った。商店主やビルの管理人たちが雪かきをしたため歩道は通行可能だが、前方の車道はちがったのだ。

アクセル・クレイボーンはシーバスリーガルを何杯も飲んでいたが、酔っ払ってはいなかった。そう、まだ半分も酔っていない。自室を出た彼は、屋上への階段をのぼっていき、純白の雪の四角い広がりに向かってドアを開いた。北に目をやれば、エンパイア・ステート・ビルがスカイラインの針となっている。もっと近いところでは、彩り豊かな祝日のイルミネーションが建物のバルコニーに渡されており、通りからは鈴のような歌声が立ちのぼってくる。彼は煉《れん》瓦《が》の手すり壁から身を乗り出して、はるか下の歩道を見おろした。そこでは、酔っ払った蟻《あり》たちがバーのネオンの光のもと、クリスマス・キャロルを歌っていた。

彼はいま、トライベカの街の無数の明るい窓にぐるりと取り囲まれている。しかし、周辺のどの屋上もここほど高くはない。嵐はデッキチェアやテーブルを雪で覆い隠していた。それらは正体不明の小山と化している。アクセルはスカーフをほどき、それを使って椅子やテーブルから雪を払いのけた。テーブルの上がきれいになると、そこにショットグラスふたつとウィスキーのボトルを置いた。

さて……ディッキー・ワイアットはどこだっけ？　アクセルはあの男に話したいことがいっぱいあった。彼とはなんでも分かち合っている。一度は、カイロ発深夜便の飛行機内で同じ歯ブラシをふたりで使ったことさえあるのだ。

アクセルは東を向いた。あっちか？　いやちがう、やっと方角がわかった。その足が雪に深い穴を穿《うが》っていく。彼は空の向こう端へと進みながら叫んだ。「ディッキーただいま！」

ピーター・ベックのアパートメントのドアマンは、居住者の突然の死に対していかにもニューヨーカーらしい反応を見せた。「そりゃびっくりだな」〝で、他に何か？〟と言いたげに彼は首をかしげた。

もう夜は更けており、その老人は自らも居住者であるこの建物のロビーで、パジャマの上にバスローブをはおって質問に答えていた。ただし、彼のワンルームの部屋は地階にある。「窓もないんだよ」彼は不平を垂れた。そして、問題の犯罪被害者は空に住んでいる。「神と鳩たちといっしょにな。でも、ここ一週間、ミスター・ベックの姿は見てないね。昼間、見てないってことだが。以前は夜のドアマンもいたんだが、おれたちの予算はカットされちまったからな。ケチな野郎ども。で、このおれはどうかと言えばな――勤務時間は六時半で終わりなんだ」彼は刑事たちの顔を見比べた。これは追及を予期している証《あかし》だ。

「でも、今夜は早く切りあげたわけね？」マロリーは言った。

男の目が右から左へすばやく動いた。逃げ道をさがしているのか？　彼はてのひらを上にして両手を広げた。白状のプレリュード。「医者に予約を入れてたもんで」

「オーケー」ライカーが言った。「それはほんとだってことにしよう。あんたがここを出たのは何時なのかな？　答えを聞く前に言っとくが、もしあんたが嘘をついてると感じたら、おれたちはこのアパートメントの全部のドアをバンバンたたいてまわり――」

「五時ごろだよ。十五分過ぎくらいだ」

マロリーは正面口を指さした。「それで、ここを出るとき、あなたはあのドアを施錠していったのよね?」

「もちろん。住人は各自、鍵を持ってるんだ」

「ベックを訪ねてきたお客は?」ライカーが手振りで促し、待っていたエレベーターのなかへと老人を進ませた。「誰か目立ったやつはいなかったか?」

「そうだな、きのうひとり小男が来たよ。ミスター・ベックに会いたいと言って。確か名前はバグジーだったな。うん、まちがいない。でもインターコムを鳴らしても、ミスター・ベックは出なかった」ドアマンがボタンを押し、エレベーターは静かな唸りとともに上へ向かった。「その小男は心配していた——ベックさんは電話にも出ないと言ってね。だからおれは管理人の鍵を取ってきて、彼といっしょに上に上がったんだ。おれたちはドアをノックした。応答なし。でも鍵は使わなかったよ。なかで誰かが動き回ってる音がしたからね。それでその男、バグジーも安心して、帰っていったわけだ」

エレベーターのドアが開いた。ドアマンは言った。「今夜は鍵はないよ。なかに入りたいなら、管理人に連絡して——」

「それはこっちでやる」ライカーが言った。「部屋にもどって寝てくれ」

刑事たちは、金《かね》と同じ薄緑色のカーペットの廊下を進んでいった。彼らは故人の住居の前に立ったが、そのドアの三つある錠のひとつ、いちばん上の錠は、ピーター・ベックのキーホルダーのどの鍵でも開かなかった。しかし、ライカーが被害者のコートのポケットにあったあのばらの鍵を挿しこむと、それはすんなり回った。マロリーは、〝ほらね〟と言いたいのをこらえた。

ライカーがホワイエの明かりのスイッチを入れ、ヒューッと口笛を吹いた。「ベックは大物の脚本家だったんだな」

成功が居住スペースの面積で測られる町にあって、そのホワイエはトラック一台を余裕で駐められる広さだった。そのうえ、リビングの全面ガラス張りの壁の向こうには、ハドソン川の眺めが大きく広がっている。朝が来れば、その部屋には光があふれるだろう。これもまた富の指標だ。

しかし、成功はピーター・ベックに幸福をもたらしてはいなかった。

相棒の部屋を襲撃した数少ない経験から、マロリーはそこに鬱《うつ》の徴候を見てとることができた。物を置ける場所のすべて、そして、床の大部分に、未開封の郵便物、酒の空き瓶、脱ぎ捨てられた衣類、テイクアウトの食べ物のくずが散乱している。ライカーの部屋の場合、こうした結果は蓄積により生まれる。しかし週一回掃除婦が入るこの近隣においては、それは悲嘆に暮れる男の不節制によるものだ。とここで彼女は、諸々の演劇賞の黄金像に気づいた。そのいくつかは壊れているうえ、どれもが炉棚から払い落とされ、床に転がっている――怒れる男の証だ。

ライカーが身をかがめて、酒店のロゴの入ったレシートを拾いあげた。「配達代だ。この住所はほんの二ブロック先だぞ。なのにあの男は酒を配達させたんだな。それもたくさん」

められていた。

マロリーは別のレシートを見つけた。それは、完全菜食主義者専用のレストランの紙袋に留められていた。

酔いどれのベジタリアン？

室内の引き出しや戸棚をざっと調べてみたが、ごくふつうのホテルのスイートルームから読み取れそうなこと以外は、何ひとつわからなかった。実にきちんとしている。きちんとしすぎだ。これは部屋の乱雑さにそぐわない。部屋の主《ぬし》は、自宅のゴミを外の廊下のシューターに運ぶことさえしない男なのだから。

ライカーが引き出しのひとつを閉じた。「住居全体を調べよう。ローマンの部下たちにやらせるよりおれたちでやったほうがいい」

マロリーは同意した。最近だらしない大酒飲みへと変貌した几帳面《きちょうめん》なベジタリアンということの証拠を見れば、クララ・ローマンは、気が変になった男による自殺との判断を下すだろう。それでなくても、あの鑑識員たちは今夜はもう充分、損害をもたらしている。

刑事たちはつぎの部屋、ベックの書斎に移動した。そこには、脚本家が仕事をする立派なデスクと長いテーブルがあったが、目につくところに執筆の道具はなかった。そして空気はよどんでいた。あたりには打ち捨てられたにおいがした。家具の表面は灰色の膜にうっすら覆われ、掃除婦が最後にいつ来たかを物語っている。埃は最近どけられた——おそらくは盗まれた——ノートパソコンの四角い輪郭《りんかく》を形作っていた。簡単な推理。引き抜かれたケーブルが、卓上のプリンターとスキャナーにつながっている。ひとつだけあるファイル用の浅い引き出しは、べックが紙の書類の追放者であったことをマロリーに告げていた。彼の書類の残りは、消えたコンピューターに収められたうえで、隅にあるシュレッダーにかけられたのだろう。その他の引き出しはすっきりしており、わずかばかりの中身がひと目で把握できた。

泥棒は被害者の強迫的几帳面さをありがたがる。盗むべき貴重品がすぐに見つかるからだ。そんなわけで、USBメモリやバックアップ用ディスクが残されていないことは、一分足らずでわかった。泥棒の指紋もここからは出ないだろう。消えたノートパソコンだけが埃のなかに痕跡を残したのだ。

廊下の二番目のドアを開けると、そこには便器とシンク、そして、照明に囲われた大きな鏡があった。マロリーの養母ヘレンなら、この来客用トイレを〝お化粧室〟と呼んだだろう。マロリーは廊下をさらに進んで、つぎの部屋に入った。キングサイズの乱れたままのベッドを通り過ぎると、シーツから酒のにおいが立ちのぼってきた。彼女は主バスルームに足を踏み入れた。モダンで贅沢《ぜいたく》な設備、大理石のタイルにサウナ。古びたものと言えば、洗面台の上に開いたまま置かれたすり切れた革のケースだけだ。そこには古めかしい床屋の道具が一式、収められていた。ベルベットの内張りのくぼみはひとつだけ空っぽで、それは直線刃の剃刀《かみそり》がぴったりはまる形状になっている。凶器はやはりピーター・ベックの所有物だったのだ。

相棒はバスルームのドアのすぐ前に立ち、床のあちこちに放り出された一週間分の衣類を見おろしていた。それから彼は、開いたクロゼットに顔を向けた。きちんと一列に吊るされたきれいなシャツやスーツという矛盾に。その下には、シューキーパーが兵隊のように整列している。

「ピーター・ベックを殺した犯人は今夜ここに来ている」マロリーは言った。「二度、来ているのよ」

ライカーはただ彼女のほうをちらりと見ることで、その考えの根拠を問うた。

「ベックがその男をなかに入れたの」彼女は言った。「ホシはそのときに鍵を盗んだのよ。あとでまたここに来るために、彼には鍵が必要だったわけ」彼女は古い床屋のセットを持ちあげ、剃刀の形をした空のくぼみを彼に見せた。「ベックが部屋にいるかぎり、ホシはこれに手を出せなかった。このバスルームに来るいい口実はない。外にお客用のトイレがあるんだものね」相棒は賛同してうなずいている。だがここで彼女はさらにこう言った。「わたしにはわかってる。ベックは犯人といっしょにこの建物を出たのよ」

ライカーは腕組みして、ほほえんだ。オーケー、聞こうじゃないか。

アルコールにからむあらゆる事柄のエキスパート、ライカーを従え、マロリーは部屋を出た。「たとえば、あなたが外で飲んできたとしましょう。それも大量によ」彼女はリビングを横切っていき、ホワイエのクロゼットを開けた。ダウンパーカのポケットを調べたあと、彼女は別のジャケットやコートに移った。「鍵を鍵穴に挿しこむのに苦労したことはない?」

答えを聞くまでもない。ライカーのために初めてそのささやかなサービスをしたとき、マロリーは十一歳だった。彼女は家の鍵一式を掲げて、じゃらじゃらと鳴らした。「ベックは外出しようとしていた。犯人はその手から鍵を奪い取った。単なる親切よ。そいつは鍵をかけた。

ひとつだけね。そしてベックに返す前に、キーホルダーからその鍵を抜き取ったの」このキーホルダーは爪が折れるような頑丈なものじゃない。シンプルな留め金ひとつで簡単に開くのだ。彼女は相棒にその瞬時の盗みを実演してみせた。「ホシは建物の入口の鍵は盗まなかった。利口よね。たとえ泥酔していても、五本の鍵のホルダーから二本消えてたら、ベックは気づいたかもしれない。それに、ホシにしてみれば、建物の鍵なんてなくたっていいのよ」

ベックの剃刀を盗みに来たときは、ただ、居住者の誰かが現れるのを待っているだけでよかったろう。犯人はその人物につづいてドアマンのいないドアからなかに入ったのだ。これは、セキュリティの確かな建物に侵入する際、都会の泥棒みんなが使う伝統的な手法だ。

ライカーは奥の部屋部屋を調べるマロリーについて歩き、彼女がクロゼットや引き出しをかきまわすのを見守っていた。「あの男が自宅で飲んでたのが残念だね。今夜彼が誰といたのか教えてくれる親切なバーテンなんぞ見つかりそうにないもんな」

「いいえ、見つかる」マロリーは一拍、間を置いた。ライカーをほんの少し、いらつかせる程度に。「犯人が鍵をかけたとき、ピーター・ベックはコートを着て、出かけるところだったわけでしょう?」

ライカーは唇を嚙みしめた。ゲームをする気はないらしい。彼は彼女のあとから、荒らすべき多数の戸棚と新たな引き出しがあるキッチンに入ってきた。そしてついに彼は降参して言った。「それで?」

「ホシがキーホルダーをベックのコートのポケットに入れたとしましょう。そのほうがあとで

——あの男の喉を掻き切ってから——取り出しやすい。盗んだ鍵をホルダーにもどせるじゃない？　わたしならそうする」彼女は最後の引き出しを閉め、捜索を終えた。「利口なやりかたよ。でもその後、キーホルダーはズボンのポケットに移され、犯人はそれを取り出せなかった。もしここから劇場に行くまでのあいだに、どこかに——コートを預かる店に寄ったなら、ベックはキーホルダーを移したはずよ。酔っ払いだって、知らない相手にコートを預けるときは、全部のポケットを確認する」

「ありえない」ライカーは言った。「いいか、今夜のおまえさんはツイている。ここまでは全部うまくいってたが、調子に乗っちゃいけないよ。男はみんな、自宅の鍵をズボンのポケットに入れとくんだ。それだけで、彼がコートを確認したってことには——」

「それじゃ手袋はどこにあるの？　外はすごく寒いのに。遺体から手袋は見つからなかった。それに、ここにも手袋はない」

そして相棒は言った。「なんだって？」

風は強まり、気温は下がりだしていた。寒さなどまるで感じず、アクセル・クレイボーンはショットグラスを満たして、彼の屋上の友、隣のデッキチェアにすわる男にほほえみかけた。「さて……ピーターは死に、われわれはそれに対処した……そうそう、今夜、すばらしい女に会ったよ。銃を持ったブロンドだ」ボトルはすでに半分空になっている。俳優は空を見あげた。雲は分かれ、星が顔を出していたが、その数は多くない。ニューヨーク・シティの星明かりなどケチなものだ。「彼女はまだ二十代なんだ。こっちはもうじき四十だが。チャンスはあるかな？」

ディッキー・ワイアットは如才《じょさい》なく沈黙を守った。しかし、いまの彼にとって、年齢がなんだというのだ？　彼は時の経過とともに若返ったかに見える。その額はなめらかだ。心労による皺《しわ》は消えていた。

そして目は閉じられている。

おやすみなさい、優しき王子よ。（ハムレットの死の直後のホレイショーの台詞。「……天翔ける天使らの歌で安らかに休まれますよう」とつづく）

男の眠りの妨げとなるのも恐れず、アクセルは声を大きくして言った。「きみはにおっていないよ、ディッキー。少しもだ」これは最高の賛辞のつもりだった。聖人の亡骸《なきがら》もにおわないと言われているから。

劇場への最短コースをたどっていき、彼らはバーとクロークのあるレストランを二軒、見つけた。被害者の写真を見せたふたりめのバーテンは、当たりだった。その男はしばらく引っこんだあと、遺失物の箱を手にもどってきた。ウールの手袋をつぎつぎとよけていき、彼は内側に毛皮が付いた黒い革手袋の片割れを取り出した。「その男はひとりで入ってきた。帰ったあと、これがカウンターにあったんだ」

「片方だけなのね」マロリーが言った。

「そう、かたっぽだけだ。彼はポケットを残らずさぐっていたよ。たぶんもう一方をさがしてたんじゃないかな。飲んだのはスコッチ。支払いは現金払い。チップは高額だった。おれが知ってるのはそれで全部だ」

もう一方の手袋を求め、ふたりの刑事は、クロークがないがために候補に入っていなかった小さなバーへと引き返した。飲み物を作っている女は、ライカーの理想のバーテンだった。ルックスはさほどでもないが、一杯ごとにたっぷり酒を注いでお客たちを甘やかす母性的なタイプだ。

酔いどれへの母の愛。

写真に写る死者をバーテンはすぐさま見分けた。ライカーは、血を見ても青くならなかった点を評価し、彼女にポイントを与えた。あの脚本家はここ三、四週間、店によく来ていたという。「気前よくチップをはずむ人だった」彼女は状況にふさわしく悲しみをこめてそう言った。それが理由で、彼が惜しまれるであろうことはわざわざ付け加えなかったが。

ライカーは手帳を開いて、ピーター・ベックが入店したおよその時刻を書き留めた。「で、すわったとき、彼は手袋を両方はめていたんだね?」

「ええ」バーテンは黒い手袋、一方だけ置いていかれたやつを引き渡した。つぎの質問に、彼女はこう答えた。「ピーターはひとりで入ってきた……少なくとも、わたしはそう思う。あたりを見回して誰かをさがしていたけどね」

マロリーは〝どんなもんだ〟の笑みを閃《ひらめ》かせた。

ライカーの鉛筆が芯が尽きたかのように止まった。「彼は腕時計を見ていたかな? 誰かと待ち合わせしてるみたいに——」

「ううん」バーテンは言った。「彼は驚いてたわ。まるで、店の入口からここまでのあいだに誰か見失ったみたいに」

　これは、今夜、自宅を出て劇場に向かったとき、ピーター・ベックに連れがいたというあの仮説と整合する。となると、有力に思えるのは、以下のようなシナリオだ。犯人はベックをここに置き去りにし——盗んだ鍵を持ってアパートメントにもどり——被害者の剃刀を盗んだ。

　そしてマロリーのオチはつづく。


　ウィスキーには、アクセル・クレイボーンの体を温める効果があった。それとも、これは単なる麻痺なのだろうか？

　とにかく酔っているのは確かだ。

　彼はむきだしの手でディッキー・ワイアットの遺体に雪をかぶせると、そのこんもりした痕跡、墓のしるしがすっかり消え去るまで、比類なく白いこの毛布を均《なら》していった。

　これでよし。隠れた。

朝が来るまでは《ティル・ビー・モロー》。（『ロミオとジュリエット』のジュリエットの台詞より。「おやすみ、おやすみ！　別れはとても甘い悲しみ。だから朝が来るまで、おやすみと言いつづけよう」）

　最後に乾杯しようか？

　いや、ボトルはもう空っぽだ。彼はそれを屋上の向こうへと投げた。そしていまになって、ディッキーの不在のためか、アクセルは寒さを覚えた。

南を指してグリニッチ・ヴィレッジをゆっくり進む車のなかで、ライカーは座席にぐったり身を沈めた。「もう遅いよ、おチビさん。そろそろ店仕舞いしよう」

「わかった」マロリーは言った。「あの消えた観客のうちを訪ねようかと思ったんだけど。ほら、警官たちの目を盗んでロビーを通り抜けた例の男……彼はこの近所に住んでるのよ」マロリーは、少し加速して青になる前に赤信号を突っ切り（これはなかなかむずかしい）、その後、左に折れてハウストン・ストリートに入った。「でも、ピーター・ベックを殺したのは彼じゃない。だからそれは、明日でもいいと思う」

チケット数の勘定のミスと新米刑事の嘘からどうしてそこまでわかったのか？　そんなことを訊いてたまるか。ライカーは彼女から顔をそむけ、助手席の窓に軽く額を打ちつけた。

第六章

スーザン　（小声で）あの人たちはぜんぜんしゃべらないの？
ロロ　（大声で）弟たちは唸り声を出す。ときにはくすくす笑うこともあるよ。それで必要は満たされるんだ。だったら言葉なんかいらないだろう？

「真鍮《しんちゅう》のベッド」第一幕

今朝のマロリーの服装はちゃんと防寒を考えたものだったが、その廊下は暖まりすぎていた。ヒーターはシューシューと音を立てており、彼女は新しい冬のジャケットのボタンをはずした。それは羊革の錆《さび》色のコートだった。ライカーはファッション通にはほど遠い。彼としてはただ、その値段は自分の着るようなコートの少なくとも十着分に当たるのだろうと推測するしかなかった。

順番により、あの逃げた観客の部屋をノックしたのはライカーだった。室内からペットの騒ぐ声が聞こえてきた。小さすぎて本物の犬みたいに吠えることもできないやつだ。ところで、キャンキャンうるさいその小動物が黙りこんだ。スイッチの切れた犬？　いや、たぶん飼い主が静かにさせたんだろう。あるいは、窓からそいつを放り出したのか。ライカーは、ベッドでぬくぬくとしているレオナード・クリッペンを思い描いた。こんな朝っぱらから警察を迎える気などない男を。

マロリーが身をかがめて、ドアの下に名刺をすべりこませた。その後、ライカーは彼女につづいてエレベーターに乗りこんだ。訊きたいことは山ほどあったが、彼女が明快な答えをくれないことはわかっていた。それじゃおもしろくないではないか。ふたりは無言のまま一階に下りた。

昨夜、彼女はクリッペンの情報をほんの少し明かした。彼の席は他の観客に囲まれていたとだけ。だから、潔白という彼女のロジックをたどるのは簡単だった。男ひとりを殺すのに四十秒しかなく——暗転の闇のなか、全部埋まった座席の列の前をつま先立ちで小走りに、しかも、転倒せずに移動する、となると——そう、いくらなんでもそれはむずかしすぎる。

ふたりの刑事はグリニッチ・ヴィレッジのそのアパートメント・ビルを出て、六番アベニューの青空のもとに立った。ここは人間的規模の建物が並ぶ地域で、道の向こうの雪に覆われた公園は町の他の部分よりたくさん日光を受け入れている。ライカーはすぐさまサングラスをかけた。彼は朝型ではない。でも幸い、いまは冬だ。チュンチュンという小鳥のさえずりはなく、聞こえるのは鳩たちが静かにクウクウ鳴く声ばかり。急降下爆撃する彼らは、年中無休で歩道や歩行者に糞を落としている。

朝食に向かう途中、彼は決心した。時間を節約して、例の逃亡者の住所氏名がどうしてわかったのか、あっさりマロリーに訊くとしよう。それにそう、その男のすわっていた場所が、なぜわかったのかも。警官たちは観客を調べる際、そこまで確認していない。客の入りが少ないため、大半の観客は指定席を離れ、よりよい席に移っていたからだ。しかしライカーは、長々と質問をするタイプではない。だから、大通りを渡りながら、彼はただこう言った。「説明してくれ」

朝寝坊のヴィレッジ住民とは無関係に営業するブリーカー・ストリートのカフェをめざし、一ブロックほど歩いたところで、ようやくマロリーが口を開いた。「あの新聞の劇評、覚えてるでしょう？　舞台監督が見せた——」

「死ぬほど見たい芝居」ライカーは見出しを引用した。それが眼鏡なしで読めた唯一の部分なのだ。

「きのうの夜、そのヘラルド紙の劇評家が芝居のつづきを見に来ていたの」

「それがレオナード・クリッペンなのか？」ライカーはデイリー・ニュース紙ひとすじの男だ。なおかつ彼は、デイリー・ニュース紙の劇評を誰が書いているかなどまるで知らない。

「これを聞けば、話が見えてくるんじゃない？　チケット係は役者なの」マロリーが言った。

「そりゃそうだろうよ」この町では人口の半分が仕事にあぶれた役者なのだ。チケット係だって同じだろう。「なるほど。ドナ・ルーはその劇評家と顔見知りなわけだ」

「そのとおり」マロリーはカフェの前で足を止めた。「そして彼女は、彼が前夜と同じ席にすわれるよう手配した。あの小屋でいちばんいい席。最前列じゃない。ドナによると、ステージの高さがあるから演者の足が切れてしまうの。そうすると、バレエのシーンのいちばんいいところを見逃すことになるのよ」

ライカーはカフェのドアを開けた。「なるほどな」残りは自分で埋められる。舞台監督から初日の芝居への大賛辞を見せられたとき、マロリーはその劇評家の名前――警官たちの作成した観客リストにない名前――に着目した。その後、彼女は、クリッペンが二夜目の公演に来たかどうかチケット係に訊ねたわけだ。

うん、これは進歩だな。

普段、彼の相棒は、よその星からテレパシーで送られてきたアイデアの裏をとろうとはしない。彼女が単なる妄想から組み立てる仮説こそ、最高の仮説なのだ。それらは常に正しかったとわかる。あれは実に不気味だ。だがそれから、オチとなるシナリオが示され――

さあ、仕返しの時だ。

カフェのなかは暖かく、コーヒーとベーコンの愛すべきにおいに満たされていた。マロリーが習慣を変えるのを嫌うため、彼らが店に入るとき、ふたりがいつもすわる席は常に空いている。これはウェイトレスのガーティのおかげだ。マロリーが他の食事客のそばに突っ立ち、その朝食のスピードアップを促す事態となった場合、ガーティはチップをもらいそこねる。

窓際の席にすわるとき、ライカーはほほえんでいた。「レオナード・クリッペンは年寄りなんだな。おれよりもずっと」積雪に落ちた鳩の糞からこのアイデアを得たかのように、彼は外の歩道に目を向けた。「だから彼は急いで逃げ出したわけだ。警察に止められちゃまずいから」

マロリーの目が細くなった。怪しんでいるのか？　ああ、ちがいない。それに、やったぞ！

彼女はいらだっている。この男、いつのまにわたしの芸を覚えたわけ？　それに、この高齢者差別と劇評家の逃走とはどう結びつくの？
簡単なことだ。五十五歳にして、彼は、取り残されるということ、若い世代におくれをとるということがどんなものなのか、強く意識しはじめている。「クリッペンは劇場からでも原稿を送れたはずだ。もし携帯電話を持っていればな。想像してみな。携帯のない新聞社の男を……電話もできなきゃ、メールも送れない。そりゃあ警官と立ち話してる暇なんてないさ。丸ひと晩、足止めを食うかもしれんし――劇評家には締め切りがある。だから彼は逃げ出すしかなかったんだ……老いぼれの古臭いやりかたで原稿を入れるためにな」

どんなもんだ。

ソーホー区の通りは田舎町のように道幅が狭く、その左右には、時代ごとに顔を変える商店が軒を連ねている。工場の時代から、不法居住者とアーティストの数十年を経て、ギャラリーと高級ブティック、アンティーク・ショップとおしゃれなレストランの良き時代へ。そして現在は、そのあちこちに、閉店のお知らせや売り物件の表示の出ている暗い窓があり、新たな変化の到来を告げている。
一世紀にわたり同じ目的を維持している唯一の建物、ソーホー警察署でライカーを下ろしたあと、マロリーはさらに直進して、そのブロックの端でエンジンを切った。停めた車と歩道のあいだには、雪がウエストの高さまで積もっていた。そこで彼女は雪でどろどろの玉石の車道を引き返していった。背後に足音を——追いつこうとして大股で歩く音を従えて。

チャールズ・バトラーはうしろから声をかけてきた。「このあいだはポーカーの集いに来なかったね」ここで彼はマロリーの横に並んだ。長い黒のコートの実に優雅な姿で。それは、身長六フィート四インチの男の体に合うよう仕立てられたコートだった。仮に吊るしの服を買う気になったとしても、彼の場合、そう簡単にはいかない。また、彼にはその気もなかった。服をあつらえる習慣は、ふたりの共通項だ。それと、ルイ・マーコヴィッツのポーカーの集いとが。

「来週は来なきゃいけないよ」彼は言った。「ぼくたちにはお金が必要だからね」

マロリーは思わずほほえみそうになった。そのポーカーは、一ドル賭ければ大胆とみなされるほどケチ臭いゲームなのだ。第一、チャールズに勝つ見込みがどれだけあるというのだろう？　彼は嘘をつこうとするたびに赤くなるよう遺伝的にプログラムされている。そして彼のほほえみもまた、発生上の事故のひとつ。カエルの目と大きな鷲鼻に伴われ、彼の笑顔はすべて、非常に頭のよいこの男を気のふれたピエロに仕立ててしまう。彼女は自分を追いかけてきた彼への怒りを忘れそうになった。

もう少しで。

この前、彼女が見たときから、彼は三度、床屋の予約をすっぽかしていた。その茶色の髪は耳より下まで伸びている。突風が巻き毛をうしろへなびかせていなければ、それは目にかぶさっていただろう。「みんなが陰でなんて言っているか、教えてあげようか？」

別に聞きたくもない。両手をポケットに突っこみ、うつむいて風をよけながら、彼女は足を速めた。チャールズは歩調を合わせて歩きつづけ、自らの意思で彼女と話しているふりをしつづけた。でも彼は生来、遠慮深いのだ。この汚れ仕事は誰かの代わりにしていることにちがいない。その誰かとは、もっと年嵩《としかさ》の男——ふたりのどちらかが死ぬまで彼女をうるさく悩ませるであろう男だ。そこで彼女は訊ねた。「ラビ・カプランは元気?」

赤くなっていくチャールズの顔こそ、共謀の証拠だ。それと、彼女の留守録に溜まりつづけるデイヴィッド・カプランのたくさんのメッセージが。それらは全部、ポーカーへの誘いであり、そのひとつひとつに非難が織り交ぜられていた。旧友たちをないがしろにしていること——彼女の心の犯罪に対するラビの説教は容赦がなかった。

「デイヴィッドは、あのルールはきみにはむずかしすぎるんじゃないかと思っているんだ」ラビの密偵、代理ストーカー、チャールズは言った。「他のみんなも賛成していた……きみを擁護《ようご》したのは、ぼくだけだったよ」

冴えないジョーク。でも、冴えないという点では、あのポーカーもご同様だ。十二歳のとき、彼女はもうそのゲームにうんざりしていた。それは、チャールズ・バトラーが仲間に加わるよりずっと前のことだ。養父のおさがりの結束の強い友人グループのなかで、四十歳そこそこのこの心理学者はいちばんの若手となる。当時もいまも、警官と〝頭の医者〟が天敵同士であるこの世界において、チャールズは異例の存在だ。とはいえ、彼もときには役に立ってきた。嘘のつけない、なんでも顔に出るこの男には、嘘つきを見破る不気味な能力がある。彼はウィジャボードにも似た嘘発見器となるのだ。

そして今回も彼は役に立つかもしれない。

マロリーは予想される面倒と見返りとを秤にかけた。ポーカーへの参加、無駄になる一夜。それだけの価値はない。

ふたりは警察署に着いていた。チャールズに背を向け、彼女は積もった雪のあいだの通路を入口へと向かった。ふと見ると、ドアのガラスにチャールズが映っていた。はかなく。亡霊のように。そしてここで——希望でいっぱいのまぬけのほほえみ。

「わたし、遅刻しそうなのよ、チャールズ」

「今週のポーカーはぼくのうちでやる。きみのために、ルールのいくつかはなくすことになってるんだよ」

ドアが開き、パトロール警官がふたり出てきた。ライカーがなかで待っているのが見えた。

「もう行かなきゃ」

「雪が降っても、3の札はワイルドカードにならない」チャールズは言う。「7の札もワイルドカードにはならない。今年は選挙の年だけどね。それに、三日月のことは気にしなくていい。カードはすべて時計回りに配られる」

マロリーはガラスに映る彼を見つめた。彼女の肩をたたこうと一方の手が伸びてくる。振り返ってよ、という哀願。彼女に触れるまであと一インチのところで、彼は手を止めた。

こっちにもルールがある。

さよならも言わずに、彼女は署のなかに入った。チャールズがすぐ外にいることは早くも忘れていた。

昨夜はいったいどうやってうちに帰ったのか。重大犯罪課を司るこの警部補に、はっきりした記憶はなかった。

強い不安には、もっとよい対処療法があるはずだ。酒は、頭の爆発を防ぐ最後の手段であるべきだろう。新米時代、ジャック・コフィーは警官たちが通うバーでかなりの時を過ごし、伝説の飲んべえたちのもとで学んだ。だが結局、飲酒に関しては人並みの能力しかない不肖の弟子であることが判明したのだった。身体的特徴に関してもまた、彼は人並みだった。身長も体重も——何もかもがふつうだ。とはいえ、この警部補は警官としては相当優秀なほうだ。それでも、まだ三十代なので、ここで指揮を執るには若すぎると言う者はいるだろう。それに、頭髪を失うのにも彼は若すぎる。その後頭部の禿げた箇所がぐんぐん広がっているのは、ストレスのせいだ。

あの劇場は殺人が多すぎる。

彼は受話器を耳に当て、市議会議員の訴えを聴いた。相手はなくなった暗視ゴーグルのことで何やらまくしたてている。まるでそれが、殺人を扱う課へのまともな苦情であるかのように。ペリー議員が第一幕を二度見たことについてわめきだすと、いくらか話が見えてきた。議員は、今夜こそあの芝居を全部見たいのだという。でも、警察がゴーグルを押さえてちゃ、芝居をつづけられないじゃないか。

この男に、ニューヨーク市警のヒエラルキーに泣き言を並べる議員は入っていないのだと説明したら、失礼に当たるだろう。だからジャック・コフィーは言った。「ゴーグルね。了解。すぐに手を打ちます」

たぶん来年に。

カチリ。そして議員は消えた。

ライカーとマロリーが定刻に出勤し、ブロードウェイのあの殺人について報告を入れていれば、どれほど助かったことか。今朝の彼は、情報のほとんどをメディアから入手している。そして、保留中の電話の点滅する赤いライトの列には、さらに記者たちが溜まりつつある。連中には待ってもらうしかない。目下、彼は悲惨な状態にあり、音という音すべてに過敏になっている。頭皮から毛髪が抜け落ち、床に激突する音にまで。

鳴りやまぬ電話から逃れるべく、警部補は新聞を手に執務室を出て、すぐ外の刑事部屋へと移動した。広いスペース。日光の気をくじく埃の膜に覆われた背の高い窓。高い天井にはパイプやダクトが縦横に走り、古めかしい蛍光灯の長い管が一面に並んでいる。それらは低く唸っており、いまにも点滅しはじめそうだ。椅子の空いているデスクは、ふたつだけだった。他の席は、コーヒーのカップとデリカテッセンの袋を携えた男たちで埋まっている。

ここでは電話は鳴っていない。至福の平和。

祝祭の飾りは、鉢植えの小さなクリスマスツリーだけだ。これは、市長個人からこの市の働きすぎの全チームに届けられた贈り物だった。予算削減で警察の手足をもぎつつ、閣下が寄越した愛のしるし。それはみんなにこう言っている。**メリー・クリスマス。くたばりな。**誰も水をやらないため、ツリーは茶色くなっていた。そして、これもまた無関心ゆえだが、その木は窓敷居から撤去もされず、ただ朽ちかけている。いや、待てよ。きょうは何かがちがう。あの派手なプラスチックの飾りが消えている。脆《もろ》い枝々には、いたずら者の誰かによって、黒く塗った弾丸が吊るされていた。いまや前の二倍も不気味な姿となり、小さなツリーは士気を左右する全体的ムードを設定している。

ああ、彼の無軌道な部下たちが階段室のドアから出てきた。ふたりがコート掛けへと向かう——ゆっくりと——まるで、まだ充分に遅れていないかのように。コフィーはじっとマロリーを見つめた。彼女はいま、新調のジャケットを脱いでいる。フリースの裏が付いた高価なスエードのコート。いったいあれはいくらするんだ？　数千ドルだろう。それは部屋の向こうから彼に向かって叫んでいた——**黒い金！　黒い金！**　マロリーの衣装に新たなアイテムが加わるたびに、彼はそれを自分への攻撃ととらえる。彼女は彼に心臓発作を起こさせたいのだ。

警部補は、刑事たちが向かい合わせの彼らのデスクに着くのを待った。窓際のその席へとぶらぶら歩いていきながら、彼は言った。「おはよう。朝食はゆっくり楽しめたかな？」大声を出す気はない。頭が痛すぎてそれは無理だ。彼は新聞を固く巻いて、パトロール警官の警棒の太さにした。「デスクに報告書を持ってきてくれないか——」

マロリーが書類を寄越し、彼はそれをぱらぱらとめくっていった。彼女は報告書とすべての聴取をタイプアップしていた。彼女はいつ眠るのだろう？　いや、そもそも眠る必要はあるのだろうか？

ジャック・コフィーは新聞をくるくる広げ、エンターテインメントの欄を開いた。「ヘラルド紙から何行か読んできかせよう。『夜ごとに客席でひとり死ぬ。それは芝居であり、くじでもある。チケットを買って、運試しをしよう。ただし、行く前に遺言書を用意すべし』」彼は新聞を丸めて不格好な玉にした。「きょうのビール長官は指揮系統にはこだわらなかった。芝居を続行させることに何か問題はあるのかと直接、電話で訊いてきたよ。鑑識は事件現場を開放した。だから、きみたちさえよければ――」

「いいさ、何も問題ない」ライカーが言った。「もちろん、今夜、誰かが死んだら、おれたちは馬鹿みたいに見えるだろうがね」

「そうはならんだろう」警部補は言った。「検視局に電話してみたんだ。ふた晩前にくたばったあの女だがね。ドクター・スロープによれば、彼女の死因は心臓発作だそうだ。それに脚本家のほうは自殺だしな」ジャック・コフィーはヘラルド紙の玉を投げ、十フィート先の隅の屑《くず》籠《かご》に放りこんだ。完璧な投球。不快な記事をこうして処分することに、彼はかなり熟達している。とそのとき、民間人の事務員が近づいてきて、印刷したてでまだ温かい仮の検視報告書を彼に手渡した。グッド・タイミング。

「ちょっと待った」ライカーが言った。「ハリー・デバーマンでさえ、あの男が殺されたのはわかってたんだぞ。やつはおれたちの事件を乗っ取ろうとしたんだからな」

「では、わたしが直接、あの役立たずのくそ野郎に事件を渡してやろう」警部補は二枚の文書を掲げた。「これは、仮の検視報告書だ」彼は文書の一枚をライカーのデスクにたたきつけた。「心臓発作！」そしてもう一枚は、マロリーのデスクに。「自殺！」声を小さくして、彼は言った。「終わりにしろ。手を引くんだ」

　その部屋の室温は低く保たれていた。肉の腐敗を防ぐにはこのほうがよい。死体保管所《モルグ》の職員がステンレス製ロッカーの壁に歩み寄り、冷蔵庫をふたつ引き出す。そこには、劇場の死者たち、二夜連続で死んだミセス・マコーミックとミスター・ベックが収められていた。

　この場の生者と死者のうち、もっとも背が高いのは、将軍の堅苦しい姿勢と頑固な石の容貌、そして、その顔つきによく似合う灰色の髪をそなえた男、ドクター・スロープだ。彼が手をひと振りしただけで、職員はそそくさと走り去った。ドクターはクリップボードに目を落とし、検視所見を確認したが――苦情に反し、彼の部下の仕事には問題点などひとつもなかった。重大犯罪課の二人組に冷たい目を向けると、ドクターは彼らにこう伝える笑みを見せた――**おまえらを生きたまま食ってやる。**

　検視局長への謁見は、ニューヨーク市警刑事の誰にでも認められるわけではない。しかし彼とキャシー・マロリーのあいだには長い歴史がある。彼女は、ルイ・マーコヴィッツのポーカーの集いの幽霊会員だ。この旧友の養女に、彼は何度も敗北を喫してきた。それも、あの小さなサメがまだ小学校を出る前に。これだけ年月を経てもなお、彼は復讐の手段を模索しつづけている。それと、なんでもいい、彼女を他者との関係と呼べるものに繋ぎとめておく手段を。これらの目的のために、彼はポーカーよりも複雑な競技を採り入れた。顔合わせは毎回、死体をはさんだ血みどろの闘いで終わる。彼はこれをルイのためにやっているのだ。またそれは、愛のためでもある。

　というわけで、この勝負はいまや、ふたりのお決まりのゲームとなっている。彼らはどちらもそれを戦争と呼ぶ。しかしドクターは紳士だ。最初の一撃を加えるのは常に彼女のほうだった。

　マロリーは女の遺体の顔からシーツをめくりおろした。「ドクターは彼女の死を自然死と判断した」それは、低能どもに語りかける口調だった。

「大胆だろう？　うちの病理学者は、十年前に交換されていなければならない心臓弁を二個、認めた。それで彼は、心不全、自然死という結論に飛びついてしまったわけだ。そしてわたしもそれを承認した。いったい何を考えていたんだろうね」

「心臓発作を引き起こすものは他にもいろいろあるでしょ」

「そうだね、キャシー……確かにある」おっと、いまのは見下しているように聞こえたかな？

「マロリーよ」彼女は言った――いや、主張したのだ。彼がファーストネームで呼ぶことを断じて許さずに。警察学校を卒業したとき、彼女が彼に認めたのは、階級か姓かの二者択一のみだった。

　厳しいね。

　彼は、解剖後の雑な縫合が見えるよう、さらにシーツをめくった。「この心臓発作を誘発したいなら、彼女を切り開いて、胸郭《きょうかく》を割って、胸腔《きょうくう》に手を突っこみ、心臓弁を二個、引き裂かねばならんが……誰かがそうしたなら、うちの病理学者が検視のとき、気づいただろうな」彼は故ミセス・マコーミックにシーツをかぶせた。「弁の機能不全で心臓が止まった。これは事実であって、意見じゃない。そして心臓の機能不全でこの女性は死んだんだ」彼は隣の引き出しのスチール製ベッドに顔を向けた。あの脚本家、ミスター・ベックの、シーツが掛かった遺体に。「そっちの男は自殺だ。正確に言うと、放血だな。彼は大量出血していた。こっちの死因のほうも変える気はないよ、キャシー」

　プロらしからぬその呼びかたに対し、今回、彼女はただ彼をにらみつけた。さっき警告したのに。警告は常に前もって与えている――

　ライカーがあいだに割って入った。「ここがおもしろいとこなんですがね、ドク、このふたりは同じ場所で死んでるんです。別々の夜のぴったり同じ時間に」

「なるほど……つまりきみは、うちのスタッフが何か見落としてると言いたいんだな」それはまずない。「どうやらミスター・ベックは死ぬ時間を選んだらしいね。なぜ、ミセス・マコーミックの心臓発作にその時を合わせたのか？　本人に訊けないのが残念だが、彼は実際そうしたわけだよ。なおかつ、そのことは自殺の裏付けにもなる」

　キャシー・マロリーはシーツをめくって、死んだ男の首の傷を表にさらした。「すごくきれいな縫合ね。これはドクター・プールがやったんじゃない？」

「そのとおりだよ」仮報告書の一ページ目に視線を据え、彼はドクター・プールの所見を言葉を換えて表現した。「暴行の痕跡なし。防御創なし。唯一の傷は自殺に整合する」彼は読むのをやめて顔を上げた。「訊かれる前に言っておこう、ミスター・ベックには、包括的な薬毒物検査は行われない」スロープは、比較的理屈の通じるほうの刑事、ライカーにクリップボードを手渡し、いちばん上の文書の一箇所を指さした。「彼のアルコール値を見てごらん」

ライカーは眼鏡をかけて言った。「なんとまあ！」

この意見に賛同して、エドワード・スロープはうなずいた。「これで劇場にたどり着くまで直立していられたとは、あっぱれだよ。この体格なら大半の男はもっと少量のアルコールでも意識を失っていただろう。われらがミスター・ベックはずいぶんと鍛錬《たんれん》を積んでいたようだ」ライカーの手から書類を取りもどすと、ドクターは一枚、ページを繰った。「さて、ひとつ奇妙な点があるんだ――」

「彼の肝臓《かんぞう》はアル中の肝臓じゃなかった」マロリー刑事が言った。

ドクターは間を取って三つ数えた。「キャシー、くだらん検視解剖などすっ飛ばしてはどうだろう？　わたしの時間が無駄になる。きみがただ好きなように自分の意見をタイプアップすればいい――」

「まあまあ」ライカーが言った。「彼女の考え、当たってるんですか？」

「長期にわたるアルコール濫用の徴候はない。そのうえ、ミスター・ベックはベジタリアンの指標を示している。胃の内容物、皮膚の色。高いカロチン値。ニンジンを好んでいたのは明らかだ。健康志向の非常に強い食生活だよ。つまり、この飲酒三昧は、最近起きた心境の変化の表れなんだ。いい方向の変化じゃないがね。そしてこれもまた、自殺という所見の裏付けとなる。ドクター・プールのロジックは完璧だよ」

「この男は喉を切り裂かれたのよ」キャシー・マロリーは言った。「なのに、隣の席の目撃者は、まったく気づかなかった。なんの音にも。酔っていたとしても、彼は痛みを――」

「痛み止めや鎮静剤は摂取されていない――きみが言いたいのがそのことならな。その種の薬物ならわれわれの標準的薬毒物検査で出ていたはずだよ」

「世の中には、それじゃ検出されない薬物も――」

「薬を盛られていなくても、すじは通るんだ！」ああ、実にいらだたしい。顔の全筋肉をこわばらせ、エドワード・スロープはクリップボードを見おろした。「ドクター・プールは非常に入念だったようだ。彼は、傷と照合するために、鑑識から凶器を送らせている。きわめて鋭利な剃刀《かみそり》。喉はひと掻きで切り裂かれていた」ドクターは顔を上げてキャシーを見た。「痛みを感じるまでにはしばらくかかる……だが彼は六十秒しかもたなかった。せいぜい九十秒だな」

「それは薬物による」彼女は言った。「世の中には――」

「薬物の話はもういい！　あの量のアルコールに何か奇抜なものが加われば、彼は剃刀を振るう前に死んでいただろう。ミスター・ベックはすごい速さで血液を失っていた。ショック状態にあったんだ――それより効果的な痛み止めはこの世にない。だからこれ以上、血液検査は行わんよ！」

キャシー・マロリーはほんのかすかにうなずいて、彼の勝ちを認めた。明白に彼の負けだと告げるほほえみとともに。そしていま、ドクターは気づいた。血液検査など彼女にはどうでもよかったのだ。いったいこいつは何をつかんで――

ああ、ちくしょう!

ドクター・スロープは報告書の最後のページを凝視した。そこに描かれた傷の図を。それから、遺体の向こう側へ回って、初めて傷の現物を見た。それで、プールのロジックの欠陥がわかった。

傷はふつうとは異なり、水平ではなかった。それは右耳の下から始まり、斜め下へと向かって、頸動脈《けいどうみゃく》を分断した後、首を横切って気管の一部を切断している。半ばまで切れた喉というのもまた異例だが、その点は問題ない。しかし、血がぬぐい落とされ遺体がきれいになったとき、経験を積んだ病理学者なら第二の傷の意味に気づいただろう。出血もない浅い傷、皮膚をひっかいた程度のその長い擦過傷は、致命傷の切り傷に平行して走っていた。

キャシー・マロリーのほうも遺体をじっと見つめていた。近々と身を寄せて――キスするときの距離から。なんて邪悪な笑いだろう。きょうの彼女を見たら、故ルイ・マーコヴィッツはどんなに得意がったことか。

「これは何?」彼女は切り傷の下のその擦過傷に手を触れた。「お宅の病理学者はためらい傷を見落としたのかしら?」

彼女は大いに楽しんでいた。

「ううん、待って。ためらい傷のはずはない。剃刀なら皮膚を裂いてしまう。ドクター・プールだってそれくらいわかるわよね。きっとこれは爪でひっかいた痕よ……剃刀を握っていた手の爪の痕」彼女は遺体の左手を持ちあげた。どの爪も深く嚙みちぎられている。「でも、自殺ってことも……ありうるわね」

これ以上の皮肉があるだろうか？　いや、そうは思えない。

ついに立ち去ったとき、刑事たちは検視局長の修正ずみの報告書を携えていた。ドクター・スロープは自殺と殺人のあいだをとって、〝不審死〟との判断を示したのだった。

第七章

スーザン あの人たち、その全員を殺したの？　女性も？　子供も？
ロロ ああ、そのことは気にしないで。きみ、バレエは好きかい？

「真鍮《しんちゅう》のベッド」第一幕

雲ひとつない空。いまいましい太陽。雪を解かそうってのか？

アクセル・クレイボーンは、屋上をぐるりと囲む低い煉瓦《れんが》の壁の前に立っていた。この天空の席から見える諸々の変化を嘆きつつ、彼は通りを見おろした。かつて、町のこの地区は、破産から一攫千金までの全領域を駆け抜けるエンタテイナーたちの領土だった。ところがいまや、歩道は三千ドルのベビーカーに赤ん坊を乗せて歩く乳母《ナニー》たちに占拠されている。ああ、トライベカはまちがいなく凋落《ちょうらく》しつつある。

「今夜のチケットは完売したぞ」彼は屋上で眠る男に言った。その死はまだ未熟すぎて、眠りとしか呼びようがない。彼はひざまずいて、ディッキー・ワイアットの顔から雪をどけた。「きみは元気そうに見えるよ」肌は青を通り越して白くなっているけれども。それにその目は――少しくぼんだだろうか？　そう、おそらく。

アクセルは手すり壁に近づいた。そこには新聞が置いてあった。その隣には湯気の立つコーヒーのマグカップも。ひとつは自分の分、もうひとつは友人の分だ。友はもう渇きなど感じないが、よい幻想には小道具が欠かせない。まず、彼はヘラルド紙を広げた。レオナード・クリッペンの第二の劇評を読みあげ、それが終わると、つぎの新聞に移った。その社は、勇敢な劇評家をひとり嵐のなかへ送りこみ、昨夜の公演の劇評を書かせたのだ。この女性批評家の賛辞はべた褒めとまではいかない。しかし彼女が楽しんだのは確かであり、ざっと斜め読みしてみたところ、それはかなり好意的な評だった。「ディッキー、天気予報によると、今夜は雪は降らない。他の劇評家たちもみな顔を出すはずだった。「ディッキー、あの芝居は受けてるぞ。それも、まだ誰も第二幕を見てないのに、だ」

彼は友を見おろした。だが、相手はちっとも歓びを見せない。

アクセルはコーヒーの残りを飲み干した。「ごめんよ。もう行かなきゃならない。劇場で記者どもが待っているんだ。ああ、それに、シリルとの約束もあるし。ぼくは何人かの政治家と握手することになっているんだよ。そうすりゃ連中が今夜、公演をつづけるチャンスをくれるんじゃないかってわけだ。警察はやめさせようとするかもしれないからな」

アクセルは眠れる男の顔に雪をかぶせた。友の鮮度と香りが保たれるように。彼を長くそばに置くことはかなわないけれども。「きみがいなくなったら、ぼくはどうすればいいのかな」

ディッキーには答えられなかった。

ジャック・コフィーは、脚本家の死の事務処理に集中しようと努めた。しかし、巨大な熊が開いたドアの前に立っているという事実はやはり無視しがたい。彼は顔を上げ、予告なしで現れたお客のゆっくり動く茶色の目に視線を合わせた。相手は広い肩のあたりが窮屈《きゅうくつ》そうなスーツを着ていた。そしてコフィーはその熊に言った。「なんの用かな？」

鑑識課の長、ヘラーは、警部補の執務室にどかどかと入ってきて、小さな段ボール箱をデスクマットの上に掲げ――ストンと落とした。

これはヒントにちがいない。

「ツイているな、ジャック。証拠はどれも役に立たない。例の事件が仮に裁判に至るとしても、証言台にはクララ・ローマンを立たせなくてすむだろう。彼女はきみの部下たちを忌み嫌っているがね」

今度はコフィーが撃つ番だった。「ああ、聞きましたよ。昨夜はローマンがコウモリの洞窟から出てきたそうですね。彼女がこの前、現場で働いたのはいつだったかな？　五、六年前でしたっけ？」あの女は鑑識課の聖牛、新米時代のヘラーを雇い入れた人物なのだ。しかし現在、課を取り仕切っているのはこの男だ。そして彼は誰の使い走りもしない――たとえローマンのたのみであっても。

とすると、ヘラーはここに何しに来たんだろう？

「きみの部下たちは、彼女の部下たちに劇場じゅう這い回らせ、いまいましいチョークをさがさせた。わかっているのか？　超過勤務にどれだけの時間が――」

「クララ・ローマンが刑事たちの命令に従ったとはね」あのプリマドンナがデスクに鎖でつながれているのには、それなりの理由があるのだ。「で、チョークは見つかったんですか?」

ヘラーは聞こえないふりをした。「剃刀《かみそり》から出た指紋は、ピーター・ベックのものだけだった。そのうちいくつかはぼやけている。ただし、わたしが予期していたのとはちがうかたちでだ。指紋に指紋が重なってるわけじゃない」

「つまり——手袋という線を考えてるわけですね?」コフィーは部下たちの昨夜のパブめぐりの詳細が記された報告書を手に取った。ピーター・ベックは喉を切られるずっと前に自分の手袋をなくしている。しかし、鑑識課にそのことを知る者はいないだろう。

「そう、手袋だ」ヘラーは言った。「おかげで剃刀は用をなさない証拠品になっている。そして、暗視ゴーグルのほうは、そのほとんどに出演者とスタッフ全員の指紋が付いていた。誰も彼もがあのゴーグルで遊んだわけだ」彼はデスクの上の箱をたたいた。「ゴーグルを返すわけにはいかないが、玩具屋から代用品としてこれを買ってきたよ。ペリー議員が朝からずっとうちの課をやいやい責め立てていてね、彼によると、劇場ではきょう、このゴーグルが必要なんだそうだ」ヘラーはデスクマットの向こうから箱を押してきた。「プレゼントだと思ってくれ、ジャック——あの男を相手に点数を稼ぎたいならな。本人によれば、彼はビール長官ととても親しいそうだよ」

政治家たちはヘラーに対し、なんの影響力も持たない。しかし、彼がここでやっているのは——政治家のゲームだ。

コフィーはデスクを指でトントンたたいた。「それで……チョークはどうなったんです？」

超多忙な無口な男、ヘラーがいま、しばらくおしゃべりするために腰を下ろした。「デスクの引き出しから青のチョークが見つかったよ。劇場の連中は稽古《けいこ》中そのチョークでステージに印をつけるんだ。しかし黒板のチョークは白だった。そしてそれは古いやつだ。粉っぽくて、結合剤は最近のものじゃない」

「まわりが汚れそうだな」コフィーは言った。「つまり、ローマンの部下たちは白いチョークを見つけたわけですね」

「いや、一本もだ。彼らは黒板の文字からサンプルを採取したんだ。どの鑑識員も、人の手に残ったチョークの粉には気づいていない。たぶんホシが手袋をはめたのは、剃刀だけでなくチョークを使うためでもあったんだろう。そしていま、帳簿には超過勤務がどっさりつけられていて——それが全部無駄だったわけだ」

「しかし手袋のほうは見つかったんですよね？　ローマンはうちの部下たちに何も——」

「いや、ラテックスやその類のはひとつもなしだ」

「いまは冬ですからね」コフィーは言った。「誰もが手袋をしていますよ」

ああ、くそ、そういうことか！

ヘラーがなぜ訪ねてきたか、いまわかった。この訪問の目的はダメージ・コントロール——クララ・ローマンのミスの事後処理なのだ。「なるほど。つまり鑑識は、暗転のとき、みんなが着ていたものだけを集めたわけですね？　うん、鑑識が興味を持つのは、血飛沫《しぶき》だけだものな。しかし残念ですね。容疑者たちの手袋に血痕が……またはチョークの粉が残っていないか、検査されてないってのは。たぶん犯人の手袋はその持ち主といっしょにドアから出ていったんでしょう。それも、ローマンがまだチョークの捜索に取りかかりもしないうちに。なのに、彼女がうちの連中に腹を立てていたわけですか？」

ヘラーは肩をすくめた。これは降参の白旗を振っているのに等しい。「クララはこの件からはずれる。しばらく病欠を取る予定だよ……ひとつ借りができたな」

ジャック・コフィーはほほえみ、この男とやりあう際の愛用の格言が口から出そうになるのをこらえた。**熊にやられる日もあれば、その熊をタマをつかんで倒せる日もある。**


ヘラルド紙の劇評家は相変わらず警察のノックに応えず、留守電に残されたメッセージにもなんの反応も見せていない。新聞社の編集主任はライカーに同情し、レオナード・クリッペンは原則として正午前には目を開けないのだと説明した。

刑事はもう一本、今度はあの舞台監督との電話を終えると、デスクの電話機にガチャンと受話器をたたきつけ、相棒に言った。「バグジーはまだ現れてないよ」

マロリーの視線は、彼の背後のどこかに注がれていた。振り返ってみると、そこには鑑識課の夜のシフトの女王、クララ・ローマンの姿があった。彼らのデスクの境界線に歩み寄ったとき、このご婦人の主《ぬし》然たる態度は影を潜めていた。今朝、この世における彼女の地位はもっと不確かに見えた。

そして、こう言ったとき、ローマンの声はかすれていた。「わたしはもうあなたたちの事件を担当していない。別に怒ってるわけじゃないのよ。ただしばらく休暇を取ることにしたの」彼女はマロリーを見つめた。たぶん、若い刑事がちがう話を聞いていないかどうか、その顔から読み取ろうとしているのだろう。ヘラーがヘマをした彼女を事件からはずしたという噂が届いていないかどうか。

そしてそう、確かに二十分前、鑑識課のスパイが電話で噂を伝えてきたし、ヘラーのコフィー訪問はその話に信憑性を与えている。しかしマロリーは何も明かさなかった。その顔はまるで仮面だった。

「でも、やり残しは好きじゃない」ローマンは言った。「それで……例の暗視ゴーグルのことだけど。あれは子供用の玩具よ。でも古いモデルで、もう何年も前に製造中止になっている。だから、玩具屋は除外していい。それに、ｅＢａｙ（ネット・オークションの運営会社）はもうわたしがチェックした。ただ、品物は製造元の段ボール箱に入っていたから。出荷ラベルが清算人か盗難届につながるはずよ」ここで彼女は輪ゴムでまとめた分厚い紙束をデスクに置いた。なおかつ、その態度は、儀式を行うのに近いものだった。「これはあの芝居の台本のコピーよ」

いったいこれをどうしろと言うんだろう？　読めとでも？

ゴーグルのほうはと言えば、彼の相棒はたった十分でその段ボール箱を、商品がまだ新品だった年の強奪事件に結びつけている。マロリーには、配達用トラックの後部から箱がかっぱらわれた日の日付まで特定することができた。なのにローマンはその場に立って、彼らの感謝を待っている。無益への感謝を。しかし、ご婦人を待たせたりはしない男、ライカーは雄々しくもそれに応える覚悟だった。

ところがマロリーに先を越された。彼女は席から立ちあがり、年上の女に手を差し出して言った。「ありがとう」

握手を交わすとき、クララ・ローマンの顔に笑みはなかった。彼女のほほえむ顔は、誰も見たことがない。しかし歩み去る前、彼女は背筋を伸ばし、短くうなずいてみせた。

ライカーは引きあげていく女の背中を見つめた。階段室に入っていくとき、それは前よりもぴんと伸びていた。彼女の尊厳は回復されたのだ——人もあろうにマロリーによって。彼の相棒はいまだに彼を驚かせることがある。そして彼はこんな考えをもてあそんだ。彼女にはやはり心があるのかもしれない。

それは見えたかと思うと、見えなくなる。

彼はハッと現実にもどった。コフィーの執務室の前にヘラーが立ち、じっとこっちを見つめている。つまり、マロリーは鑑識課の〝好意の銀行〟に金を積んでいたわけだ。ヘラーはいつもクララ・ローマンの世話を焼いている。あの癇癖《かんぺき》、年齢、神経に障る性格だと、彼女はもう他の仕事には絶対に就けないだろう。

マロリーはヘラーの心を相手にゲームをしているのだった。

アクセル・クレイボーンはソーホー署の一階を、ボス・トゥイードとタマニー・ホール（七一九〇年代から一九六〇年代の民主党派閥組織。しばしば不正な手段で市政を牛耳った。ボス・トゥィードはタマニー派の政治家）の時代の歴史的建造物として見た。すばらしい。そこには、数世紀前のモールディングと硬材の床がそのまま残されていた。民間人や警官たちは映画スターには目もくれずに忙しく行き交っている。だがそれも、彼が黒いサングラスとスカーフを取るまでのことだ。女性警官のひとりが足を止め、まじまじと彼を見つめた。つづいて、別の警官がペンと紙を彼の手に押しつけて言った。「お願いできます？　妻が大ファンなんです」

　アクセルは笑みを浮かべ、男の妻の名を入れてサインをしてやると、芝居の優待チケットを二枚、彼に渡した。「今週末の公演のですよ。今夜のは六分で売り切れてしまったのでね」

　大仰な感謝の言葉に耐えたあと、俳優はここに来たわけを伝えた。すると警官は、背の高いデスクの向こうの男に呼びかけた。「巡査部長、ミスター・クレイボーンがゴーグルを取りにいらしてますよ」

　首に入構証が掛けられ、アクセルは案内に従って、重大犯罪課への階段をのぼっていった。階段室のドアが開かれると、そこは索漠たる大部屋だった。室内は雑多な食べ物を取り合わせた朝食のにおいがするが、もっとも支配的なのはコーヒーの香りだ。主のいないデスクはどれも、カップやデリカテッセンの袋で散らかっている。目下このスペースを占める唯一の人物は、私服姿の馬鹿でかい野人だった。そいつは大型類人猿の狭い額と脅迫の化身の顔をそなえていた。ところが、自己紹介したときのその声は驚くほど小さかった。「ジェイノス刑事です……お待ちしていましたよ」

少々不穏な言いかただったのでは？　うん、まちがいない。いい感じだ。

巨漢の刑事に連れられて、アクセルは廊下を歩いていった。突き当たりまで行くと、ドアがひとつ開いており、繊細《せんさい》なまでに優しい手振りで、彼はなかへと誘導された。約束の暗視ゴーグルの箱は、椅子に囲まれた小さな四角いテーブルの上に載っていた。彼が箱を持ちあげたとき、背後でドアが閉まった。案内の男は消えており、カチリという金属音が鍵がかけられたことを彼に告げた。くるりと振り返ると、フレーム入りの鏡に映る自分の姿が目に入った。人格形成期に何度も刑事役を演《や》ってきたのは伊達じゃない。確かに、自販機や冷蔵庫やコーヒーメーカーで取調室を偽装するのは利口なやりかただけれども。マジックミラーの向こうの目に見えない観客に、彼はお辞儀をした。それから、ト書きなど必要ともせず、椅子に腰を下ろして、本物の警察に絞られるという貴重なひとときを待った。

そして待ちつづけた。

数分置きに、彼は壁の時計を盗み見た。ドアが開いたのは、三十分も過ぎてからだった。やっとか。

マロリーとライカーの両刑事が入ってきたとき、彼は何かの理由で自分がふたりの不興を買っているのを感じた。あの背の高いブロンドが腕組みをした。こう言ったとき、その声はやや不機嫌そうだった。「バグジーが来るのかと思ってたんだけど」

「ところが現れたのは、このぼく、スターであり……使い走りではなかった。なるほど、これであなたの落胆が理解できますよ」ゴーグルの引き取りは計略だった。彼はたのまれて、ここに来たのだ。警察をたらしこみ、必要とあらば誰とでも寝て、公演を続行できるようにしてほしいと。だが彼自身の動機は、純粋にマロリー刑事とまた会いたいということだった。彼女は無関心によって彼を誘惑したのだ。そしてその拳銃もまた、彼女を非常に魅力的にしている。

そこまでの魅力はないライカー刑事が、ドスンと椅子にすわった。まぶたの垂れたその目は、ひとつめの質問をする前から嘘を想定していた。「舞台監督は、ゴーグルを引き取りにバグジーを寄越すと言ってたんだがな。あのチビはどこにいるんだ?」

アクセル・クレイボーンは、〝さあねえ、どうだっていいでしょう?〟と両手を広げてみせた。「彼は使い走りですからね。あっちへ行ったりこっちへ行ったりです。他のみんなはまだ記者会見中です。舞台係のふたりも。だからぼくが——」

「へいへい」ライカーが言った。「あんたは彼のことをどの程度、知ってるのかな?」

「バグジーですか?　われわれは属している世界がちがいますからねえ。ぼくの飲むワインのボトルはコルクで栓がしてあります。彼のことが知りたいなら、必要なのはねじ蓋の集団に属する情報屋ですよ」見物人がガラスの向こうでおもしろがっているのを想像し、彼は鏡に顔を向けた。

マロリー刑事もまた、鏡を見つめていた。だがそれは、彼女の姿が映る角度にはなっていない。彼女は壁に歩み寄り、鏡のフレームを微調整した。まるでそれが傾いていたかのように。仮に本当に傾いていたとしても、その狂いは常人の目には見えなかった。

つまりあの鏡は単なる鏡にすぎず、別の部屋につながる窓なんかじゃなかったわけだ。どうやら自分はふつうのランチルームにすわっているらしい。アクセルは自分に仕掛けられたこの傑作ジョークにほほえみながら、マロリーがゴーグルの箱に手を伸ばし、その縁がテーブルの縁と平行になるように置き直すのを見守った。

几帳面《きちょうめん》な細かい刑事か。

それにたぶん、少々頭がおかしいのでは？

彼はそうであるよう願った。ならば、すごくおもしろい。

彼女はテーブルの向こう側にすわり、ひどく冷たい顔を彼に向けた。バイロンの詩の一行をもじるなら、彼女がこう言ったとき、〝その顔《かんばせ》と瞳には〟何か原始的なものがあった。「バグジーについて知っていることを教えて」

「大したことは知りませんよ」アクセルは言った。「稽古の初日に初めて会ったわけですしね。われわれの元演出家、ディッキー・ワイアット――あの使い走りは彼が雇ったんです」

ライカーが手帳とペンを取り出した。「そのワイアットにはどこに行けば会えるかな？」

雪の下で眠っているよ。

「さあ。三週間の稽古のあと、彼の契約期間は切れたんです。おわかりでしょう？　三週間あれば、大半の芝居は形に――」

「バグジーは、自分のフルネームはウィラード・オルブライトだと言っている」マロリーが言った。

「ほんとですか？　バグジーというのは確かにウィラード・オルブライトのニックネームでし

たがね。それは架空の人物ですよ」

ライカーがいらだたしげにくるくると鉛筆を振った。「彼がでたらめな名前を教えたことなら、もうわかってるよ」

「いや、ぼくは架空と言っているんです――フィクションということですよ。たぶん鶏が先か卵が先かみたいなことなんでしょうね。本物のバグジーが先なのか、それとも、芝居の登場人物が先なのか」

刑事たちは目を見交わした。それから、ライカーの鉛筆が開かれた手帳に着地した。「その芝居のタイトルは？」

「よく覚えていないな。映画だったかもしれないし。いろんな人が始終ぼくに脚本を送ってくるもので――」アクセルはパチンと指を鳴らした。「話を聞くのにいい人がいますよ。レオナード・クリッペン。ヘラルド紙の劇評家です」ああ、マロリー刑事が興味の色を見せたぞ。そしていま、彼のほほえみは彼女だけのものとなった。「バグジーがどうやって使い走りの仕事を得ているか、教えてあげましょう。それがどんな芝居であれ――ブロードウェイのショーであろうと、教会制作のマイナー作品であろうと――バグジーを雇えば、クリッペンが劇評を書くことが保証されるんですよ。彼はその芝居をこきおろすかもしれない。しかし必ず初日の夜に顔を出すんです」

彼はもう用済みらしい。ふたりの刑事はすみやかにドアへと向かった。

キスはなし？　さよならの挨拶も？

第八章

ロロ　お客様に椅子をお持ちして！（双子の一方がクロゼットのドアを開け、車椅子を引き出す）もっと痩せていたころのぼくの記念品だよ。

「真鍮《しんちゅう》のベッド」第一幕

男の長い髪は、くるくる渦巻く、まぶしい白髪。それは光を盗み、肩から流れ落ちる黒いコートとのドラマチックなコントラストを成している。着ているものはすべて黒だが、彼はスリムに見えなかった。制服警官たちに引きずられてきたというのに、三重顎のこの男は入口に立ったまま、刑事部屋に招き入れてもらえるのを礼儀正しく待っている。その胸がひどく不満げなため息とともに大きく動き、この人物は長く待たせてはいけないのだと刑事ら全員に知らしめた。

マロリーは席から立ちあがって、男に呼びかけた。「ミスター・クリッペン！」

「マロリー刑事？」劇評家は、彼女がドアの下に入れてきた名刺をこれ見よがしに振り回した。腹についた約五十ポンドの贅肉《ぜいにく》を先に立て、彼はデスクのあいだの通路を進んできた。また、太鼓腹で歩くその姿は堂々たるものだった。彼女の前で足を止めると、彼は一礼して言った。

「なんなりとお申しつけください」しかしこれも滑稽《こっけい》には聞こえなかった。七十代の男の口から出れば、少しも。

彼女は相棒を振り返った。彼はただ笑みを浮かべてこう伝えた。大当たりだろ？　そう、確かに。その劇評家は本当に年寄りであり、まちがいなくローテクの民の失われた国に属する者だ。

「おかけください、ミスター・クリッペン」

つまらない根競べを始め、彼はマロリーがすわるまで立ったままでいた。それから、彼女のデスクの横の椅子に収まって、ちょっと姿勢を変え、ネクタイと巨体をきちんと整えた。この作業が煩わしかったのか、その口からまたひとつため息が漏れた。

「ご足労いただいてありがとうございます」ライカーが軽い皮肉をこめて、かの逃亡者に言った。「バグジーはあなたに対して大変な影響力を持っているそうですね」

「そして、わたしたちはそれを不思議に思っています」マロリーは相棒に倣《なら》い、劇場からの、そして警察からの逃走をネタに相手を脅すのは差し控えた。「もっともバグジーにからむことは何もかも少し……おかしいわけですが」

「彼のことはよく知っていますよ。あの愛すべき小男のことでしたら、お話しするにやぶさかではありません。ですが、目下ちょっとした問題がありましてね」レオナード・クリッペンはここで間を取って、またひとつため息をついた。今度のは、身内が死んだときのために取っておくべき類のやつだ。「実は、わたしは今夜の公演も見に行くつもりなのです。ところが、劇団はわたしが三つ目の評を書くことを予想していなかったのです。いい席は全部、わたしが電話をするまでに埋まってしまっていたのですよ。残っていた唯一の席はあまりいい席とは言えません……彼らはわたしを後方の列に入れたのです」

劇評家はゆっくりと笑みを浮かべた。マロリーにとって、その翻訳は簡単だった。彼女自身のレパートリーにも、同種の笑いはある。そしていま、彼女はこのゆすりの手続きを完了させた。「わたしたちは最前列の四席を、ロープを渡して立入禁止にしています。あの死んだ男の席におすわりになります？」

「おお、ぜひお願いしますよ！」

アルマ・サッターの長い金髪は髷《まげ》に結われ、二本の尖った棒、彼女がイメージする兵器で留めてあった。楽屋口近くの壁のスイッチを入れると、蛍光灯が点灯し、長い通路を照らし出した。その先の舞台裏のエリアで、彼女は別のスイッチを見つけた。さらなる光。でも、ささやかなものだ。若い女優はコートのボタンをはずしながら、暗い側へと向かった。舞台セットのうしろへ回る前に、彼女は足を止め、息を殺してその場で静止した。

耳をすませながら――静寂のなかで。

足音も、黒板をこするチョークの音もしない。でも、それで安心できるだろうか？　まさか。安心なんてできっこない。この劇場では決して。

黒板は、書割のドアから流れこむ四角形の弱い光に照らされている。それでも、角張ったチヨークの文字はちゃんと見えた。そしてアルマは、コートをしっかりと体に引き寄せた。隙間風が吹きこんだわけでも、突然、気温が下がったわけでもない――ただ、ショックが体の内部に与えるもの――それが冷たかった。

彼女は頭のてっぺんの髪の小山から尖った棒の一本を抜き取った。しょうもないちゃちな道具。ほとんどなんの役にも立たない。どっちが近いだろう？　路地側のドア？　それとも、野球のバットがある小道具のロッカー？

もうどっちでもおんなじ。膝の力が抜け、彼女は床にへたりこみそうになった。

書割のドアのほうを振り返る。ステージ上には、ケージ付きの電球がひとつワイヤーで吊り下げられ、古いしきたりどおり、霊たちが暗闇のなかでするいたずらを防ぐために、明るく輝いていた。そのゴーストライトは、生きている人間の最後のひとりが劇場をあとにするとき灯していくのだ。

だから、ここには誰もいない。

叫んでも無駄だ。

アルマは黒板に視線をもどした。シリル・バックナーは絶対に信じないだろう。ゴーストライターからのメッセージのことをアルマが話すたびに、あの舞台監督はそれを彼女のマイナス点、ドラッグをやっている証拠としてカウントする。実際、彼女はやっている。でも幻覚剤じゃない。きょう、使っているのはコカイン、いちばん効くやつだ。あれをやると、シャキッとするし――

集中できる。

アルマはコートのポケットから携帯電話を取り出した。必死で恐怖と闘いつつ、アプリをつぎつぎフリックし、この新たなメッセージが消えないうちにとカメラ機能をさがす。メッセージはどれも不意に現れ、あっという間に消えてしまう。

だめだ。両手がぶるぶる震えている。電話が床に落ちた。

馬鹿。

アルマは逃げたかった。でも脚はヌードルと化していて、もうどこへも彼女を運んでいけない。彼女にはただ、黒板のチョークの文字を見つめることしかできなかった。

さほど痛くはなかろうよ、アルマ。


「本人に訊けば、いいのですよ」レオナード・クリッペンは言った。「きっとバグジーは、自分のフルネームはウィラード・オルブライトだと教えるでしょう」

「それは、彼がわたしたちに教えた偽名ですね」マロリーは劇評家のほうに身を乗り出した。「うしろの席で観るための双眼鏡はお持ちですか?」

「彼の本名はアラン・レインズです……まあ、それは舞台名かもしれませんが」

ライカーが手帳から顔を上げた。「バグジーは俳優なんですか?」

「あなたたちはもちろん、あの男をブロンクス訛《なまり》の可愛い小男と見ているでしょう。しかし、彼はエール大学演劇学部でシェイクスピアを学んだのですよ」

「つまりあなたは彼をよく知っているわけですね」マロリーはこの問いを非難に聞こえるように言った。

「そうですとも」クリッペンは答えた。「わたしは彼の大ファンでしてね。使い走りの仕事を新たにもらうたびに、彼はわたしを訪ねてきて、その劇団の芝居をやってみせるのです。それも全部の役を演じてみせるのですよ」

「最初から最後まで?」

「いや、第一幕のいくつかのシーンだけです。さわりの部分ですね。結末が知りたければ、他のみんなと同じように劇場に行かなければならない。そのあと、わたしは劇評を書くわけです。バグジーがまた別の芝居を見せに来るように」

「あなたは面白半分そうしているわけですね?」ライカーが言った。

劇評家はふうっと息を吐き出した。信じられないとばかりに。「わたしがそうしているのは、彼の演技を見る歓びのためですよ。バグジーはすばらしい役者なのです。もし彼が芝居を見せに来なければ、わたしには彼が演じるのを見るチャンスはない。劇評を書くのは、その経験に対するささやかな対価です。たとえ見せられたのがピーター・ベックの退屈な芝居であってもね。もっとも今回は、うれしい驚きがあったと言わざるをえません。あの芝居は、まるでベックらしくありませんから。彼はいつも家族の関係をテーマとする退屈なメロドラマを書くのですよ。ところが、いまやっている芝居にはヒッチコック的な味わいがあるように思えます。もちろんわたしは、第一幕しか知らないわけですが。あなたたちは全部、読まれたのでしょうな」彼はふたりの刑事の顔を見比べた。「まさか読んでないとか?」

ゆがんでいる。もちろん、そうだ。でも、ゴーストライターのおかげでよりよい女優になれたという考えから、一度、アルマはある仮説を思いついた。メッセージはすべてディッキー・ワイアットが、彼女を恐怖へ、悲鳴を国歌とする別の国へと追いこむために書いているのではないか? ディッキー以外の誰が彼女のことを脅かすほど気にかけるだろう?

オハイオの故郷の町という安全な揺りかごにいたころは、彼女に不親切な者などひとりもいなかった。彼女は愛されていた。この町に、冷や汗と動悸が必要なこの役に対するお粗末な備え。しかし、いまの彼女は恐怖の演じかたを心得ている。彼女はそのなかに住み、そのなかで眠り、それに向かって目覚める。でもきょうの脅しは別物だ。これは痛みを予告している。アルマはその言葉を何度も何度も読み返した。ゴーストライターはいまどこにいるんだろう? すぐそばまで迫っている? もう背後にいるとか? 彼女にはこういう時のための薬がある。でも震える手では、その抗不安薬の安全《チャイルドプルーフ》キャップを開けることはできなかった。薬瓶が床に落ちた。彼女は意志の力で路地側のドアに向かった。それから走りだした。

背後で、板をひっかく爪の音がした。

彼女は止まった。

そして振り向いた。

誰もいない。

意志に反して、足が黒板へと引き返していく。いや！　彼女は叫んだ。というより、叫んだと思ったのだ。その口は大きく開かれたが、声はまったく出てこなかった。

さきほどの数語は消え、それに代わって夥《おびただ》しい数の言葉が黒板を埋め尽くしていた。何千億もの活字体の文字が、彼女が逃げ出してから数秒のうちに。

「いや、彼らが隠し立てをしたとは思えませんな」レオナード・クリッペンは言った。「劇団の連中は、バグジーがアラン・レインズだとは知らないでしょう。彼はブロードウェイの芝居に一度出たきりなのです。それもたった六カ月。そう、あれは何年も前のことですよ。そのころから彼はずいぶん変わりました。しゃべりかたも、服装も。髪をとかさないあのスタイルも。それに、においは古着屋のラックみたいですしね。すべてが、ブロードウェイで彼が演じた役と一致しています。彼はその登場人物の名前、バグジーまでもらったわけです。必死で駆け回る怯えた小男、使い走りの名前を。そしていま、彼は昼も夜もバグジーとなっている。彼が役から抜け出すのを、わたしは見たことがありません」

「つまり彼はイカレてるわけですね」ライカーが言った。

「連中はみんなそうでしょう？　演劇は危険な稼業です。セイフティ・ネットはありません。翌月の家賃を払える保証はないのです。正気じゃとてもそんな人生を求めることはできませんよ。そして、ここからが非常に残酷なところなのです」

さらに何人かの刑事がばらばらと入ってきた。近くのデスクに陣取る者、劇評家を取り巻くゆるやかな輪に加わる者。そして彼らは、芝居から抜け出す道がわからなくなった哀れな小男の物語に耳を傾けた。

完全なパニック状態で、指をぶるぶる震わせながら、アルマ・サッターは不器用に鍵を扱い、なんとか楽屋のドアを開けた。それで救われるかのように、何も見えない一方の手が明かりのスイッチを入れる。彼女はバタンとドアを閉め、鍵をかけた。階段を駆けのぼってきたせいで、息は上がっていた。クッション入りの椅子のなかに、彼女は身を沈めた。波打つ髪が肩に落ちてくる。高く結った髷はくずれていた。それに彼女自身も。

クロゼットの扉は大きく開いている。ならば、真っ先に目をとらえるのは、彼女がステージで着る真っ赤なドレスのはずだ。しかしそれは消え失せ、別の衣装に代わっていた。

つまり、ゴーストライターはこの部屋の鍵を持っているわけだ。安全な場所はない。彼はどこにいるんだろう？　いまこの瞬間――どこに？

輝く電球の列がメイキャップ用の壁の鏡を照らしている。その下では、化粧品の瓶や色とりどりのスティック、ブラシやチューブが片側へ寄せられ、一挺の鋏《はさみ》のためにスペースを作っていた。それは、十字に交差したナイフのような形でテーブルに置いてある。

鋭利な刃物。

最初のカットはためらいがちで、力がなかった。

アルマは泣いた。

「それは、満たされていない願望の物語なのです」部屋はいまや刑事たちでいっぱいだった。観客がそろうと、劇評家は立ちあがって、髪をなであげ、一同に語りかけた。「まず舞台のセッティングをさせてください」彼は慎ましく一礼した。顔を上げ、こう言ったときは、全員の目が彼に注がれていた。「幕が開くと、そこはニューヨークの高層ビル内のある住居の寝室です。家具の類はごくわずか。奥の一面には大きな窓があり、町のスカイラインが望めます。テーブルにはランプが載っていますが、椅子はありません。壁紙には無数のマッチ箱が貼りつけてあります。主人公のロロは、かなりの肥満体で——」この特別な観衆に譲歩して、彼は言葉を換えた。「とても太った男で、舞台中央の真鍮のベッドで寝たきりの生活を送っています。

　この役は本来、もっと若い俳優が演《や》るべきなのですが、アクセル・クレイボーンが出るとなればね、誰も気にはしないでしょうな。彼が演じるのは、体の不自由な男です。上手《かみて》でドアが開き、若い女、スーザンが登場します。彼女はうしろ向きに歩いてきます。そっくりなふたりの若者から目を離そうとせずに。彼らは彼女を室内へと追いこんでいるようです。双子は退場し、彼女はドアノブを動かしてみます。ドアは開きません。彼女は閉じこめられたわけです。彼女はベッドの男を振り返ります。彼女は怯え、おどおどしています。あなたを助けに来たんだ。スーザンはロロにそう言います。そして、彼女の目下の窮状《きゅうじょう》を思い——ロロは笑います。

　ともに双子を恐れていることから、ふたりのあいだにはたちまち信頼関係が構築されます。双子は始終ふらっと部屋に入ってきます。ロロが彼らに、お客のために椅子を出してほしいと言うと、彼らはクロゼットに行き、車椅子を引き出します。ロロは事故後何年も経て、自分の体はその椅子に収まらなくなったのだと説明します。彼は、双子たちが昼も夜も自分に食べ物を詰めこむんだとスーザンに話します。『いまに』と彼は言います。『そのドアも通れなくなるだろうよ』彼は、もっと広い出口、窓のほうへゆっくりと頭をめぐらせます。それから、自分が背骨に損傷を負ったことをスーザンに話します。そしてこの話は一家惨殺《ざんさつ》の物語へとつながっていきます。その事件の際、彼のふたりの弟はかすり傷ひとつ負わず助かっているのです。でも、身内の他の者は？　そこまで幸運ではありませんでした。

　ここでロロは、自らの潰《つい》えた夢について語ります。障害者となる前、彼はダンサーとして修業していたのです。そしてそこから、〝太っちょのバレエ〟が始まります。スーザンの台詞《せりふ》の途中で照明が消え、彼女は黙りこみます。それから、スポットライトがひとつロロに注がれ、彼は闇の外にいる唯一の人物となります。スーザンは彫像さながらに静止しています。そこへ、組曲「火の鳥」のイントロが聞こえてくるのです。照明が明滅するなか、体の不自由な男はベッドから起きあがります。そして、彼は踊りだします。パジャマに裸足という格好のまま……しかも、その姿は美しいのです。これは予想外でしょう。滑稽味は皆無《かいむ》。踊っている太っちょを笑う者はひとりもいません。観客は彼の夢が具現化されるのを目にし、その心はとろけます。それから、彼がみごとな跳躍を見せ、ベッドに飛び乗ります。誰もが拍手したくなりますが……その瞬間、彼はガラスを破って窓から飛び出していくのです。観客は息をのみます。照明が消え、暗闇のなか、町の往来の音が聞こえてきます。つづいて、完全な静寂。そして舞台がふたたび明るくなります。窓はもう壊れてはいません。障害者はもとどおりベッドにいます。女優はふたたび動きだし、中断された台詞のつづきを言います。

これが第一の空想のシークエンスです。つぎのは、それはもう恐ろしいものです。そのせいで、女性の観客が心臓発作を起こし、命を落としたほどですから……しかし、みなさんの楽しみをぶち壊すのは忍びない。あの芝居は本当に必見ですよ」

ありとあらゆることに責任を負うのが舞台監督の仕事だ。稽古《けいこ》の全期間——それはいつまでも終わらないのだが——台詞の変更や、位置と動き《ブロッキング》の演出や、新しい照明の指示や、山のような書類仕事の合間に、シリル・バックナーはラビの役も務め、みなに知恵を分け与えている。さらに、俳優たちの神父として、告白を聞くこともする。彼はまた、ディッキー・ワイアットの契約が切れたあと、そこに踏みこみ、いまやあの演出家の仕事まで——彼の意向に沿い、ゴーストライターの脚本に沿って——請け負っているのだった。そして、脚本の変更は果てしなくつづいている。

プラスの面を言うなら、稽古時間が増えるというのは、ブロードウェイのこの経済状況下では、贅沢《ぜいたく》と言える。一方、高額な訴訟費用と度重なる初日延期の悪影響で、目下、彼には必要最低限のスタッフしかいない。スタッフのほとんどは給与のカットを辞退して初日の前にやめてしまった。そして演劇労働組合は、彼のドアをノックし、ガンガンとたたきまくって、ドアマンを派遣の警備員に替えたり、その他の仕事に交代要員を入れなかったりといったルール違反について話をしたがっている。それにたぶん組合は、衣装係のナン・クーパーが無償で働いていることをもう嗅ぎつけただろう。ここにあとひとつでも厄介事が加わったら、シリルは誰かを殺してやるつもりだった。

誰だっていい。

きょう彼は、新たに加えられたリナルディ兄弟の動きから稽古を始めた。彼らは役になりきっており、舞台上でも舞台裏でも異常者そのものだ。キャスティングはディッキー・ワイアットの特技だった。それが破綻をきたしたのは、アルマ・サッターを雇ったときだ。どう見ても、彼女はスーザン役には合わない。なのに今度は、ゴーストライターが彼女の台詞を増やしてしまった。

しかし、あの馬鹿女はいったいどこに行ったんだ？

舞台監督兼演出家は、アルマの台詞を代わりに読んだ。相手役は、双子たちにはさまれ、真鍮のベッドの上でくつろいでいるクレイボーンだ。この俳優はいつも完璧に台詞が入っている。だから、彼がつぎのキューを逃したとき、シリル・バックナーは驚いた。台本から顔を上げると、三人の俳優はそろって舞台袖を凝視していた。

アルマ・サッターが書割のドアから入ってきて、スポットライトの下で止まった。彼女は切断された髪を片手でかきあげた。それから、新しい衣装でステージを行ったり来たりしながら、こう訊ねた。「どう思う？」

「おれを撃ってくれ」シリルは言った。「いますぐ撃って、すべてを終わらせてくれ！」

リナルディ兄弟はいつもどおり何も言わない。

アクセル・クレイボーンが拍手した。「その髪を見ると、ロワー・イーストサイドの美容室を思い出すよ。連中の考えるスタイリングってのは、第三世界の荒っぽいセックスにちょっと似ているんだ。しかし、ナン・クーパーは鋏を振るう魔法使いだからね。彼女ならうまく修正できるさ。そこさえなんとかすれば、その格好はすばらしいよ。大胆で。きわどくて」

「馬鹿な！」シリルはアルマに食ってかかった。「なんてことをしてくれたんだよ？」

アルマはふつうの人間よりも言葉のパンチに敏感だ。彼女はあとじさった。その両手がさっと上がって耳をふさぐ。「これは、わたしじゃなくゴーストライターの考えなのよ」

「あんなやつ、知るか！」舞台監督は一方の手で変更シートを握りつぶした。「こんなことは許されない。これ以上、警察を刺激しちゃまずいだろ」

「いやあ、それはどうかな」アクセルが言った。「すべては、ピーターがゴーストライターに殺されたと見るかどうかにかかっているんじゃないか。きみはそう信じているんだろう、シリル？　だったら、どっちを怒らせるほうがましかな？　警察か、異常者か？」

第九章

スーザン　彼らはマッチ箱で何をしているの？
ロロ　ハエの死骸《しがい》を集めているんだよ。男には趣味が必要だからね。
「真鍮《しんちゅう》のベッド」第一幕

チケット完売の公演を前に、外の通りには長蛇の列ができており、記者たちがそこに並ぶ人人にインタビューをしている。あなたは今夜、最後まで生き延びられると思いますか？

カメラや照明を避け、重大犯罪課の刑事の一団は路地側のドアから劇場に入った。レオナード・クリッペンが署で語った物語のつづきを知りたいがために、課員の半数以上が勤務外の仕事となるこの舞台裏の検分に志願していた。民間人の観客たちの動機はそこまで純粋ではない。彼らのめあては、入場料に見合う血と臓物、それプラス芝居だ。

マロリーが先に立って舞台袖の舞台監督のデスクまで進み、一同はそこで立ち止まって、黒板に書かれた最新のメッセージを読んだ。

シリル・バックナーが彼らに加わり、白チョークで書かれた活字体の書きこみを親指で指し示した。「あれは気にしないでください。彼はあなたたちをからかっているんですよ。でも、念のため、対策は講じています。表に救急車が駐まっていたでしょう？　あれはうちの劇団でひと晩、雇ったんです」

「チープな宣伝だな」ジェイノス刑事が言った。

「いえ、われわれは三人の心臓専門医に優待券も贈っています。今夜は誰にも死んでほしくないんですよ」

　ライカーは生まれつき〝あんた、嘘をついてるよな〟という顔をしている。それは彼一流の逆襲の台詞《せりふ》であり、ライカーにはそれを声に出して言う必要すらない。舞台監督は歩み去った──急ぎ足で。刑事のほうはその場に留まり、ゴーストライターの相棒宛のメッセージをじっと見つめた。どう見てもそれは、彼女の首を打ち落とすというあの脅しのつづきだった。**マロリー、今夜がその夜です。あなたに恨みはないのだが。**

　舞台袖に駐めてある二台の車椅子に彼は目を向けた。その一方には、マネキン人形がすわっている。シーツを掛けられ──まるで死体のように。


　マロリーは、黒板を見おろす棚に隠された小さなカメラに歩み寄った。それは、設置したときのまま、同じ場所にあった。彼女は無線送信される画像を携帯電話の画面に出した。「バグジー、あのメッセージはいつ現れたの？」

「みなさんが入ってくる一時間くらい前ですかね」

　マロリーは再生スピードを上げ、その時刻へとフィルムを早送りしながら、黒板の前を行き交う人々のぎくしゃくした動きを見守った。バグジーの言う、脅しが書かれた時刻に、画面は真っ暗になった。ホシはこのカメラのレンズもふさいだのだろうか？　彼女は手を伸ばして、その小さな装置に触れた。表面にべたつきはない。小細工の痕跡は何ひとつ。「今夜、照明が落ちたことはない？」

「ええ、何度か。点いたり消えたりね。システムの故障。よくあるんですよ。ギルが操作パネルの入力を全部チェックしました。いまじゃすべてうまくいってます」

つまり、ゴーストライターは闇に紛れて動いたわけだ。その場合、例の消えた暗視ゴーグルは役に立つだろう。彼は他にどんなテクノロジーを備えているのだろうか？　また、こっちが黒板を録画していることをどうやって知ったのだろう？　彼女が隠し場所を選んだとき、劇場には他に誰もいなかったのだ。

マロリーは、頭上のロープとケーブルの混沌を見あげ、ゴーストライターもどこか上のほうにカメラを隠しているのでは、というバグジーの仮説について考えた。とそのとき、何かの動きをとらえ、彼女の視線はキャットウォークへと移った。そこにはギル・プレストンの背中が見えた。彼は宙に浮かぶ金属の通路をすばやく移動し、反対側へと向かっている。

答えはテクノロジーにはないのかもしれない。それは、単純なこと——高所からの眺めとか、そんなことなのかも。彼女はデスクの明かりを消した。すると、舞台セットの薄っぺらな壁に光の漏れる穴がいくつか見えた。

のぞき穴だろうか？

劇場内は何百もの会話でざわめいていた。ベルベットの座席はどれも埋まっている。例外は、ニューヨーク市警のためにキープされた最前列の四席のみだ。ライカーは、そのひとつから肘掛けに渡された金色の房つきロープをはずしてすわった。死んだ脚本家の席には、上機嫌のレオナード・クリッペンが落ち着こうとしていた。

客席の照明が落ちた。幕が開くと、真鍮のベッドの上の有名な映画スターにひとしきり拍手が送られた。そして開演三十秒で、この夜は狂いはじめた。アルマ・サッター登場。不気味な双子に追い立てられ、彼女はうしろ向きにドアから入ってきた。ウエストまであったあの髪はばっさり切られ、肩に届くくらいの金色の巻き毛になっている。それに彼女は衣装も変えていた。過激な変更。今回は、赤のドレスはなし。身に着けているのは、ブレザーにジーンズにシルクのTシャツだ。

背丈も前より高くないか？

叱責の鋭いささやきに耐えながら、刑事は椅子から腰を浮かせて、高いステージの床の奥のほうをのぞいた。予想していたのはハイヒールだが、女優の靴はマロリーのに似た黒のランニングシューズだった。アルマはただ長身の人物を演じているだけなのだ。ライカーは、女の口に描かれたぽってりした唇をよく見るために眼鏡をかけた。その色は彼の相棒が使っている口紅と同じ赤だった。それにアルマは目の色までマロリーの緑に変えていた。

レオナード・クリッペンがささやいた。「実によく似ていますな」

ライカーは首を振った。これは正気の沙汰じゃない。俳優たちのやりとりは断片的にしか耳に入らなかった。彼はショルダーホルスターの銃の重みばかりを意識していた。舞台照明が明滅すると、銃はさらに重たくなった。

ステージ上で、ファットスーツを着たあの俳優が声を張りあげた。そして今回は、ライカーにもその一語一語が聞こえた。男がお客のために椅子を求めている。双子の一方がクロゼットから車椅子を引き出し、偽のマロリーがそこにすわった。女優のものまねは、ライカーの低い基準に照らしても、あまりうまいとは言えなかった。彼は会話のなかの彼女の台詞を聴くのをやめ、そのトーンだけをとらえた。女優は、微妙なニュアンスを削ぎ落とし、彼の相棒が相手を脅したいときにだけ披露する平板な表情を濫用して、マロリーの安物の複製みたいにしゃべっていた。しかし眼鏡をはずしてみると、その外見はよく似ていた――似すぎているほどに。

スポットライトがクレイボーンだけに注がれる〝太っちょのバレエ〟のあいだ、ライカーは暗がりに目を向けていた。マロリーのドッペルゲンガーが命のないマネキン人形よろしく片手を宙で止め、車椅子にすわっているところに。その空想のシークエンスが終わるまでは、片時も気を抜けなかった。ガラスの割れる衝撃音とともに、クレイボーンが窓から飛び出していく。そして、暗転。暗闇の十秒。

早く！　明かりを！

十五秒。二十秒。

舞台照明が点いた。割れた窓は直っている。障害者は真鍮のベッドに横たわっており、凍りついた女は生き返った。ライカーにはもう、マロリー以外の誰かとして彼女を見ることはできなかった。

俳優たちは会話を再開した。家族の――その大勢の、不慮の死について。

舞台照明の光で、ライカーは腕時計を確認した。ピーター・ベックが殺された時刻が迫っている。

ステージでは、あの寝たきりの障害者が何か女の言ったことで腹を立てていた。だがライカーはその台詞をちゃんと聴いていなかった。照明が明滅し、新たな空想のシーンの始まりを告げた。そして女優はふたたび静止し、彫像と化した。男が拳《こぶし》を握り締め、ベッドから起きあがる。

ライカーの手が拳銃へと向かった。

だが俳優は彼女を殴りはしなかった。彼はそっと彼女の髪、彼女の顔に触れた。それから身をかがめて、彼女の香りを吸いこんだ。五秒数えるあいだ、ステージが暗くなった。そして照明が点いたとき、クレイボーンは野球のバットを両手に握っていた。闇のなかでちかちか光に照らされながら、彼はゆっくりとバットを振りかぶった。スポットライトがひとつ彼に注がれ、その瞬間、バットが偽マロリーの顔に当たり――それを打ち砕いた。血まみれの首が吹っ飛び、フットライトのほうへ転がってきた。

作り物の首だ。

ここでライカーのつぎの驚き。観客が喝采《かっさい》したのだ。

血に飢えた鬼どもめ。

ふたたび照明が落ちたとき、彼の手には銃が握られていた。

刑事は冷や汗をにじませ、暗闇の四十秒をカウントした。舞台照明がパッと輝いたとき、俳優はふたたびベッドのなかにおり、女優の首はもとどおり肩の上に乗っていた。ふたりはしゃべっており、動いており、命の徴候すべてが継続されている。幕が下り、客席の照明が点いた。そして——**ああ、くそ！**——彼の隣には、暗視ゴーグルを手にしたマロリーがすわっていた。

ひと晩に二度のドッキリ。

「あなたの喉を掻き切る時間はたっぷりあった」彼女は言った。

レオナード・クリッペンは手をたたき、叫んでいる。「すばらしい！　実にすばらしい！」

客席の拍手喝采が静まると、彼は言った。「報われぬ愛の独創的表現ですな。彼は彼女を憎み、愛し、彼女と寝たいと願い、その首を打ち落としたいと願っている。初日の夜、クレイボーンはちょっとやりすぎたのですよ——まるでホームランでも狙っているみたいに。客席で死んだあの気の毒な女性ですがね、彼女は最前列の中央にすわっていたのです。そこへゴムの首が飛んできて、膝に落ちたわけです」

マロリーは座席から身を乗り出し、相棒の体越しに劇評家をにらみつけた。「そのことをわたしたちに話すべきだとは思わなかったんですか……もっと前に？」

「言ったでしょう。あなたたちのお楽しみをぶち壊したくなかったのですよ」クリッペンはため息をついた。どうやら感謝が足りないと感じているらしい。

「つまり、例のご婦人の心臓発作についちゃドクター・スロープが正しかったわけだな」ライカーは言った。

その種のことを計画するすべはない。初日の夜の不幸は自然死であり、ピーター・ベック殺害のリハーサルではなかったのだ。

「ひとりめの死に関する警官の報告書に、あの首のことは書かれてなかった」マロリーが言った。

「だよな」ライカーは劇評家に向き直った。「飛ぶ首に関する記述はゼロ。もしあったら忘れっこありません。つまり、最前列の女性はぽっくり死んだ、そして、誰かが警察が現れる前に、ご親切にその膝から作り物の首をどけたってわけですか?」

「さあてね」クリッペンは言った。「観客は全員ただちに退去させられましたから。警察がいつ来たのか、わたしは知らないのです」

「じゃあ、芝居を中止にしたのは警察じゃなかったんですね」ライカーは言った。

彼らは嘘をつかれたのだ。

「そうですとも。あの夜、観客を退去させたのは舞台監督です。本人から聞いていませんか?彼はお客たちに懇願していました。そう、二十人ほどでしたかね、初日の来場者は。彼はその連中に、第一幕のフィナーレのことは人に言わないでほしいと懇願していましたよ。もちろん、訴えられる可能性を考えていたんでしょうな。あんなかたちで演劇ファンを死なせたわけですから。わたしのほうも、劇評で首が飛ぶことに触れたりはしませんでした——つぎの観客の第一幕を見る楽しみをぶち壊してはいけませんからね……わたしには自分なりのルールがあるんです。昨夜、ピーター・ベックが死んだときも、やはりわたしは――」

「トラブルよ」マロリーは同じ列の最後の空席の前の床を見つめていた。そこには、血がいくすじもちょろちょろと流れていた。

劇評家は、ストレッチャーに患者を乗せる救急隊員たちを見つめた。彼はため息をついたが、それは若い犠牲者への同情からではない。刑事たちを振り返って、彼はこう訊ねた。「われわれはいつ第二幕に移れるのでしょうね」

ストレッチャーの上のティーンエイジャーは蒼白だが、まだ生きている。切り裂かれた両の手首には包帯が分厚く巻かれていた。その夜の彼の連れ、少女ひとりと少年ひとりは、隣の州ニュージャージーで彼と同じ高校に通っている。ふたりはまた、同じ自殺クラブのメンバーでもあるのだが、今夜、その覚悟は仲間が見せたほど強いものではなかった。ふたりの剃刀《かみそり》の刃は、すでに没収されていた。

この芝居のここ数日の死亡者数に心引かれた彼らは、三人いっしょに死ねば新聞に名前が載るかも、と期待したのだった。「それに、テレビにも出られるでしょ」少女は言った。

ライカーはぴくりともしなかった。彼はもう何を聞いても驚かないのだ。

しかし劇評家のほうはそこまで擦れてはいなかった。「自殺クラブ？　そんな捨て鉢なアイデアを抱くには、きみたちはまだ若すぎるんじゃないかね？」

少女はただ、一方の肩を軽くすくめただけだった。彼女の仲間が言った。「おれたちはジャージーに住んでるんだよ」あたかも、それですべてが言い尽くされたかのように。

「あなたたちはもう行っていい」マロリーは手を振ってふたりを追いやった。通路では、ベルビュー病院の精神病棟に彼らを移送すべく、警官たちが待っていた。これは、今夜の締めとしてこの子たちが抱いていそうな企みをすべて阻止するためだ。

ライカーは客席を見渡した。これぞニューヨークの群衆――その腹を立てたやつだ。彼らは、いちばん新しい犠牲者をまだ終わっていないショーの一部とみなし、ここに留まりたがっていた。しかも、ちぇっ、あの子供は死んでさえいないじゃないか。警官たちに促され、不承不承、客たちはロビーに出るドアへと向かった。

後方の列では、いまだ席を明け渡していない男という厄介な障害物を通過しようと人々が格闘していた。ひどく腹を立て、ひとりの女がそいつを小突いた。とここで、女のいらだたしげな態度が変わった。彼女はかがみこんで男の野球帽のひさしをつまみあげ、その青白い顔をよくよく観察した。

そして、においを嗅いだ。

女はステージの前に立つふたりの刑事に呼びかけた。「ちょっと！　もうひとりいたわよ！」

第十章

ロロ　あのふたりには、ぼくの障害者手当が必要なんだ。でもそれだけじゃない——彼らには観客が必要なんだよ。

「真鍮《しんちゅう》のベッド」第一幕

死体にたっぷりかけられた香りの強いコロン水も、腐敗した肉の悪臭をごまかしきれてはいなかった。だが、においでなく見た目で判断するならば、青白い肌に無精髭《ぶしょうひげ》のその男はただうたた寝中ということで通っただろう。腐敗はまだその容貌をグロテスクに変えてはいない。その一方、皺《しわ》は死の究極のリラクゼーションにより均《なら》されている。男は三十歳にも見えたし、それより十歳上にも見えた。また、彼はあの赤いベルベットの椅子で死んだのではなく、今夜、死んだわけでもない。

ライカーはラテックスの手袋をぴしゃりとはめて、野球帽を持ちあげた。ふさふさの茶色の髪、目立った禿げはなし。存命中、この死亡者は食べかたの汚い男だったようだ——または、酔っ払っていて食べ物でシャツを汚したのか。靴の舌革《タン》とひもには、干からびたゲロもくっついていた。

ライカーの親戚であってもおかしくないような死体だ。

彼は、検視局のストレッチャーを押してきた男の視線をとらえた。「身元を確認するまで待ってくれ」刑事は親指をぐいと肩のうしろに向け、死体の確認のために通路にずらりと並んでいる出演者とスタッフを指し示した。「あと十五分くらいかな」

ライカーは隣に立つ若い男、当番の検視官に顔を向けた。それで金でも取る気なのか言葉を出し惜しんでいる男、ライカーが名前を覚えもしなかった男に。その極細の口髭ひとつで、彼は刑事の軽蔑を買ったのだった。「何かしら話せることはないのかね？」

「死後硬直はすでに解けています」検視官は死体の左手を持ちあげて落としてみせた。「しかしこれは二次緩解です。この男性は今夜、死んだのではありません」彼は言った。だがその内容は、刑事が死体を見た瞬間――死体のにおいを嗅いだ瞬間、推測したことばかりだ。

「おみごと」ライカーは言った。「最高だ」病理学者の坊やを肘で押しのけると、彼はかがみこんで、死者のコート――上等の、金のかかったコート――をめくった。それから、死者の腰までコートを下ろし、胴体を前に倒した。シャツの裾を上へ引きあげると、肩胛骨《けんこうこつ》には点々と黒い斑痕《はんこん》が見られた。地面に触れていて、重力により血が溜まった箇所だ。彼は膝をつき、死者のズボンの裾を引きあげた。すると、ふくらはぎにもさらに斑痕があった。「これで、この男が死後、あおむけに寝かされていたことがわかったな」冬場には、凍死した路上生活者の遺体が見つかることもある。だが、そういった遺体は必ず横向きで丸くなっており、血の溜まる箇所は異なる。彼は死者の肘の上までシャツの袖をまくりあげた。「オーケー、古い注射痕が複数見られる。だが、新しい痕はない。これは参考になるぞ」刑事は当番の検視官を、見つけた場所に置いていった。この男はなんの役にも立たない。

死体の確認のために行列している連中を通り過ぎ、ライカーはぶらぶらと通路を歩いていった。ステージの前で相棒に合流すると、彼は言った。「あの男は少なくとも二日前に死んでるよ」

マロリーは案内係の責任者との会話にもどった。「で、あなたは死人が入口でチケットを渡したのを覚えていないわけ？」

むずかしい質問だ。案内係は頭を掻いた。

「においのきつい男なんだが」ライカーは言った。

すると案内係は笑顔になった。「ああ、そうそう――車椅子の男がいたな。看護師がふたり分のチケットを寄越したんですよ。彼女のは立見席で、男のは障害者用の席。それは特別に通路で見られるということなんです。男は野球帽をかぶってたので、顔は見えませんでした。ぼくは看護師に、最前列まで車椅子を押していくように言いました。でも彼女はそれをことわって、彼はうしろのほうで観たいんだと言うんです。ふつう、悪い席を希望する人なんていないんですがねえ」案内係は最後列に目を向けた。検視局のチームに囲まれ、死体は見えなくなっている。「それじゃ……死んだ男は野球帽を――」

「うん」ライカーは言った。「そいつが問題の男だ。看護師がどんな女だったか、説明できるかな？」

「今夜、ここには少なくとも千人の人がいたんですよ」とここで、彼は、どちらの刑事にも不平は通じないことに気づいた。「彼女は黒いコートを着ていました。いや、たぶん茶色だな。そうだ、濃い茶色だったかも……看護帽を見たのは確かですよ」

「背は？　低かった？　高かった？　髪の色は？　何かないのか？」

「口の馬鹿でかい女でした。ただ、口紅で描いてただけかもしれませんけど。わかりっこないでしょう？　ぼくが覚えているのは、顔を見たとき赤いものがパッと目についたってことだけです。これ、参考になります？」

いや。赤は注意をそらすための色だ。それは、目撃者の印象に特に残るものであり、それと並べば他の特徴はすべて霞《かす》んでしまう。

「行って！」案内係が通路の半ばまでつづく行列に加わるまで、マロリーは無言で待った。

「舞台裏には車椅子が二台あった。ひとつは女優用、もうひとつはマネキン用よ。開演の十分前、椅子の一方はなくなっていたんじゃないかとわたしは思う」彼女は死体の座席番号が記されたチケットを掲げた。「このチケットはレオナード・クリッペンのために確保されていた。チケット係が彼のためにキープしていたの。わたしたちが彼を最前列に移したことを彼女は知らなかったのよ」

「なるほど、誰かがその席が空くのを知ったわけか」ライカーは、死体のほうにゆっくりと進みはじめた行列へと向かった。クリッペンを脇に引っ張り出して、彼は訊ねた。「ピーター・ベックの席にあなたがすわるのを知ってたのは誰です？」

劇評家はほほえんで、両手を広げた。馬鹿な質問。「わたしはみんなに話しましたよ」

女の悲鳴に、ふたりはそろって振り返った。

死体確認の一番手、ナン・クーパーが大声で叫んでいる。「ディッキー！　ああ、まさかそんな！」衣装係の脚がくずおれる。倒れかけた彼女を、シリル・バックナーが抱き止めた。

舞台監督は死者を凝視した。「あれはわれわれの演出家、ディッキー・ワイアットです」

列がくずれ、全員が遺体のまわりに押し寄せた。誰も何も言わない。ナン・クーパーがバックナーの胸に顔を埋めた。彼女は身も世もなく泣いている。アルマ・サッターもまた目に涙を溜めていた。他の者たちはただただ驚いているようだ。しかし、アクセル・クレイボーンだけはちがった。ライカーにはこの男の顔が読めなかった。


刑事、出演者、スタッフは、赤いベルベットの客席の別々の列に点々と散らばっていた。三夜で三人死ぬというこの異例の事態に、各容疑者に重大犯罪課の課員ひとりがあてがわれ、供述を取っている。明日になれば、殺人専門のこのエリート刑事らは、それぞれの事件へともどっていく――マロリーが彼らをキープする手を見つけないかぎりは。

ゴンザレス刑事が彼女の隣にやって来た。この男はボディビルダーの肉体をそなえているが、その最大の特徴は、課でいちばんの疑り深さだ。供述をつついて穴をあけることにかけては、彼の右に出る者はない。そして彼はアルマの口から出る言葉をことごとく疑っていた。「あの女優の黒板の話を裏付けるやつはひとりもいない。連中はみんな、彼女はイカレてると思ってるんだ。だがおれはちがう。彼女は嘘をついてるんだとおれは思う」

マロリーも同意見だった。狂気など信じる気はない。確率的に、バグジーのように病気と認定できる人間は、一劇団にひとりまでだろう。彼女は座面の上がった座席の前をゆっくりと歩いていき、アルマ・サッターとジェイノス刑事が話している席のうしろで止まった。女優は我が身に起きていることを詳しく物語っていた。ゴーストライターが自分を狙っている——自分だけを。秘密のメッセージを残しては、いろんなことを強要している。

このおとぎ話は、ジェイノスを我慢の限界に追いやりつつあった。これはたやすいことではない。凶悪そうなその外見とは裏腹に、彼はとても優しい男なのだ。だから彼がごく静かにこう言ったとき、それは癇癪《かんしゃく》の爆発に等しかった。「そんな話は信じられませんね、お嬢さん。ゴーストライター？　そりゃ嘘ですよ」髪を切るよう彼に命じられ、ただそれに従った？　勘弁してください」彼は露骨に彼女の衣装を値踏みした。短く切られた巻き毛や、まぶしい緑のコンタクトレンズを。「今夜、警官のものまねをしたのは、あなた自身のアイデアですよね」

これまでのところ、重大犯罪課の課員のなかに、ゴーストライターの話のどの部分であれ、信じる者はひとりもいない。また、それを信じる大人がいるとは、彼らには信じられなかった。刑事たちは全員、共謀のにおいを嗅ぎ取っていた。歩み去るとき、マロリーはジェイノスがアルマにこう言うのを耳にした。「ちなみに、本物のあの刑事の着ている服は、あなたが着ていたのよりずっと上等ですよ」

マロリーは死角からアクセル・クレイボーンに忍び寄り、ルビン・ワシントンによる彼の聴取を盗み聞きすべく、その背後にすわった。ワシントンは、彼女の相棒とほぼ同年配の刑事だ。ライカーとちがって、ワシントンは映画ファンではなく、この銀幕のスターに畏怖の念などみじんも抱いていない。そして彼はこの俳優に、愛嬌は自分をいらだたせるだけだということをすでに教えこんでいた。

　クレイボーンは元気なくこう言った。「いま振り返ると、ディッキーの死は予測できた気がしますよ。誰もが知っているとおり、稽古《けいこ》中、彼はハイになっていましたし。そして三週間後、彼の契約は切れ、その仕事は舞台監督に引き継がれたんです。ところが初日の公演は毎回、弁護士らにより差し止められてきました。そしてわれわれはいまだに――」

「そんなことは訊いていません」ワシントンは言った。「ディッキー・ワイアットはこの二週間どこにいたんです？」他の誰も、死んだ男の動きのその穴を埋められていないのだ。

「よその町で何か仕事をしていたんでしょう。電話には出なかったし――」

「観客は開演三十分前に入場しはじめています。あなたはどこにいました？」

「自分の楽屋に。メイキャップに少し時間がかかるもので。頬の詰め物や――」

「誰かそれを証明できる人は？　〝はい〟か〝いいえ〟で答えてください」

「いいえ」

　マロリーはさっと手を上げてワシントンに合図した。それから前に身をかがめ、アクセル・クレイボーンの耳もとに口を寄せて言った。「あなたとディッキー・ワイアットは親しい仲だったのよね。彼はハリウッドであなたの映画を何本も監督した。ブラックリストにまであなたといっしょに載っている」

映画スターは座席のなかで体をひねって、彼女に顔を向けた。「ぼくのことをネットで調べたんですね。うれしいですよ。そう、ディッキーはぼくの古い友人です」

「また笑っている！」ワシントンが言った。大声で。これが殴打に値する罪であるかのように。彼は肘掛けの上に身を乗り出して、俳優の個人空間に押し入った。そうして、すぐそばまで顔を近づけ、怒りを装いつつ先をつづけた。「今夜、仲間の死体を見たとき、あんたはあんまりショックを受けてなかったな。涙も何もなし。友達が死んだってのに、屁とも思わないのかね？」

アクセル・クレイボーンは驚きを演じているわけではなかった。彼は呆然としていた。言葉を失い、どうしていいかわからない様子だ。台本のない役者。

マロリーは立ちあがって、同じ列の先へと進み、リナルディ兄弟の一方とその尋問者のうしろで足を止めた。この俳優は何もしゃべっていない。質問に応え、ただうなずいたり、首を振ったり、ときおり肩をすくめたりしているだけだ。彼女はくるりと振り返り、四列うしろで聴取を受けているもう一方の双子を見つめた。こちらも肩をすくめたり、うなずいたりだ。きっとこのふたりは以前、同じ弁護士を共有し、口を閉じているように、どんな情報も提供しないように、助言されたことがあるのだろう。経歴の調査で何かが見落とされたのだろうか？

そして、この人員不足により、他にはどんなことが見落とされているのだろう？　鑑識のクララ・ローマンのおかげで、彼女は出ばなをくじかれた。そしていまは、ジャック・コフィーが彼女の足を引っ張っている。警部補は自分の仕事を怠った。お偉がたに立ち向かうのを拒否し、どこの署でも扱える他の殺人事件の担当を辞退しなかったのだ。

客席のずっと向こうでは、サンガー刑事が聴取を行っている。相手は、彼女の相棒が〝棒飴〟と呼ぶあの舞台係、テッド・ランダルだ。マロリーは少年のジェスチャーを観察した。少年が両手を振りあげるたびに、彼が〝何も見てないよ〟とか〝何も知らないよ〟と答えていることがわかる。そしてついに、ティーンエイジャーとの対話のフィナーレ、〝だから何よ？〟が出た。

客席の他の場所でも、聴取が終息に向かっている。そのとき、ライカーがステージ上に現れた。「バグジーが見つからないんだ。誰が彼を帰したんだ？」

刑事のひとりが客席から立ちあがった。ロナハンの特徴は、その粘り強さと指関節の毛深さと声のでかさだ。彼は最後列に近いところに立っていたが、それでも叫ぶ必要はなかった。「そいつの供述はおれがすませた。でも、おれは帰っていいとは言ってないぞ」

ライカーの目が最前列の劇評家に注がれた。その顔から罪の意識を読み取ったにちがいない。彼はステージの縁に進み出ると、しゃがみこんで、クリッペンを見据えた。「教えてください。バグジーはどこです？」口にされなかった言葉は〝教えないと撃つぞ〟だ。

劇評家は〝降参です〟のため息をついた。「きっとタイムズ・スクエアにいるのでしょう。ファンの人たちよりも先に着きたいはずですから。ホームレスの連中にタップダンスを教えるのには、少し時間がかかるのでね」

「バグジーには少数ながら熱狂的ファンがいましてね」ふたりの刑事に伴われ、レオナード・クリッペンは地下鉄の黄色がかった明かりに向かって階段を下りていった。「今回、彼がやるのはワンシーンだけです。その芝居を全部見たいなら、彼のショーを追いかけて毎晩ちがう場所に行かなければならないのです」

マロリーが切符売り場の駅員にバッジを振ってみせると、彼らを通すため回転改札が開かれた。「バグジーはいつもタイムズ・スクエアの近辺でショーをやるんですか？」

「ええ、いつも地下でね」劇評家は言った。「そのほうが音響がいいので」

三人は、歩行者の行き交う広いスペースを突っ切って進んだ。交代勤務の労働者、パーティーに行く人々、観光客。みんな、プラットホームや出口をめざしている。靴底を通し、ライカーは列車の発着を告げるトンネル内の轟音《ごうおん》を感じることができた。そしていま、キーッと甲高い音が聞こえた。三人は、レール上に散るブレーキの火花が見えるところまで来ていた。

クリッペンは先に立ってプラットホームを進んでいく。「各公演のあと、バグジーはつぎのシーンをどこでやるか観客に教えます。ひと晩、逃した場合は、ファンのウェブサイトで場所を調べられますしね。わたし自身はコンピューターを持っていません。ああいうものには我慢ならないので。ですから、うちの使いっ走りの子に彼を追跡させているのです。そのやりかたで、わたしは——」劇評家はタイルの壁の近くに集まった一群を指さした。「ほら。ついてきてください」クリッペンは、立見のお客で満席となっている長い木のベンチまで歩いていった。

お客の何人かがクリッペンに気づいて笑顔を見せ、彼のために場所を空けた。老いた膝をきしませつつ、彼はベンチに上がって、みなの仲間に加わった。

ライカーはバッジをさっと閃《ひらめ》かせ、もうふたり分、場所を空けさせた。ベンチに立つと、人人の頭越しに開けたスペースが見え、そこに〝使い走り〟が立っていた。彼のうしろにはぼろを着た三人組が控え、全部そろってはいない歯を見せてほほえんでいる。ここでバグジーが彼の台詞《せりふ》を言った。「もうへとへとなんだ。無理だよ」

ホームレスのバックダンサーたちが、なかなかのソフトシュー・ステップを披露しつつ、大声で叫んだ。「踊れよ、若いの、踊れよ！」そしてバグジーは踊った。その場で走りながら、つま先と踵《かかと》を使い、革を不規則にタタッと鳴らして。しかも彼はうまかった。いや、うまいなんてもんじゃない。観客は手をたたき、口笛を吹き鳴らした。するとここで、あの小男は言った。「これが限界だよ」ホームレスの三人組がふたたびステップを踏み、前と同じ台詞を叫ぶ。バグジーは深々とお辞儀をし、それから床に膝をついて頭を垂れた。ショーは終わった。

歓声や口笛の音とともに拍手が巻き起こった。

それはライカーに、物乞いが大勢いた時代を思い出させた。地下道がもっと楽しい場所だったころ、帽子や手に落とされる小銭のための歌や踊りを。近ごろは、ぼろを着た人々はあまり見かけない。でも、彼が唯一暗記している聖書の言葉はこれだ——**貧しい人たちはいつもわたしたちとともにある。**だから彼は市長を疑っている。あいつは、貧乏人にもっと暖かな土地へと向かうバスの片道切符を与え、彼らを庇護するための予算の逼迫を緩和しているんじゃないか？　だとしたら、それは冷たい。

レオナード・クリッペンは割れるような拍手が一時鎮まるのを待って、マロリーにひそひそと話しかけた。「わたしは彼のバックダンサー・チームを〝タップを踊るイアーゴー〟たちと呼んでいます。ほら、このシーンにおける彼らの役割は、バグジーをいじめることですからね」

ライカーは相棒の考えを読み取った。マロリーの見かたでは、それは彼女の役割なのだ。

観衆はその場を離れだしていた。なかには、去り際に劇評家に手を振り、彼の名を呼ぶ者もいた。「なるほど」マロリーが言った。「あなたは地下道のバグジーのショーを始終、見に来るようですね」

「そうですとも」クリッペンは言った。「何年も――」警察への嘘がばれたことにこの老劇評家が気づいたのは、たぶん、彼女の〝ざまあみろ〟の笑いのせいだろう。

「ちょっと混乱してるんですが」何もかもわかったうえで、ライカーは言った。「あなたは、自分がバグジーの演技を見られるのは、彼が新しい芝居の宣伝に来るときだけだって言ってましたよね」彼は去っていくカップルを目で示した。ふたりは劇評家に別れの挨拶をし、こう言ったのだ――ではまた明日の晩。

マロリーは相変わらず笑みを浮かべている。大きな嘘、小さな嘘、彼女はどれも大好きなのだ。そして、それらを利用しまくる手も彼女は知っている。

クリッペンは唇を引き結び、〝使い走り〟に気を取られているふりをした。彼はまだ残っている人々に野球帽を回しており、やがて帽子はドル紙幣でいっぱいになった。そしてここで、劇評家はふたたび声を取りもどした。「さっきのは彼がトニー賞を受賞した芝居のワンシーンなのです。冒頭の部分を見逃したのが残念ですな。『おれはただのチビな男。できるかぎりのスピードで踊ってる』そんな台詞で、彼の独白が始まるのですよ」若手俳優アラン・レインズ、別名バグジーをスターにしたブロードウェイ劇。クリッペンは、その芝居に寄せられた輝かしい劇評のいくつかをそらで唱えた。

マロリーとライカーは聴いていなかった。ふたりは、〝使い走り〟が帽子のなかの紙幣をすべて、一枚も残さずに、ぼろを着たダンサーたちに手渡すのを見守っていた。刑事たちは劇評家を振り返って、無言で訊ねた。どういうことなんだ？

「ああ、バグジーはあの金を取っとくわけにはいかんのですよ」クリッペンは言った。「彼が演じているキャラクターは、一文なしですからね」

ちゃんとわかるように話せ。刑事たちはそう念じつつ彼を見つめた。何も出てこないとわかると、マロリーは老人を壁のほうに引きずっていった。一方、ライカーは、上着の襟をつかんで〝使い走り〟をつかまえた。

第十一章

スーザン　あのふたりはあらゆる女を憎んでいるの？
ロロ　いや、むしろ女といっしょに過ごすのは楽しいんじゃないかな……ある意味では。

「真鍮《しんちゅう》のベッド」第一幕

バグジーは背中を丸め、肩を縮め、シートのなかになんとか埋没しようとしながら、後部座席にすわっていた。

黒のクラウン・ビクトリアは、警察署の二ブロック手前でソーホーの道の歩道際に停まった。マロリーはエンジンをかけたままにして、後部座席の同乗者を振り返った。「あなたの寝袋はいまも劇場にあるの？」

哀れなバグジー。彼の夜はまだ終わっていないのだ。

ライカーの夜も然り。彼のコートのポケットは、同僚刑事らによる事情聴取のメモでいっぱいだ。眼鏡をかけて数時間過ごすつもりで、彼は歩道に降り立った。車が走り去ると、その顔は本人が我が家と呼ぶ酒場のほうに向けられた。彼の本当の住居は、警官の溜まり場であるこのバーの上の階なのだが。

ぶらぶら店内に入っていくと、店の主人、彼の大家が挨拶の言葉をかけてきた。さらにいくつか手が上がり、フロアじゅうのテーブルから声がかかる。店内はぽかぽかと暖かく、照明は控えめだ。しかし、この店を居心地がよいと評する者はいない。非番のときでさえ、これらの男女は銃を携帯している。そして緊張のレベルは、しらふの警官がひどい一日を背負って入ってくるたびに上昇し、ひと晩じゅう変化しつづけるのだ。

マホガニーのカウンターは店の片側の端から端まで伸びている。お客のなかの唯一の民間人は、バースツールの他のみなより頭ひとつ分高くなって、そこにすわっていた。チャールズ・バトラーはどんな場所にいようが常に、すわっていてさえも、いちばん背の高い男なのだ。それに、彼がここで飲むことを許されるただひとりのスーツ族であることもまちがいない。まわりの警官たちは、一般人をいづらくさせるすべを心得ている。なおかつ、チャールズのような〝頭の医者〟は最下層民なのだ。

では、金持ちは？　問題外だ。

それでも彼らは全員、この男に耐えている。警官のバーへの彼のパスポートは、ライカーにより発行されており、これに異議を唱える者はいない。

この心理学者は、いまは亡き偉大な警官、ルイ・マーコヴィッツの親友だった。彼をライカーの生涯の友とするには、それだけで充分だ。ライカーは男の背中をぴしゃりとたたいた。

「よう、調子はどうだい？」そして、チャールズがこちらを向いたとき、刑事が直感したのは、何かあったのだということだ。あの間の抜けた挨拶のほほえみ――貨物列車の車両並みに延々連なる博士号と矛盾する、惚けた笑いは、そこになかった。

チャールズ・バトラーは首から下は見てくれのいい男だが、その立派な体の上はと言えば、まぶたの垂れた目は鶏卵《けいらん》のサイズで、白身のなかを青いビー玉が漂っているようだし、大きな鼻は手ごろな止まり木をさがす鳩たちを引き寄せそうだ。コミカルな顔。大きな不安はそこにはそぐわない。

ライカーはバースツールを引き出してすわった。「きみは今朝、マロリーをつかまえようとしてたよな」彼はこの哀れな男が彼女に向かって手を伸ばすのを見ている。でも、そのあとチャールズは物理的接触を思い留まっていた。実に賢明だ。そしていま、マロリーを愛するこの男に刑事は訊ねた。「あれはなんだったんだよ？」

「彼女は電話に出ないし、折り返しの電話も寄越さないもので。他にどうすればいいのか、わからなかったんですよ」

「ああ、わかるよ。困ったもんだ」実のところ、ライカーには何が問題なのかわからなかった。

もちろん、チャールズには予告なしにマロリーの自宅を訪ねることはできない。それに、刑事部屋に遊びに来ることも。そうした行為には、厳罰が科されるのだ。だが、今朝のこの男は天下泰平に見えた。それに、電話の無視というのは、目下、彼の目に浮かんでいる不安の色の説明にはならない。その顔を見るかぎり、チャールズ・バトラーは、今夜は寝ずに過ごしたほうがよさそうだった。もし眠ったらまちがいなく、悲鳴をあげて目覚めることになるだろう。

ライカーは腕時計に目をやった。こいつは少々時間を食いそうだ。

まあ、この男の問題がなんであれ、それが最悪ってわけじゃない。少なくともチャールズは、マロリーのそっくりさんが首を打ち落とされたとき、最前列にすわってはいなかったのだし。

ライカーはあの光景を頭から追い出すことができなかった。彼は忙しげなバーテンに手を振ってこう問いかけた。どうしたんだよ？　おれの飲み物は？　あの飲み物がぜひほしかった。

「ぼくだけじゃないんですよ」チャールズは言った。「彼女はあらゆる人とのつながりを断ってしまったんです」

警官たちは別だがな。えーと、だいたい三万五千人か。

チャールズは一気にぐいとグラスを空けた。これは彼の普段の飲みかたじゃない。彼はいつも馬鹿高い酒、口当たりのいいウィスキーをちびちびとやるのだ。「デイヴィッドはひどく心配していました。それでコフィー警部補に電話までしたんですよ……たぶん、そんなことすべきじゃなかったんでしょうけど」

「たぶんな」だが、デイヴィッド・カプランはルイ・マーコヴィッツのかつてのラビであり、その職名により重大犯罪課において大きな特権を与えられている。ジャック・コフィーは同情を示し、ルイの子供の悪い行いに対する言い訳をしただろう。仕事量の多さ、予算削減、急激に高まった仕事の重圧。

それ以外にコフィーは何を話して聞かせただろうか？

そしてラビはチャールズ・バトラーに何を伝えたんだろう？

ライカーはバーの伝票に列挙された飲み物の記録に目をやった。彼の計算能力がもっとも発揮されるのは、こういうときだ。酒のオーダー数を数え、彼はチャールズが飲みはじめたおおよその時間をつかんだ。そしていま、友がなぜここまで動揺しているのかがわかった。

バーテンがカクテルナプキンと刑事のいつもの飲み物、店でいちばん安いバーボンをカウンターに置いた。**神よ、この酒に祝福を。**無言で祈りを捧げ、ライカーはグラスを半分まで空けた。それから彼は、隣の男にほほえみかけた。「それで、チャールズ、あの芝居をどう思った?」

劇場内ではひとつだけ明かりが輝いていた。ケージ付きの電球がキャットウォークから吊り下げられ、ステージ上の真鍮のベッドを照らしている。「あれがここのゴーストライトなんです」"使い走り"が言った。

マロリーとバグジーは最前列の座席にすわって、ピザを食べ、ビールのボトルを傾けていた。マロリーは長い脚を前に投げ出しており、バグジーはいつでも飛び立てるよう椅子に浅く腰かけている。

「夜じゅう点けてあるんですよ」彼は言った。「毎晩――小屋に何もかかってないときでも」

「安全規程なの?」

「いや、そうじゃなくて。照明なら備え付けのが何十億ってあるからね。じゃあ、あれは?ああいうのは誰かが設置しなきゃならないんです。ワイヤーで吊るしてあるとは限らない。小屋によっちゃ、電池付きの置き型のだったりもします。だけど、その役目はひとつきりです」

バグジーは座席の背にもたれた。もうさほど怯えてはいないようだ。あるいは、ただ疲れ果てただけだろうか。彼が頭をそらすと、たったひとつの明かりがその青い目のなかできらりと光った。「幽霊よけだって言う連中もいるでしょうが、それもやっぱりちがいます。劇場の幽霊は人に悪さはしないからね。そうじゃなくて、明かりが点けてあるのは、幽霊を暗いなかにひとりぼっちにしないためなんです……世界中の劇場でその手の明かりは見られます。昔からずっとあったんですよ。ロウソクしかなかった時代から」

「あなたは幽霊を信じているの？」

「どうですかね。むしろ伝統みたいなもんなんじゃないかな。もし幽霊を見たら、その人はツイてるってことになる。どの劇場にもひとつはいるしね。うちのは、この劇場を建てた年寄りの霊なんです。ずっと昔、そいつはある女優をえらく怒らせた。そんな話ですよ。それで彼女がそいつを刺し殺したっていう……わたしは山ほど物語を知ってます」バグジーはマロリーに顔を向けた。そして初めて、恐れの色を交えずにほほえんだ。すっかり心を開き、無防備に。

ピザを食べ終え、マロリーはナプキンで手を拭いて、ごくさりげなく言った。「その訛《なまり》、完璧よね。でも、あなたはブロンクスに住んだことはないんでしょう？」コネチカット育ちのこの若者は、囲いのある門番付きのコミュニティーで育ったのだ——あの嘘つき劇評家との地下道での雑談から得た情報を信じられるとすれば、だが。「あなたはお金持ちの家の子よね。なのに、浮浪者みたいにネズミやゴキブリのいる安宿で暮らしてる。それも、部屋代が払えるときは、の話。たいていは劇場に寝泊まりしてる。あなたはエール大学の演劇学部にまで行った。なのに、雑用係の仕事に就いているのね」

「しかも、このケチな仕事をもらうのにオーディションを受けなきゃならなかったわけですよ」バグジーは言った。

マロリーは、使い走りに転身したこのトニー賞受賞者、実名アラン・レインズに寄せられた評のひとつを、短く言い換えて唱えた。「二十一のとき、あなたは昇りゆくスターだった。五年前、劇評家たちはあなたを愛していた。その後、何かが起こった。それはなんだったの？」答えが返ってこないとわかると、マロリーは彼のほうに身を寄せた。「あなたはどの程度、イカレてるの、アラン？」

「わたしの名前はバグジーですよ」彼は言った。

「いいえ。それは芝居の登場人物の名前よ。バグジーは実在の人物じゃない」

〝使い走り〟は全面的に賛成してうなずいた。それから彼は目を閉じ――自らを閉じた。それっきり動かない。写真のように。死のように。

マロリーはその腕をつかみ、彼を激しく揺すぶった。「アラン！」息はしているのだろうか？「バグジー？」

〝使い走り〟のそのあだ名が、呪文だったようだ。

目がゆっくりと開き、体が蠢《うごめ》く。そして、彼は生き返り――彼女のもとへ帰ってきた。その顔にもう笑みはなかったが。バグジーはまた緊張を見せていた。それに怯えてもいるのでは？

そう、まちがいない。

マロリーはさらにしばらく彼のそばに留まった。ただ、そのあとふたりが話したのは、ブロードウェイのあちこちのゴーストライトのことだけだ。彼は確かにたくさんの物語を知っていた。


ライカーは奥の空いたテーブルにチャールズを連れていった。相棒の問題をバー全体に宣伝したくはない。

「ラビ・カプランには、彼女は人とつきあう暇がないんだって言いな」その点はライカーも同じだ。昨夜、結婚披露宴で姪っ子と踊る暇さえなかったのだから。だが、助けを必要とする友人のためなら、彼はいつでも時間を作る。たとえば、首なしマロリーのせいで動揺しきっているこの哀れな男のためなら。そしていま、刑事は、チャールズが首の吹っ飛ぶシーンのあと、演出家の遺体が見つかる前に、劇場をあとにしたことをつかんだ。

席に落ち着きながら、ライカーはフロアの向こうのウェイトレスに目をやって、指を二本立ててみせた。ルビーは親指を立て、すぐに新しい飲み物を持っていくと伝えた。これでよし。お気に入りの〝頭の医者〟を学校に連れていこう。学んでもらうのは、〝警官の国《コップランド》〟の暮らしの実態だ。「ルイから、古き悪しき時代のことを聞いてないか？　彼がうちの課を立ちあげた当時の話をさ？」

チャールズはうなずいた。「市はフルタイムの特別チームを必要としていたんですよね――」

「どこの署も、でっかい厄介な殺人事件でパンクしそうになっていた。当時は、忙しい管区は一日に死体を四体、扱うこともあった。殺し一件に刑事二名、充てられる時間はほんの数分。ルイは連中を圧迫してる事件を引き受けたわけだ」

ウェイトレスのトレイには飲み物がふたつ載っている。そして彼女は彼らのテーブルへと向かっていた。

いい子だ。

「ところが我らが馬鹿市長は予算を削減しつづけている。辞めた連中の後釜は雇われない。全体像がつかめたかな?」いや、チャールズ・バトラーに見えているのは、相変わらず別のもの――マロリーが顔を殴られ、その血まみれの首がステージを転がっていく場面だけだ。

「どの管区でも警官は減らされている」ライカーは言った。今夜の彼は、セラピストだった。

「いまじゃ町の殺人事件はどれも障害になってる。重大犯罪課はそのせいで押しつぶされそうなんだ」

「重犯捜査課を呼ぶべきね」ふたりの飲み物を置きながら、ウェイトレスが言った。

ライカーは彼女を撃たなかった。彼は赤毛に弱いのだ。「テレビを見てたな、お嬢ちゃん。いいか、ああいうものはためにならんぞ。重犯捜査課は、殺人は扱わない。扱ったことがないんだ」彼には、テレビ星《せい》から来たその娘が反論したがっているのがわかった。だがルビーは戦わずに立ち去った。

刑事は疲れた目をチャールズ・バトラーに向けた。テレビを持ってはいるが決して見ない、準・機械化反対者《ラダイト》に。「だからマロリーには余分な時間がない。ラビは大目に見てやるべきなんだよ」

「ルイがなぜあのポーカーの集いを始めたか、あなたは知っていますよね」

ああ、知っている。ルイが親友たちとの週に一度のポーカーを始めたのは、彼のキャシーをひとりぼっちにさせないためだ。たとえ彼女が成長しきっても――銃を、その大きなやつを携帯するようになっても。ところが、ルイのポーカー仲間は相変わらず、連中の馬鹿げたルールと、小さな子供のお小遣いに合わせたケチな賭け金でやっている――まるでおばあちゃんたちみたいに。冗談じゃない。ライカーも一度、そのゲームに参加したことがある。でも二度とごめんだ。

チャールズはこの議論、ラビ・カプランの議論に身が入っていなかった。彼は椅子に深くすわって、グラスを空け、それから言った。「彼女は職場で友達に囲まれてるわけじゃないですよね。もちろんあなたはいる……でも他に誰かいますか？」

いや、いない。キャシー・マロリーは友達を作る努力をまったくしないから。それに、自分自身を友達として数えることもライカーにはできない。仕事外で、彼らがいっしょに過ごすことはないのだ。飲みに行くことも、野球や映画に行くことも。もちろん、ガールズトークもありえない。彼女が彼に相談事を持ちこむことはまずないだろう。マロリーは、ルイ・マーコヴィッツにもほとんど我慢できなかった。里子になったばかりのころ、彼女の使うルイの愛称は、〝よう、おまわり〟だった。彼女があの親父さんをものすごく愛していたことを示すヒントは、ただひとつ。死んだことを理由に彼女が親父さんを恨んでいるという事実だけだ。

「あのポーカーの集いは、彼女のセイフティ・ネットなんですよ」チャールズが言った。

「そうだよな」馬鹿言うな！　警察の世界にそんなものは存在しない。そこでは、命は単純化される。横たわって死ぬか、全力で戦うかだ。しかしテーブルの向こうの男は、警官の文化においては異星人だ。

これは異種間のコミュニケーションの問題なのだ。

デリケートな問題。彼が何を言おうと、チャールズがそれをラビに伝えることはわかっている。そこを考え、ライカーはバーボンをちびちびやって時間を稼いだ。やがて、マロリーをそっとしといてやれ、と丁重に伝えるための適切な言葉が見つかった。「いっそとんがった棒で彼女の目を突き刺してやっちゃどうだ？」

女の顔はウールのスカーフに半ば隠されていた。ガソリン臭はそれでは遮断できないが、そうしていれば、白い息が宙に浮かんで居場所を明かすことはない。

その地下駐車場は肉を――手足の指を一本残らず――凍らせるほどに寒かった。もっともクララ・ローマンはまだそう長くは待っていない。表向きは（まぎれもなくマロリーのおかげで）病欠中となっているこの鑑識課の主任は、こっそりオフィスにもどって、ニューヨーク市警の全車両に搭載されている追跡装置のコードをダウンロードした。そして夜の残りは、あの若い刑事の動きをノートパソコンの輝く地図上で追うことに費やされた。そんなわけで、彼女は獲物より先にこの地下駐車場に着くことができたのだ。

身を潜めたコンクリートの柱の陰から、灰色の髪の女は、背の高いブロンドを見守った。相手はいま、警察の車のキーを返却しているところだ。マロリー刑事がこちらを向くと、クララは体を引っこめた。刑事は個人所有の自分の車へと向かった。

冷たいコンクリートにぴたりと背中をつけて、クララは静かな足音に耳をすませた。それは、三ヤードほど先の、シルバーの小さなコンバーティブルが入っている駐車スペースで止まった。

さあ、いまだ――車のドアが開く前に――刑事が安全な車内に入る前に。

背後から若い刑事に忍び寄り、不意打ちを食らわせて、心臓が止まるほどのショックを与える。その快感を切望しつつ、クララは柱の陰から足を踏み出し――

リボルバーの銃口を目にした。

頭から数インチのところに。

サプライズ!

マロリーは銃を下ろして、ホルスターに収めた。それから、こういうことをふたりが週七日毎晩やっているかのように、彼女は言った。「つまり、何か朝まで待てない用があるってことですね」

これでは丁重すぎる。クララはあざけりを待った。これにつづくはずの皮肉を。だがそれはやって来なかった。「あなたに芝居の台本のコピーを渡したでしょう。ちゃんと読んだの？」

その件で電話がなかったことから、答えはすでにわかっていた。「一ページでもめくってみた？」

「いいえ、まだ」

「だったら、あなたは大事なことを見逃している」あの異様な緑の目がわずかに大きくなったことで、クララ・ローマンは若干の満足を得た。ほんの一瞬ではあったが、それでもいい気分だ。笑みを抑えて彼女は言った。いや、命じたのだ。「あれを読みなさい！　興味深い箇所には全部、マーカーで印をしておいたから。わたしはその一家惨殺の部分に興味を引かれた……十年前の事件に」

第十二章

スーザン　彼らは女性と子供を殺して――あなただけ殺さなかった。
ロロ　きっと疲れてしまったんだろうね、かわいそうなチビども。

「真鍮《しんちゆう》のベッド」第二幕

クララ・ローマンのアパートメントは、その日当たりのよさでライカーをがっかりさせた。ぜんぜんコウモリの洞窟みたいじゃない。それはアーミッシュの女性の住まいかと思うような、質素でよくかたづいた部屋だった。例外は、壁じゅうに飾られたフレーム入りのおぞましい写真の数々。なかには血みどろのやつもある。そのすべてが鑑識の各班と年月を経て変わっていくその人員を写したものだ。何枚かのスナップ写真の背景にある死体を別にすれば、そこに展示された人々がローマンの唯一の家族であることは明らかだった。

写真のひとつには、まだとても若いヘラーが写っていた。彼は師匠と話しているところで、体格で彼女を圧倒しながらも、その言葉をよく聞くために背をかがめ、彼女に敬意を表している。ふたりのあいだに血のつながりはないが、ライカーはこの写真に「よき息子」というタイトルをつけた。

「あなたのパートナーはもう来ているわ」ローマンはそう言って、彼が遅刻したことを辛辣に伝えた。

ご婦人はフライパンを持っていた。このことを不安に思うべきだろうか？　ライカーはこれまで私服の彼女を見たことがなかった。ジーンズにスウェットシャツのきょうの彼女は、そのブーツに至るまで全身灰色ずくめだった。服の色を髪に合わせるというのが、ローマンにとってのファッションなんだろうか？

彼女のあとから小さなダイニングに入っていき、彼は席に着いた。マロリーはそこで、朝食を食べながら、台本のコピーを繰っていた。他の家具と同様に、そのテーブルと椅子も質素で実用的だった。それに、スクランブルエッグも。ローマンは塩胡椒《こしょう》というようなしゃれたものは使っておらず、それは味がないままだった。ライカーが料理をかきこみ、オレンジジュースをぐいぐい飲んでいるあいだに、相棒がこのミーティングの骨子を彼に説明した。

「ゴーストライターは本当にあった大量殺人をパクっていたの」マロリーは台本を繰って、黄色のマーカーが引かれた箇所、大虐殺《ぎゃくさつ》の全詳細を彼に見せた。「被害者たちの特徴。彼らの年齢。生存者との続柄。一致してないのは一点だけよ」

クララ・ローマンがテーブルの上座にすわった。「実際にあった大量殺人の生存者は二名だけだった。生死を問わず、兄はいない。それ以外の点は、偶然にしては実際の事件に似すぎている。保険失効のくだりまで合っているのよ。わたしは、被害家族の祖母にその保険を売った会社を見つけた。でも、保険のことは世間には知られていないの」

ライカーは、他の鑑識課員たちと同じく、クララ・ローマンもかつては刑事だったことを思い出した。しかも彼女は優秀だった。

刑事たちが朝食を終えると、彼らの招待主は、充実した血飛沫《しぶき》のカタログを常備することの重要性をふたりに説いた。「都市部は犯罪発生率が高い。でも、きわめて残虐な殺人は小さな町で起こっている。そして伝説とは裏腹に、町の警察はそういった事件をすべてViCAPに登録するわけじゃないの」

ViCAP《バイオレント・クリミナル・アプリヘンション》とは暴力的犯罪者の逮捕を目的とするFBIの全国データベースだ。マロリーはきわめて行儀よく、その欠陥について何も知らないかのように、耳を傾けている。それに彼女は、年上の相手が刑事たちの重大な手落ち、台本を読まずにいた怠慢をこきおろしたときも、おとなしくしていた。クララ・ローマンは自分のプライドを傷つけた彼らに仕返しをしているのだ。しかし、ライカーが相棒の流儀を理解しているとするなら（彼にはかなりその自信があるのだが）、彼女はこの鑑識員を彼らの事件に登用しようとしていた。

そこで彼はマロリーに倣《なら》って、うなずき、ほほえみ、なんとしても助けがほしい悔い改めたまぬけを演じた。

「何年も前」ローマンは言った。「もっと予算があったころ、わたしはスクラップ・サービスを使っていたのよ」彼女は皿を脇へ押しやって、スクラップブックを開くと、資料が貼られたページを繰っていき、めあてのものを見つけ出した。「ほら、これ」ローマンがアルバムをテーブルのこちらへ押しやり、ライカーは眼鏡を取り出して、第一面に載ったその記事、ネブラスカの一家惨殺事件の話を読んだ。

「新聞からわかることときたら」ローマンが言う。「殊に、僻地《へきち》の新聞はだめね。好みの殺人――たくさん血飛沫が飛んでいそうなのを見つけると、わたしは地元の警察に連絡して、犯行現場の写真をリクエストするの。この事件では、郡保安官が捜査を担当していた。そこには他にもいくつか記事があるけど、読んでも時間の無駄よ。記者たちはそれ以上何もつかんでいない。その件はすぐ州の話題から消えていった」

そんなわけがあるだろうか？　一家惨殺《ざんさつ》は、決して消えないタイプの事件だ。それはマスコミの垂涎《すいぜん》のネタなのだ。ライカーはスクラップブックのページを繰って、もうひとつ別の情報に目を通した。「少年ふたりは屋根裏の寝室に隠れてたのか。たぶん犯人はその子たちが上にいるのを知らなかったんだ。通りすがりの変態の犯行だな」

「または、その子たちがやったか」マロリーが言った。

ライカーは、不鮮明な新聞の写真を見つめた。高い木々と警察車両が並ぶ通りに面した木造の家。「現場の写真は手に入ったんですか？」

「いいえ」ローマンは言った。「郡保安官は情報を共有しようとしなかった。わたしとも、他の誰とも。ＦＢＩとさえ。一般に協力を求めたことも一度もない。記者会見もなし。ホットラインの設置もなし。結局、事件は解決を見なかった」

「とすると、その保安官は誰がやったか知ってたんだな」ライカーは言った。「でも、証明はできなかったわけだ」

マロリーもうなずいた。「そしてたぶん、彼は本を書いている。証拠を隠しておくことで利益を得た警官は大勢いることだし」

クララ・ローマンが黄ばんだインデックス・カードを一枚、掲げた。「この電話番号はどれも古いものだけど、役に立つかもしれない。ジェイムズ・ハーパーはいまも保安官をやっている。この最後の番号は、彼の自宅のよ。その後、変えた可能性もあるけど。十年前、わたしは民間人の事務員を脅して、この番号を手に入れたの」

マロリーは、やるわね、とほほえんだ。

「たぶんその保安官が例のゴーストライターなのよ」ローマンは言った。「台本には、現場の詳細がたっぷり出てくる。それぞれの犠牲者の死んだ順番まで。それに天井の血。あれは振り飛ばされた血飛沫よ。つぎの一撃を前に刃物を振りあげたとき飛んだ血ね。新聞にはそういうことは一切載っていない。凶器に関する記述はないの。でも遺体の数は合っている。全員女性だった犠牲者の年齢も。生存者の年齢――双子の少年の十二歳も」

ライカーはスクラップブックを閉じた。「ハーパー保安官の年は？」

「もう六十近いはずよ」ローマンは言った。

そこまで年が行っていると、容疑者リストの誰とも一致しない。それでもライカーは考えた。ネブラスカの連中は、シリル・バックナーみたいに先の尖ったブーツを履くんじゃないだろうか？

ジャック・コフィーはデスクの椅子の背にもたれた。マロリーとライカーは立ったまま、待っている――おとなしく。彼らがこの種の敬意を見せるのは、何かほしいときと決まっている。

警部補は新聞にざっと目を通した。「今回、例の芝居はデイリー・ニュース紙の第一面でも批評されているぞ」そう言って、新聞を掲げ、ふたりにその見出しを見せる。**劇が観客を殺す。**それより小さな太字を彼は読みあげた。「『三名沈み、一名は足踏み』自殺志望のジャージーの小僧は、助かるだろう。だから、そいつは被害者リストから抹消していい。それに、ディッキー・ワイアットもだ。検視局に電話して、仮報告書をもらったんだがね。その男は麻薬常用者《ジャンキー》だったんだ。単純な薬物過量摂取だな」

「単純な？」マロリーが言った。「死んだのは彼で三人目なのよ――」

「そう、三夜で」その勢いでさらに先を読み、コフィーは彼女のつぎの言い分も言葉にした。「それに遺体は死後に動かされている。ああ、そうとも。で、このことから何がわかる？　劇団がきみたちを操ってるっていうことだよ。連中は注目を集めるために死体を利用した。好きにすればいいさ。うちの課は死体遺棄なんていうケチな犯罪は扱わない」彼女のほうはディッキー・ワイアットの死の何が気になっているのだろう？　マロリーの食物連鎖では、ジャンキーどもは底辺にいるのだ。

「あれは殺人よ」彼女は言った。

「脚本家の一件はまあ――その可能性もある。だがジャンキーの演出家は、きみたちが遺体を見つける何日も前に死んでいたんだ。関連性はないな」

「冗談だろ」ライカーが言った。

「わたしが笑っているように見えるか?」警部補はぱらぱらと新聞のページを繰った。「連中のひとり——あるいは、やつら全員が、演出家の過量摂取を知っていたんだろう。何も完璧な死体を無駄にすることはあるまい。連中は、ジャージーの死にたがりの子供たちが芝居を見出しにしてくれるとは知らなかったわけだしな」彼は新聞をたたんだ。「これで、殺人は一件だけになった。おっと失礼。検視局長はピーター・ベックを不審死と判定してたっけな。とにかく、さっさとかたづけろ。うちの署は他にも事件をかかえてるんだ」

ライカーが古びたスクラップブックを掲げた。「捜査すべき新しい線が出てきたんだ。もうひとり人がほしい——」

「サンガーを貸して」マロリーが言った。「彼と彼の相棒——あのふたりはいま、事後処理と証人のお守りをしてるだけでしょう。それならひとりで充分やれる。むずかしいわけないじゃない?」

「そんな話は聞きたくない」ジャック・コフィーは、ピンクの伝言メモ用紙を彼女に手渡した。ビール長官のお気に入りの市議会議員、きょうすでに三度も電話を寄越した厄介者の名前と電話番号が記されたやつだ。「もう二度とこのド阿呆《あほう》にやいやい言われたくはない」それに、マロリーにも。「あの舞台監督に電話しろ。いますぐだぞ! 今夜こそあの議員に芝居のつづきを見せなきゃならん。彼にそう言うんだ」

「今夜は幕を開けられない」シリル・バックナーは言った。「マロリー刑事からたったいま連絡があった。公演は差し止められたよ」舞台監督はステージに集まった俳優たちに真新しい変更シートを配った。近い将来、彼はあのいまいましい黒板を壁から引っぺがすつもりだった。

アクセル・クレイボーンが自分の新しい台詞《せりふ》に目を走らせる。「彼女は理由を言ってたか?」

「不品行」シリルは言った。「客席に死体が多すぎること」

アクセルはうなずいた。「確かに昨夜のは行き過ぎだったな」

舞台監督は出演者とスタッフの一団に顔を向けた。「ようし、みんな、きみたちは給料をもらってるんだ。ショーがあろうとなかろうと、毎日ここに来い。各自、台詞を頭に入れておくこと。気を抜くんじゃないぞ」

「舞台係は必要ないよね」ジョー・ガーネットが言った。テッド・ランダルがうなずいてこの意見を支持する。

「必要だとも。少し時間を取って代役の稽古《けいこ》をするからな。この前やったときからだいぶ変更が出ているから」彼はバグジーのほうを見た。「全員そろっているんだろう?」

〝使い走り〟はうなずいて、舞台袖を指し示した。そこには、四人の代役が待機していた。

「よし」ここでシリルはふと気づいて頭上を見あげ、照明係に呼びかけた。「きみのほうは変更なしだ」ギル・プレストンはすぐに忘れられてしまう。始終、見えないところにいるせいだ。

階段室のドアから現れたとき、クララ・ローマンは警部補の強い視線を引き寄せた。ジャック・コフィーはおそらく、彼女がなぜ重大犯罪課を足しげく訪れるのか不審に思っているのだろう。

ライカーは自分たちのお客を目で示した。「ローマンのボスは、彼女がいまもおれたちの事件をやってるのを知っているのかね？」

マロリーは頭をめぐらせ、近づいてくるローマンに目を向けた。「彼女、病欠を使ってるのよ。コフィーがチクらないかぎり、ヘラーは知りようがない」

クララ・ローマンはマロリーのデスクに歩み寄り、そこに書類の束を置いた。「路地のゴミの検査結果よ」彼女はライカーに冷たい目を向けた。「それと、ＤＮＡ検査だけど。ほら、あなたが時間の無駄だと言ってたやつ。ナン・クーパーのサンプルは、フィルター付きタバコの吸い殻二個と一致した。でも、これはちがったわ」彼女は一枚の写真を掲げた。雪の上に落ちている手巻きタバコの残片。「このマリファナ・タバコの唾液は警備員のバーニー・セイルズのものだった」

「ただの葉っぱじゃないのね」マロリーは薬毒物検査の報告書を見ていた。「阿片《あへん》が混ざってる」

「ああくそ」ライカーはお礼の代わりに言った。

「おみごと」彼の相棒は言った。

ローマンはこの賞賛を待ってはいなかった。彼女はすでに歩み去っていた。

階段室のドアが閉まり、ローマンの姿が消えると、ライカーは言った。「何はともあれ、警備員はシロとわかった。ヤクで酔ってちゃ四十秒で殺しはできない。だがこれは、ナン・クーパーにとっちゃひどくまずい状況だよな」

「これは、彼女がアリバイを必要としていたか」マロリーが言った。「または、口封じのためにバーニーにささやかなプレゼントをしたかね。たぶん彼は、彼女の正体に気づいたのよ」ノートパソコンを反対に向け、彼女は自分がやり直したあの衣装係の経歴調査、別の名前の載ったものを彼に見せた。

「そんなはずはない」彼は言った。「彼女のわけないだろ。ありえんよ」

バグジーはアルマのお茶を取りに行き、つづいて、彼のボス、シリルのために新しい配置図をプリントアウトした。ああ、でも彼のボスじゃない人間がどこにいるだろう？　つぎは誰が糸を引くのかわからず、〝使い走り〟はあたりを見回し、左右に体を揺らした。そしていま、二度目のベルで電話を取るべく、彼は舞台監督のデスクへと走った。

それはマロリーからだった。

彼女からこちらの姿は見えないが、彼は背筋をぴんと伸ばし、櫛《くし》の通っていない髪をなでつけた。「ああ、ライカー刑事がたったいま連れていきましたよ……いや、彼女がハイになってるのは見たことないな……そう、彼女とディッキー・ワイアットは親しい仲でした」

とそのとき、背後から、彼の別のご主人の声がした。シリル・バックナーがどうなっている。

「バグジー！　ナン・クーパーはどこなんだ？」

ジャック・コフィーは、怒れるペリー議員からの最新のメッセージを読んでいた。彼は顔を上げ、部屋の入口に立つマロリーに気づいた。「あの芝居の公演を差し止めたのか？　わたしははっきり言っただろう――」

「あれは、ある未解決事件につながっている……あの芝居が書かれる前に、すでに五件、殺しをやってる殺人犯に」

　なんだと！　こいつ、でたらめを言っているんじゃないか？　証明しろと言う手もある。しかしコフィーは、新たなゲームが始まっているのを感じた。それは彼の一日をめちゃくちゃにするかもしれない。譲歩して彼女を攪乱《かくらん》するほうが楽だ。「オーケー、今夜のショーはなしだ。きみの事件だからな――きみが決めればいい」

　これは彼女をいらだたせるはずだった。ところが彼女は間髪容れずにこう言った。「サンガーがだめなら、ジェイノスを貸して。彼は容疑者を勾留したところよ。事務処理は相棒がやればいいでしょ」

　理にかなった要望だ。彼女が死体の数を水増ししただけでないならば――いや、仮にそうだとしても。これが課の他の刑事なら、彼も同情しただろう。だが、相手が彼女となると、そうはいかない。マロリー界では同情は弱さの証《あかし》であり、進行中のこのボクシングの試合において、それは彼の失点につながる。フェイントにジャブ。かわせ、さもなきゃ歯を失う。

　彼女の注文は正当なものだ。しかし彼はこう言った。「人手は足りてるんじゃないか？　どうしても目についてしまうんだがね――きみたちには専任の鑑識員がいるんだろう?」ローマンはマロリーに脅迫されているんだろうか、と彼は思った。そして、彼のつぎの考えは? そういうことは知らないほうがいい、だった。「ジャンキーの演出家の死因について、検視官に確認の連絡は入れたのか?」

「いいえ、その必要はないから」いまや彼女は皮肉たっぷりだった。潔い敗者とは言えない。「警部補が手に入れたディッキー・ワイアットに関する二流の仮報告書――あれはドクター・スロープが出したものじゃないのよね。彼ならあなたの考えを正したはずだもの。それでわかったのよ。あなたはあの当番の検視官と話したんでしょう。昨夜、死体運搬車に乗ってきたトンマと」

そのとおりだ。それに、おもしろい。いつも容易にわかることだが、彼女は何か隠しているらしい。あるいは、彼に自分の使い走りを――あのいまいましい事件の手伝いをさせたがっているのか。いずれにせよ、マロリーは、その件でドクター・スロープに連絡しろと彼をけしかけているのだ。そしてドクターは(この点は確かだが)彼女からの不意打ちのパンチを届けるだろう。彼にそれが予想できないと彼女は本気で思っているんだろうか?

食いついてたまるか。

ディッキー・ワイアットの仮報告書のことは、きょう一日、彼の頭から離れないだろう。そしてやがて彼は気づくことになる――これこそがワンツーパンチの一打目のジャブだったのだと。

ナン・クーパーは取調室のテーブルに着いていた。天井の蛍光灯に照らされ、その赤い髪はきょうはなおさら薄く見える。禿げた部分は光っていた。テーブルの中央には彼女の名前の入った分厚いフォルダーが置いてあるが、衣装係のこのご婦人はちらりとしかそれを見なかった。

「あなたたち、どうしちゃったの？　わたしにはアリバイがあるのよ」

「警備員のバーニー・セイルズですか？」ライカーは首を振った。「彼の供述にはいくつか問題点がありましてね。ベックの死んだ夜、あなたは路地でタバコを吸っていた。でもバーニーが吸っていたのは、薬物だったんです」

マロリーはフォルダーからその検査報告書を抜き取ってテーブルに置き、重要な部分に長く赤い爪で下線を引いた。「『阿片《あへん》で燻《くん》じた大麻』……彼がこのマリファナをあなたからもらったことはわかっています」

「あいつ、わたしを裏切ったわけ？」

「そうですよ」ライカーは言った。「バーニーはさほど利口じゃない。ヤクに酔ってないときでもね。暗転の四十秒間、自分がどこにいたんだか、あの男にはわかっていません。あなたが思い出させたんですよね……ひとりめの警官が現れる前に」

「いまじゃわたしは容疑者なわけ？」憤慨したふうもなく、ご婦人はほほえんだが、その目はふたたびフォルダーへと向かっていた。情報が詰まった分厚いやつへ。

マロリーがもう一枚、紙を取り出して、テーブルの向こうへすべらせた。「それはあなたの真新しい組合証のコピーです。名義はナン・クーパーですね」

「そうだけど？　それが何か？　クーパーは出生証明書に載ってる名前よ。そしてわたしは、平々凡々にナンで通ってる。凝った呼び名は——」

「ナネットですね」ライカーは言った。「知ってますよ。でもこの前、あなたが平々凡々に〝クーパー〟と呼ばれたのは、いつのことです？」彼はテーブルに、映画俳優組合証のコピーを置いた。名義はナネット・ダービーだ。彼女の出た古い映画を彼は全部見ている。それらは深夜、彼のお気に入りのバーの閉店時間後に放映されていたのだ。不思議なことに、この喜劇スターは年を取っていなかった——後退しつつある生え際から下は少しも。「ほんとに思いもよりませんでしたよ——」

「ナネット・ダービーは舞台名なの」女は腕組みをした。「だからこれは……連邦犯罪ってわけじゃない」

「あなたは嘘の住所を教えましたよね」彼は言った。「となると、それはなぜなのか、不審に思わざるをえない——」

「住所は本物よ。わたしはあの部屋を又借りしているの。郵便物はそこで受け取ってる」

「なるほど」ライカーは言った。「しかしナネット・ダービー宛の郵便は、セントラル・パーク南のもっと立派な住所に届くんですよね」

「それに、とっても立派なあなたの株のポートフォリオは、モルガン・スタンレーに住んでいる」マロリーはフォルダーを開けて、金融証書ひと山をテーブルに広げた。

「ほんとびっくりよ。あの連中が札束でやれることと言ったら」ニューヨーカーの語気の強さは影を潜めた。女の言葉は、均一化されたアメリカ語、どこのものでもないアクセントへと均《なら》されていた。「確かにわたしはかなり儲けたわね——名前が知れてたころに」

「あなたはものすごくリッチなわけだ」ライカーは言った。「なのに、下っ端の仕事をしてるとはね……われわれがなんでひっかかるのか、わかるでしょう?」

「それにその変装」マロリーが言った。「あなたはすばらしくいい鬘《かつら》屋を使ってるんですね」

ナン・クーパーは観念して一方の肩をすくめると、まばらな毛髪の鬘を脱いで、スタイリッシュにカットされた豊かな漆黒《しっこく》の髪を披露した。「あなた、鋭いわね。これまで気づいた人はひとりもいなかったのよ」

ライカーは、そりゃそうだろうと思った。マロリー以外の誰が他人様の禿げをじっくり観察するって言うんだ。そもそも、禿げのある鬘を買うやつがどこにいる? 彼はフォルダーの内側に留められた一枚の写真をたたいた。「それでも、あなたはパスポート写真とちがって見えますよ」

「ああ、それは古い写真だから」女優は目を細めて、その小さな肖像を見つめた。いまの彼女より成熟している映画スターの顔写真。そのたるんだ目と口は、かつてアメリカが愛した団子っ鼻が霞《かす》ませている。「ハリウッドでの仕事がなくなったとき、わたしは四十近かった。フェイスリフトをやる頃合いよね。外科医は十五年を取り除いたうえ、あの鼻の半分を切り取ったの。ところが、それ以来、まともな役はもらえなくなった。なぜだかわかる? あのすばらしいデカッ鼻のないわたしは、もうナネット・ダービーじゃなかったわけ……大ショックだったわよ」

「だから衣装係の仕事に就いたって言うんですか?」ライカーは言った。「大金持ちのあなたが?」

「衣装方。それがわたしの職名よ。でもね、それだってショー・ビジネスにはちがいない。そうでしょ?」どちらの刑事も信じていないのを悟り、彼女はつづけた。「認めるわ、わたしはこの世界にもどりたかった——衣装方としてじゃなく——俳優として。それでディッキー・ワイアットとうまいこと契約したの」

彼女は嘘をついているんだろうか? ライカーはこの女を劇場から連れてくるとき、出演者全員の代役と会ったのだ。「つまり……アルマにはふたり代役がいるってことですか?」

「いいえ、ベイビー。わたしはスターなのよ。そういうオファーで彼がわたしを侮辱することはありえない」

「ですよね」ライカーは言った。「で、もっと下の仕事を与えたってわけですか」

「裏があるのよ。わたしは大昔からディッキーを知っている。彼がハリウッドで最初の仕事をもらう前から知ってたの。彼は最高だった。この業界でいちばんの大物ね」

「彼はジャンキーだったんでしょう?」マロリーは言った。彼女はいつも薬物中毒者と人間を区別している。「注射痕を見ましたよ」

「ラ・ラ・ランドにいた最初のころの古い痕よ。アルコールもドラッグもなしに映画界で生き延びているなら、ほんとにそこでプレイしてるとは言えない。気を悪くしないでね。あなたが有能なのはよくわかる。でも、ハリウッドはニューヨーク・シティ以上にどろどろの戦場なのよ」

「なるほど」ライカーは言った。「で、ワイアットはニューヨークに移ってきた。そしてあなたは、彼を追ってきたと」

「いいえ、わたしはディッキーより何年も先にこっちに来ていた。でも、オーディションじゃまるでツキに恵まれなくてね。しまいには集団オーディションまで受けたのよ。キャスティング担当の若造の前をひとりずつ歩くやつ。そいつは名前すら訊かない。肉みたいに応募者を検査するわけ。その予選を通過したら、ようやく口を開けられる。一行か二行、台詞を言うの。でも、連中がそれをやらせるのは、候補者の歯をチェックするためなのよ」

「ワイアットはどうだったんです？」

「ディッキーは即座に仕事を獲得できた。問題なしよ。舞台であろうが映画であろうが、彼はすばらしい演出家だもの。そして彼は、わたしの面倒も見てくれた――いくつか小さいけどすごくいい役をくれたりね。この芝居でも、彼はわたしを使いたかったのよ。なのに、あの嫌味なピーター・ベックが自分の彼女を使うと言って聞かなかったの。ディッキーはわたしに近くで待機してるように言った。そこでわたしは鬘と衣装方の組合証を手に入れたわけ。あとはだいたいわかるでしょ」

「ああ、わかりますよ」ライカーは言った。「かわいそうなアルマがある夜、ぽっくり逝ったら――」

「わたしが彼女の死体をまたいで進み出、俳優組合証をさっと出して、その役を引き継ぐってわけ。代役の契約はナネット・ダービーで結んでいるのよ。これはディッキーのアイデア。アルマの穴だらけの契約じゃ、鉄壁の護りとは言えないって彼は言ってた。それを作成したエージェントは、まだオムツをしてる赤んぼなんだって」

「つまりアルマは解雇できるってことですね」マロリーが言った。「ピーター・ベックさえ消えてくれれば」

「ねえ……いいわね、この展開」ナン・クーパーは捕虜の格好で両手を突き出した。「さあ、どうぞ。手錠をかけて。こういう宣伝のためなら、わたし、人だって殺すわよ。世間の人は、わたしは十年前に死んだものと思ってるんだから。早く逮捕して。ぜひお願いするわ」

　刑事たちのエスコートで階段に向かうとき、ご婦人はがっかりしていた。逮捕はなし。手錠もなし。「きょうはツキがないのね」彼女は言い、その背後でドアは閉まった。

「彼女はかかわってる」マロリーが言った。

　ライカーもそう思った。長く苦い十年はたぶん、芝居を一本書くのに充分な時間と言えるだろう。


　お仕着せを着たドアマン、フランクは、その金を給仕長並みにスムーズにポケットにしまいこみ、彼の長身のパトロンを首をそらして見あげた。「そうですね、確かにあの人はラビが来たとき、二、三度、居留守を使いました。でも、それくらいですよ。このところ、ほんとに長時間、働いているんです」

「ありがとう」チャールズ・バトラーは言った。自分の賄賂《わいろ》は、マロリーがドアマンに払っている口止め料と勝負できていないのだ――彼はそんな仮説を立てた。そして、紳士たるもの、レディーを競りで負かしたりはしないものだ。

彼はもう一枚、五十ドル札を掲げた。「他に何か教えてもらえることはないかな?」

ふたりのあいだの宙に浮かび、つかみとられるのを待っているそのピン札を見たとき、フランクの目には真実の愛が現れていた。それでも彼は、両手をポケットに入れて誘惑を退《しりぞ》け、首を振った。いただけません――本当に、残念ですが。

マロリーのチップはきっとすごい額なんだろう。または、彼女がこのドアマンを相当怖がらせたかだ。

チャールズは通りを進んでいき、角を曲がってセントラル・パーク西通りに入った。ここには南に向かうタクシーがたくさん走っている。だが、彼はまだタクシーを止める手を上げていない。そして十台が通り過ぎた。彼の足が止まる。脳内の小さな映画館では、あの首の吹っ飛ぶ場面がエンドレスにぐるぐるとリプレイされていた。

昨夜の芝居はマロリーに対して公平とは言えなかった。あの女優のものまねにはひどい欠陥がある。もっとも不穏な特徴にばかりたよりすぎているのだ。それでも、そのカリカチュアには彼の眠りを妨げるだけのリアルさがあった。そして彼は、そのせいでほんの少し愚かになっている。

馬鹿め。

なんであれ、ドアマンから聞き出すことなどできっこない。

それにライカーも、情報の切れ端ひとつ放《ほう》ってはくれなかった。あの刑事としては、ゲームに加わっていない民間人には何も話せないのだ。もっともこの立場は、ニューヨーク市警から正式な招待があれば、変わるものだけれど。そういったオファーが入り、いまこの瞬間も彼の電話は鳴っているかもしれない。

ライカーは電話すると約束してくれた。

その約束に力を得て、チャールズは、何年か前に最新型だった留守録装置を箱から取り出したものだ。それは、マロリーからのクリスマス・プレゼントだった。彼女の贈り物はすべてコンピューター化されている。彼女はなんとしても彼を過ぎ去りし世紀から引っ張り出すつもりなのだ。その世界で、彼は説明書など必要ないアンティークに囲まれて生きている。ああ、でももしライカー刑事が電話をかけてきたら？　チャールズにはあの男の驚きが想像できた。応答するのは、電子的に録音された〝凝り固まったラダイト〟の声なのだから。

チャールズはもっとうれしくないさまざまな呼び名に気づいている。顧問心理学者としての臨時の仕事のさなか、彼は何度か、自分が〝まじない師〟と呼ばれるのを耳にした。この評は、とりわけシニカルな刑事がつぶやいたものだが、おそらく刑事らはみな、そんな目で彼を見ているのだろう。実際、目下の悲惨な精神状態では、自分でも、月明かりのもと、鶏《とり》の骨を投げ散らかすところまで行ってしまいそうな気がする。彼は昼間の空を見あげた。この瞬間の彼は、流れゆく雲の形に予兆をさがす男に見えたかもしれない。

新聞記事や直接見聞きしたことから拾える事実は、きわめて乏しい。しかし、重要なのはそのうちふたつだけだ――マロリーが芝居に組みこまれている。そして、作者は明確にこう言っている。

彼女の首を落とす。

第十三章

スーザン　斧……それに、バット。
ロロ　バットはぼくの少年時代のものだった。双子たちは野球はぜんぜんしなかったから。そう、あの夜まではね。彼らは、うちの女たち、女の子たちとひと晩じゅうプレイしたんだ。

「真鍮《しんちゅう》のベッド」第二幕

ジェイノス刑事はマロリーとライカーにはさまれて廊下を進んでいた。ゴリラ流にサイズでふたりを圧倒してはいたが、自分の事件と先ごろ勾留されたその被疑者、少年を性的に暴行し殺害したホームレスの男について語るとき、彼の口調は情け深く優しかった。

死んだ少年は一名のみ。

マロリーは常にスコアをつけている。あの事件はイーストサイド署が担当すべきだったのだ。そして、この署の管轄ではない事件は他にもいくつかある。

「ホシの両足首の皮膚は黒く変色しだしているんだ」ジェイノスは言った。「それがどういうことか、わかるだろう?」

「ああ」ライカーが言った。「壊疽《えそ》。足よ、さようならだ。つまり、神はいるってことだな」

「警部補は、おれをあんたらに預けると言っていた」ジェイノスはマロリーのほうに顔を向けた。「台本を読みにかかろうか?」

「あなた用にコピーを取ったわ」彼女は先に立って、捜査本部に入っていった。

四方の壁には上から下までコルクが貼ってあり、そこに、死体保管所《モルグ》の血なまぐさい写真、事件現場の見取り図、文書等々、資料が連なっている。多すぎる殺し。劇場の殺人事件に充てられたスペースは、他の男たちの注意を引きつけていた。元麻薬課という経歴から、マロリーがほしがっている男の注意もだ。

サンガー刑事はもう何年も前にこの精鋭殺人特捜班に加わっているが、いまもおとり捜査官の長髪のままで、ヤクの売人役の定番の光り物、ダイヤのピンキーリングをはめている。彼はマロリーが張り出した〝ほしいものリスト〟を眺めていた。彼女とライカーふたりだけの時間では集めきれない諸々の情報を求めたものだ。

「まるで珍妙なウェディング・レジストリだな」サンガーは証拠品のテーブルに手を伸ばした。そこには劇団員たちの電話の通信記録が積まれており、彼はそのてっぺんの二枚を手に取った。「こいつはついさっき届いたんだ。あのジャンキーの演出家、ディッキー・ワイアットの携帯の通信記録だよ。彼は固定電話を数週間前に解約していた。彼の現住所はわかってないんじゃないか? そうだろ?」

「ああ」ライカーが言った。「劇団を離れたあと、彼はアパートメントの部屋を又貸ししている。新しい居住者は何も知らないんだ」

「これを見な」サンガーは携帯電話の通信履歴をコルクの壁に留め、ある日付を指さした。「あれが通信ゼロの二週間の終わりだ。ワイアットは留守録サービスとメールの受信をブロックしていた。だから、休止期間に溜まったメッセージはない」彼の指が履歴の下のほうの一行へと移動する。「そしてここ――遺体が出る数日前――彼は電話を一本、取っている。チェックしたがね。そいつはデリカテッセンの公衆電話からだった」

壁から退《さ》がって、刑事は笑みを浮かべた。「それでわかったんだ。ワイアットは監視の厳重な治療施設にいたのさ。アパートメントを又貸ししたのは、自宅に帰れないようにするためだ。帰宅は常用癖の引き金になる。たとえば、前回ラリッたときすわってた椅子をじいっと見るだろ――すると、それが引き金になるんだよ。治療に入るとき、彼は携帯電話を預けたはずだ。だからおれにはわかる。あの最後の電話を取ったとき、彼は施設から出たばかりだったんだ。ということは、どこかに別の住まいを確保してたわけだよ。ホテルか、又借りした部屋か。友達のうちには泊まってない。クスリ漬けの時代との古いつながりは全部、避けるはずだからな。彼が入ってた治療施設をさがしな。そこに問い合わせりゃ現住所がわかるかもしれない」

ジェイノスが眉を上げた。「どうしてそこまで――」

「魔法さ」サンガーは両方の袖口をさっと見せ、袖に何も隠していないことを示した。「あるいはただ、おれが凄腕だってことかもな」彼はもうひとつ思いついて、マロリーに顔を向けた。「そうそう、二週間の治療って点だが――それは、軽いぶり返しってことだよ。どっぷり浸かってたわけじゃない。彼の毛髪の検査をしてみな。そうすりゃおれの言ったとおりだってわかるよ」

これを最後に、マロリーはこの男を失った。彼は、部屋の向こうの自分の壁、自分の事件へと向かっている。そして彼女は早くも彼を取りもどす策を練りだしていた。

「おい」ライカーが言った。「ひとっ走り、検視局に行ってこないか？」返事をもらえず、彼は付け加えた。「またドクター・スロープと薬物検査戦争をやれるじゃないか。行こう。きっと楽しいぞ」

「必要ない」マロリーは言った。「ドクターは死んだジャンキーが大好きだもの」生死を問わず、薬物中毒者はドクターの趣味なのだ。そして、このことはいつも彼女をとまどわせる。エドワード・スロープはこの種のくずに惚れこむあまり、無料診療所まで立ちあげて、余暇にその生きているやつらを診ているのだ。ディッキー・ワイアットのためならば、あの検視局長は自分の武器庫にあるあらゆる検査――デラックス版の検視を行うだろう。

チャールズ・バトラーは署に入ったとたん、かっさらわれた。そしていま、彼は重大犯罪課の指揮官に伴われ、刑事部屋の奥へと向かっている。前を行くジャック・コフィーの頭の禿げを見おろしていると、そのコフィーが言った。「いやいや。依頼なんて必要ありませんよ。マロリーは人員不足のことで不平を垂れまくっていますからね。きっと大喜びするでしょう」

警部補の口調から、チャールズはこれが真実にはほど遠いことを悟った。

もはやこれまで。

まちがいない、マロリーは彼を殺すだろう。または、ライカーが先にやるかだ。

ああ、大失敗だった。彼はただ、打ち首を夢想する脚本家の病理について、いくつか意見を述べるために――たぶんすごく役に立つ意見ではないだろうが――立ち寄っただけだ。でも、訪問のこの口実はちょっと不自然かもしれない。やはり前もって電話すべきだった。あるいは、ライカーの明快な支持に従い、電話の前でじっと待機していればよかったのだ。

捜査本部に入っていきながら、警部補が大声で言った。「ほら、見てくれ！　下に誰がいたと思う？」

マロリーはチャールズにちらりと目を向けたきり、それ以上の興味は示さず、コルクの壁に資料を留める作業にもどった。ライカーの顔に笑みはない。彼も喜んではいないのだ。ふたりの刑事は課員の助力が必要だと訴えている――だが、助力はボスとともにドアから入ってきてはならないのだ。

しかし、こんな気まずいことがあるだろうか？

チャールズは、救命ボートが通りかかるのを立ち泳ぎで待つ身となった。そして、そのボートはジャック・コフィーという形で現れた。警部補はチャールズの腕に手をかけ、彼を外に連れ出した。

廊下に出ると、警部補は言った。「ちょっと事情聴取を傍聴しましょうか」ふたつ先のドアで、彼は鍵穴に鍵を挿しこみ、ふたりは劇場用の跳ね上げ式座席が三段に並ぶおなじみの部屋に入った。その壁のひとつは端から端までマジックミラーの窓になっている。昔、コフィーの前任者ルイ・マーコヴィッツは、市警本部も含む他のすべての署がうらやむ〝傍聴室のキャデラック〟だと言って、この部屋を自慢したものだ。

ふたりの男は暗闇のなか、窓に向かってすわった。その向こうの明かりの点いた取調室には、忍耐強いジェイノス刑事と仏頂面《ぶっちょうづら》のティーンエイジャーがいた。


本件におけるジェイノスの最初の仕事は、五分前、舞台係のテッド・ランダルが「いろいろやることがあるんで」と生意気に言い放ち、部屋から出ていったときに終わった。

いま、刑事はもうひとりの少年、ジョー・ガーネットと差し向かいですわっている。相手は彼にかまわず電話に出て言った。「うん、十分後に着くから」

ジェイノスはほほえんだ。若者の無礼に腹を立てるでもなく。ああ、腹など立てるものか。ガーネットの携帯から第二の着信音がしたとき、彼は前の通話の精確な時刻をメモしていた。前回の事情聴取のあと、彼はこれに類する多数のメモを電話会社の記録と照らし合わせ――一致するものはないという仮説の裏をとった。それらの通話に少年たちの名義の電話は使われていない。使い捨て携帯の絶え間ない使用は、副業を示唆する。十中八九、ヤクの売買を。だがジェイノスはこれを、別の日、別の話し合いに使えるネタと呼ぶ。

子供ってのは実に簡単だ。

数分のやりとりとつぎの着信音のあと、ジョー・ガーネットは取調室をあとにした。特に許可も求めず、さようならというような礼儀正しい挨拶もなく。しかしジェイノスはこの敬意の欠如にも落胆しなかった。ティーンエイジャーはみな、人の命の尊さを信じる彼の心を試すため、天が与え給うた存在なのだ。彼は連中の誰かの鼻を——複数回すごく強く——殴ってやろうなどとは夢にも思わない。

ノックの音がリナルディ兄弟、ホリスとフェリスの到着を告げた。

ジェイノスは叫んだ。「少々お待ちを！」ディッキー・ワイアットの遺体発見後、他の刑事が取ったふたりの供述に、彼はざっと目を通した。ただし、供述と呼べるものは一切ない。あるのは、ジェスチャーの記録のみだ。兄弟たちは無言を貫いていた。

彼の任務もこれまで。連中に嘘をつかせてつまずかせるのは無理だろう。

前回、ふたりは別々に聴取を受けている。しかしきょう、彼はそのやりかたを変えていた。双子たちはいっしょに部屋に入ってきて、テーブルの向こう側にすわった。どちらの若者も例によって奇人の役に入りこんでいる。ぼろ人形よろしくぐたっとすわり、視線をさまよわせ、口をぽかんと開けて。まるで飛んでいくハエをつかまえようとしているようだ。

ジェイノスは、まったく同じ彼らの履歴書を何行か読んだ。「ハリウッドからずいぶん遠くに来たものですね」ふたりはそこで映画の子役としてスタートを切ったのだ。ジェイノスが聞いたことのない出演作の数々。ただ、誰でも思い出せそうなまずまずの作品もひとつだけあった。そして十代の半ば、彼らは何本かホラー映画に出演している。うん、これはお似合いだ。「ここに空白の期間がありますね。演技の仕事の合間に何年か。そのあいだ、あなたたちは何をしていたんです?」

　口のきけないうすのろの演技をつづけ、双子はそろって肩をすくめた。

「わたしはアーティストに大きな敬意を抱いています」こいつらの細っこい首をつかんで、少しのあいだ酸素の供給を断ってやろうか? そんな考えがジェイノスの頭に浮かんだ——しかしそれは彼の流儀ではない。「警察署というのは、感受性の強いクリエイティブな人たちには不快な環境かもしれませんね」大きなほほえみ。「どうぞごゆるりと、おふたりさん。必要なだけ時間をかけてください……こっちは丸一日空けていますので」彼は立ちあがって、幅の広いマジックミラーに歩み寄り、鏡になっているこちら側の面の前でネクタイを直した。「丸々一日」そう言って、鏡に映る双子を見ていると、変態が始まった。

　ひとことも言わず、互いに視線を交わすこともなく、彼らはぴったり同じ動きで姿勢を正し、腕組みをした。振り向いたとき、ジェイノスが目にしたのは、愚鈍《ぐどん》でも上の空でもないふたりの若者だった。そして、それでもなお彼らは、ジェイノスの肌をぞくぞくさせた。

「ぼくたちはいろんな作品の再放送出演料で暮らしていたんだ」ホリスかもしれずフェリスかもしれない、リナルディ兄弟の一方が言った。「テレビ放映があるたびに、小切手が入るんでね」

「可愛い時期を過ぎると、なかなか役が来ないからね」双子のもう一方が言う。

　嘘の第一号。このふたりに可愛い時期などなかったはずだ。舞台での役から抜け出したいまでさえ、彼らは鳥肌という警報器を作動させる。ジェイノスはテーブルに着いて、ふたりの履歴書を眺めた。「おふたりはまだ子供のころに大ヒットを飛ばしたんですね。アクセル・クレイボーンの映画か。それであなたたちは今度の芝居に出ることになったんですか？　彼があなたたちを気に入っていたから？」いや、ありえない。いまのは訂正。「あの昔の映画で、彼があなたたちを覚えていたからですか？」

「いや、ぼくたちは演出家によるオーディションを受けたんだよ」

「ワイアットがぼくたちを雇ったんだ」

彼らの話しかたは平板だった。音声緊張分析もこの手の連中には用をなさない。ジェイノスは、(もし彼がそういうことをやるタイプなら) いまこの場でこのふたりに鉛筆を突き刺すこともできる。彼らは痛みを――そのものすごい痛みを――少しも表に出さないだろう。もっとも、おそらく血は出るだろうが。

刑事は手帳に目を落とし、交差する何本もの道の新たな接点を書き留めた。彼には複数の同盟というパターンが見えはじめていた。ライカーとマロリーがさがしているような大掛かりな共謀ではない。リナルディ兄弟は彼に、舞台係のふたりを思い出させた。あの少年たちはお互い以外の誰とも絆《きずな》を結んでいない。衣装係の女性は、死んだディッキー・ワイアットと同盟関係にあった。そして、昨夜、事情聴取したアルマ・サッター。あの女は彼に、独立国家という印象を与えた。だから彼は、彼女と死んだ脚本家との関係がどんなものだったのか、疑問を抱いている。だが、ふたりは確かにペアではあった。

ジェイノスは双子たちを見比べた。こいつらはおれを弄んでいるのか？　ああ、ちがいない。

彼らの目はジェイノスを見据えていた。ガラスの目——ヒントはゼロ。おつぎはどうなる？　彼らは緊張し、身を乗り出している。テーブルの向こうからいまにも飛びかかってきそうだ。その表情は不気味だった。笑いというより笑いの概念。それを見て、彼は考えた。おれにこれがどれほどハロウィーンっぽく見えるか、こいつらにはわかっているんだろうか？

「ピーター・ベックとディッキー・ワイアットを殺したのは、あなたたちですか？」

ふたりはゆっくりと首を振った——そのあいだもずっと笑いを浮かべたまま。

「念のために言っておきますが」ジャック・コフィーは言った。「二番目の死亡者、ディッキー・ワイアットね。彼は殺されたんじゃありませんよ。死因はヘロインの過量摂取です」だがマロリーと同じく、ジェイノスもあれを殺害と信じているらしい。警部補は、自分と並んで暗闇にすわる心理学者に目を向けた。「で、あの気味の悪い野郎どもをあなたはどう見ます？」

「彼らの欺瞞《ぎまん》を見破るのは不可能です」チャールズ・バトラーは言った。「内心を暴露《ばくろ》する無意識の癖やしぐさがまったくない……とにかく冷たいんです、あのふたりは……彼らが家庭内で虐待を受けていたかどうか知りませんか？　たとえば、里親のもとにいた時期などに？　子供時代の彼らを知っている人が見つかれば、何かわかるかもしれません」

「それなら調べられます」いや——調べられない。この世にはいまも、マロリーがデータバンクから強奪できない情報がある。ジェイノスが加わってもなお、聞きこみや果てしない電話の鬼ごっこをやるところまでは手が回らないし、経歴調査にはそれが必要なのだ。「リナルディ兄弟は人を殺せると思いますか？」そう言って、ジャック・コフィーはチャールズのいつものお断わりを待った。即席の診断に対する蔑みを。

「できるでしょうね」チャールズは躊躇《ちゅうちょ》なく言った。「そして事後は……良心の呵責《かしゃく》を覚えることもない。あの刑事の反応、快不快のレベルからは多くを読み取ることができます。取り調べの冒頭、ジェイノスはふたりが演技をしているのに気づいた。でもそれと同時に、芯の部分で彼らに何か異様なところがあることにも気づいたんです。たぶん、ただの虫の知らせかもしれませんが。ときには、それが唯一の警報である場合もありますからね……でも、ほら、彼らを見てください。あのふたりは自分たちの正体をありのままに宣伝するのが好きなんですよ。それが彼らにとっての娯楽なんです」


ミッドタウン・ノース署から来たお呼びでないお客をさがして、捜査本部に引き返してきたライカーは、チャールズ・バトラーがその男と出会っていたことを知った。いま、あの心理学者、敬虔な平和主義者は、ハリー・デバーマンの上着の襟を両手でつかみ、自分より小柄なこの相手を床から六インチ持ちあげていた。

そして、四人の刑事がそばに突っ立ち、民間人が刑事を手荒く扱うさまをただ傍観している。うん、これはおもしろい。

ライカーは室内にぶらぶらと入っていった。いかにものんびりと。いまにも始まりそうな喧嘩を収めるときの彼一流のスタイルで。「よう、チャールズ。調子はどうだい？」すると相手は、トランスから覚めたかのようにハッとした。自分の手からぶらさがって宙を漕いでいる男を目にすると、その顔に驚きが浮かんだ。正気にもどり、チャールズはきまり悪さに真っ赤になった。おそらく、つぎはどうすべきなのか、迷っているのだろう――ミッドタウン・ノース署の刑事はぶらさげられたままだった。そしてライカーは宙吊りの刑事に言った。「おまえさんはここには用がないよな」

「くそっ！　この男をなんとかしてくれないか？」

「どうしたもんかね……なんでこうなったんだ、ハリー？」

「おれはただ、誰かあの氷の女王とやってるやつはいるのかって訊いただけだ」

　これで謎が解けた。室内の他の男たちも、マロリーをいいやつだ、とか、好感が持てるとは思っていないだろう。しかし彼女は、彼らの氷の女王なのだ。

　ライカーはチャールズにほほえみかけた。「いいかな？　彼女はおれの相棒なんだ。おれにも権利はあるだろ？」

　宙吊りの男はゆっくりと床に下ろされ、ライカーは身をかがめて訊ねた。「ハリー、おまえさん、自分の鼻をそのまんまにしときたいだろ？　きれいでまっすぐなまんまにさ？」

　デバーマンは本人のいちばん得意な技を使った。ドアへと走ったのだ。

　だが、出口はジャック・コフィーにふさがれていた。そしていま、警部補は左右の手でドア枠をつかんだ。「オーケー、デバーマン、どういうことか当てさせてくれ。つまり、きみの署長がアクセル・クレイボーンのファンだってことだな？　だったらサインはこっちでもらっといてやるよ。もう二度とここにこそこそ忍びこんだりするなよ」

「おれは貸し出されたんだ。異動命令もちゃんとありますよ」デバーマンはあちこちのポケットをさぐりながら、つぶやいた。「まったくどうなってるんだよ？　署長から、あんたらが劇場地区に詳しい男をひとりほしがってるって聞いたんだがな」

「帰って、わたしからの礼を署長に伝えてくれ」

ライカーには、その言葉のつづきがわかった。ろくでもないゴミ袋を送ってくれてありがとう。こんなのは男とも言えないし、いいスパイでもない。

「せっかくだが、わたしにはきみは必要ないんだ」自分なりの基準を持つ男、コフィーは言った。人員は不足しており、兵隊の穴埋めに通りからよちよち歩きの幼児を引きずってきたいほどではあったが、彼はまだハリー・デバーマンのような悪名高いドヘマ刑事を使うほどやけくそにはなっていないのだった。

ドラマは終わった。デバーマンは四人の刑事とそのボスに付き添われて出ていき、ライカーは後悔しきったチャールズとともに取り残された。庇護欲の暴走により今回だけ逆上してしまった理性ある市民。ライカーは、銃を持っているのはマロリーのほうなのだ、とこの男に教えることに、だいぶ前から飽き飽きしていた。

それに彼女は、自分の名誉を護るのに民間人の協力など必要としていない。彼女の性生活については、すでに課の全員が憶測をめぐらせ、意見の一致に至っている——仮にマロリーがセックスをするとしても、彼女はそれを証明できる人間を生かしておくはずはない、と。だからこれは、重大犯罪課の刑事たちのあいだでは、もうけりのついた問題なのだ。

ライカーは強くこう言って心理学者をうちに送り返した。「こっちが連絡するまで、うちにいてくれ」チャールズが騎士道精神を見せたことは、まちがいなくマロリーの耳にも入る――おそらく、いまから数秒後に。刑事部屋のジョークのネタにされることを彼女が喜ぶわけはない。近日中に当署顧問の〝頭の医者〟を使う気になるかどうかは怪しいものだった。彼女は根に持つタイプなのだ。

第十四章

スーザン　なぜあの人たちは何もしゃべらないの？　（双子の一方がバットで素振りをする。スーザン、悲鳴をあげる）
ロロ　前に言ったよね。彼らに言葉はいらないんだ。

「真鍮《しんちゅう》のベッド」第二幕

ライカーとマロリーはソーホーで二手に分かれたが、それぞれ舞台係を追いつづけたすえ、いままたイースト・ヴィレッジ、Ａアベニューで合流した。ニキビ坊主のガーネットと棒飴小僧ランダルは、目下、清潔なパーカとジーンズを身に着けている。風がこちらに吹いてきたとき、ライカーは彼らのにおいが前よりよくなっているのに気づいた。となると、あの二人組は女をさがしている可能性が高い。彼らの年齢では、ニューヨーク・シティの夜はすべてデート・ナイトだ。

だが、これはハズレで、彼らは尾行の刑事らをトンプキンズ・スクエア・パークへと連れていった。

野外音楽堂の裏手に隠れ、ふたりの刑事は、少年たちがベンチにすわって公然とドラッグを購入するのを見守った。彼らとともにすわっているのは、これまた麻薬売買のド素人《しろうと》、ニューヨーク大学の学生の身分を明かすブックバッグを持つ若者だ。

「ジェイノスの見立てどおりだな」ライカーは言った。舞台係のふたりは確かに馬鹿な子供にすぎない。「あいつらはこっちの仕事をすごく楽にしてくれている」彼は携帯電話で、薬物を買う少年たちの写真を撮った。大学生がお客を待っていた場所は、暗闇でのこの撮影に配慮したのか、街灯の下だった。そしてこのことは、高等教育の評価を高めるよい例にはならない。あの子供はクスリで酔っているんだろうか？　うん、まちがいない。昔のヤクの売人は自分の商品には絶対手を出さなかった。ああ、往年のプロたちはどこに行ったんだ。

売買完了。少年たちと尾行の刑事らはふたたび出発した。つぎの立ち寄り先は大人向けのバーだった。これは年齢を水増しした偽の身分証を持つティーンエイジャーなど受け入れない店だ。バーテンはガーネットとランダルに疑いの目を注いでいた。しかし、少年たちはパーカを脱ぎさえしなかった。刑事らは窓の外から彼らを見張り、少年たちは店のドアを見張った。やがて、一方の少年がもう一方を肘でつついた。ライカーと同年配のお客が店に入ってきた。コートの仕立てと連れの美女から判断すると、金のある男だ。少年たちは男に歩み寄った。強引な売りこみも、セールストークも、値段の交渉もなし。両者間の握手によって、ガーネットは現金を掌中《しょうちゅう》に収め、ランダルは密売品をお客の手にすべりこませ、取引は完了した。少年たちは店を出て歩きだし、マロリーとライカーはそのあとを追った。どちらの少年も一度も振り返らなかった。すべてのニューヨーカーに生まれたとき支給される妄想症を、彼らはみじんも備えていないのだった。

つぎのブロックで、彼らはつぎのバーに入った。その店はお客の年齢層が二十代から四十代までとさまざまで、ティーンエイジャーのふたりは身分証の呈示を求められさえしなかった。ガーネットは入口で用心棒とハイファイヴを交わし、ライカーは、また金がポケットからポケットに移ったことを知った。この町ではなんだって買えるのだ。充分な現金さえあれば、十歳児でもこの安居酒屋でへべれけになれる。刑事らは、少年たちがその日の上がりを浪費するのを見守った。彼らは女で運試しをしていたが、声をかける相手は最高の美女ばかりだった。〝ニキビ〟と〝棒飴〟に〝美女〟をつかめる見込みはない。

十時を回り、ナイトクラブの時間帯になると、少年たちはハウストン・ストリートの地下のクラブへと下りていき、そこでライカーは尾行の任務から身を退いた。店内は生演奏の音楽で沸き返っており、ガーネットとランダルの背後でドアが閉まると、その騒音はラジオが切れるように遮断された。

ライカーは自身のガレージバンド時代をすでに卒業している。当時、彼のギターの腕はすごかった。そのころからどこまで落ちてしまったかは絶対、誰にも言えないが。中年男は少年たちを追って地面の下の若いシーンに入っていくことはできない。

だが、マロリーならできる。

年齢は美にひれ伏す。ライカーは彼女をその場に残し、南へ、警察署へと向かった。ディッキー・ワイアットを保護していた一軒をさがして、麻薬依存症治療施設に電話をかけまくる長い夜へと。この聞きこみの相手としては、夜間勤務の職員のほうがいい。退屈しきった彼らは、深夜のおしゃべりを歓迎してくれるだろう。

彼は内勤の巡査部長の前を通り過ぎた。振り返ってみると、アクセル・クレイボーンが立ちあがるところだった。すると、巡査部長がフロアの向こうの来客用ベンチを指さした。

「今夜、あんたがもどることは教えなかったんだがね」まさにそう教えたにちがいない巡査部長が言った。この男は人目もはばからぬクレイボーン・ファンなのだ。「もう一時間もここでお待ちなんだよ」

映画スターは笑みをたたえ、握手の手を差し伸べながらやって来た。ライカーはコートのポケットに両手を入れたまま言った。「きょうはもう遅い。明日、出直してくれないかな」

この冷ややかさにも、クレイボーンの笑みは揺るがなかった。「一杯つきあってもらえないかと思いましてね。ぼくがおごりますよ」

「おや、本当に？」自らの意志で警察署にやって来る容疑者はみな、ライカーの興味を引く。夜のこの時間帯となると、なおさらだ。犯人どものうち大胆なやつら、もっとも病的なタイプは、事件の捜査にかかわるのを好む。

「いま行くよ」刑事は手帳を開き、応援を寄越すよう、内勤の巡査部長への指示をしたためながら、クレイボーンに話しかけた。「ちょうどいい店を知ってるんだ」

クレイボーンは彼につづいて、外へ、風のなかへと出てきた。ふたりは雪解けのぬかるみのなか、道を二本渡って角を曲がり、警官たちのバーのネオンの光へと向かった。

店に入ったとき、ライカーは重大犯罪課の男がふたり、テーブルのひとつで長い一日を終わらせ、夜に入ろうとしているのに気づいた。それに、カウンターにもうひとり、同じ課の男がいる。だが、彼らはたまたま居合わせただけだ。サンガー刑事とワシントン刑事があとから入ってきたのは、偶然ではない。彼らは大義のために自分の時間を捧げているのだ。ちょっと視線を合わせ、映画スターのほうを顎で示しただけで、ライカーは先に来ていた三人を始動させた。それから、空いたテーブルへと向かい、背後が壁になる席にすわった。俳優は店内を見渡せない席にすわり、四方から男たちが近づいてくるのに気づかずにいた。

「時間を節約したいんだ」ライカーは言った。「ディッキー・ワイアットがいた治療クリニックの名前を教えてくれ」

「なるほど、彼はそういうところにいたのか」クレイボーンはコートを脱いだ。

「知ってたろうに」

「ディッキーはどこに行くか教えてくれなかったんです」

「彼は古い友達だった」ルビン・ワシントンがそう言いながら、俳優の椅子のうしろに立った。

「でも、親しい友達とは言えない。彼が死んでも、あんたはさして悲しんでなかったもんな」

それは本当ではないらしい。ライカーは俳優の顔が苦痛に引き攣《つ》るのを目にした。

ワシントンは俳優の横に椅子を持ってきてすわり、同時に相手に肩をぶつけて、自分をなめてはいけないことを荒っぽく思い知らせた。「クリニックはどこなんだ?」

ゴンザレスが恐ろしい顔で椅子を引き出し、クレイボーンの反対隣にすわって、締めつけを完全にした。

「こいつらのことは大目に見てくれないとな」ライカーは言った。「みんな、あの芝居が気に入らなかったんだ。ほら、あの女優にうちの警官そっくりの格好をさせたことね、あれが反感を買ったわけだよ。さあ、クリニックの名前は？」

「ディッキーが治療施設に入ったことは知らなかったんです」クレイボーンは言った。「契約が切れると、彼は劇団を去った。翌日、電話は通じなくなり、彼はそのまま……ただ姿を消したんです」

「だとすると、あんたは彼のドラッグ仲間だったにちがいない」サンガー刑事がライカーの隣の椅子に腰を下ろした。「回復期の依存症患者にとっちゃ毒物みたいなもんだな」

「以前はふたりでハイになったこともありますよ。ディッキーは依存症でした。ぼくはただ彼につきあっていただけですが」

「親友とヘロインを打つってわけか」サンガーが言った。「すごい友達だよな。それで、彼を殺したヤクは誰がくれてやったんだ？」

「ぼくじゃありませんよ」クレイボーンはいまにも怒りだしそうだった。「こっちは気晴らしに吸ってただけなのでね。コカインを何ライインか、たまにマリファナ。ディッキーは注射を打っていましたが、もう何年も前にすっかりやめています。彼は――」

「嘘をつくな」ワシントンがそう言って、クレイボーンの耳もとに口を寄せた。だが、ささやいたわけではない。彼はどなった。「ワイアットは稽古《けいこ》の期間、ずっとハイだったんだろうが！　おまえがそう言ったんだぞ！」刑事は怒気を発散させていた。

　ウェイトレスが盾のようにトレイを胸の前に構えた。そして彼女は、彼らのテーブルから後退していった。

「あれはぶり返しです」クレイボーンは言った。「本人の責任による軽い逆もどりですね。治療施設というのはうなずけます。彼はクリーンでいつづけるよう常に用心していましたから。勇敢なる男。毎日が常習癖との闘いだった。英雄的と言ってもいい」

　さらに二名、刑事が仲間に加わって、ライカーの椅子の横に立った。ライカーは言った。

「いまの台詞《せりふ》、誰かに似てるよな……ほら、ゴーストライターに」

「そうとも」ゴンザレスがコートを脱ぎながら言った。「美文調でさ。ちょっと甘ったるすぎて、おれの好みには合わんがね」ここで彼はスーツの上着も脱ぎ、筋肉を披露した。それとともに、ショルダーホルスターの拳銃も。「すると、芝居のなかでマロリーの首を打ち落とすってのはあんたの考えだったんだな？」

　公共の場での警官のエチケットに反し、テーブルのあちこちでさらに銃が露出された。刑事たちはコートを脱ぎ、袖をまくって、ストリップ・ショーをつづけている。暴力沙汰の兆候。しかしこれはペテンだった。このバーにはひとつルールがある――流血は厳禁という決まりが。だがクレイボーンは自分の目を信じた。そして彼はその目をライカーに向けた。まだきちんと服を着ている、文明人に近い唯一の男に。

　このゲームは、〝いい刑事と一群の悪い刑事〟なのだ。

ロナハンが俳優の椅子のうしろに歩み寄って、その両肩に分厚い手をかけた。彼は普段の声のトーンでしゃべった。隣の区まで聞こえるほどの大音声で。「つまりあんたは、ささやかな妄想を抱いているわけだ。女を殺すってやつを。それがあんたの芝居の要点なんじゃないか？そしていま、マロリーがその標的に――」

「あれはぼくの芝居じゃない！　それに、マロリー刑事に危害を加えたいなんて、ぼくはみじんも思っていない。ぼくは彼女が好きなんだ」

テーブルの刑事たちは全員、その発言を嘘とみなした。

ライカーは別だが。彼はこの俳優を信じた。だがそれは、クレイボーンがマロリーと知り合ってまだ間もないという理由からだった。八十歳以下の男は誰でもマロリーに惹かれる。そしてやがて心を乱され、最後には彼女との距離を乞う退却のダンスを踊りだすのだ。クレイボーンは異常なものへの耐性が高いのだろうが、あの小さなソシオパスを心から好きになれる男はめったにいない。たったいま店に入ってきたチャールズ・バトラーみたいなやつは。

長身の心理学者は、フロアの向こうからライカーを見つけた。掲げた両手と笑顔とで降参の意を表し、彼はこちらに近づいてきた。隠し事のできないあのコミカルな顔は、彼が仲直りしにここに来たことを告げていた。

ライカーは俳優に顔を向けた。「友達を紹介させてくれ」

マロリーの初めてのダンスのお相手は、ルイ・マーコヴィッツだった。親父さんは彼女にフォックストロットやワルツやタンゴを教えた。だが彼が本当に熱中していたのは、ロックンロールだ。ダンシング・クイーンの彼の妻、ヘレンもそう言った。夜、ふたりがリビングの敷物を丸めあげ、六〇年代や七〇年代の名曲のビートに乗って、くるくる回り、シェイクしながら、踊りまわるときに。

夫妻のもとでの彼女の子供時代、あの家は丸ごとずっとロックしていた。

ティーンになると、彼女は同じ年ごろのパートナーと踊ること、怪我をさせずにクラスメイトに触れることを学んだ。しかし、ヘレンの〝男の子との話しかた〟レッスンはあまりうまくいかなかった。ブルックリンのある春の夜、養父は何が問題なのかをマロリーに説明した。そのとき、ふたりは外の玄関ポーチにすわっていた。ある男の子が彼女を学校のダンスパーティーに連れていき、彼女はひとりで帰宅したのだ。「きみのせいじゃないさ、おチビさん」親父さんは彼女に言った。「きみは生まれつきガンマンの目をしてるからな。あの男の子のことは忘れるんだ。いつか、きみを怖がらない男が現れるだろうよ」彼は笑った。まるでそれがジョークであるかのように。「だがまじめな話、おチビさん、今夜のバンドはよかったかい?」

今夜、マロリーはぎゅう詰めの人混みのなか、香水とコロン、汗と酒のにおいに囲まれて立っていた。生演奏の最低なロックンロールに合わせ、みんなが揺れ動き、足を踏み鳴らしている。このバンドのメンバーは全員、撃ち殺されるべきだ。それでもそこにはビートがあった。彼女はそれに乗って踊り、来る者は拒まず誰とでも踊った。そのあいだ、舞台係の少年たちから片時も目を離さずに。女にことわられるのはもうやめにして、彼らはどの曲も踊らず、ずっとフロアに背を向けてカウンター席にすわっていた。

ジョー・ガーネットが携帯電話に出た。マロリーはその正確な時刻を頭に入れながら、椅子の背からジャケットをつかみとった。少年たちはまもなく出発することになるだろう……。やっぱりだ。少年たちがパーカをはおった。そしてこの一行《いっこう》、ふたりの舞台係とそのブロンドの尾行者が店を出るとき、テッド・ランダルは一本、電話をかけた。

マロリーは少年たちを追って、ふたたびあの公園にたどり着いた。少年たちは前と同じベンチのそばで、あたりを見回した。ガーネットが腹を立て、携帯電話に向かって言った。「あんた、いったいどこにいるんだよ？」その夜は野外ドラッグストアを営業するには寒すぎると見え、彼らの売人はまだここに来ていないのだった。

これで三人ともつぶすべき時間ができた。

時刻は一時。完璧だ。マロリーはあちこちのポケットをさぐって、今朝、クララ・ローマンからもらったインデックス・カードを取り出した。彼女はネブラスカの保安官の連絡先の番号を見た。古い一家惨殺《ざんさつ》事件の詳細を誰にも明かそうとしない男。彼は早起きだろう、とマロリーは読んでいた。だとすれば、もう何時間も前にベッドに入っているはずだ。一回目の呼び出し音で、先方は電話を取った。ベッド脇の電話にちがいない。眠たげな声が言う。「はい？」彼女が名前と階級を告げると、彼は訊ねた。「いったいいま何時だと思ってるんだ、マロリー刑事？」

明かりを点ける音がした。ウォーミングアップの時間を与える気はない。彼女は保安官の足をすくい、心地よい暖かなベッドから突き落としてやるつもりだった。「あの一家惨殺事件のことですが」彼女は言った。「双子たちは現場の様子を知っていたんでしょうか？　それとも本当に、家族が虐殺《ぎゃくさつ》されているあいだじゅう屋根裏にいたわけですか？」

沈黙。

もっといい餌が必要だ。「なぜあの男の子たちは学校に行っていなかったんです？　女の子はふたりとも行っていたのに」

「あんたとはぜひとも仲よくなりたいね。何か有益なことを教えてもらえるようなら、また電話をくれ」

カチリ。彼の明かりが消された。カチリ。電話が切れた。

くそ野郎。

舞台係の少年たちは売人と接触していた。現ナマとドラッグが入れ替わり、彼らはふたたび移動を始めて、大きな通り、ハウストン・ストリートを渡った。ソーホーに入って四ブロック行ったところで、少年たちは足を止めた。ガーネットがとあるアパートメント・ビルのブザーを鳴らした。このグリーン・ストリートの住所は、覚えのあるものだった。マロリーは携帯電話のアドレスリストをフリックしていった。アルマ・サッターの住まいは四階だった。マロリーは下から四つ窓を数え、明かりを確認した。そのとき第二の明かりが灯って、女の影がカーテンの向こうを移動し、舞台係の少年たちは建物内に通された。ヤクの配達か？　まちがいない。しばらくの後、少年たちはふたたび外に現れ、金を数えながら急ぎ足で歩きだした。

つまり彼らは宅配ディーラーなのだ。あのド阿呆《あほう》の素人どもに逮捕歴がないこともこれで説明がつく。雑魚《ざこ》。麻薬課の刑事たちは連中のために時間を割いたりしない。少年たちは泥縄式に商品を仕入れ、マージンを加算してお客に売っているのだ。稼ぎははした金――ナイトクラブに通える程度の金だ。仮につぎの売買で彼らをつかまえても、網にかかる罪状は不法所持のみ。不法取引をネタに連中を脅せるほどの薬物は出ないだろう。ナン・クーパーの葉っぱやディッキー・ワイアットを死なせた薬物の出所が彼らだったとしても、それを吐かせるだけの力は、いまの彼女にはない。

マロリーは、アルマ・サッターの部屋の明るい窓を見あげた。宅配サービスを受ける客層は通常、金持ちだ。あの女優はちがう。しかし常習者のなかには、極度の妄想症ゆえに街なかでドラッグを買う危険を冒せない者もいる。アルマはこのカテゴリーに合っていそうだ。彼女は今夜、眠るために何かが必要だったのだろうか？　あるいは、それを必要としたのは、警察とのつぎの一戦に備え、神経を鎮めるためではないだろうか。

ジェイムズ・ハーパー保安官は、ネブラスカの夜の暗闇のなか、ベッドに横たわり、あのいまいましい刑事からの二度目の電話を待っていた。

一時間が過ぎたとき、彼は時間の無駄、睡眠を削る価値なしとして、彼女に見切りをつけた。長年にわたり、あの手の電話は山ほどあった。ただし他の警官たちは、昼の時間帯に彼の事務所に電話をしてくるだけの良識を見せたものだが。全国各地の警察やＦＢＩ捜査官とのやりとりから、彼は多くを学んだ。たとえば、壁の血飛沫《しぶき》の読みかたなどを。また連中は、一家惨殺につながるような一群の病気も教えてくれた。しかし、彼のほうは教師らにお返しをしたことがなく、ただ、彼らの大量殺人は自分の古い未解決事件とは無関係だと教えるに留めてきた。

マロリーの電話は異例だった。なぜ彼女は子供たちの学籍簿まで調べたんだろう？

それになぜ、二度目の電話を寄越さないんだ？　他の刑事たちはみんな、かけてきた。しつこいやつら。何度も何度もだ。でも、彼女はちがう。たぶん、こんな夜更けにまた電話して、彼を怒らせるのが怖いんだろう。

それが女のだめなところだ。

肝っ玉がない。

保安官は目を閉じて、眠りに落ちた。

酔っ払いの紋切り型を実演し、アクセル・クレイボーンは椅子からずるずるすべり落ちて、テーブルの下へと消えた。

ドスン。

チャールズ・バトラーは、一杯には一杯で応え、みんなと同じだけ飲んでいたが、重大犯罪課の仲間たちとはちがい、（傍目《はため》から見るかぎりは）酔っていなかった。結果的に、刑事らは全員一致で、倒れた男の処理係として彼に白羽の矢を立てた。そしていま、重たいオークのテーブルの縁に指を二本だけかけて、彼はいともたやすくそのテーブルを脇へ寄せた。

「すごい」ウェイトレスが言った。

「力をひけらかしてるのさ」ライカーは言った。

意識のない俳優を抱き起こすと、チャールズはその体を軽々と、まるでコートでもひっかけるように一方の肩に担ぎあげた。そうしてクレイボーンは上の階のライカーの部屋へと運ばれていき、店の床はバーテンの満足のいくようきれいにかたづけられたのだった。


マロリーは玄関を入ってすぐの壁のスイッチには触れなかった。窓が明るくなれば、ラビ・カプランの注意を引いてしまう。どうもラビには、川向こうのブルックリンからその窓が見えるようなのだ。

いや、それより、ラビにはドアマンのフランクというスパイがいると見たほうがいいだろう。

暗闇のなか、彼女は黒い革、硬い木材、角の鋭いガラスの家具を迂回して進んだ。寝室に入ると、ベッド脇の時計のデジタル表示の光をたよりに服を脱いだ。目覚まし時計をセットし、彼女は眠りに落ちた。ブザーが鳴ったとき、時刻はネブラスカ時間の朝四時だった。

彼女の電話に応えた声は、いかにも不機嫌そうだった。「いったいぜんたい――」

「最初に死んだのは、五歳の子だった」マロリーは言った。「血痕はそこから始まっていた……つぎは、その子の姉……そのつぎは、女たち」

「うん、さっきよりましだな。しかしそのことなら、わたしも知ってる。あんたは何を――」

カチリ。マロリーは電話を切り、寝返りを打って眠りにもどった。

保安官は暗闇に横たわっていた——ほんの少し口を開けたまま。なんと彼はあの刑事に事件の詳細の裏を取らせてしまったのだ。ああ、くそっ。こんなヘマをしたのは、眠りを中断されたせいだ。それに、自分もそろそろ六十、この仕事はもう無理ってことだろう。または、ニューヨーク・シティのあの女が時の選びかたを心得ていて——こっちより上手《うわて》だったかだ。

彼女はそんなに利口なのか？

わずかに残された夜明け前のそのひととき、彼は自分の人生最悪の夜を思い返した。別の家、並木道に立つ静まり返った家での夜。最初に死んだのは、実際、いちばん幼い子供だった。そして、最初に発見された遺体も、その女の子のものだった。それは掛け布団の下で丸くなっていた。その子の首をさがしていて、彼はベッドのあいだの床の上で年上の女の子を見つけた。この子もやはり斧で切り刻まれており、全身の骨をバットで打ち砕かれていた。

つぎは母親だった。

まだ三十二歳という若い寡婦《かふ》、セアラ・ルイーズ・チャルマーズは、主寝室のドア近くで殺されていた。だから彼には、彼女が夜なかに子供のひとり、または、両方の悲鳴を聞いて起き出したことがわかった。セアラの離婚した妹は、別の寝室一面に血を撒き散らしていた。この女もやはりドアへと走って殺人者に出くわしており、最初に血がぽたぽたと落ちたのもそこだった。その後、闘いが室内へと流れこむと、血痕は後方に長く伸び、ベッドのまわりをぐるぐる回る模様となった。廊下に残された濡れた赤い足跡は、二手に分かれていた。それぞれの女に一対ずつ。そして襲撃のあいだ、それらは縦横に行き交っていた。祖母の遺体にはなんの痕跡もなかった。だがその死にかたは、いったん事情がわかると、それ自体、小さなホラーショーだった。

そして今夜、彼は裸足で自宅の部屋部屋を通り抜けていった。過去五年、淋しい住まいだった家のなかを。最後に入った書斎は、古い犯行現場の写真で散らかっていた。彼の元の妻は、彼がドアに鍵をかけ、彼女に見せられないものを隠し、長時間ここにこもって過ごすのをいやがったものだ。血みどろの死体の夢を回避できたことで、彼女は夫に感謝すべきだったのだが。

遠い昔のあの夜、彼は誰か生存者はいないかと大声で呼びかけた。廊下の血のぬるぬるをよけて進むのは、至難の業だった。そうして、四つめの寝室、セアラの甥の部屋が見つかった。その少年は、父親のない混成家族のあの古い屋敷で暮らしていたのだ。しかし赤い足跡に、彼の部屋の前で止まった形跡はなかった。

ジェイムズ・ハーパーは壁の時計に目をやった。警官の個人的な電話番号を調べ出すのは無理だろう。だが、あの町には誰か、マロリーの勤務先を知る者がいるはずだ。

数分後、「ポリス・プラザ一番地です」と言う声が電話から聞こえてくると、保安官は用件を述べた。すると電話口の男は、ニューヨーク市警はこの国の最大規模の雇用主であり、その上には軍隊しかないのだと言った。「われわれは四万人近い警官をかかえているんですよ！」なおかつ、マロリーというのは、彼の名簿ではめずらしい姓とは言えないという。「だからもうちょい情報がないとね。彼女の階級はわかります？　どこの署に所属してるか、とか？」

保安官は一方の手で半白の髪をかきあげた。彼を深い眠りから目覚めさせたあの最初の電話で、あの女はなんと言っていただろうか？「彼女は刑事なんだ。参考になるかな？」

「いやあ、それだけじゃ――」

「彼女は朝の四時に古い殺人事件のことでわたしに電話をかけてきた。かなり若い感じがしたな。なめらかな声で、早朝に他人様を起こすことになんの遠慮もなく――」

「ああ」遠慮がないという部分にかぶせ、電話口の声が言った。どうやらそれはいいヒントだったらしい。また、殺人担当の若い刑事のなかに、マロリーという名の女がそういないのも明らかだった。「わたしは以前、彼女と同じ署にいたんです」ニューヨーク・シティの警官は言った。「ほんとに頭に来る女ですよね」

その夜はこれで二度目だが、保安官は言った。「そのことなら、わたしも知ってる」

重大犯罪課の電話番号を書き留めたあと、彼はある写真をじっと見つめた。女と子供が殺された家の奥の狭い階段を写した一枚。

その階段には、血痕はまったくなかった。それは屋根裏の寝室へとつづいており、双子たちはそこに隠れていた――彼が見つけたときもまだ同じベッドの下に。彼の記憶では、ふたりのパジャマは青、目は大きく見開かれていた。また、少年たちは年齢の割に小さかった。血まみれの現場を見せないよう毛布にくるみ、ふたりを抱いて階段を下りていったとき、重さはほとんど感じられなかった。

その夜以降、彼らがしゃべるのを聞いた者はひとりもいなかった。

第十五章

ロロ　キッチンは焼き立てのクッキーのにおいがした。家のそれ以外の場所は血のにおいがした。

「真鍮《しんちゅう》のベッド」第二幕

ライカーの住まいでは、朝はときとして醜悪なものとなる。

だから刑事は、カーテンが閉ざされ、ブラインドもすべて下ろされているなかで、手さぐりでスリッパをさがした。彼は、ボトルのキャップやガラスのかけらから足を護らねばならない。そしてスリッパは掃除機よりも扱いが簡単だ。まだ日の光を浴びる態勢が整わず、目をぎゅっと閉じたまま、彼は冷たい風を入れるべく寝室の窓を開け——心臓が始動するなりその窓をぴしゃりと閉めた。

バスルームから出てきたとき、その顔には髭剃り中に切った箇所を示す血のにじむトイレットペーパーの小片が複数くっついていた。彼は障害物だらけのリビングをゆっくりと進んでいった。床の上には、ものが積み重なっていた。新聞にダイレクトメール、テイクアウトの容器、放り出された靴下の片割れ——そして、映画スターがひとり。

昨夜、チャールズ・バトラーは酔ったアクセル・クレイボーンを情け深くもカーペットのいちばんきれいな箇所に下ろしていた。

よき接待主なら脈を確認するところだが、ライカーはただ床の男をちらりと見やっただけだった。このゴミ溜めのどこかで、彼の携帯電話がマロリーの着メロを奏でた。イーグルスの古い曲「ならず者」のイントロだ。ビールの空き箱を持ちあげると、携帯はそこにあった。彼は電話に出て言った。「やあ、おチビさん……いや、あんまり。チャールズによると、アクセル・クレイボーンはすごいナルシストだそうだ」

すると、床に寝ている俳優が言った。「あのイエス像のプラスチックの終夜灯ね――あれはもう電球を替えないと」

高い錫《すず》の天井には一九〇〇年代の凝った渦巻模様が描かれており、黄土色の壁にはコードも電池もなしの調理器具が掛かっている。チクタクという時計の音はしない。ここでは決して。それは彼が許さない。唯一聞こえるのは、パーコレーターが昔ながらの方式でゴロゴロとコーヒーを淹れる音だけだ。何もかもがインスタントのこの時代にも、チャールズ・バトラーのキッチンでは時はゆっくり流れている。彼のうちを訪れる者はみな、このスペース、平和そのものの、のどかで居心地よいこの場所に吸い寄せられる。目下、その室内は日の光とコーヒーの濃厚な香りに――それと、得も言われぬ緊張感にあふれている。

今朝、お客の来訪を告げるノックの音はしていない。背後の廊下を歩いてくる足音もだ。それでも彼には、そこに彼女がいるのがわかった。空気の変化、電流によく似た何かが、それを教えている。

この肌の粟立ち。

逆立つ産毛が。

何年も前、ある冬の日に、故ルイ・マーコヴィッツはこれと同じテーブルにすわり、コーヒーを飲みながら、ハートアタック・エクスプレスのルールを説明してくれた。それは、キャシー・マロリーを引き取ったばかりのころ、彼がまだ幼い彼女のために考案したゲームだった。当時、キャシーはルイを信用しておらず、彼女との架け橋を作るには彼の側の創意工夫が必要とされた。街の野生児は縄跳びには向かないし、テディベアを可愛がったりもしない。そこで、刑事と小さな女の子はお互いを脅かしあった。暗闇で、または、昼日中に、ふたりは互いに忍び寄り、背後から急襲し、相手の背中を指で突いては、オチのひとことを言った。「あんたはいい、死んだ」

うなじを狙うというのは、子供の側の思いつきだった。その部分の感覚の鈍さゆえに、ルイにはそれが指先なのか凶器なのか即座に判別することができなかった。

ティーンエイジに入ると、彼女は師を超えて、いともたやすく養父を殺し、自分を殺そうとする彼の試みをことごとくくじくようになった。「この年だと、あれは列車に撥《は》ねられるようなもんだよ」あの日、親父さんはチャールズにそう言った。それがゲームの名の所以なのだ。それから彼は誇らしげに付け加えた。「さすがうちのおチビさんだな。そして、ゲームに終わりはない。あの子はいまもわたしを殺しつづけてるんだ」

ルイ・マーコヴィッツは任務中にリアルすぎる死に出会い、彼のキャシーは遊び相手のないままひとり残された——それは一時のことだったけれど。今朝も彼女はチャールズと遊びに来たのだ。指先で彼を殺しに。そして彼は、大いに気をよくしていた。

彼女がいるのは、椅子の後方、四フィート弱の位置、と彼は見積もった。彼女の香水は控えめだが、彼の大鼻には優れた感度という特典がある。彼女がそれ以上接近していれば、自然界では決して咲かない異星の花のにおいを嗅ぎ取っただろう。マロリーのほうも経験から学び、そのことを知っている。だから、彼女はこの殺しをすばやくやらねばならない。急速に距離を詰めて、彼に触れねばならないのだ。そしていま、彼女の気をくじくべく彼は言った。「ちょうどコーヒーが入ったところだよ」それから、背後には目もくれず、立ちあがって、壁のラックからもうひとつカップを取った。ちゃんと挨拶しようとして——またたぶん、勝ち誇りたい気持ちもあって——彼は振り返った。そして息をのんだ。

足音はもとより期待していない。でも、椅子の脚がきしる音も、紙がさらさらいう音もしなかった。マロリーはすでに距離を詰め、さらに歩を進めてテーブルの向こう側にすわっていた。それはどう見ても、そこで何時間かのんびりと新聞を読んでいたような姿だった。実際には彼女は、彼の鼓動が一拍止まったそのあいだに出現したというのに。

怖くないかって? そりゃ怖いよ。

そしてハートアタック・エクスプレスが彼を轢《ひ》いていった。

　チャールズはゆっくり深呼吸しながら、コンロからパーコレーターを下ろし、彼女のカップにコーヒーを注いだ。「きのうの夜、きみの容疑者のひとりに会ったよ。映画スターに」

「ナルシスト」彼女はニューヨーク・タイムズ紙を脇に置いて、湯気の立つカップを受け取った。「あなたなら彼をそう呼ぶんじゃない？　それってサイコパスのいとこみたいなもんよね？」

「いや、ナルシズムは会員制クラブにはほど遠いんだよ」彼はテーブルに着いた。抑えきれず笑みをたたえて。そのせいで馬鹿みたいな顔になるのがわかっていながら。悲しいかな、いまのように最高に幸せなとき、彼はその場のピエロとなる運命なのだった。「サイコパスにもナルシズムは見られる。彼らにしてみれば、この宇宙は自分を中心に回っているわけだしね。ただし、どちらの特性も精神的欠陥の構成要素とはならない。サイコパスの広いスペクトラムにおいて――」

「あの一団にはひとりイカレたのがいる。バグジーっていう男。彼は以前、役者だった。でもいまは、自分をある芝居の登場人物だと思っているの。この話にはどの程度、信憑性がある？」

　あまりない。彼女の目から見れば。その点は明らかだ。マロリーの世界では、狂気とはどれもこれも容疑者や弁護士の作り事なのだ。

「うーん、それだけじゃなんとも言えないな」彼は言った。「いろんなケースが考えられるからね。ロールプレイ、空想、妄想、精神病」そしてもちろん、マロリーの好きなやつ――イカサマも。「絞りこむには、何か――」

「バグジーの情報は全部、捜査本部の壁に張り出してある。でもまずは、ここから取りかかるといいかも」マロリーはテーブルに手帳を置いた。開かれたページには、機械が印字したかのような几帳面《きちょうめん》な文字が並んでおり、そのてっぺんにミセス・レインズという人のコネチカット州の住所が記されていた。「これは彼の母親よ。彼女はきょうの午後、あなたに会うことになっている」マロリーはタイムズ紙の中央の紙をめくりとって大きく広げ、そのうしろに隠れた。

チャールズはカップを取って、コーヒーをひと口飲んだ。「その男は病院に入っていたことはあるの?」彼は宙に向かって話していた。彼が手帳のページを繰る一瞬のあいだに、広げられた新聞紙はふわふわとテーブルに舞い落ちていたのだ。

マロリーの椅子は空っぽだった。

冷たい指がうなじに触れ、彼女がささやいた。「あんたは死んだ」

彼のコーヒーカップがガチャンと床に落ちた。

サプライズ。

ゲームオーバー。

次回ふたりがプレイするのは、ひと月後かもしれない。つぎにいつ彼女が殺しに来るか、彼には決してわからない。そして、ルイの古いポーカー仲間、ラビ・カプランはいまもなお、はした金を賭けたカードゲームが彼女の楽しみになるという考えに頑固にしがみついている。

ドアの閉まる音は聞こえなかったが、自分がひとりになったのはわかった。彼女が来るのに気づけなくても、彼にはいつも取り残されたのがわかる。本当に簡単に。そして彼は、同じ列車に撥ねられつづけるのだ。

　ふたりの刑事は並んで立ち、捜査本部のコルクに新しい資料を留めていた。作業のあいだにライカーは、昨日の〝男の夜会〟のいちばんいいところを相棒に話して聞かせた。「へべれけになっても、クレイボーンの話は変わらなかった。それにチャールズも彼の嘘を押さえられなかったしな。ワイアットがどこで治療を受けてたか、あの男はまったく知らないんだよ。そんな治療施設はないんじゃないかね」

「絶対ある」マロリーは言った。「サンガーはいい加減なことは言わない」

　確かに。ルイ・マーコヴィッツが麻薬課からあの男を引き抜いた理由は、それなのだ。サンガーの意見はいつも正しかったとわかる。

　他の壁には諸々の事件の資料が汚らしくバシャッと撒き散らされている。だが、ふらりと入ってくるどの刑事も真っ先に目を向けるのはコルクのこの一画であることにライカーは気づいた。マロリーは、彼らのためにわざわざ暗視ゴーグルを買い、それを入れたビニール袋を掲示することで、ここを最高に魅力的な一画にしたのだ。

　彼女もようやく同僚たちに自分の玩具を貸すことを学んだわけだ。

　そして、刑事らは全員、そのゴーグルで遊んだ。一時的に明かりを消し――それからまた明かりを点け――しばらく留まって、壁のその箇所の資料に目を通し、黒板の変化するメッセージの写真のそばでぐずぐずした。そして、この男たちはあちこちに、容疑者たちの電話通信のメモや空き時間に考えた推理を留めていった。

今朝、積もり積もった電話会社の記録は、テーブルの上にきれいに仕分けられ、まとめられていた。これはジェイノスのしたことであり、彼はいま、各自の壁を離れてきた刑事三人の小集団を引き寄せている。

あの大男はコルクの壁の前に立ち、大きな円を描くよう通信のメモを配置しながら、観客に語りかけた。「番号をひとつひとつたどるのには何日もかかるだろうが、要点はこのとおりだ」ジェイノスはメモの輪の中心に最後の一枚を留めた。「シリル・バックナーの携帯電話は、劇団員全員と通信している唯一の電話だ。彼は団員たちに電話をする。団員たちは彼に報告を入れる。おかしなことは何もない。ショーを仕切っているのは、バックナーだからね」彼の手が右回りに大きく動いて、外側のメモを包みこむ。「他の連中はみんなペアになっている。少なくとも電話の記録上はそうなんだ」

マロリーだけはジェイノスのメモにまるで興味を見せない。彼女は証拠品のテーブルの前にすわって、自分のノートパソコンを脇に押しやり、まるで新聞でも読むように、何枚もの電話の通信記録に目を通していた。彼女は数字と相性がよく、他の人間には無作為の番号の羅列にしか見えないものからパターンを見出す。彼女の養父母はその才能を育てるために、自宅を抵当に入れ、私立校の学費を作った。そしてその結果、養女の才能が開花し、他人のデータバンクに侵入するという遊びが始まるのを目にしたのだった。いま、彼らの赤ちゃんはすっかり大人になっており、相変わらずデータを強奪している。ノートパソコンが開かれ、彼女はさらに数字を呼び出した――そして電話会社のロゴを。

ライカーはそちらに近づいた。こいつはいったい何をしてるんだ？

電話会社はどれもみな、マロリーが持てるだけの記録を喜んで彼女に提供するはずだ。でも、その手続きには時間がかかる。ハッキングはより簡単だし、より速い。

たくさんの目があるなかで？

彼女はこの刑事たちをみんな馬鹿だと思っているのか？

ライカーは、ふざけまわる子犬のアイコンを目にした。彼女がグッドドッグと呼ぶコンピューター・ウイルスのアイコンだ。彼は手を伸ばして、パソコンの蓋を閉じた。それもそっと閉じたのではない。ふたりは目による小さな戦争を始めた。そしてライカーは勝った。いや、彼自身がそう思っただけか。テーブルの向こう端で、プリンターの口から何行もの数字とテキストが吐き出された。グッドドッグがたくさんの骨を持ち帰ったのだ。

壁の十歩向こうでは、ジェイノス刑事が五名に増えた観客に自分の見つけたパターンを説明している。彼はふたりずつ並べた関係者の図から退《さ》がって、その円のてっぺんのメモひと組を指さした。「舞台係たちの通話履歴はごくわずかだ。ふたりともうちの署から電話をかけていたが、あの日の記録では、彼らの通話はゼロになっている。彼らは別の電話を持っているにちがいない」

「プリペイドの使い捨て電話だな」サンガーが言った。そしてもちろん、元麻薬課のこの男はその点に興味を引かれるだろう。合法的な携帯電話に金を払っていながら、その無料通話時間を使い切る前に、プリペイドの携帯にまた金を出す善良な市民などいるわけがない。

　ライカーは相棒に目をやった。彼女は仕分けられた電話の記録の山に新しい紙を交ぜ、テーブルの上に新たな配列を形成している。

　ジェイノスの指がつぎの組のメモへと動いた。「アルマ・サッターとピーター・ベックは一日に二、三回、電話をかけあっていた。恋人同士だものな？　だが公演初日の夜、彼女の通話は一件だけで、その時間は一分足らずだ。これはつまり、途中で切ったということだろう。ふたりの蜜月は終わったわけだよ。生涯最後の数週間、ベックは劇団員たちにさかんに電話をかけているが、特におかしな点はない――ただ、彼には誰も一度もかけていないんだがね」ジェイノスは円の片側のペアに手を伸ばした。「リナルディ兄弟の通話の相手は、舞台監督とロサンジェルスのエージェント。それで全部だ。彼らに友達はいない。しかし、ふたりとも薄気味悪い小男だものな、不思議はないよ」

　ライカーの目の隅に、相棒が壁の別の箇所に紙を留めているのが映った。他の刑事たちもそちらを振り返りはじめた。

　だが、ジェイノスが自分の円のつぎのペアを指さし、一同の注意を引きもどした。「アクセル・クレイボーンと、死んだ演出家ディッキー・ワイアット。このふたりはワイアットの通話が途絶えるまで、毎晩、連絡しあっていた」彼の指が円の底へと移動する。「ディッキー・ワイアットは、今度はナン・クーパーとペアになり、そこにふたたび登場していた。「衣装係は彼に頻繁に電話をしていた。だからこのふたりもペアになる。おれが思うに、仮に共謀があるとしても、それは二者間を超えるものじゃないだろうよ」ジェイノスは壁から退がった。「これで全部だ。他には何も特別なことはない」

全員の目がマロリーに向けられた。彼女は、紙を並べて大きな四角形を作りあげていた。どの紙も隣の紙に継ぎ目なくつながっている。そしていま、彼女は集中しきって何本もの黒い線を引きはじめた。それに赤い線もいくつか。

ジェイノスと他の刑事たちは壁のこちらに移動してきて、マロリーの不気味な芸を見守った。彼女は自分の四角形に、ふつうの人間なら定規なしでは描けない完璧な直線をつぎつぎと書きこんでいった。ふたりの舞台係の通話記録としては、新たなカテゴリーが加えられ、その手書きの紙には活字体の大きな文字で、〝使い捨て携帯〟と記されていた。誰もが近くに寄って、この一枚をほれぼれと眺めた。それは感銘を与えた。プリペイドの携帯電話の大きな魅力は、買い手をたどれないことなのだから。

たった一枚のこの紙で、彼女はサンガー刑事のハートを射止めた。「マロリー、どんな手を使ったんだ?」

「昨夜、わたしは舞台係のふたりが電話を受信した時刻を残らず書き留めた」彼女は手を伸ばしてアルマ・サッターの記録を軽くたたいた。「この一カ月、彼女の電話の多くはプリペイド携帯にかけられている」一本の長い爪が赤い下線の引かれた番号に触れる。「この番号への発信の時刻は、わたしの記録のジョー・ガーネットが携帯を取った時刻と一致する。わたしはあのふたりがドラッグを買い、アルマのうちに配達するのを見た。彼女の通話記録には、一カ月にわたり、いくつもの使い捨て携帯の番号が載っている。たぶん舞台係たちの使った電話のが全部」マロリーは衣装係の記録にある複数の番号を丸で囲った。「ナン・クーパーも何度か使い捨て携帯に電話していて、その番号はアルマの記録のものと一致する」マロリーは、ガーネットとランダルの記録まで直線を引いた。「これで、クーパーが例のマリファナをどこで手に入れたかがわかった。彼女が警備員にやったやつね」

サンガー刑事が、マロリーが鋲《びょう》で留めた、昨夜の舞台係の尾行の記録を読み終えた。「宅配ディーラーか。いい読みだよ」彼はマロリーに顔を向けた。「連中に前科はないんだろ?」

「ふたりともクリーンよ」

「だろうな」サンガーは言った。「少量の買い付け、ちっぽけな利鞘の儲け」彼は、使い捨て携帯の番号のリストを壁からはずし、舞台係ふたりの写真もむしりとった。「以前のおれの課に連絡してやろう。あの公園について何かつかんでないか、訊いてみるよ。取引のどれかを隠し撮りしてるかもしれない。麻薬課のやつらは売人のひとりを脅してるんだ。たぶん、この小僧どもは不正取引でぶちこめる」彼は部屋から出ていき、他の四人の男たちは各々の事件、壁の他の一画へと歩み去った。

ショーは終わった。

そしていま、ライカーはあの無謀なハッキングがなぜ必要だったのかを悟った。サンガーが興味をなくして行ってしまう前に、彼女は罠《わな》を仕掛けねばならなかったのだ。そして、手を貸すというのはサンガー自身の思いつきでなくてはならなかった。マロリーは人にものをたのむのが不得手だから。

ジェイノスがマロリーの相関図の中央の紙をじっと見つめた。彼はピーター・ベックの通話記録を指さした。「これはどういう意味なんだ？」

マロリーは、脚本家が人生最後の週に手当たり次第かけまくったらしい膨大な件数の電話に下線を入れていた。「このあたりから彼はおかしくなったように見える。怒りに駆られた男。資金は潤沢《じゅんたく》。彼はその怒りのほとんどを弁護士事務所で吐き出していた。その事務所は――」

「ロイド、ハッチマン&クロフトだな」ジェイノスが言った。「そっちは任せてくれ」彼は腕時計に目をやった。「連中のランチタイムを邪魔してやるつもりなんだ」ジェイノスは弁護士の事情聴取がうまい。課に並ぶ者はないのだ。


アルマ・サッターは黒板の前を通り過ぎた。きょうは、彼女宛のメッセージはない。ああ、よかった。上の階に上がり、楽屋に入って鍵をかけたとき、彼女は化粧テーブルの上にコカインが二ライン用意してあるのに気づいた。

贈り物？　それとも脅しなの？

警察がもしこの部屋を捜索したら――

早く始末しなきゃ。

そして彼女はそうした。紙幣を丸めてストローにし、白い粉のラインを吸いこんで、鼻のなかに隠した。ほんの数ラインのコカインが、きょうの稽古《けいこ》で彼女を輝かせる。これがニューヨーク・シティの掟なのだ――輝け、ベイビー、輝け、もしも無理なら、バスに乗って田舎へ帰れ。

沈黙は長引いている。だが、その警官は、面談の終わりを婉曲に告げる合図をことごとく見落としていた。彼が居座っているのは、パーク・アベニューの高級感ある法律事務所、ロイド、ハッチマン&クロフト公開有限会社だ。

ピーター・ベックの遺言書の写しは、なんの問題もなく確保できた。ジェイノスはもっと有益な情報を待っているのだった。そして、その待ちかたは平和的だった。大声で要求するでも、脅すでもない。彼は生来優しい性格なのだ。デスクの向こうの、口のうまいきざな小男につかみかかり、相手の指を――一本一本――両手とも――へし折る気などはなかった。

そう。そんなことは考えられない。

その代わり、彼はゴリラ的その体軀がぎりぎり収まる椅子に落ち着き、ただすわっていた。無表情に――バッジを帯び――銃を帯びて。ときおり彼は体重を移し、そのたびに椅子の継ぎ目は木材のかすかな苦痛の叫びを漏らした。彼より小さな男たちは――相手は常に〝より小さい〟のだが――多くの場合、急いで飛びこまずにはいられず、有益な情報でこの気づまりな間を満たす。

だが、きょうの相手はちがった。

美しいスーツをまとったこの弁護士は、ただ作り笑いを浮かべるだけだった。口を引き結び。

腹を立てて。彼は、この惑星全土の時刻を表示する金の腕時計を見おろした。そしてそのあいだにも、電話や手紙や打ち合わせに充てられなかった時間とともに、金《かね》はチクタク通過していく。ふかふかの絨毯《じゅうたん》と木の鏡板の贅沢《ぜいたく》な部屋から見て、その分単位の料金は法外な額なのだろう。だから、最終的に弁護士に口を開かせたのは金だった。彼は言った。「あなたがほしがっているのは、ゴシップですからね。わたしは噂話はしないんです」彼は椅子から立ちあがった。露骨に〝以上だ。出ていけ!〟と。

「しばらく時間を食いそうですね」ジェイノスは茶色の紙袋を掲げた。「ただすわっているのもなんですから」彼はゆっくりと袋を開けてコーラを取り出し、弁護士のデスクに載せた。弁護士が水滴まみれのアルミ缶の下に大あわてでコースターを差し入れているあいだに、ジェイノスはアルミホイルにきっちり包まれたサンドウィッチを取り出して、コーラの横に置いた。「きょうは昼飯の時間を取れないと思うんです。でも人間はちゃんと食べないとね?」

この開戦の一手で、弁護士はぎくりとした。でも、ここからが本当にいいところだ。

「われわれもゴーストライターのことは知っています」ジェイノスはデリカテッセンのナプキンを顎の下にたくしこんだ。「だから、ピーター・ベックは降りたがっていたものと見ているんです。ところが、芝居の契約書にはまだ彼の名前が載っていますね」彼はコーラの缶のタブを起こし、ストローを入れると、ずるずる大きな音を立てて飲み——ほんの少し中身をこぼした。それから、最後にとっておきのものをと、その下卑《げび》た香りを存分に鑑賞できるよう、サンドウィッチの包みを開けた。刑事はこの面談のために、ニューヨーク市内で見つかるかぎり、もっとも臭い肉とチーズの組み合わせを選んできていた。

弁護士との話し合いは、本当に芸の一形式なのだ。

ジェイノスはいまにもかぶりつきそうにサンドウィッチを手に取り、そこで一拍、間を取った。「ああ、うまいんですよね、これが」彼はほほえんだ。「ガスが溜まりますけど」

よくわかる。

弁護士は大急ぎで言った。「依頼人のほとんどは実際的な要望を持ってきます。しかしときどき、血を求める人間もいるんです。ピーターは後者でした」

刑事はサンドウィッチを下ろした。「ベックは誰の血を求めていたんでしょう?」

「最終的には、劇団員全員のですね。みんなが共謀して自分に刃向かっている。彼はそう言っていました。しかし、最初にここに来たときの彼の要望は、契約書から何か、ある団員を解雇する根拠となるものを見つけてほしいということでした。バグジーという取るに足りない小男ですがね」

コルクの壁に掲示すべきつながりがまたひとつ。

「その理由を彼は言っていましたか?」弁護士を促すため、ジェイノスは大きく口を開けて、臭いサンドウィッチを持ちあげた。

「どうやら、この男が劇団にいると、レオナード・クリッペンが劇評を書くことが確実となるようでした。ピーターはクリッペンに敵意を持っていたんです。それはもう激しく嫌っていましたよ」

まずは報酬だ。ジェイノスはサンドウィッチをアルミホイルで密閉し、そのうえで訊ねた。

「なぜです?」

「クリッペンとピーターは折り合いが悪かったんです……芸術的な面でね」弁護士は言った。

「つまり、あの劇評家がベックの芝居を嫌っていたということですか?」

「クリッペンがこきおろしたのは、初期の作品だけです。それ以降の芝居には顔を出しもしなかったんです。今度のだって、見やしなかったでしょう——」

「バグジーがいなければ、ですね?」

「ところがその後、ピーターはゴーストライターに気を取られるようになった。それでバグジーは仕事を失わずにすんだわけです」

「ピーター・ベックはあの芝居を放り出したんでしょう?」ジェイノスは言った。「だったらなぜ劇団との契約を解除しなかったんですか?」

「わかりませんね。われわれは彼のアパートメントにそのための書類を届けましたが、ピーターは署名した文書を送り返してこなかったんです。奇妙だと思いましたよ。契約書に彼の名前がなければ、後援者たちはただちに手を引いたでしょう。資金がなければ、芝居もできないのに。また、ピーターは遺言書も変更したがっていました。しかし、それも実行するには至らなかったんです」

「そうすると……死んだとき、ベックはゴーストライターの芝居に対する権利を持っていたわけですか?」

「わたしの聞いたかぎりでは、ピーターの芝居は新しいバージョンには一行も残っていないそうです。ですから、すべては著作権次第です。もうひとりの脚本家が著作権を登録していれば、その人物は自分の作品に対する権利を持つわけです。問題はここなんですが、著作者の名前なしには著作権者はさがせません——せめて作品のタイトルがないとね。著作権者が意図的に隠されているなら——わたしはそうだと思っていますが——それは無題の作品として登録されているのかもしれません。日付もまた参考になりますよ。調査を依頼されたとき、わたしはこういったことをすっかりピーターに説明しましたがね」

するとピーター・ベックは、ゴーストライターなどという戯言《たわごと》——自分の芝居が一行一行、書き換えられているなどという話は信じていなかったわけだ。

ジェイノスは弁護士に名刺を渡した。「遺言書の内容については誰にも話さないように。芝居の権利のことで誰かが興味を示したら、わたしに知らせてください」

「ピーターが死んだ翌日、アルマ・サッターが電話を寄越しましたよ。まだ返事の電話はしていませんが」

「しないでください」

アルマは四つん這いになって、コカインのこぼれた粉をさがしまわった。見つかったのは、埃まみれの錠剤だけだった。これはスピードかもしれない。彼女はその薬を口に放りこんだ。

二十分後には、他のみんなが下の階に集合する。彼女は心を鎮め、拡大鏡を手に取って眉を抜いた。

ああ、くそっ。鼻孔のまわりに白い粉がついている。

このままステージに出ていってたら、どうなっていたことか。

黒板を爪でひっかくかすかな音に、彼女は手鏡を取り落とした。それは床に当たって砕け散った。破片を貼り合わせることができれば、神々もこのことには気づかないだろう。そんな狂った考えにとらわれ、彼女は身をかがめて、破片を拾い集めた。

ああ、今度は指から血が出ている。

そして、彼女のまわりのいたるところに、小さな虚像があった。割れたガラスに映る彼女の顔の断片——百ものかけらとなったアルマが。


コフィー警部補は捜査本部の入口で立ち止まった。正面の壁には、劇場の殺人事件の、積もり積もった大量の情報が留めてある。彼の部下たちがひと月かけても読み通せない量の資料。だが、目下そこには、完璧な記憶力を持つ男、チャールズ・バトラーがおり、そのすべてを光の速さで読んでいた。コフィーは如才《じょさい》なく、その場からそっと歩み去った。怪物的な特徴はどれもみな、チャールズをきまり悪がらせる。あの男は自分の背の高さまで申し訳ながるのだ。ここは全部すむまで、ひとりにしておくのがいちばん。そのあとマロリーとライカーは完璧な事件ファイル、歩いてしゃべれるやつを所有することになる。

何が人手不足だ！

廊下が刑事部屋に向かって開けた。ジャック・コフィーはマロリーのデスクのほうを向き、砲弾を撃ちこむように体の狙いを彼女に定めた。ああ、残念。彼女に気づかれてしまった。こっちが怒っているのが、彼女にはわかっただろうか？　きっとわかったろう。しかし念のため、部屋の半ばまで進んだところで、彼はどなった。「きみへの連絡がじゃんじゃん入ってるぞ——わたしの電話にな！」

手が足りないことが明確に伝わるよう、マロリーは自分に入る電話の一部を彼に転送しているのだった。そして、ゲームの達人である彼女が送ってきたのは、確実に彼を事件に引きずりこむもの、または、逆上させるものだけだった。おそらく彼女は、彼がついに屈服し、ディッキー・ワイアットの死因の件で検視局長に電話をしたかどうか、考えているところだろう。

そうはいかない。食いつかないぞ。

「このニューヨーク・シティで警部補を秘書にしている警官は、きみくらいのもんだな」彼はマロリーのデスクに歩み寄り、鑑識課の主任、クララ・ローマンからのメッセージを置いた。「ヘラーはこの件から彼女をはずしたはずだ。ならどうして彼女がブロードウェイのチリ料理屋のことできみに報告を入れてるんだ？」

「彼女には時間があるのよ。警部補は、わたしたちの連続殺人事件の捜査に充分な兵隊をくれないしね」

「殺人かもしれない、事件一件だろう」

「それじゃ結局、ドクター・スロープには電話をしなかったのね？」彼女は言った。「ローマンはディッキー・ワイアットの胃の内容物に一致するメニューを見つけた？」

なんだと？　なぜ死んだジャンキーが最後に食べたものを突き止めなきゃならないんだ？

「ローマンはなんとも言っていなかった。わたしも何も訊かなかったしな」コフィーはさらに二件、メッセージをデスクにたたきつけた。どちらも中西部のある保安官からのものだ。「この男に電話する気はあるのか？」

「彼は何か参考になることを言ってた？」

「いや、マロリー、この男はとにかくきみと話したがってるんだ」

「きっとまたかけてくるわよ」

　そしてもちろん、彼の拳銃はデスクの引き出しに鍵をかけてしまってある。こういう瞬間のために設けられた刑事部屋の規則のとおりに。ああ、銃を使えたら！　コフィーは、彼女のデスクで鳴っている電話を指さした。「お手数をかけて申し訳ないね……人手不足で大変なときに。でも……その電話は自分で取ってもらえんかな！」

　マロリーは受話器を取って、しばらく耳を傾け、それから言った。「ふたりとも？」受話器をたたきつけると、引き出しの鍵を開け、拳銃を取り出す。ホルスターにそれを収めながら、彼女はコート掛けへと走った。

　ジャック・コフィーはその背中に向かってどなった。「ふたりともなんなんだ？」つぎに頭に浮かんだ考えは、〝訊くな！〟だ。引きずりこまれてなるものか。そう思いつつも、彼はマロリーのデスクの前にすわって、リダイヤル・ボタンを押した。

ドクター・スロープが電話に出た。

アルマ・サッターはステージの向こうへ忍び足で進んでいった。ゆっくりゆっくりと——その一方、彼女の脳は、コカインと床で見つけた謎の錠剤の相乗効果で、猛スピードで回転している。どうしてもあの黒板を見なくては。これは、壊れた鏡の神々が与えたもうた試練なのだ。ああ、あった。彼女宛のメッセージがチョークで書かれている。**アルマ！　もうすぐだよ！**

膝がくんと落ち、骨が床板にぶつかる痛みを感じた。いや、いや、いや！　ああ、でも、こういう時のために、彼女のバッグの裏地には薬瓶が縫いこんである。まさかに備えた秘密の蓄え。彼女は体の向きを変え、床板の上を四つん這いで進みだした。ドラッグで舞い上がり、犬の小走りのスピードで。

第十六章

ロロ　首をたたき切られたあと、その首が床に落ちていくとき、妹にはカーペットが迫ってくるのが見えたんだろうか？　頭には胴体にさよならを言う時間があったのかな？

「真鍮《しんちゅう》のベッド」第二幕

壁を飾る額や資格証は、法医学の世界におけるこの検視局長の重要性を証明している。彼の多忙なスケジュールもまた、デスクに積みあげられたファイル、未読の意見書、死体保管所《モルグ》で醜い群れを形成しつつある死体の件数記録に明示されていた。これは果てしない一日の大渋滞。それでもドクター・エドワード・スロープは鉛筆をもてあそび、じっと天井を眺め――彼のお客が格別分厚い検視報告書をめくり終えるのを待っている。

ドクターはいくつかの質問を予期していた。彼にも自分のがひとつある。キャシーはどんな手でこういうことをやっているのか？

その日最初の驚きは、何時間も前に、鑑識課の主任の登場とともに訪れた。あのがみがみ婆さんは、薬毒物検査をはじめ諸々の検査の報告書を要求した。そのとき彼は、クララ・ローマンほどの女が下っ端の仕事をしているのを奇妙に思ったものだ。いや、殺人担当の刑事のために報告書を取りに来るなど、奇妙どころの騒ぎじゃない。クララはそういう刑事たちをゴキブリや害獣と同じランクに位置付けているのだ。そんなわけで、いまこの瞬間の彼は感覚がやや鈍っており、重大犯罪課のボスがキャシー・マロリーの使い走りをしていることにもさして感動していなかった。

ジャック・コフィーが報告書から顔を上げて訊ねた。「ヘロインを食うやつがいますかね」

「それと、バルビツール剤だ――チリといっしょに。これこそ世界初だな」

「胃の内容物は、どろどろになるもんだと思っていましたよ――」

「ニューヨークのチリは手強いんだ。胃液で何日か煮込まれても生き残る。だがわたしのサンプルのひとつは、彼のシャツのボタンにへばりついていたものなんだ。もうひとつは、靴に付いた嘔吐物《おうと》から取っているしな。よく保存された嘔吐物だったよ。ミスター・ワイアットの遺体は冷たい場所に保管してあったんだ」

警部補の頭がごろんと上を向く。今度は彼が天井を見あげる番だった。少し目を細め、まるでそこで何かを見失ったかのように。「すると、喉を切り裂かれた男――あれは不審死で……ジャンキーのほうは殺人ということですか？」

「ふたりとも殺されたんだ。ちょうどあの脚本家を昇格させたところだよ」どうやらキャシーはこのことをボスに言うのを怠ったらしい。「ほら、傷と平行に走る爪痕らしきものという問題があったろう？　あれは、爪を噛む男による自殺とは整合しない。しかし凶器に付いていた指紋は、ミスター・ベックのものだけだ。となると、切り裂き魔は手袋をしていなけりゃおかしい。それでまた、むきだしの爪が問題になる。こうなると、手袋が裂けていたとしか考えられない。そこでわたしは傷を検査し、微細な遺留物を——」

「わかりました。信じますよ」コフィーはしばらく目を閉じていた。「もうひとりについて教えてください。あのジャンキーについて」

「ミスター・ワイアットが食ったのは缶詰のチリじゃない。保存料が使われてないんだ。それに、肉に赤色色素も入ってないし。食料品屋の品じゃないな。そこでわたしは、家庭料理を除外した。となると残るのは——」

「レストランですね」コフィーは分厚い仮報告書をぱらぱらめくった。「ここには死亡時刻も書かれているんですか?」

「遺体発見の少なくとも二日前だ」

「もう少し——」

「うん、絞りこめる。ミスター・ワイアットには夕食を消化する時間すらなかった。チリといっしょに摂取されたので、ヘロインの効果はすぐには出なかったろう。だが彼がいつ最後の食事をしたかわかれば、死亡はそれから一時間以内だとわたしが法廷で証言するよ」

「悪くないですね」ジャック・コフィーは言った。

気のない賞賛。

この時間枠は、警官たちが望める以上に狭いというのに。ここで、お客のつぎの質問を予見し、エドワードは言った。「ミスター・ワイアットが自殺した可能性はゼロだ」ドクターは検視の写真を一枚置いた。血管の醜い青い膨らみ。かつて注射針に痛めつけられた箇所のクローズアップだ。「この注射痕はどれも古いものでね、新しい痕はひとつもない。しかし、彼が注射の打ちかたを知っていたのは明らかだ。ゆえに、彼のチリにヘロインを混ぜたのは、他の誰かということになる。そのことはきみもわたしもわかっている」そこまですむと、彼はコフィーの持つ報告書を顎で示した。「十五ページに、彼の毛髪検査の結果が出ている。それは、過去九十日の薬物摂取歴を知るのに役立つんだ。彼はひと月前までクリーンだった。それから、数週間にわたりヘロインのマーカーが現れる。量的にはごくわずか、たまに使うという程度だ。その後、死亡までは何もない。わたしにはこれも奇妙に思える。このパターンはヘロイン中毒者の逆行のパターンに合致しないんだ。だがそれは、犯人による数週間のリハーサルを示唆しているのかもしれない。たとえばそいつが、致死量を盛る前に、何度かミスター・ワイアットの食べ物に薬物を添加し――」最後まで言う必要はない。重大犯罪課の男から見ると、この仮説は明らかに無理があるようだ。

ジャック・コフィーは彼一流の慇懃《いんぎん》な笑みを浮かべていた。とても不誠実に。刑事のまねをしたがる病理学者に警官が見せるあの小馬鹿にした態度で。キャシー・マロリーの道具箱にもそれによく似た笑いがある。ただ彼女のは、もっと表現力に富み、唾を吐きかけるのに近いものだが。

警部補はデスクに報告書を置いた。「これはしばらく留めておいてください。いいですね？

ホシにはうまくいったと思わせたいんです」彼は立ちあがって、車のキーをジャラジャラさせたが、ドアに向かう様子はなかった。「ひとつお訊きしますが。マロリーはドクターに電話をしてないんですよね。ディッキー・ワイアットの検査結果の催促は一度もしてないんでしょう？」

「その必要はないだろう？　薬物の過量摂取に関しては、わたしができるだけのことをするのを彼女は知っているんだ」エドワード・スロープは、薬物中毒の死亡者すべてを大切にケアし、自らの本業と副業、両方の要求を存分に満たしている。彼の余暇の大半は、これらの哀れな者たちを生き延びさせるために捧げられており、検視はどれもその目的に資するものなのだ。キャシーはそこを見込んだのだった。「これは彼女の幸運の死体だったわけだよ」

刑事たちはまずアルマの楽屋に行ってみたが、ノックへの応答はなかった。そしてライカーは相棒の直感を信じた。閉じたドアの向こうに生きた人間はいない。

下の階に下りると、マロリーは金属のロッカーのひとつを開け――それをバタンと閉じた。走りながら、バグジーはその大音響に――短くぴょんと――飛びあがり、それからふたたび走りだして、もうひとつ壁のスイッチを入れた。

舞台裏のエリアは真昼の明るさとなったが、それでもアルマ・サッターの姿はどこにも見当たらなかった。ステージに集合した劇団員たちは、彼女の居所にまるで心当たりがなく、彼女はまだ稽古《けいこ》に来ていないと言うばかりだ。ただし、楽屋口の入場記録簿には、彼女の名前が書かれている。

ライカーはトランクをひとつ開けてみた。ばらばら死体の女優でなければ収まらない小さなやつだが、かまうもんか。中身は衣類のみ。がっかりして、彼は相棒を振り返った。「ローマンは、ホシがチリにヘロインを混ぜたのは、アリバイ作りの時間を稼ぐためと見ている。彼女は、ホシを阿呆《あほう》だと思ってるんだ。ワイアットは三十分から一時間、生き延びられた。殺人者を名指しするには、それだけありゃ充分だよな」

「ローマンはまちがっている」マロリーは言った。「ホシは、ドラッグが効きだす前に、ワイアットに店を出てほしかったの。これは利口よ。お客のひとりが店内で頓死《とんし》したら、従業員たちはその夜、彼が誰と食事していたか覚えているでしょう。つまり、毒殺者は公の場で殺人を犯し——彼自身の存在は隠したわけよ」

「または、彼女自身の」ライカーは、毒殺者には女のほうが適していると思っている。性差別的？　かもしれない。だが本当のことだ。「アルマには動機がある。ワイアットは彼女を芝居から追い出したがっていたんだからな」だが、遺体を劇場に運んだのが殺人者だとすれば、さがすべき相手は男ということになる。百八十ポンドの物体を車椅子から劇場の座席に移せるような腕力のあるやつだ。または、協力しあうふたりの女か？　女ひとりと使い走りか？

この階の隠れ場所はほぼ調べ尽くした。残るはもうひとつのトランクだけだ。それには南京錠がかかっていた。バグジーを呼ぼうとしたとき、あの小男が鍵のリングを手にかたわらに現れた。ライカーは錠をはずした。蓋を開けてみると、中身はまた衣装だった。それから、さぐりまわる彼の手が何か硬いもの——鋭いものに触れた。彼はトランクを傾け、床に中身を空けた。そしていま、衣類のてっぺんには斧が一挺、載っている。これは薪の山から取ってきたようなものじゃない。刃が大きくて長いやつ——ドアをたたき破るために作られた消防士の斧だ。

「小道具じゃないいな」

「ですよね。その斧はある日突然、現れたんです」バグジーは、上の通路に沿って並ぶ楽屋のドアに目を向けた。「あそこにね。ジョー・ガーネットの父親が見つけたんですよ。彼はうちの小道具方だったんですが。いい男ですよ。まあ、確かに台詞《せりふ》に斧は出てきますがね、小道具一覧にはそんなもんは載っちゃいません。それで彼は、双子たちがそこに斧を置いてったんだと思ったわけです。アルマをからかおうとしたんだとね」

「彼女を死ぬほど怖がらせて？　それが、か、からかうことなのか？」

「ええ。い、いや」バグジーはびくりとして、あとじさった。まるで自分が非難されたかのように。「小道具方はおれに、斧を隠すよう言いました。鍵をかけてどっかにしまっとけ——このことは誰にも言うなってね」

マロリーもロッカーの徹底捜索をやめ、彼らに加わって床の上の斧を見つめた。と突然、彼女は向きを変え、小部屋の迷宮をめざして階段を駆けのぼっていった。ライカーは上の通路で彼女に追いついた。彼女は身をかがめ、鍵穴に向かってほんの何秒か作業した。アルマの楽屋のドアがさっと開いた。

女優は床に横たわっていた。目は閉じられ、一方の腕はねじれて体の下敷きになっている。

両脚は不自然な角度に広がっていた。

隠れているのではない。眠っているのでもない。

またひとつマロリーから転送された電話を取るために、ジャック・コフィーは自分のデスクの電話に出た。相手はふたたびあの中西部の保安官。そして、この男は相変わらず用件を述べようとせず、ただ〝ものすごく重要な話〟なのだと主張しつづけた。警部補は顔を上げ、部屋の入口にサンガー刑事がいるのに気づいた。コフィーは発信者表示の画面で輝く電話番号をたたいてみせた。言葉は交わされなかったが、それで充分だった。サンガーは駆け足で刑事部屋へと引き返した。

ここでコフィーは電話口の男に言った。「どうもマロリー刑事は、僻地《へきち》のお宅らのつまらん問題のことなんかどうでもいいと思っているようですよ」

この餌は、電話の向こうの沈黙に迎えられた。

「保安官？　この町であなたが味方につけられるのは、わたしだけかもしれません。そのわたしに何も話せないなら――」

「例の大虐殺《ぎやくさつ》の件です」ネブラスカの男は言った。

例の大虐殺。

多重殺人なら在庫にある。だが〝大虐殺〟は、多数の死体を出すスプリー・キラー（短期間で連続殺人を行う殺人者）を示唆する。この署にそんな事件はない。とはいえ、ド田舎の警察官にその情報を与える必要があるだろうか？

いや、彼にはもっといい考えがあった。

「次回、マロリーに電話するときは――ご自分の電話は使わないことです。ああ、それと、別の局番を経由してかけるといいですね。ちょっと待ってくださいよ」彼は送話口を覆った。

サンガー刑事が入口から顔を出した。「正規の問い合わせですよ、ボス。保安官は自分のオフィスの電話を使ってますから」サンガーは自分の携帯電話を掲げてみせた。「この電話、副保安官が出てるんですが、彼によると、いま目の前にその保安官がいるそうです」

コフィーはほほえみ、保安官に言った。「鉛筆はありますか？　いまからマロリーの携帯電話の番号を言います……それと、彼女の自宅の電話番号も」


ネブラスカの雪は地平線までつづく平らな大地全体に二フィート積もっており、そのまぶしさは黒のサングラスがもしなければ目を眩《くら》ませたにちがいない。しかし保安官が除雪された道を車でガタゴト進んでいくとき、果てしなく広がる空は青く晴れわたっていた。彼は副保安官にハンドルを委ねている。そしてその運転のスピードは、空港が近づくにつれ、上がっていった。

保安官は携帯電話を耳に当て、運転席の男にほほえみかけた。「ジリーががんばってくれたよ」ジリアンは彼の通信担当員、要は、彼のジープの小部隊を常にうまく回している体《てい》のいい配車係だ。「彼女はわたしにカナダを経由させたんだ」

そしてそれはうまくいった。複雑につながった回線の向こう側で、若い声が言った。「マロリーです」

「取引をしよう」ニューヨーク・シティのその女に保安官は言った。「あんたに情報をやる。だからそっちも――」

「保安官、いま忙しいのよ。たぶんあとで、五、六分、時間を割いて、あなたの事件を解決してあげられるかも――」

「ああ、あれはもうわたしが解決してるんだ」保安官は言った。そして――カチッ――彼は電話を切った。

ド田舎のくそおまわり。

緊急治療室を進んでいきながら、マロリーは携帯をポケットに入れた。アルマ・サッターのベッドにもどると、そこではライカーがプライバシーのかけらもないその環境下で事情聴取をつづけていた。泣き声や悲鳴が、回復の速いこの女のベッドを囲うカーテンを貫き、あちこちから聞こえてくる。

女優は目を覚ましていた。眠たげでも夢心地でもなく、何かでハイになっている。でも何で？　薬物の過量摂取に対する病院の処置を、彼女はすべて拒否していた。

「ERの医者にあんたを救うチャンスを与えたほうがいいんじゃないかね」ライカーが言った。

「われわれが床から見つけた錠剤を彼は特定した。他に何か彼が知っとくべきものはあるかな?」

アルマは首を振った。「ただの鎮静剤だから」鎮まるどころか、いらだった女優はメイクを直し終えないうちにコンパクトを取り落とした。「わたし、薬を処方してもらってるの」

「だろうねえ」ライカーは言った。

「主治医に訊いてみてよ。彼はわたしの不安を治療してるの。わたし、不安でいっぱいなんだから」からみあうシーツから、彼女のコンパクトが回収された。そしていま、その鏡は不安症には釣り合わない笑顔を映している。他の女たちが口紅をつけるように、アルマはそこに不安の色を軽く加えた。

「まあいいさ」ライカーは言った。「薬のことは忘れよう。ピーター・ベックからの相続の話をしてくれないか」

「ピーターは遺言書にわたしのことを書いてたの?」

「そうとも。優しいよな? あんたは、死後硬直が始まるより早く、ベックの弁護士に電話したそうだね」

「それじゃあなたは遺言書を見たのね?」アルマは彼にほほえみかけた。

ライカーが殺人の動機をほのめかしたことに、この女は気づいていない。話がむずかしすぎたんだろうか? 彼女はどこまで馬鹿なんだろう? マロリーは死角から女に忍び寄った。

「彼は芝居の権利をあなたに遺すつもりだった。そのことをあなたは知っていたんでしょう?」

「もちろん知ってたわよ」アルマの言葉は一気に流れ出てきた。「あの愛すべき哀れな小男。

ピーターはわたしのために丸一年かけてあの役を書いたの。彼、言ってたわ。それは自分の庭の花を女性に贈るようなものだって」彼女は制御不能の口の勢いを抑えるために唇を噛んだ。「それから芝居が変わったの。そしてわたしも変わったのよ」

「ディッキー・ワイアットに四六時中こきおろされていたからね」マロリーは言った。「そのせいで毎日は地獄となり、あなたはどうかなりそうだった」

「そうよ！　彼はそうやって、わたしをいい女優にしてくれた。わたしは感謝していたの！」

「そして、ゴーストライターは――」

「あの化け物――彼はわたしに、おぞましい冷たい恐怖というのがどんなものか教えてくれた」彼女は掛け布団のシーツをつかんで、それで顔を覆い隠した。シーツが落ちたとき、刑事たちの前には、すさまじい恐怖をたたえた顔、本物のそれがあった。とここで――アルマはにっと笑った。「ほらね？　ゴーストライターに脅されてるって言ったのは嘘じゃない。でも、わたしは彼に助けられてもいるの」おつぎは皮肉を少々。「彼のおかげで、怯えている芝居がめちゃめちゃうまくなったんだもの」フィナーレとして、彼女は腕を組み、マロリーをじっと見つめた――さあ、これでどうよ？と。

ライカーが、やるね、とうなずいた。「悪くない」アルマは確かにいい女優だ。だから、信じてはもらえない。彼からは決して。「こっちは子供じゃないんだ。あんな話は信じちゃいないよ」

「でも本当なんだもの！」

「いいや、ゴーストライターはあんたの友達なんだろう」ライカーは彼女に向かって身をかがめた。「あんたはそいつが彼氏を痛めつけるのを黙って見てたんだからな」

「そいつに同調してたのよね」マロリーはベッドの反対側を攻めた。「他のみんなと同じように。あなたはピーター・ベックの敵に回り――」

「ちがう！」アルマはふたりの刑事の顔を見比べた。「あなたたち、完全に誤解してるわ。ピーターが降りたあと、わたしは劇団内の彼のスパイになったんだから」一方の手が口もとに行った。たぶん、〝しゃべりすぎた〟というジェスチャーを大げさにやったのだろう。「誰にも言わないでよね……ピーターはわたしに、きみも降りてくれって言ったの。初日の夜にそれをやれ――第一幕の最中にステージを去れって。でもね、それはありえない。そんなまねをしたら、二度と仕事が来ないわよ。あの劇場、この役――それが、わたしの頭にあるすべて。十歳のときから、求めてきたすべてなの！　だからわたしは彼のたのみをことわった。いやだって言ったのよ」

　彼女は疲れて枕に頭を沈めた。ここまでずっと、時速百マイルで口を走らせてきたから、また、鼻をすすって文章を区切ってきたから。これはどちらもコカイン摂取の指標だ。銀行口座がマイナスの女にしては、金のかかる趣味だが。

「ピーターはものすごく怒ってた」アルマは言った。「初日には顔を出しもしなかったし。あの日はきっと遺言書からわたしを削除してたのよ。決まってる。本人が必ずそうするって言ってたもの」

「それでも彼が死んだあと」マロリーは言った。「あなたは弁護士に電話し……自分の相続のことを確認しようとした」

「刑事さん、もし宝くじを買ったら、あなたはその番号をチェックするんじゃない？　当選の確率が百万分の一でも……いちおう確認はするでしょ？」

いい答えだ。そして謎がひとつ解決された。アルマは馬鹿ではない。

雲のせいで地上は見えないが、いまごろはもう、よその州の局番の上空を飛んでいるにちがいない。ハーパー保安官は飛行機電話を使おうかと考えた。それはトレイテーブルの上の食事、古くなったポテトチップスの袋に立てかけてある。だがそのとき、胸ポケットのなかで携帯電話が振動した。

そしていま、マロリー刑事が言っている。「あなたは犯人を知ってるつもりでいる。でも、事件はいまも未解決扱いね。つまり、あなたには証拠がない——」

「お嬢さん、わたしは山ほど証拠を持っているよ。血液検査の結果、凶器、何もかもだ。血のなかには靴の跡もあった。そのふたつの靴が誰のものかまでわかってるしな。それどころか、その靴を持ってもいるんだ」

これは彼女の興味をそそるはずだった。しかし彼女は電話を切った。

かまうものか。この遠距離交際のリズムにもだいぶ慣れてきた。彼は満足だった。気分が変わったのは、飛行機の跳ねと横揺れを感じたときだ。窓の外に目をやると、雲が沸きあがってきて、飛行機の凍った翼に触れるのが見えた。いや、ちがう！　雲が上昇しているんじゃない。飛行機が下降しているんだ。機長の声がいきなり入って、乗客の注意を喚起した。つづいて、大惨事と不慮の死が迫っているのを暴露《ばくろ》するあのパイロットの台詞が出た。「どうかあわてないでください！」

第十七章

スーザン　何か予兆はなかったの？　男の子たちがもっと小さかったころ――
ロロ　ふたりの正体は誰もが知ってたよ。一度、近所の女がうちを訪ねてきたことがある。おどおどしたやつ。なかに入るのを怖がってた。別に波風を立てる気はない。彼女はそう言った。ただ、自分ちの猫がすぐ死ねたのか……それとも苦しんだのか教えてほしいってね。母は悲鳴をあげて、ドアをバタンと閉めたもんだよ。

「真鍮《しんちゅう》のベッド」第二幕

靴？

保安官が持っているのは、ふたつの靴なのか？　それとも、二足ということだろうか？

レオナード・クリッペンがドアを開け、マロリーの考えは中断された。そこに立つ彼女を見て、彼はぎくりとした。

彼女は奇襲が好きなのだ。

きょうはあまり大物っぽさもなく、劇評家はくたびれただぼだぼのズボンにカーディガンという格好だった。彼の足もとのキャンキャンうるさいあの小犬も、カジュアルなセーターを着ていた。「静かに、キキ」彼は言ったが、小さなプードルはキャンキャンと鳴きつづけ、最後に思い切ってワンと吠えた。とても勇ましく。ご主人の脚の陰から。

刑事は芝居の脚本のコピーを掲げた。「これを書いたのは、ピーター・ベックじゃありません……せめて驚いたふりだけでもしたらどうです？」

いや、彼はただものほしげに原稿を見つめるばかりだった。

「バグジーに訊いてみようかしら――」

「いやいや」クリッペンは言った。「バグジーはそっとしといてやってください。彼は何もしていませんから」老劇評家はうしろに退《さ》がり、仰々しく手をひと振りして彼女をなかに招き入れた。犬は椅子のひとつのうしろに隠れた。

暖炉では薪が一本、燃えていた。そして他にも、快適な暮らしのためのあらゆる備品が、ひと部屋にぶちこめるだけすべてここにある。ふかふかのリクライニング・チェアにはウールの膝掛けが載っているし、窓辺のビストロ・テーブルには二脚、椅子が配されている。壁にはずらりと本が並び、古風なレコードプレイヤーの音楽は耳に快い。さらに、平らな場所のすべてに、飴玉のボウルが置いてある。キッチンに向かって開かれたドアからは、ティーバッグやシナモン・スティックのガラス瓶が並んだ棚が見えた。また、調理台には、ジャムを塗ったトーストが用意されていた。

この容疑者はホビットなのだ。（ホビットは平和と食事を愛するとされる）

クリッペンは手を差し出して、彼女が脱いだジャケットを受け取った。彼はそれをクロゼットに吊るした。彼女の新しい革のコートを、けばが目立ち、防虫剤のにおいがする雑多な古い冬服のなかに放りこんだわけだが――それでも彼女は、彼に手を出さなかった。

「人から教わるまでもない。あの芝居がピーターの作品じゃないことは、わかっていましたよ」クリッペンは窓辺の小さなテーブルのほうを向き、彼女のために椅子を引いた。ふたりが席に着くと、彼は言った。「あの馬鹿は、生涯にわたり一度として独創性を見せなかった。それにユーモアのセンスもありませんしな」クリッペンは手を伸ばして原稿に軽く触れた。「見せてもらえますか?」

マロリーはどうしたものか考えているふりをして、手から手へと原稿を移した。「バグジーからコピーをもらっていないんですか?」

「いや、彼はそういうことはしません。ただ、わたしのためにいくつかのシーンを演じてみせるだけなのでね。つぎにどうなるか、ほのめかすことさえしないのですよ。だからわたしは――」

「ピーター・ベックは他の劇評家からは常にいい評価を得ていました。なぜあなただけがちがったんです?」

「基準が高いんでしょうな。美辞麗句を連ねただけじゃ足りんのです。もっと何かないと……それ以上のものが」

「あなたはゴーストライターの存在を知っていたんですね」

クリッペンはため息をついた。**ばれたか**。「ええ。でもそのことは、あのおしゃべりなチケット係、ドナ・ルーから聞いたのですよ。黙ってたのは悪かったが、許してくださるでしょうな？　その話を聞いたとき、他言無用と言われたもので」彼は立ちあがって、マロリーに背を向けた。「お湯を沸かして、ココアを作りますよ。あれこそ冬に最適の飲み物です」

レオナード・クリッペンがもどってくるのを待ちながら、マロリーはあの台本にふたたび目を通した。そこには、二ページに一ページの割合でローマンの黄色いマーカーの印が入っている。マロリーがさがしているのは、保安官の言っていた靴に関する記述だ。しかし、そんなものはどこにもない。出てくるのは足跡の話だけだった。彼女は部屋から部屋へとつづく血の跡のくだりを再読した。

保安官は逮捕もせずに、どうやって犯人の靴を手に入れたのだろう？

靴。養母ヘレンは死んだとき、たくさんの靴を残していった。そして彼女の夫は、どの靴とも別れることができなかった。ラビの妻がヘレンの古い持ち物の新しい家をさがす作業を手伝いに来たときのことを、マロリーは覚えている。レイチェル・カプランがよかれと思ってそれらの靴を持ち去ろうとすると、ルイ・マーコヴィッツは涙を流し——そのすべてを取っておいた。彼の死後、マロリーはクロゼットや引き出しのルイとヘレンの衣類を全部保存し——他人の親切が及ばないよう家に鍵をかけた。

隣のキッチンで、やかんが悲鳴をあげだした。

マロリーは携帯電話のアドレスリストをスクロールしていき、ハーパー保安官の携帯の番号をクリックした。相手が出ると、彼女は言った。「激情による殺しの典型とは言えない。計画的犯行ね。あの大殺戮《さつりく》は入念に考えられていた。足跡のこと……借り物の靴の跡のこともそう。殺された女たちのひとりは寡婦《かふ》だった。あなたは彼女の死んだ夫の血まみれの靴を持っているんでしょう？」

答えとして彼女に聞こえたのは、「くそっ！」のひとこと、それと、電話の切れる音だけだった。

マロリー刑事はそんなに利口なのか？

保安官は、我が家を遠く離れ、難民と化した他の乗客たちとともにある空港にすわっていた。彼は滑走路を見晴らすガラスの壁をじっと見つめた。ただしその眺めは、彼がそこにあるものと信じているにすぎない。いま彼に見えるのは、降りしきる雪の巨大なカーテンだけだ。視界はゼロ。飛行機はきょう、ただの一機も飛び立たない。

なぜ自分はあんなふうに口をすべらせてしまったのだろう？

十年間、彼は、自身の統治する内輪のグループ以外、どの警官にもひとこともしゃべらなかった。そして、ひとこと——靴。たったそれだけで、彼女は多くを導き出した。彼が恐れているのは、彼女がそんな情報を必要としていない可能性だった。過去十年、他の警官たちは、イカレた流れ者、激情による殺し、場当たり的犯行、とあれこれ推理し、彼から情報を引き出そうとした。これに対し、彼女のほうはさまざまな事実を知っているのだ。

あの女はもう彼を必要としていないかもしれない。彼女が犯人に迫っているということはありうるだろうか？

彼は椅子から立ちあがり、カーレンタルの列に並ぶためにコートとバッグをつかみとった。長く待つ必要はなかった。彼より前にいた人々は全員、追い返されたのだ。お客の候補はそれぞれ同じことを告げられた――あなたたちの飛行機が停止を免れたエンジン一基でよろよろ入ってくる前に、この空港にはたくさんの飛行機が着陸しているんです。そうそう、間一髪、死を免れてよかったですね。でもお貸しできる車はもうありませんので。

待っている余裕があるだろうか？　いや。これはレースなのだ。背後に迫るマロリーの足音が、彼には聞こえるようだった。

保安官はレンタカー・カウンターの若者にバッジを見せて言った。「なあ、坊や。他の連中にきみがなんと言ってようが、わたしはかまわん」こんなふうに笑うガキ、顔の内側の歯を一本残らず見せるやつは、嘘をついてるに決まっている。「とっとと車を寄越せ。四輪駆動のだぞ」

レオナード・クリッペンがホットココアのマグカップを運んできた。そのあいだマロリーは、チャールズ・バトラーの何気ないひとこと、〝劇評家の皮をはがせば、挫折した作家が現れる〟からの連想で、あることを考えていた。そしていま、彼女はこの考えを押し進め、側面からのアプローチを試みて、こう訊ねた。「俳優も芝居を書くことはありますか？」

「もちろんです。演劇界では分野をまたぐことはめずらしくないのでね」

「バグジーはいい教育を受けていますね。エール大学演劇学部。彼も――」

「いいや、彼には無理です」劇評家はほほえみ、馬鹿げてますよ、と両手を振った。「アラン・レインズだったころなら、まあ、ありうるでしょうが。バグジーとなるとね。彼はそういうキャラクターじゃないので」彼はテーブルの中央の原稿に手を置いた。「そろそろ見せてもら――」

マロリーは原稿をつかみとって、相手の手の届かないところに掲げた。「彼はいまもアラン・レインズです」

「甘い考えですな」老劇評家はまたため息をついた。

マロリーは、ため息はもう勘弁してほしかった。しかし、それらを読み解く辞書はすでにできている。そして彼のため息には、嘘をつくものもあった。ちょうどいまのやつ、深い悲しみを表す嘆息がそれだ。

「もはや彼のなかにはバグジー以外、誰もいませんよ」クリッペンは言った。

「では、地下道のあの芝居をやっているのは、誰なんです？――何年もあなたを楽しませてきたのは？　使い走りなんですか？」

劇評家は、一本取られた、とばかりに、笑みを閃《ひらめ》かせた。「才能はこぼれでるものなんでしょう。バグジーの場合は、才能の亡霊ですな。しかし彼は人を殺すような人間じゃありませんよ」

「彼の場合、強い動機が必要でしょうね」マロリーは言った。「バグジーはお金にはまるで関心がない。だから動機は、憎しみの類ですね……あるいは、嫉妬か。あなたもその気持ちはわかるんじゃないですか？　もしかすると、ピーター・ベックの芝居をことごとくこきおろしたのは、そのせいなのでは？」

「いやいや、こきおろしたのは、初期の作品だけです。その後の作品は見ていないのでね。何もせっかくの夜を退屈きわまる陳腐《ちんぷ》な芝居に費やすことは——」

「あなたならもっといい芝居が書けたんでしょうね」

　クリッペンは理解に至ったらしい。その顔にゆっくりと笑みが広がり、彼は胸に片手を当てた。「わたしは容疑者なんですね？」彼は笑った。「実にすばらしい。どうもありがとう。ご質問にお答えしましょう。いいえ、わたしには書けません。ピーターはよく言っても才能に乏しい。しかし、わたしのほうは才能のかけらもないのです。その方面ではまったく無能。わたしはただの卑しい劇評家にすぎません」


「レオナード・クリッペンは下劣な男です」コネチカットの住人、ミセス・レインズは言った。その女は四十代半ばだが、それより十も年上に見えた。チャールズ・バトラーはこの種のダメージを以前にも見たことがあった。我が子を失った親に共通する現象。そして彼女の息子、バグジーことアラン・レインズには、〝ロスト《失われた》〟という表現がいちばんぴったり合いそうだ。

（ロスト（lost）には、「行方不明の」「迷える」「途方に暮れた」などの意味もある）

　劇評家の名前が出ただけで、ミセス・レインズの手は震えだした。それは彼女がふたりのカップにお茶を注ごうとしているときだった。チャールズはその手から重たいポットをそっと引き取り、彼女に代わってお茶のサービスをすませた。実に美しいティーポット。しかも希少な品だ。銀に押された製造元の刻印は、それがアメリカ革命のころの品であることを示している。この婦人も彼と同じく、古いものを愛しているのだ。上質の品は他にもたくさんあった。彼を取り巻く暗がりのいたるところに。もしカーテンが開かれたら、この部屋はどんな感じになるのだろう?

これは喪に服している家だ——他には解釈のしようがない。炉棚に足りないものは、葬儀の黒い幔幕《まんまく》のみ。それは息子を祭る墓碑だった。そこには、幼児期から青年期へと進んでいく彼の写真が飾られている。そして中央を占めるのは、トニー賞のトロフィーだ。ハンサムな若い俳優はどの肖像でも自然体でくつろいでおり、そのほほえみは自信を発散していた。

一方、マンハッタンのマロリーのコルクの壁には、バグジーのスナップ写真が一枚、留めてあり、そのなかの〝使い走り〟は、まるで犬がほほえむように——恐怖から、なんとか喜んでもらおうと——ほほえんでいる。あの人物はここにはいない。

白百合《ゆり》の飾られた小さなテーブルには、凝ったフレームに収められ、もう二枚、写真が置いてあった。こちらのアラン・レインズはティーンエイジャーの少女とともにカメラに向かっている。少女はドレスにコサージュを着けていた——アメリカでは欠かせない卒業ダンスパーティーの夜の写真。第二のフレームでは、同じ少女がウェディングドレスをまとっている。これも祭壇なのか?「義理の娘さんですね?」

「マーグレットです」ミセス・レインズは言った。「マグス……わたしたちはそう呼んでいました。埋葬したときも、まだほんの子供でしたよ。二十一ですもの。アランは打ちのめされました。鎮静剤を投与されたくらい……だから葬儀にも参列できなかったんです。お棺に納められたマグスをあの子は見ていません。彼女が埋葬されたあと、アランは毎日、出かけていき――わたしは電話のそばで待機したものです。待合室から電話が来るのが、わかっていたので……マグスが死んだ病院から……そうでなければ、どこかの診療所の待合室から。全部で三箇所あったんです。おわかりでしょう？　あの子は彼女が死んだのを信じようとしなかったのよ。妻が診察室から出てくるのをもう二度と見られないなんて。そんなことがあるわけはない。だから毎日、あの子は待合室のひとつに行き着いた……マグスを待つのにいちばんいい場所に。それから、一時間後くらいに……受付の人がうちに電話をくれて……そして――」

婦人の声がかすれた。「およそひと月後に、あの子はそれをやめました。それからは、まったく家を出なくなったんです。ベッドからもほとんど出なくなりました」彼女はしばらく黙りこんでいた。「わたしが息子を助けようとしたとき、レオナード・クリッペンはそれを阻止するために弁護士を雇ったんですよ」

そしてその弁護士は、アラン・レインズを精神病院から解放するための命令書を勝ち取り、これによって、成人の息子、ひとり息子に対する母親の監護権は無効となったのだ。そのときの精神状態の審理に関するマロリーのメモを読んだので、チャールズはこの事実を知っていた。

「人権派の弁護士だったそうですね」

「ええ。彼は法廷でわたしを打ち負かしました。本人や他者にとって脅威とならないかぎり、アランには正気を失う法的権利があるらしいんです。そしてミスター・クリッペンは、あの子をいまの状態にしておくためにベストを尽くしているわけです」彼女の両手が華奢《きゃしゃ》な陶製のカップをぎゅっと締めつけた。

チャールズは、陶器が割れるのではないかと不安を覚えた。

もう行かなくては。それはわかっていたが、彼には彼女を置いていくことができなかった。新たな怒りと苦しみをこれだけ誘発したあとでは、とても。この人はいまにも泣きだしそうじゃないか。

「ときどきアランの地下道での公演を見に行くんですよ……息子にはまだ、わたしがわかりますが……それもいつまでのことかしらね」彼女はティーカップを置いた。そしていま、その両手は固く握り締められ、爪はてのひらに食いこんでいる。

拳《こぶし》と涙。

第十八章

ロロ　大殺戮《さつりく》のあと、近所の人たちは聴取を受けた。猫や犬がまだ生きている家の人たち——彼らはみんな、双子たちをほめちぎっていたよ。

「真鍮《しんちゅう》のベッド」第二幕

レオナード・クリッペンがゴーストライターの芝居の最初の数ページを繰っているあいだに、マロリーは、近隣の州コネチカットのチャールズ・バトラーとつないであった携帯電話のイヤホンを着けた。バグジーの母親とのチャールズの面談はハイライトに差しかかっていた。すべて聞き終えると、彼女はテーブルに身を乗り出して、劇評家の手から台本をひったくった。

びくりとして、老劇評家は口を開けた。だが、聞こえてきたのはあの愛玩犬のキャンキャン鳴く声だけで、まずそいつが怒りを買った。マロリーは原稿を丸めて片手でぎゅっと握り締めた。これは世界共通の手話、意味はこうだ——〝この駄犬め！　ぶちのめすぞ！〟　するとプードルは部屋から逃げていった。

劇評家は眉を上げて問いかけた——〝でもこのわたしが何をしたと言うのです？〟

これでマロリーも、芝居を書いたのはこの男じゃないのだと信じることができた。彼はそれを読んだことすらない。そして、ものすごく読みたがっている。これが演技だとすれば、彼も若いころ役者だったのだろう。「あなたのもう一方のペット――バグジーのことを話しましょう。それと、あなたが彼の母親に何をしたかを」

「するとあなたは、彼女と話をしたわけだ」クリッペンは、空気の抜けていく男を模して、ゆっくりと長く息を吐き出した。「彼女はわたしのことをひどいやつだと思っているんでしょうな」

「それどころじゃないよ」マロリーのイヤホンのなかでチャールズ・バトラーの声が言う。

劇評家はテーブルから立ちあがって、フラミンゴを象った桃色のブリキのじょうろを手に取った。容疑者のなかには聴取の際、不安を覚え、小道具がほしくなって、鉛筆やタバコをもてあそぶ者もいる。こいつの場合は花に水をやるわけだ。

「誤解を解かねばなりませんね。わたしは自分の楽しみのためにバグジーをいまの状態にしているわけではありませんよ」彼は一拍間を取って、セントポーリアの土を湿らせた。「何年も前、わたしはコネチカットの病院に彼を見舞いに行きました。そしてそこで、彼の母親に会ったのです。ミセス・レインズは、息子に精神鑑定を受けさせていました。彼を病院に放りこむためにです。わたしが思うに、彼はあの母親にとって恥ずべきものになっていたんでしょうな」

「彼女は息子を愛していた」肉体のないチャールズの声が言う。「いまだって愛しているよ」

劇評家は身をかがめて、別のセラミックの鉢に水を注《そそ》いだ。「彼の母親は、息子がおかしくなりだしたのは、自分が彼を入院させる何年も前だと考えていました」

「それは嘘だよ」チャールズが言った。

　クリッペンは最後の鉢植えへと移った。「恋する若者はみな、精神的におかしくなっているんでしょうな。十七のとき、アラン・レインズは恋人に腎臓《じんぞう》を提供しました。それは子供の恋じゃなかったのです、刑事さん。〝彼女なしじゃ生きられない〟というやつですよ。あの若者は恋人の両親と共謀しました。そして、彼らは医者たちに、アランは彼女の兄だと言ったのです。ミセス・レインズが介入して止めるまもなく、手術は終わっていました」

「彼女は一度も止めようとはしていない」コネチカットの盗聴者が言う。「息子を誇りに思っていたんだ」

「アランが十九のとき、ふたりは結婚しました」クリッペンは言った。「そして彼はエール大を去り、ニューヨークに移ったのです。ふたりはこの町で何年か苦しい生活を強《し》いられました。あの娘は移植後の投薬を受けており、その費用は高額でした。気の毒にアランはどうしても成功しなければならなかった。その重圧がどれほどのものだったか、想像してみてください」

「彼の母親はふたりに毎週仕送りをしていた」チャールズが言った。「彼女は彼らをふたりとも愛していたんだよ」

　劇評家はぺらぺらとしゃべりつづけた。「ブロードウェイでアランが主役を演じだして四カ月目に、あの娘の具合はひどく悪くなりました。腎臓に拒絶反応を起こしていたわけですよ。アランは妻の看病をするために芝居を降りました。ヒット作からの降板は、若手俳優にとってキャリアの終わりを意味します。アランは彼女のためにすべてを捨てたのです――そして結局、娘は死にました。本物のアメリカの悲劇ですな」

「というよりシェイクスピア劇だよ」チャールズが言う。「母親はそう見ている。我らがロミオがバグジーになったとき――それは彼にとって死の代わりでしかなかった」

電話の背景で女の声がした。それから食器の音がガチャンと響き、次いで電話がカチリと切れた。

「あとのことはもうご存知でしょう」レオナード・クリッペンは言った。「アランの母親は彼を精神病院に入れようとしたわけですよ」

「そしてあなたは弁護士を雇い、彼を病院から引きずり出した」

「認めましょう。しかしひとつ言わせていただけるなら、バグジーには誰にでも――狂っていようがいまいが――自分の好きな者になる憲法上の権利があるのですよ。わたしの弁護士は単にそれを主張したまでなのですが……あなたは感心なさらんわけだ。その理由を当ててみましょうか。たぶんそれは、アラン・レインズが愛する女を救うために自分の体の一部を捧げた若きヒーローだからでしょうな。彼は情熱家であり――」

「彼はバグジーより優れた人間だった。でもあなたは、アラン・レインズは救うに値しないと判断し……いま、法は誰も彼を救ってはならないと言っている」

老劇評家はじょうろを置いて、長いため息をついた。大きな悲しみを伝えるやつを。過ぎた年月のあいだ、この男も自分のお節介を悔いていたのだろうか？　それとも彼は、ただ自分の行いがばれたことを残念がっているだけだろうか？

マロリーはテーブルに原稿を放り出した。しかし彼女がよしとうなずくまで、劇評家はそれに手を出さなかった。彼の犬もまた、部屋の入口でためらい、彼女がうなずくのを待っていた。

きょうの第一面では、暴風雪の余波が殺人事件を制していたが、内側の紙面にはお宝が埋まっており、ふたりの刑事の向かい合わせのデスクには日刊紙全紙が並べてあった。

「つながりがまたひとつ」マロリーが、紙面の半分を占めるピーター・ベックの死亡記事の一段落を丸で囲った。「あの脚本家と演出家は大学時代、ルームメイトだったのよ——ふたりがアクセル・クレイボーンに出会う何年も前」

ライカーは自分の発見でこれに対抗した。「一方、クレイボーンとワイアットは結合双生児だった。ここに書いてあるよ。あのふたりはなんでもいっしょにやってたんだと。芝居も、映画も。ところが、ヨーロッパで仕事をしていたとき、すべてが崩壊したらしい」記事のつぎの行で、ライカーはイタリアで制作されたある映画に関する記述を見つけた。彼の大好きな作品。もっとも本人としては、字幕なんぞというしゃれたもので映画観賞していることを認める気はないが。「数年後、ディッキーはニューヨークに現れた——相棒のアクセルは連れずにだ。ふたりは喧嘩したんじゃないか？　大喧嘩をさ？　それでどっちかが根に持ってたのかもな」

だめだ、マロリーの注意を引くには、このネタは弱すぎる。いや、待った。彼女は聴いていい、るぞ。マロリーは折りたたまれた新聞をデスクの境界線の向こうから押してきた。そして彼は丸で囲われた記事を読んだ。それは、舞台演出家であり映画監督でもあった死者に関するものだった。何年も前、ローマの撮影スタジオで、ディッキー・ワイアットは麻薬の不法所持で逮捕された。ところが、アクセル・クレイボーンが進み出て、そのヘロインは自分のものだと主張したという。これによって、無実のこの俳優は監獄へ行き、依存症の彼の友は釈放されたのだ。

獄中での突然の離脱症状という試練を免れ、ディッキー・ワイアットは寝汗と痙攣《けいれん》、激しい震えと悪心、それにつづく嘔吐《おうと》の奔流《ほんりゅう》から逃れることができた。

ライカーはその最後の一行をもう一度、読んだ。なんと、まるで詩じゃないか。

マロリーはゴシップ欄に移っていた。彼女は新たな段落を完璧な円で囲った。「ハリウッドが呼んでいる。映画化権には数百万ドルの価値があるのよ」

利益目的の殺人は常に、彼女のお気に入りとなる。

刑事部屋のいたるところで、男たちが階段室のドアのほうに頭をめぐらせはじめた。レオナード・クリッペンが黒い喪服に身を包み、フェルトの中折れ帽で格好をつけて、入口に立っていた。彼は仰々しく帽子を持ちあげてみせた。つづいて、あのいまいましい彼のトレードマーク、オープニングのため息が全員の耳に届いた。一同の注目が集まったところで、老劇評家はゆっくりとデスクの通路を歩いてきた。そして、マロリーのデスクの前で止まり——お客用の椅子を彼女がすすめるのを待った。彼女がうなずくと、彼はすわった。

「この芝居は稽古《けいこ》中に思いつきで書き直されたのではありませんな」クリッペンはマロリーに原稿を手渡した。「伏線が複雑すぎる。よく練られすぎているのです」

「つまりゴーストライターはまずベックの芝居を読み、そのうえで自分の——」

「いや、それはどうでしょう」劇評家は言った。「月並みな表現で申し訳ないが、ピーターはソーセージでも作るみたいにちゃっちゃと作品を書きあげるのでね。ゴーストライターの作品には、もっと労力と時間が注ぎこまれています——つまり彼の芝居が先だったのですよ。こう考えてみてはいかがでしょう——それは、ピーター・ベックの古い芝居のどれにでも合うよう仕立てられた袖なのだ」

　他の男たちがこの会話に吸い寄せられ、近づいてきた。そして、ゴンザレス刑事が全員を代表して訊ねた。「するとあなたは、この芝居の結末を知ってるんですね？」彼はマロリーの椅子のうしろに立ち、彼女の頭頂部を指さした。「この女はわれわれにどうなるのか教えないいんです。ライカーは字が読めないしね」

「わたしは秘密を守ると誓ったのです」劇評家はマロリーに目を向け、無言のうちに先をつづけていいかと訊ねた。

　マロリーは原稿をデスクの引き出しにしまって鍵をかけた。「じゃあ、ゴーストライターの芝居が先に書かれたと言うんですか？」彼女の言葉に、ライカーはにやりとした。マロリーはひと部屋分の刑事たちを誘いこむつぎの作戦に、劇評家を登用したのだ。「そんなことありえます？」

ゴンザレスと他の男たちはその答えを聞くためにそこに留まった。

「ピーター・ベックは毎回、同じ話を書いていたのです。何度も何度も。それはいつも家族のドラマでした。そしてどれもみな、登場人物は四人でしたよ。どの後援者の財布にも合うちょうどいい出演者数ですな。そこには必ず支配的な父親が出てくる。どうやらピーターは父親にコンプレックスを持っていたようです。そして、女性の登場人物はひとりだけ。決まって純情な娘です。これによって面倒は省《はぶ》かれる。ピーターは女性が苦手だったのですよ。噂によると、いろんな意味でね。まあ、あなたも彼をごらんになったでしょう。おかしな顔の男ですよね。文章はまあうまいのでしょうが、特に斬新なところはないし。だから彼はバートレット引用句辞典から借りてきたいい文句をちょいちょい放りこむわけです。文学界ではあれが虎の巻とされているのでね」

クリッペンはここで間を取った。もちろん、またひとつ大きなため息をつくためだろう。だが、彼はマロリーの顔から〝よせ〟という警告を読み取ったらしい。

そして彼はレクチャーをつづけた。「二流の批評家たちは、そういう陳腐《ちんぷ》な芝居を見ることでなにやら成長した気になって劇場をあとにするのです。そうそう、ピーターはいつも三幕構成を使っていましたよ。ご存知ですか？　古代ギリシャ人は一幕だけの九十分の芝居を書いていたのですが」

ライカーは一方の手をぐるぐる回して、彼の独白が長くなりすぎていることを伝えた。観客の刑事たちが行ってしまいかねないことを。

劇評家はライカーを無視して、椅子から立ちあがり、観衆に語りかけた。「ピーターはテレビで育ったのです。彼はコマーシャル・タイムの直前に緊張を高めるというやりかたを好みました。しかし、緊張感を生み出すのは彼の特技ではなかった。それに――」

「ちょっと！」マロリーが新聞を巻いて、きつく丸めた。そしてもっときつく、きつく、きつく。

「長い話を短くすると」前より早口になって、レオナード・クリッペンは言った。「ブロードウェイの芝居を乗っ取りたければ――つまり、自分の芝居と差し替えたければ――どれでもいい、ピーター・ベックの古い作品を選べばいいわけです。それで資金は保証されますしね。では、ゴーストライターという仕掛けは？　そう、あれは天才的ですよ」彼はマロリーが丸をつけたゴシップ欄を手に取った。「おわかりでしょう？　世間の注目にどれだけの価値があるか……客席の死体はなくてもいけたでしょう。まあ、確かにあれはなかなかの演出でしたが。今度のことはすべて前もって入念に計画されていたのですよ。そして、もしゴーストライターが正体を隠しておけるなら、あのショーは何年でもつづくでしょう」彼は大きく両手を広げた。「世間の人はみなミステリーが大好きですから」

劇評家の両手が脇に垂れた。えっ？　拍手はなしか？

「信じられないな」ゴンザレスが言った。そして他の男たちの疑い深げな顔も、この申し立てと同じことを告げていた。「ゴーストライターっていうその戯言《たわごと》――そんな話は紙の上でしか成り立たない。どんな警官も信じやしませんよ。そいつがみんなを黒板の命令に従わせたなんてね」

「その男に必要なのは、演出家の支持だけですから」クリッペンは言った。「出演者にとって、演出家は神なのです。それに今回の場合、彼はプロデューサーでもあったわけです。ディッキー・ワイアットより上の者はいなかったのですよ」

ゴンザレスは納得せず、首を振った。「しかし脚本家が――」

「ああ、誰もが脚本家よりは上なので」クリッペンは言った。「ピーター・ベックは舞台係よりワンランク下だったのです。いや、訂正。あの公演に欠かせないという点では、バグジーのほうがまだ上だったのですよ」

ライカーは警部補の執務室に呼び出されていた。ジャック・コフィーは椅子をくるりと回して、部屋の隅のテレビに顔を向けた。

「ある記者会見を録画したんだ……あんたのためにわざわざ」警部補がリモコンの再生ボタンを押すと、画面がパッと明るくなり、市立病院の広角の映像が現れた。カメラのレンズが若い男の顔に迫る。彼はアルマ・サッターが危うく死にかけたことについて記者たちの質問に答えている。そのなかでアルマは、あの呪われたブロードウェイ劇の新たな犠牲者として描かれていた。

コフィーは映像を止めた。「彼女は大丈夫だとあんたは言ってたろう」

「そのとおりさ！」ライカーは凍りついた画像をじっと見つめた。「こんなのは嘘っぱちだ。このチビ野郎は誰なんだよ？」

「アルマ・サッターのエージェントだよ。この件じゃ秘密は保持されていない。あと五分もすれば、わたしの電話がじゃんじゃん鳴りだすだろうよ。真っ先にわたしの肉片を分捕ってくのは誰だろうな？　刑事局長か？　市長室のピエロか？　まるで予想がつかんよ。とにかく何か情報をくれないかね！」

「連中には、こりゃあエージェントのペテンだって言うんだな。アルマはもう病院にいもしないんだから。シリル・バックナーがとっとと劇場に帰ってこいって電話を寄越したもんでね」

「過量摂取の直後に？　その男は彼女が救急車で運ばれたって事実を見落としてるんじゃないか？」

「バックナーは何も見落としちゃいないだろうがね」ライカーは言った。「アルマが彼の電話を取ったとき、おれはその場にいた。この耳で聞いたが、彼女はただ失神しただけだって言ってたよ。単なる栄養不良とストレスだってな。彼女はバックナーに、医者どもにビタミン剤を打たれたと言ったんだ。それは嘘だが、彼女としちゃ、ドラッグをやりすぎたなんて彼に言う気はないわけだよ。彼女は劇場に帰った。まちがいなくな。ご婦人のためにタクシーを止めたのは、このおれなんだ」

「事件解決まであとどれくらい――」

「もっと人員をくれよ。そうすりゃ終結も早まる」

ジャック・コフィーのデスクの電話が鳴った。そしていま、彼のポケットでも携帯電話が鳴っている。

バグジーはデリカテッセンのサンドウィッチをリナルディ兄弟に届けに行った。このふたりはもう劇団の他のメンバーとは食事をしなくなっている。きょうの彼らは、舞台袖の床にすわり、兵舎用小型トランクをテーブル代わりにしていた。

バグジーは兄弟のランチをそこに置いた。バグジーが何をしても、彼らは絶対に礼を言わない。

初めて会った当時は、この双子たちもまあまあまともだった。その後、彼らは役に入りこみ、そこに留まった。芝居の役柄に忠実に、誰ともしゃべらず、ただ唸り声と忍び笑いだけで要望を伝えるようになったのだ。最近は、食べ物にもうすのろ方式で食いつくようになり、あっちに垂らし、こっちにこぼしする。バグジーは袋を破るふたりを見守った。フライドポテトが飛び散り、コールスローの切れ端が床に落ちるのを。

また掃除をしなきゃならない。このケダモノ。猿どもめ！

〝使い走り〟は足から足へ重心を移し、あちこちに目を向けて、つぎの騒ぎを待った。アルマ・サッターは舞台監督のデスクにすわって、コーヒーをがぶ飲みしながら、ところどころページの折られた演技の本を読んでいる。数ある彼女の教科書のひとつを、それでテクニックが学べるかのように。ここで彼女が口に何かを放りこんだ。キャンディーじゃない。ビタミン剤でもない。

ドラッグさえやっていなければ、彼女にも演技コーチにつく余裕があったろうに。もっともいまこの瞬間も、彼女は口もとに手をやり、怯えた女の芝居をしている。

悪くない。あれは、新しい舞台の仕事の練習だろうか？　それとも、本に載っている演技エクササイズなのか？

彼女の顔がさっと上がり、全身が震えた。

バグジーは、やるね、と思った。これらの新しい所作は、恐怖一色の役にうまくはまるだろう。

がんばれ、アルマ！

今度は、のろのろと頭をめぐらす動き。そして彼女は自分の椅子のうしろの黒板を凝視した。そこには何も書かれていないけれども、彼女は確かに怯えた様子で、急いで目をそらした。とても説得力がある。いまのはいい。彼女は自分の妄想を突き詰め、それを使い、利用している。バグジーは、幽霊のチョークが黒板をこする音が聞こえるような気がした。

いつしかリナルディ兄弟もアルマに注目していた。キャラクターから抜け出した彼らは、もうぽかんと口を開けた、目のうつろな若者たちではなかった。彼女がふたたび顔を上げると、ふたりもその演技をまねた。彼女の一挙一動、震えと恐怖を。それから彼らは女優にぴたりと視線を合わせた。

彼女はふたりに向かって叫んだ。「あんたたちにも聞こえるのね！」

リナルディ兄弟は舞台の役にすばやくもどり、声をそろえて唸った。チンパンジーの方言で〝えっ？　おまえ、おかしいんじゃない？〟と。

ライカーとマロリーは列の最後尾、ジェイノスはこのパレードの先頭に立っていた。八人の刑事が捜査本部に向かって廊下を行進していく。そしてそのあいだずっと、彼らの先導者は、血みどろの家と首のない幼女をネタに中西部のあの大量殺人事件を宣伝していた。

全員がコルクの壁の前に集まると、お話の時間が始まり、新たに掲示された複数の新聞記事、ネブラスカの古い一家惨殺《ざんさつ》事件の経緯をジェイノスが読みあげた。朗読を終えると、彼は観客に向き直った。「すべてがあの芝居に合致している。母親とその妹、祖母、幼い女の子たち、屋根裏の双子の兄弟」

するとゴンザレスが言った。「だが凶器の情報は何もないな」

「凶器はふたつよ」マロリーは芝居の台本の、マーカーが入ったあるページを開いた。「野球のバットと斧」

ゴンザレスは首を振った。「事件の記事には何も――」

「オーケー」自分の口上にそれ以上穴を穿《うが》たせまいとして、ジェイノスが言った。「それは保安官が伏せていた事実なんだ。だからもしゴーストライターがその点を正確につかんでいるなら、われわれは彼を引っ張ることができる」

「バットと斧だって?」これはワシントンにとって新しい情報だ。彼は芝居の結末も知らないし、彼の相棒ジェイノスはそれを教えようとしない。「なるほど。つまり場当たり的犯行ってことだな。女と子供は、たまたま現場にあった武器で殺されたわけだ」

「そのとおり」計画的大量殺人という有力な仮説で、この協力に水を差してはならないと思い、ライカーは言った。「ネブラスカは薪の山だらけの田舎の州だ。州民の半数はそのへんに斧を置いてるだろう。それに、子供のいる家なら野球のバットはありそうだしな」

「まあ、そうかもしれないが」なんでもぶち壊す男、ゴンザレスが言った。「真鍮のベッドの男はどうなる？　芝居じゃ彼は第三の生存者だろ。新聞はどれも、生き残ったのは男の子ふたりだけとしてるじゃないか。記者どもは当然、近所の住人たちに話を聞いて歩いたはずだ。死体の数をまちがえるわけはない」

「三人目の子供が引きこもりでなければな」ロナハンが言った。「芝居の男は障害者だろ」

「鋭いね」ライカーは言った。「もっと時間があれば、電話で近所の聞きこみができるんだがな。そうすりゃ、その家に他にも誰か住んでたことがわかるかもしれない」

「その場合」ジェイノスが言った。「裁判記録や納税記録があるはずだね。それに――」

「つまり」ゴンザレスが言った。「その保安官はクロゼットに重要証人をしまいこんでるってことか？　十年間も？　彼に直接訊けないのが、おれたちの不幸だよな」

〝おれたち〟というそのひとことに、マロリーが笑みを浮かべた。

　この嵐のなかハイウェイを行く車は、保安官の運転するレンタカーのジープだけだった。それでも彼は、ニューヨーク・シティの何百マイルか手前までなんとかそれを走らせていき、そこで溝に突っこんだ。

頭はかなり激しく痛んでいたし、目の焦点はなかなか合わなかった。

彼はハンドルについた血を凝視した。のろのろと一分が過ぎたところで、ようやく彼はバックミラーに目をやり、出血している額の傷とハンドルの血を関連づけた。そしていま、なぜこの車が空港のレンタカー駐車場に取り残されていたかがわかった。つまり、エアバッグがなんらかの以前の事故後、交換されていなかったのだ。このくそジープには他にどんな欠陥があるんだろう？　それに、自分はどれくらいの時間、気を失っていたんだろうか？

ああくそ。なんて寒いんだ。

保安官はしばし疲れた目を閉じて、彼の脳である綿《わた》の塊に理性が浸透してくるのを待った。それから彼は、理にかなったことをした。何度も繰り返し、助けを呼ぶ電話をかけてみたのだ――携帯電話の通じない場所《デッドゾーン》にすわったまま。

家出した彼のかみさんがもしこの場にいたら、彼女は（仮にいまも彼の生き死にを気にかけているとしてだが）明るい面に目を向けただろう。このくそったれな雪も春になりゃまちがいなく全部解けると。口汚いアマめ。それからかみさんは、ごく軽く皮肉をこめて、こうすすめたにちがいない。どこかあったかなねぐらをさがしたら？　だって車は止まっているし、ヒーターもご同様なんだから。でもね、あたしの言うことを聞いたためしのないこの馬鹿男、もう二度と目は閉じないこと。さもないと、確実に死ぬからね。

前のかみさんの幻にジープから蹴り出される前に、彼は自分を閉じこめている雪の壁を全体重をかけて押しやり、運転席のドアを開けた。車を降りたとき、雪は膝の上まで来ていた。最初のうちは一歩一歩が格闘だったが、やがて〝かみさんの分別〟が再始動し、彼はスーツケースをハンマーのように振るって積雪を突き固めた。おかげで急な坂は、ゆっくりとだが、なんとかのぼれる状態になった。

ついに路面に両足を据えたときには、背中は痛み、両腕はひりひりしていた。モーテルの看板らしき霞《かす》んだ光へと向かう途中、彼はうつぶせに倒れ、出口ランプの残りを転がり落ちていった。

前のかみさんが遠いネブラスカで笑っているのが聞こえた。

彼はあおむけになった。目を閉じられたら、少しだけでも眠れたら——そう思いつつも、強いて立ちあがり、体に貼りついた雪の塊を払いのけた。白い小山と化した車の並ぶモーテルの駐車場をえっちらおっちら進んでいくとき、彼は高笑いするあの女、彼の意識の端のほうで常に躍っているやつに、頭のなかで葉書を書き、今度こそ守るつもりの数々の約束をした。そうするのは、これで百回目だが。

ガラスのドアを通り抜け、ロビーに立ったときは、もう手足の感覚もなかった。だが、どうやらデッドゾーンは抜け出せたらしい。携帯電話が鳴っている。マロリーからだ。かみさん宛の葉書のことは忘れ去られた。若い刑事がこう訊ねたのだ。「野球のバットを持っていたのは、どっちの男の子？　それとも、バットは女の子のどっちかのものだったの？」

この女は斧のことも知っているんだろうか？

保安官のためらいは髪の毛一本分ほど長すぎた。こう言ったとき、相手がそれを信じないことが彼にはわかっていた。「あの家の親父さんが若いころ野球をしてたのは確かだが」

「つまり、本当のことを話す気はないけど、嘘をつく気もない。そういうこと？」

「どっちの男の子も野球はやっていな――」

「三人目の男の子はどう？……あなたがどこかに隠した年上の子は？　近所の人たちがどの記者にも彼のことを話さなかったのは、奇妙だけど。でも誰もその子を見たことはなかったんでしょう？　彼は家から一歩も出なかった。たぶんあれは彼のバットだったのね……彼が寝たきりになる前……そろそろ電話を切る頃合いなんじゃない、保安官？」

　彼は電話を切った。

第十九章

ロロ　あの窓ガラスは、鳩や弾丸や小型飛行機を防ぐように作られているんだ。きみの靴で割ろうだなんて愚の骨頂だよ。

「真鍮《しんちゅう》のベッド」第二幕

アクセル・クレイボーンが〝太っちょのバレエ〟を踊る。まずは星の形に四肢を広げて、つま先立ちでくるくる回転。それから、短い一連のステップの後、真鍮のベッドへと跳躍。しかし、大きな窓を破って飛び出す第二の跳躍は行われなかった。舞台監督がベッドの横に出てきたとき、クレイボーンは窓をじっと見つめていた。「シリル、稽古《けいこ》のためにガラスを割る気はないだろう？」

シリル・バックナーは袖に控える舞台係たちに叫んだ。「何か忘れてないか？」

ジョー・ガーネットとテッド・ランダルが背景の窓のうしろに現れた。彼らは簡単に壊れるスタント用のガラス板を抜き取った。ライカーのカウントでは、その作業はものの五秒でかたづいた。

刑事とその相棒はギル・プレストンとともに客席後方の暗がりにすわり、またしても無益な五分間を過ごしていた。マロリーは、この若者からはひとつとして完全なセンテンスを引き出すことができなかった。彼は汗をかき、口ごもり、「――か、か、かい――」から先に進めずにいる。

そこでマロリーが言った。「解雇？　代役は解雇されたの？　それはいつのこと？」

イエスかノーで答えるのはふつう簡単だが、こいつの場合は数日かかるかもしれない。ギルがズボンを汚さないうちに、ライカーはマロリーに目をやり、腕時計の表示盤を軽くたたいてみせた。〝時間の無駄〟を表す速記だ。

ナップザックを肩にかけ、彼女は通路に出て、ステージへと向かった。

ライカーは事情聴取を再開した。「ゴーストライターの台詞《せりふ》の変更について話してくれないかな。俳優たちはきっと腹を立ててたろうね」

「双子たちは気にしてないです」急に吃音から解放され、ギルが言った。「あのふたりには台詞なんてないんで。それにアクセル・クレイボーンは五秒で完璧に台詞が入るし。最初のころは、アルマも平気でしたよ。でもこのごろは、変更についていけてない感じです。なんかぼうっとしててね――それか、やたらハイテンションかなんです」

「舞台監督はどうだった？」

「ああ、シリルは演出家の言いなりでしたよ。みんな、そうでした。ピーター以外は。彼はいつも怒って出てっちゃいましたけど」

「きみは？」

「頭に来てますよ！　それも、照明責任者の仕事を引き継ぐ前から」ギルはステージに顔を向けた。クレイボーンはふたたびダンスを始めていた。「ゴーストライターがバレエのシーンをひっさげて現れたとき、ぼくはただの助手だったんです。仕事は全部、ぼくがしてましたけど。それから、あの暗転のシーンが入って——ブロッキングが変わるたんびに、新しい照明のキューが入って。アクセルのフォローライトはブースからじゃやれないしね。こっちはライトパネルを引きずって——」

「なるほど、わかったよ」ライカーは新聞のスポーツ欄を開いた。まるで聴取がもう終わったかのように。でも実はそうではない。「野球をやったことは？」

「もちろん。誰だってやるでしょ」

「おれはやらなかったよ」ライカーは言った。「都会っ子だったからね。やったのはスティックボール（箒の柄と軽いボールを使って路上などで行う遊び）だ。でもきみが生まれたのは、テキサスのパンハンドル地方だもんな。おれは地理が得意じゃないんだがね、坊や。それってネブラスカの近辺なのかな？」

　鍵のかかった引き出しの内部で、シリル・バックナーの小さなコンピューターがスリープ・モードから目覚め、無線でたぐり寄せられ、木材の層を通り抜けて、マロリーのノートパソコンのリモート・キーボードに身を委ねた。

　彼女は舞台袖のバックナーのデスクに着いていた。バックナーのほうは立ったままで、居残りさせられた学生のようにむっつりしている。彼にはどの地方の訛《なまり》もない。だが軍人の子はそういうものだ。彼らは各地を転々としながら育ち、方言が身に着くほど長く一箇所に留まることはない。

退屈そうな顔をしてみせながら、マロリーは自分のノートパソコンのキーを打っていた。それは、引き出し内のコンピューターをのぞくための彼女の窓なのだ。そして彼女は、バックナーの個人的なファイルをこっそり開いては、ネブラスカと彼の実家の接点をさがしていた。

「つまり、全員があなたに各自の小さな悩みを持ってくるわけですね。アルマはなんだかぴりぴりしているようだけど。彼女が何かおもしろい話を持ってきたことはありますか?」

「殺人の告白とか?」この刑事め、くだらんことに時間を割かせやがって。バックナーの顔を見れば、そう思っているのがわかった。そして彼は、目の前で行われている窃盗《せっとう》、彼のプライベートな日記のダウンロードには、まったく気づかなかった。

マロリーはさらに彼のファイルを開いて、ひとつひとつこっそりコピーしていった。「わたしが考えているのは、彼女の薬物常習癖のことです」

男の態度の悪さが消えた。そしてマロリーは、彼がほほえむのを捕捉した。つぎの芸に移り、彼女は彼の心を読んだ。「あなたは、アルマが何か使っているのを知っている。でも、コップにおしっこをするよう彼女に求めることはできない。そういう条項はアルマの契約書にないから。だからいま、あなたは考えている。この刑事が自分の代わりにそれを証明してくれるんじゃないか。そうなれば、あなたは正当な理由で彼女を解雇できる」うん、すべて当たっているらしい。彼はかすかにうなずいている。自分がそうしていることに気づいてさえいないようだ。

「あなたはアルマの代役をそんなに気に入っているんですか?」

バックナーは、ふんという顔をした。この見当ちがいの質問に安心しきって。彼は何かを隠しているのだ。でも、その秘密はまもなく暴かれる。判事が捜索令状の申請を却下するときより速く、さらにいくつかのファイルが引き出しからデスクの上へするするとのぼってきた。

「でもあの代役は仕事をもらえない」マロリーは言った。「あなたは彼女を解雇したわけだから……ナン・クーパーが交替する契約のこともわたしは知っている。嘘はつかないこと。わたしが警告を与えるのは、一回かぎりですよ」話しながら、彼女はバックナーのパソコンから自分のパソコンへその契約書をダウンロードしていた。そして、その他すべての契約書がこれにつづいた。

「ディッキーは劇団を離れる前にそのことに触れました。彼はナンの面倒を見てやってくれとわたしにたのんだんです」

「それに、アルマをぶっつぶせと?」いや、これは行き止まり。相手はただいらだっただけだった。彼が答えるより早く、マロリーは訊ねた。「他にナン・クーパーの交替の件を知っていたのは誰です?」

舞台監督は肩をすくめた。「誰も知りませんよ」

これは本当かもしれない——もし彼と同じくこの劇団の全員が、鍵のかかった引き出しは開かないものと頭から信じているのなら。マロリーは、バックナーのパソコンをスリープ・モードにもどすと、聴取終了の合図として自分のパソコンの蓋を閉じ——そのうえで、唯一の本当に大事な質問に移った。去り際に思いついたことのように、彼女はそれを口にした。「クレイボーンは生まれてこのかた野球をしたことがないそうですね。バグジーから聞きましたが、稽古でバットを振ったとき、あの男は下手くそだったんでしょう？　ところがレオナード・クリッペンは、初日の夜、彼はかなりうまくやったと言っている。となると、プロ級のスウィングを彼に教えてやったのは、誰なんでしょう？」

「わたしですよ」

舞台監督が歩み去るのを見て、アクセル・クレイボーンはぶらぶらと袖に入っていき、デスクに向かう若い刑事のかたわらに立った。彼女はパソコンを開いて、画面を見つめた。アクセルは古い映画の台詞をリサイクルして言った。「あなたは冷酷な殺人者の目をしている」

どうやら以前にもこの台詞を聞いたことがあるらしい。マロリー刑事はパソコンから顔を上げなかった。飛んでいく虫だって、もう少し強い反応を呼び覚ましたろう。そこで彼は壁のハエを演じ、彼女のパソコンの画面にさりげなく目を走らせた。彼女はつぎつぎとファイルを調べていた。いま見ているのは、中止になったマーケティング・キャンペーンのコスト計算表、急速に資金を失っているある芝居のものだ。彼女はまた別のファイルを開いて、空想のシークエンスのブロッキングを示すステージの図の変遷を調べた。

彼は身をかがめて言った。「聞こえましたよ。あなたはぼくのバットのスウィングをけなしていたでしょう」

「でも、ダンスのほうはけなしていない。あなたがバレエを習っていたのをわたしは知っている。何年もレッスンを受けていたのよね」これを子供に対する性犯罪の前歴のように言えるのはマロリー刑事だけだろう。

「タップも踊れますよ。それがぼくのブロードウェイへの入口だったんです。デビューしたとき、ぼくはコーラス・ボーイでした。その劇場は――」

「つまり、ゴーストライターは〝太っちょのバレエ〟をあなたのために書いたわけね。演技もできるクラシック・バレエのダンサーが見つかったなんて、幸運よね」

「幸運？　いや。むしろ閃《ひらめ》きというべきだな。ゴーストライターの変更は、ぼくたちが稽古に入ってから――」

「相手がマスコミなら、それも通るでしょう。でも警察はだませない。ピーター・ベックもそんなことは信じていなかったと思う。彼の作品は変えられていったんじゃない。完成された芝居に置き換えられていたのよ」彼女は画面をスクロールして数ページ前にもどり、ある写真のところで止まった。「ほら。黒板にバレエのシーンが出てくるのは、ここよ」

アクセルは、チョークで描かれた舞踏譜の複雑な図を見おろした。

「これを演出家協会にEメールしようかしら。あの組合には、振付師も加入しているのよね？」

「いや、それはやめてください」あの組合に今度のバレエのシーンにかかわった者はひとりもいない。プラカードを持って劇場の外を行進する人々が目に浮かんだ。「なぜそんな――」

「振付師なら、こういうダンス・ルーティンを作るのにはかなり時間がかかることを教えてくれるんじゃない？　でもこの図は、稽古二日目のものよね」彼女はまだ一度もパソコンの画面から顔を上げていない。「そのことで、あなたはベックに最有力容疑者とみなされたにちがいない。彼はあなたに挑んできた？」

「撃ち合いってことですか？　いいですね」だが、彼の横にいる若きガンマンはおもしろがらなかった。「実際、ピーターは、おまえがゴーストライターだろうと言って、ぼくを非難しました。だから言ってやったんです。ぼくは脚本を書こうなんて考えたこともないってね」

「だったらあんたは嘘をついたわけだ」背後から荒っぽい男の声がした。

くるりと振り返ってみると、マロリーの相棒がいつのまにか仲間に加わっていた。

ライカーは壁にだらんと寄りかかった。「なんであんたがハリウッドでブラックリストに載ったか、知ってるよ。あんたはある脚本を駄作だと思った。で、それを書き直したんだ。その映画は予算オーバーになった。それも大幅に。スタジオは制作を中止した。そしてあんたをクビにしたんだよな」

アクセルは可愛いほうの刑事、お気に入りの虐待者に笑顔を向けた。「映画スタジオのやつらは、阿呆《あほう》ばかりでね」

「腹を立ててる阿呆ども」ライカーが言った。「損失をかぶるのは連中だもんな」

「彼らにはビジョンも信念もないんです」アクセルはマロリーに訴えかけた。

なんと、慈悲は得られずか。

彼はふたりの刑事のまんなかあたりに語りかけた。「あの映画を書き直したのは、監督ですよ。ぼくは常に正当に作者の功績を認めます。ディッキー・ワイアットはすごい才能の持ち主でした」

シリル・バックナーはロビーの中央に立ち、記者たちを撃退しながら、叫んだ。「彼女はただ気絶しただけなんだ！」後方から大音声で発せられた別の質問に答え、彼は言った。「アルマのエージェントがなんと言おうと、関係ない。彼女は一時間後には仕事にもどってたんだぞ！」

記者のひとりがカメラマンにアングルを変えるよう指示した。それから、彼はどなった。

「ミス・サッター！」

バックナーは振り返った。するとそこには、黒いサングラスをかけたマロリー刑事の姿があった。彼女はちょうどロビーのドアから出てきたところだった。そしていま、あの女はカメラと照明に取り巻かれており、記者たちは口々に「アルマ！」「ミス・サッター！」と呼びかけている。

馬鹿どもめ！

彼は壁のポスターに目をやった。急ごしらえの品、舞台化粧を施したアルマ・サッターの写真に。そのなかの彼女は、刑事と同じ髪形だ。しかし、ふたりの女はとてもそっくりとは言えない。それでも記者たちは、マロリーとその影法師のような女優とを取りちがえ、そちらに押し寄せている。

ところで、連中がなぜまちがえたのか、彼は理解した。

舞台を降りれば、アルマは群衆のなかのひとつの顔にすぎず、ニューヨーク・シティではめずらしくもなんともない。ここは百万人の美女たちのホームなのだ。ただし、その美女たちのほとんどはマロリーほど身なりがよくないが。バックナーは、彼女の革ジャケットがねたましかった。その高級ブランドの名前まで彼には言い当てられた。しかし、マロリーの引力には服装を超える何かがあった。その目は、もうひとつのブランド品、本物の金のフレームのアビエイター・サングラスに隠されている。それでも彼女には、衛星たちを引きつけ吸い寄せるスター性があり、手を上げたり言葉を発したりするまでもなく注目を集めてしまうのだ。

記者のひとりがまた叫んだ。「ミス・サッター?」

するとマロリーは、アルマより美しい歯を見せ、にっこり笑って言った。「はい?」

「気を失っただけというのは本当ですか?」

「ええ、そうです。ただビタミン注射が必要だっただけ。もうすっかり元気です。でもこの機会に、警察のみなさんにお礼を申し上げたいわ。彼らは本当によくやってくれているんです。この事件ではひどい人員不足に苦しんでいるというのに」

記者やカメラマンはみな、マロリーを追って通りに出ていった。彼女はそこで、大喜びの通行人にサインをしてやった。その通行人は相手が誰なのかまるで知らない。でも、彼女は明らかに有名人なのだ。

「人員不足だと？」リモコンのボタンを押し、ジャック・コフィーは執務室のテレビを消した。流れていたのは、ローカルなケーブルテレビの番組にすぎないが、その短い映像は今夜、ネットワーク・ニュースとなるだろう。

彼にはふたつの道がある。エージェントの記者会見によるダメージを修復したとして、マロリーを褒めるか。あるいは、公の場で彼の人員の割り振りを糾弾《きゅうだん》したとして、彼女を撃つか。さて、どうしたものだろう？　デスクの前に立つ男に顔を向けたとき、警部補は弾丸による矯正という考えに傾きだしていた。

「彼女の言うとおりですよ」サンガー刑事は言った。「マロリーとライカーにはもっと応援が必要です」

この裏切者。

「あのふたりにはジェイノスをやったろう。連中はどんな手できみをひっかけたんだ？」

「彼らのヤクの線を調べてみたんですがね」サンガーはアルマ・サッターの電話の記録を寄越して、下線の入ったある番号を指さした。「この使い捨て携帯が舞台係のふたりのものだとすると——おれはそうだと確信してますが——それは連中とある売人とのつながりの証拠となるんです。その売人ってのはトンプキンズ・スクエア・パークの学生野郎じゃない。あの小僧っ子は、ライト級、お笑い種です。おれが言ってるのは、ある通り名でヘロインを売り歩いているやつです。検視局の検査でそいつの売り物とワイアットが最後に使ったヤクがもし一致したら？　そのつながりはまだ不確かです。すべて電話の記録にかかってるんで。舞台係どもはきっとお客を売りますよ……たとえばアルマ・サッターをね。彼女の記録は、あいつらの使い捨て電話のバイブルです。彼女は典型的なジャンキーですよ」

ディッキー・ワイアットが人生最後のチリをどこで食べたかわかれば、それもまた参考になるだろう。

「でも、マロリーとライカーには追うべき手がかりが多すぎるんです」サンガーは言った。「彼らはネブラスカの古い一家惨殺《ざんさつ》事件とのつながりもつかんでる。ベックの遺言には利益って動機もある。それに、著作権の線もあり、薬物の――」

「わかったわかった！　もう結構。きみも劇場の事件に加われ。クララ・ローマンに連絡するんだ。彼女はマロリーのためにチリの線を追っている」サンガーの目が少し大きくなると、警部補は付け加えた。「ローマンのボスには言うんじゃないぞ」マロリーが勝手に鑑識課のスタッフを使っているのをもしもヘラーが知ったら、戦争は避けられない。「チリの店を回るときは、ワイアットとサッターの写真を見せるんだぞ」

部下の刑事が退出してからも、ジャック・コフィーはずっと女優のものまねをするマロリーのニュース映像を流していた。彼は何度も何度もそれを再生した。

人員不足？　ああ、そうだろうよ。

ニューヨーク市警はいつも、事件の情報や手がかりをお寄せくださいと一般市民に呼びかけている。だが、一警官が公の場で自分のボスに協力を求めるのは市警史上初めてのことだ。

まちがいない。彼女は怒っている。

「ちゃんと警部補に確認したぞ！　彼がいいと言ったんだ！」内勤の巡査部長は、部下たちの前で顔をつぶされる気はなかった。みんなが集まってきて、この闘いを見ているのだから。

「おれのせいじゃない」巡査部長は刑事に言った。確かに彼は、マロリーからの預かり物を別の人間に渡してしまったわけだが。

あの分厚い茶封筒、はっきりと宛名が書かれたやつは、ブルックリン在住の退職した弁護士、ロビン・ダフィーに渡されるべきものだった。マロリーがマーコヴィッツ夫妻に引き取られた当時から、彼は一家の真向かいの家に住んでいた。マロリーはロビンを信頼している。彼の務めはただひとつ、彼女をほほえませることだけなのだ。そのためならあの年寄りは、青酸化合物だって喜んで飲むだろう。

しかし今夜、彼女の証拠品を持ち逃げした男は、それほど御しやすくはない。

マロリーは巡査部長の署名の記録を見つめた。ジャック・コフィーのおかげで――あの野郎――問題の文書はいま、神に仕えるあるポーカー狂の手中にある。

彼女は頭をめぐらせて、警察署のガラスのドアの向こうに目をやった。彼はそこにいた。頬髯を生やした長身の男が、彼女の封筒を、いや、餌を手にして歩道に立っている。そして、このゲームの名が〝身代金〟であることを思うと、ラビは場ちがいな無邪気さを漂わせていた。

彼はただ彼女に手を振るだけでよかった。マロリーは彼の条件を了解してうなずいた。彼女はそれほど長く――人生のほとんどの期間――ラビを知っているのだ。彼は武器を持たずに来ていたが、マロリーは彼についていくより他なかった。その先には、苦痛に満ちた長い夜があり、介護施設から脱走した痴呆症患者みたいにポーカーをする男たちがいる。

彼女は内勤の巡査部長に背を向けると、ドアのほうに歩いていき、養父母の旧友であり、魂の導き手でもあった、デイヴィッド・カプランに迎えられた。彼は早くも勝者の笑みを浮かべていた。そしてこれについては、彼女も修正することができる。

背後から、巡査部長が叫んだ。「なあ、ラビを信用できないなら、誰を信用しろってんだよ?」

まったくだ。

チャールズ・バトラーの図書室の壁は高さ十五フィート、床から天井まで本の背表紙の色で染められている。アーチ形の背の高い窓のもと、クイーン・アン様式のデスクには、肉やチーズ、薄切りや角切りの野菜の大皿が並べられ、全粒粉パンやライ麦パンや黒パンに塗るものとして、派手な黄色から辛そうな茶色まで三色のマスタードもあり——三層のサンドウィッチの材料がすべてそろっていた。

そして空気には、ウィスキーと葉巻の煙の香りが立ちこめている。

ポーカー・テーブルは、伝説のギャンブル時代のものだ。まぶしい明かりとトミーガンの時代、ラスベガスの誕生期の品。これにいくら鼓舞されても、チャールズの勝率は少しも上がっていない。ほんの一ミリもだ。彼の赤面症は、自分の手札がくず同然であることをキャシー・

マロリーに明かしてしまう。そして彼女はただ小首をかしげることでこう訊ねた——なぜ恥を**かきつづけるわけ？**

そこで彼はゲームを降りた。

エドワード・スロープはまだ踏み留まっている。彼は最後の五セント・チップを失うまでやめないだろう。強情な男。突き出されたその顎は、彼がツーペアにさえ勝てないことを示している。それでもこの男はフォールドしようとしない。そしていま、「いいや」と彼はマロリーに言った。「脚本家の毛髪検査は行わない。もう薬毒物検査でいい結果が出ているし、かなり明確に死因も診断されたわけだからな」

「どの診断のこと？」マロリーは笑みを浮かべた。「ドクターは明確な診断とやらをふたつ三つ下してるじゃない？　正確にはいくつだったかしらね」

ドクターはマロリーの頭上に紫煙を吐き出した。彼女の挑発には乗らず、彼は平静を保った。ただしそれは、この男の額で小さく脈打つ血管とウィスキーグラスをぎゅっとつかむ手を無視するならばだが。

「毛髪検査が必要なの」マロリーは言った。「もっと長期の薬物使用歴を確認したい——」

「むずかしいね。薬物常習を疑う理由はない。あの男はベジタリアンだったんだぞ」

「それに酒飲みだった」

「わたしは検査を正当化できない——だからきみはそれを入手できない」

テーブルをはさんだこの撃ち合いは、ふたりのあいだでは、礼儀正しい対話にもっとも近いものだ。

マロリーの隣のクラブチェアでは、デイヴィッド・カプランが、よい手を持っている幸せな時専用のかすかな笑みを浮かべている。それゆえ、この集団でもっとも運のない参加者、チャールズには、ラビがその手なら充分勝てると思って喜んでいるのがわかった。彼は自分にフェアなチャンスがあるものと思っているのだ。

フェア？　なんて夢想家だろう。

前のラウンドでラビが勝てたのは、どう見てもマロリーの不正のおかげだというのに。それによって、彼は自信を高め、ポットへの投資を増やしてしまった。気の毒なデイヴィッドはもう終わりだ。ただし、マロリーの顔からはそんな作意はみじんもうかがえない。それはむしろ彼女の流儀なのだ。まもなく参加者たちはへたばる――全チップを失うだろう。彼らの敗北が早いほど、彼女は早くここから抜け出せる。そしてそれは、彼女が子供のころに始まったこのゲームの不可侵の内規のおかげだ。参加者は追加のチップを買うことはできない。だから、小さな女の子に負かされる彼らの苦痛が長引くこともない。その子には、彼らの金を巻きあげるすごい能力があったのだが。故ルイ・マーコヴィッツはかつてこの古いルールのことを、彼の養女の毎週のお小遣いに上限を設けるものとして語っていた。

ロビン・ダフィーは部屋の向こう側で、ティファニーのランプに照らされ、肘掛け椅子にすわっている。この小さな人間ブルドッグがまじめな顔をしているのは奇妙に思えた。彼はめったに笑みを絶やさないし、マロリーがその場にいればいつも喜悦満面なのだ。しかしいま、マロリーへの奉仕として、引退したこの弁護士はゲームには加わらず、彼女の証拠品である法律文書を入念に調べている。そして、この労に報いて、マロリーはテーブルの老弁護士の席を受け継ぎ、彼の代わりにプレイしていた。したがって、代理人の力により、ロビンがその夜の大勝利者となることはもうまちがいないのだった。

エドワード・スロープがマロリーのカードの裏側をじっと見つめた。まるで、そこに印がついていて、彼女の手札がわかるかのように。ドクターは、何事も読み取らせない花崗岩の外面を自慢にしているが、チャールズはこの男の考えを読むのは案外簡単だと思っている。ドクターはいま、明らかに喉の深傷が死因である男について、マロリーがなぜ追加の検査を求めるのか、考えているところだ。それはブラフから彼の気をそらす策略なのだろうか？　彼女はいったい何を企んでいるのだろう？　ポーカーの集いの創設者に教えを乞おうとでもいうのか、エドワードの目が空っぽの椅子へとさまよっていく。ルイの幽霊はまちがいなくそこで腹をかかえて笑っているだろう。

マロリーはそれっきり毛髪検査への興味を見せず、さらにドクターを混乱させた。いまの彼女はただ、ドクターの宝の残りを奪うことだけに集中している。「もうやめておいたら？」魔法の言葉。エドワードはマロリーのベットにレイズで応えた。豪胆《ごうたん》な男。五セントと十セントのチップが大量にポットに押しこまれた。そしてデイヴィッドもすぐあとにつづいた。ドクターのレイズを見て、ラビもまたマロリーの崖から足を踏み出し、すべてのチップを賭けたのだ。

彼らは決して学ばない。

今夜の彼女に疑いを抱かないとは、いったいどういうことだろう？

文句ひとつ言わず、マロリーはきちんと三日月を考慮して左回りにカードを配ってきた。それに、ゴミ収集日に当たる偶数日のワイルドカードまで尊重しているし、天候の関係でワイルドカードになる他のカードのことも斟酌《しんしゃく》しているのだ。

来るべき大殺戮《さつりく》を食い止めたのは、ロビン・ダフィーだった。彼はマロリーの文書の束を携え、一同のもとにもどってきた。留守のあいだに自分のチップの山が大きくなっているのに気づくと、満足の笑みにその垂れた頰が持ちあがった。そして彼はマロリーに言った。「連中のやり口はわかったが、このプランには穴があるよ」

一同が耳を傾けるなか、老弁護士は死んだ男の椅子にするりとすわった。その前だけは、大皿もグラスもチップもカードもない空きスペースになっている。彼はそこに文書を置いた。

「ピーター・ベックは法をたのみにはできなかった。台詞の変更に関してはね。彼はキャスティングの拒否権と引き換えに、自分の権利をすべて放棄したんだよ」ロビンはクリップで留められた書類一式を掲げた。「これが彼の契約書だ。演出家には無制限のクリエイティブ・コントロールが与えられている。ディッキー・ワイアットは自分が適切と思うとおりにいくらでも芝居を変えられるんだよ」

「彼はベックの芝居を変えたんじゃない」マロリーが言った。「それは消されたのよ」

「しかし契約に反する点はないんだ」ロビンはつぎの文書、裁判の記録をぱらぱらめくった。

「ここからがおもしろいとこなんだがね。芝居がピーター・ベックの作品なのかどうかもわからなくなったとき、彼は契約を破棄する権利を勝ち取っている……ところが、彼はそうはしなかったんだ。これは奇異なことだよ。ベックは明らかに新しい芝居を嫌っていたんだからね。彼はこの記録のなかでそれを与太話と呼んでいる。となると、なぜその作品に自分の名前を付けておきたがるのかね？」ロビンは、不可解な心理にからむあらゆる事象のエキスパートに顔を向けた。

しかしチャールズには、死体の心理分析をする気などなかった。それをやるのは三流の物書きだけだ。ロジックだけをたよりに、彼は言った。「ぼくの推理ですか？　彼のオリジナルの台詞は一行も残っていない。これはニュースになります。たぶん彼は、大々的に恥をかくのを避けたかったんじゃないでしょうか」

「いいえ、そうじゃない」マロリーが言った。「弁護士たちのアドバイスで、ベックは何度も出廷している。まるでこの話を広めてくれと言わんばかりよ。なぜ彼は話を大きくしようとしたの？　なぜ闘いを長引かせたわけ？」

「それも金のかかる闘いをだ」ロビンは別の記録のページを繰った。「これは最後の審理の記録なんだが。脚本家は裁判所命令を取り、契約書の問題が決着するまで初日を延期させたんだ。その部分では、彼がコントロールを握っていたわけだよ。だが、それも判事が敵方に回るまでのことでね」めあてのページを見つけて、弁護士はある段落を指さした。「この芝居は資金不足のうえ、予算をオーバーしていた。マーケティングに巨額の資金が投入されていたんだが、ベックの弁護士たちはその宣伝をぶっつぶしたんだ」彼は本文の一行を軽くたたいた。「ほらここ。金銭的に追いこむ戦術を脅しに使っているとして、判事が脚本家を糾弾しているだろう？」

「彼は、自分の芝居を復活させてほしかったのよ」マロリーが言った。

「そうも考えられるが――」ロビンはページを繰った。「ここをごらん」彼は最後の段落の文章を指でなぞっていった。「判事はベックに、彼は随意、契約を打ち切れるのだと指摘したうえ、去就をはっきりさせるよう命じている。ところがベックはそうしようとしなかった」弁護士は文書を閉じた。「ついに公演が許されたのは、だからなんだよ。条件付きだがね。劇場は入口のひさしに脚本家の名前や彼の付けたタイトルを使うことができず――」

マロリーが興味を失いかけていることを弁護士は正しく察知した。彼はテーブルに身を乗り出すと、彼女の視線をとらえ、ウィンクと約束をした。「まだ先があるんだ。きっとこの部分は気に入るぞ。ディッキー・ワイアットはプロデューサーでもあり、彼の資金源はシカゴの投資グループだった。この芝居は、彼らの会社のスプレッドシートの一行にすぎず――帳簿係に見落とされていた。しかしこの訴訟には確かに彼らの利害がからんでいる。そこには彼らの金が使われていたにちがいない。そして訴訟費用は莫大だった」ロビンはまた別の文書を開いた。それは、弁護士とその依頼人のリストから始まっていた。「出資者たちの代理人はまったく裁判に出ていないんだよ」

そして、そう、マロリーは確かにこの部分を気に入っていた。「いいネタね。ベックはこれで敵をやっつけられる」

「そのとおり」ロビンは言った。「出資者の資金が訴訟のために——それもちがう芝居のために——使われていて、本人たちがその事実を知らされていなかったとすれば、ディッキー・ワイアットは刑事責任を問われかねない。ピーター・ベックの弁護士たちはきっとそのことをベックに教えただろうな」

「そして、それは切り札になる」エドワード・スロープが言った。「ベックはいつでも好きなときに公演を止められたわけだ」ドクターはマロリーに顔を向けた。「つまり彼は、死んだ夜、そのことを発表する気だったんだな。これが彼の殺害の動機ということだよ」

「だがおかしいね……そうじゃないか？」ラビがチャールズを振り返った。「ミスター・ベックは自分の芝居を復活させるために必死で闘ってきたんだ。なぜ自らの唯一の力を初日を迎えたあとで行使するのかな？　それでは切り札の意味がなくなりはしないかね？　そのカードを使うのはゲームに勝つためなんだ。対戦相手を家に送り返し、手ぶらで立ち去るためじゃないはずだよ」

そしていま、全員の目がチャールズに注がれていた。彼はただ、さあね、と両手を広げてみせた。

しかし彼らは辛抱《しんぼう》強かった。一同はチャールズを待った。エドワードは彼の手の届かないところへサンドウィッチの皿を引っこめ、デイヴィッドは彼のグラスを没収し、チャールズは死者との交信を禁じる自らの高い倫理基準の抜け穴をさがしまわるはめになった。ああ、見つかったぞ！　大雑把《おおざっぱ》なプロファイリングなら、みんなが求めている妖術の代わりになるかもしれない。

「そうですね、手もとにある事実だけで考えると……彼の芝居は徐々に消されていった。毎日その一部が失われていったわけですよね」ウィスキーとサンドウィッチがもどってきた。「時が経つのとともに、いらだちは募っていったでしょう。怒り、屈辱《くつじょく》。ベックは名高い脚本家です。そういう人物は通常、かなり強いエゴをそなえているものです。そして、それは最後の最後まですべてをコントロールしたいという欲求と整合します。彼は不安定な精神状態にあったとも考えられ――」

「イカレかけてたのよ」簡潔を好むマロリーが言った。「そして、ブチ切れたわけ。死んだ夜、芝居に行ったのはだからよ。彼は公の場で決着をつけたかったの」

デイヴィッド・カプランがマロリーに顔を向けた。「この殺人は前もって計画されていたのかい？」

「そうよ」

「だとすると……犯人は何が起こるか知っていたわけだね。つまり、ミスター・ベックは劇場に着く前に彼の切り札を使ったということだ」

「そのとおり」マロリーはうなずいてラビのロジックを讃《たた》えた。「でも、それは効かなかった。だからあの夜、彼に残されていたのは、復讐だけだったの。ベックは劇団のみんなに仕返しするためにあそこに行った。彼は芝居をつぶすつもりだったのよ――派手に、公の場で」

この理論に敬意を表し、全員がうなずいた。なぜなら彼女は、公認の〝報復の女王〟なのだから。

「ディッキー・ワイアットにはいちばん強力な動機がある。失うものがいちばん多いわけだから」チャールズは言った。「でも彼が死んだのは、ピーター・ベックが死ぬ何日か前だし。実のところ、ぼくはいま、あのヘロインの過量摂取が本当に事故だったのかどうか、疑問に思っているんです。もしかすると、あれは自殺だったのかも――」チャールズは椅子の背もたれにぎゅっと背中を密着させた。まるでマロリーが怒りのまなざしで――いや、もっと正確に言うなら目による腸抜《わた》きで、彼をそこに釘付けにしたかのように。テーブルの上の文書は解禁された獲物だ。でも、コルクの壁――わたしの壁で見た情報を漏らすなんて、あなたはどういうつもりなのか？

デイヴィッド・カプランが彼女の腕に手をかけて、その注意をチャールズからそらした。

ああ、ありがとう、ありがとう。

「つまり、ミスター・ワイアットは容疑者リストから除外できるわけだね」ラビは言った。

「他に、ミスター・ベックのあの夜の計画を知っていたのは、誰だろう？」

マロリーはこれ以上、詳細を明かしたくないようだ――または、これ以上、時間を無駄にしたくないのか。彼女は懐中時計を開いた。自分には他に用事があるという露骨な通告。ラビに顔を向けると、彼女は愛想よくカードの公開を求め、そのキング三枚を打ち負かして彼をたたきつぶした。もっとも彼女の手は、男たちが前もって三日月の夜は2の札がワイルドカードになることに同意している世界でしか、ストレートフラッシュにはならないのだが。

チャールズは窓に顔を向けた。月は本当に、消えてゆくチェシャ猫の笑いのようにカーブして輝いていた。

エドワード・スロープがカードを置いてあっさり降伏し、彼を惨敗へと追いこむマロリーの至福を奪った。ふたりのウォーゲームのお決まりの流れでは、ここで彼が、彼女の幼少期の習慣、デックの底からのディールに言及するのだが、今回はそれもなかった。「何がひっかかっているのかわかるよ、キャシー。問題は手口と確率なんだろう？　ディッキー・ワイアットは毒殺の被害者だ――喉を掻き切られたわけじゃない」

なんだって？　三人の男が驚いてドクターの顔を見た。そしてチャールズはこの一団を代表して言った。「あれは殺人だったんですか？」

マロリーは検視局長をにらみつけた。ドクターは彼女の表情を正しく読み取った――彼の腸を抜いてやるという彼女の意思を。そして彼はほほえんだ。

「きみの秘密が漏れることはない」テーブルをぐるりと見回し、エドワードは言った。「この連中は誰にもしゃべらんよ……さて。まず第一に、ワイアットが毒殺された。となると、ピーター・ベックも同じやりかたで殺すほうが理にかなっている。何もうまくいった方法を変えることはないからな。そして、ふたりの被害者は敵味方だった。ベック殺しの動機はワイアットには当てはまらない。そこもまた問題なんだろうね？」

「でもドクターはすべて解明してるんでしょ？」マロリーは長く赤い爪でカードのデックを軽

くたたいた。これは明らかな警告だ——あなたはわたしをいらだたせている、もうやめなくてはならない。

嬉々として、ドクターはつづけた。「きみの容疑者群は小さな集団——全員、劇団員だ。ストリート・ギャングでも、麻薬組織でもない。だから、それぞれ異なる動機を持つ殺人者がふたりいる確率はゼロだ。妥当な考えだろう？……そうだな、わたしは、演出家は脚本家毒殺未遂に巻きこまれたものと見ている。これで、殺人者はひとり、動機もベック殺しのひとつだけとなる。そしてワイアットの死は、付帯的損害として除外される。きれいなもんだろう？」彼は葉巻を吹かし、ほほえみでマロリーをあざけった。「きみはきれい好きだしな」

他の三人は、この新たなゲームのギャラリーとなり、テーブルのマロリー側にいっせいに顔を向けて、彼女のカウンターショットを待った。

そして彼女は言った。「ワイアットが最後に食べたチリには肉がたっぷり入っていた。でもベックはウサギの餌しか食べなかったの。だから、無理な解釈をして、あのふたりが同じテーブルに着いたと仮定しても——ふたりがうっかりちがう料理を食べたわけはない……確かドクターはロジックが好きだったわよね？」

三人の観戦者はエドワード・スロープに顔をもどし、つぎの一打を待った。

「まさにそのおかげで、脚本家は助かったわけだよ」検視局長は言った。「ベックが肉を食べないことを、もしも毒殺者が知らなかったなら——」

マロリーは、みなまで言わせず片手を上げて彼を制した。「出演者とスタッフはみんないっしょにランチを食べていた。ベックがベジタリアンなのは、誰もが——彼の死を願いそうな誰もが知ってたの。これで話がわかりやすくなった?」

ギャラリーはそろってうなずき、無言のうちに彼女にゲームポイントを与えた。ああ、でもちょっと待て。ドクターがラリーに入る気配を見せている。

「世の中にはベジタリアン向けのチリというやつもあるしな」エドワードは言った。「いずれにせよ、わたしのロジックはきちんと成立している。確率的に明らかなことに反論はできない」

ここでチャールズの頭にある考えが浮かんだ。マロリーが毛髪検査を求めているのは、以前の——先日ナイフ使いに転向した毒殺者による——脚本家殺害未遂の証拠をさがすためなのかもしれない。エドワードもそのことに気づいているのだろうか? いや、ドクターは、切り札がまだあるというポーカーテル(手の内を暴露する癖や表情やしぐさ)は見せていない。

エドワード・スロープは葉巻の煙を吐き出した。そしていま、勝利の連続に付き物の抑えきれない笑みが浮かんだ。「確率的にそうなるんだよ、キャシー。動機は、被害者の両方をカバーするものがひとつあるだけだ」ドクターのほほえみが変化した。今度のは、マロリーをなぶろうという意図を広告するやつだ。「他に妥当なシナリオはない……なぜなら、確率的に殺人者はひとりしかいないのだからね」

「賭けのお誘いみたいね」そして、たぶんドクターをカッカさせるためなのだろう、マロリーは言った。「殺人者が四人いる確率はどれくらい?」

エドワードは抜け目ない笑みを見せた。「きみが言いたいのは……共謀ということかね?

ただ犯行を知っていたということも、共謀と呼びうるな」彼は明らかにそれを予期していたらしく、葉巻のひと振りでその企みを退《しりぞ》けた。「確かに、共謀者は全員、殺人の罪を問われる。たとえ実際に手を下さなくても」彼は悲しげに首を振ってみせ、今夜のマロリーは不調のようだ、とほのめかした。

大まちがいだ。それはひと目ではっきりわかった。

この集いの内規、どの参加者もひと晩に十ドル以上失わないよう作られたルールを迂回し、マロリーは百ドル札を掲げると、賭けの宣言はせずにただこう言った。「わたしの言葉に裏はない。共謀は数に入れなくていい。殺人者は四人よ」

めったに見せない困惑の体《てい》から判断すると、エドワード・スロープはリナルディ兄弟のことや、あの双子と昔の大量殺人事件との関連について、何ひとつ知らないらしい。そしていま、この名高い法病理学者は――殺人者ふたりなら喜んで賭けに応じただろうに――四人というのがマロリーのブラフなのかどうか、判断を下せずにいた。どうしても、この世のすべてのチップのためでも。

これは、ポーカーの集い史上、最高の瞬間だった。チャールズには、ロビンとラビも自分と同じ思いであることがわかった。そして彼らはみな、それゆえにやや厳粛な気分になっていた。

気の毒なエドワードは、考えざるをえない。毒を盛った者と喉を裂いた者は同一人物なのか、それともちがうのか？　第一、彼女の殺人者四人説に対し、彼のモルグの被害者数は何体か少なすぎる。それとも、自分は何か言葉の罠《わな》を見落としているのだろうか？　手に隠したエースや印を付けたカードの言語版を？　ドクターがうなずけば、それで賭けは成立する。簡単な金儲けだ。だが彼は、マロリーが何を企んでいるのか考え、自らの疑念で麻痺《まひ》して、ただそこにすわっていた。

彼女の狙いはなんだろう？　ポーカーテルを読み取る達人、チャールズにさえ、それはわからなかった。

〝どんなもんだ〟の笑いを浮かべ、マロリーは席を立った。腹立たしいことに、それっきり何も言わずに。裏のないゲームでは――いや、たとえ裏のあるゲームでも――勝ち目のない勝負を仕掛けたすえに。そしてもちろんこのゲームには、裏がある。それがどんな裏なのか、ドクターにはわかりっこないのだが。

ああ、でも人を逆上させるのが、彼女の楽しみなのであり、この企みの目的はそれ以外ありえない。それとも、ちがうのか？

そう、ちがう。

チャールズはいま、これがマロリーの側面からの奇襲作戦であることに気づいた。エドワード・スロープが今夜、眠れなくなることは目に見えている。マロリーは途方もなく非論理的なあの殺人者の人数をどう弾き出したのか？　朝が来てもなお、この男にはその謎が解けていないだろう。それに、賭けのこともある。マロリーは、自分が負けるわけのない、カモ相手の賭けしかしない。だから、ロジックを渇望し、エドワードは彼女が求めたピーター・ベックの毛髪検査を行うはずだ。ああ、そうとも。種は蒔かれた。ドクターは真っ先にそこに目を向け、ない、なんでもいい、自分が見過ごしたものが何かないかさがすだろう。恥を忍んで彼女の説明を受けるくらいなら、きっとそうする。

わかりきったことだ。

マロリーは勝ったのだ。彼女がドアから出ていったとき、きわめて決断力のある男、エドワードはまだ、賭けに応じるかどうか決めかねていたけれども。

第二十章

ロロ　おばあちゃんが最後だった。覚えているよ、あの足の裏のこと。濡れて、赤く染まっていた。おばあちゃんは娘たち、孫娘たちの血のなかを歩き回ったんだ。

「真鍮《しんちゆう》のベッド」第二幕

ブロードウェイのこの区間は、優雅な晩餐の時代が安キャバレー全盛期へと貌を変え、そのノミの劇場や売春宿がまずはのぞき部屋、次いで麻薬売買に座を譲り、今度はそれが、巨大な漫画のキャラクターと大型スクリーン《ジヤンボストロン》、そして、ピザの店に取って代わられるのを見てきた。チャールズ・バトラーは、高級な陶器やクリスタルが並ぶ白いリネンのクロスになじんでいる。この狭苦しい食堂の、むきだしの合成樹脂製テーブルや紙の皿にはほど遠いものに。店は、タイムズ・スクエアのすごい賑わいのなかにぶちこまれていた。周囲では、電子の動画と輝きが世界を震撼させる炭素の足跡《カーボン・フットプリント》を印しており――恥入りもしない。チャールズはむしろそれが気に入った。

劇場地区は電気のあふれるエリアだ。それは空気そのもののなかにあり、彼の連れの一方にも注ぎこまれている。〝使い走り〟の昂《たかぶ》りには一定のテンポがあった。足で床をトントンやり、手でテーブルを連打しながら、若者は待っている。心理学者の最初のひと口をじっと待ち――期待している。

「このピザの生地は最高だね」チャールズは、彼らをここに連れてきた小男にほほえみかけた。「すごくいい店だな」

バグジーは賛辞の重みに首をすくめた。この小男が他者を喜ばせることを生きがいとしているのは明らかだ。そしていま、彼はマロリーとふたたび話しはじめた。なんとしても喜ばせねばならない相手と。「いや、個人的な問題じゃなくてね、ディッキーはあの役をアルマにやりたくなかったんです。端《はな》っからそうでしたよ」

ピザをひと切れ、むさぼり食ってから、〝使い走り〟はチャールズのために説明をした。「つまりね、脚本家が演出家にその子を無理やり呑ませたってわけです。うまくいかなかったけどね。これはブロードウェイの話なんだし。アルマはとにかく力量不足。あれじゃ予選も通過できない……でも実はね、最初は彼女もそう悪くなかったんです。彼女がディッキーの目を輝かせたこともあったし。才能の片鱗《へんりん》は常に見られましたよ。だけど、アルマの彼氏は演技のクラスに価値を認めてなくてね。それにベックは、演出家ってものも毛嫌いしてたんです」

マロリーにとってこれが古いネタであることがチャールズにはわかった。それでも彼女は、手をつけていない自分の紙皿を〝使い走り〟のほうに押しやった。いい犬へのご褒美。そして彼は、そのピザのひと切れをつかみとった。マロリーは椅子の背にもたれ、彼が餌を平らげるのを見守った。彼が咀嚼を終えると、彼女は訊ねた。「それで、アルマは演出家のことをどう思っていたの？」

「崇拝してましたよ」〝使い走り〟は言った。「彼女にとって、彼は神でした」

これがマロリーの期待していた答えでないことは明らかだった。その目が細くなり、彼女は〝使い走り〟のほうに身を乗り出した。「彼は始終、彼女を責め立ててたって、あなた言ったじゃない」

「実際そうだったからね。そしてアルマはものすごくがんばってた――ディッキーの笑顔っていうたったひとつの報酬のために。それはいつも彼女を月まで舞い上がらせてましたよ。ディッキーが抜けたあと、彼女の演技はだめになっちまったけど」

「何かあったのね」マロリーは彼を促した。

「ヤクのせいですよ」バグジーは言った。「あれは人を狂わせるからね」

刑事の口が固く引き結ばれた。忍耐力がすり切れかけている兆候。彼女が求めているのは事実であって、診断ではないのだ。

バグジーは、刑事のより優しいチャールズの顔に目を向けた。「アルマはちょっとびくついてるんです。ゴーストライターに狙われてるって思いこんじまって。かわいそうに」〝使い走り〟の同情は本物だった。それは、細い肩の一方を上げる単純なしぐさから読み取れた。「彼女は一生懸命やってます。だけど四六時中、怯えてて……四六時中、ヤクに酔ってて、うまくやるのはむずかしいでしょ」小男は腕時計に目を落とした。「もう行かなきゃ。遅れちゃまずい。わたしにはこの仕事しかないんでね」彼の不安ははっきりと感じ取れた。それでもバグジーはそこにすわったまま、刑事が退席を許すのを待った。彼女はうなずいた。すると、あっという間に、彼はドアの外へと消えた。

マロリーはチャールズに目を向けた。「彼の人格が分裂してるなんて言わないでよ。そういう御託は聞きたくないの」

「いやいや、その種のものとはぜんぜんちがうよ。多重人格の起源は幼少期のトラウマなんだ。バグジーの人格は彼の妻が死ぬずっと前に完成されている。彼の母親の話によれば、現在のこの行動の引き金は、妻を失った悲しみと――」

「行動？　あれは妄想のなせる技よ」

そう、もちろん。実にシンプルだ。なんでぼくはあんなに何年も学校に行って勉強したんだろう？　「ミセス・レインズによると、彼女の息子は妻の死後、鬱病《うつびょう》になっている。それは、確たる精神病だ。ひとつ言えるのは、アラン・レインズは、ある朝、目覚めたら使い走りのバグジーになってたわけじゃないってことだよ。でも適切な鑑定を行うには二十分じゃ足りない。一対一で何度か話す必要があるだろうな」

マロリーは興味を失いだしていた。彼女が好むのは、熟慮された慎重な答えより、スピーディーな弾丸みたいなやつなのだ。忍耐力が尽き、彼女は椅子をずらして立ちあがった。別れの挨拶として一方の手を上げると、彼女はドアに向かった。

「ああ、それともうひとつ」チャールズは言った。「以前行われた精神状態の審理のことだけど。その記録が参考になるかもしれない。コピーを一部もらえないかな」

おや。彼女が足を止めた。マロリーはくるりと振り向いて彼を見た。あの日に浮かんでいるのは、驚きなのか？　それとも疑いだろうか？　いずれにせよ、これがよい兆候のわけはない。「その記録ならもう見たでしょ」彼女は言った。訊ねているんじゃない。そう主張しているのだ。

チャールズは首を振った。

マロリーはテーブルの前にすわった。「あなたは何もかも見たはずよ。あの壁をすっかり」

「でも裁判の記録はなかったよ」それに、直観像記憶を持つ彼がそういった文書のことを忘れるはずはない――いや、コルクの壁の書類や写真や図表に付いたハエの糞のしみだってだ。

「もしそれがそこにあったなら、ぼくは覚えて――」

「あったの！」マロリーはてのひらで天板をたたいた。テーブルはがたつく脚の上で揺れた。それから彼女は吐き捨てた。「デバーマンのやつ！」その名前を聞いたとたん、チャールズは顔がカッと熱くなるのを感じた。マロリーが身を乗り出してきた。「あなたは彼と会ったのよね」さらに皮肉っぽく、彼女はつづけた。「その日のこと、覚えてるでしょ？」

コートの襟をつかんで刑事を吊るしあげたこと――彼女の名誉のためにそうしたことを、彼自身が忘れるとは考えにくい。あの馬鹿げた争いの噂を耳にしたとき、マロリーは笑っただろうか？　他の人々は笑ったけれど。それとも、彼女はただ彼に腹を立てただけだろうか？

「考えて！　あなたは捜査本部にいた。あなたが襲いかかったとき、デバーマンはどこに立っていたの？」

「きみの事件の壁の前だよ。でもあの日は、どの資料も読まなかったんだ。ぼくはただライカーを待っていただけ――」

「デバーマンが帰ったあと、壁に空いた箇所がなかった？」

最近、マロリーの壁は、彼女のように病的に几帳面《きちょうめん》ではない正常な人間たちが適当に紙を留めていくせいで、少々散らかりだしている。もっとも、雑然とぶら下がる無数の資料を整頓すべく彼女が最善を尽くしていることは認めなくてはならないが。しかしあの日、壁はいまとはちがっていた。彼がそこに目を留めたのは、掲示板のその領域が明らかにマロリーの病気――機械のような精確さ――によって形成されていたからだ。

彼はナプキンに目を落とし、白一色のその紙の上に、以前のコルクの壁を再生した。少し時を遡ったため、マロリーの細心な掲示の方式、その幾何学的に完璧なデザインが彼の仕事をより簡単にしてくれた。彼にはいま、それが見えた。書類の並んだ四角い区画。それぞれの紙の間隔はすべて等距離で、一インチの何十分の一かだ。

そして、そのパターンにひとつだけ穴があった。

そう、こうして見ると、明々白々だ。空白のスペースは、タイプ用紙の標準サイズより何インチか長い。彼は顔を上げ、マロリーに目を合わせた。「左上に空いた箇所があったよ……そして、それは法律文書のサイズだった」

「それがあの精神状態の審理の記録だったの……いま、その文書はデバーマンの手もとにある。それにあいつは、余白のわたしのメモも握っているわけよ。アラン・レインズがバグジーだってことを、あいつは知っている……そしてバグジーがイカレているってことも」

自責の念が湧いてきた。本来ならライカーがあの日、資料の窃盗《せっとう》に気づいていたはずだ――吊るしあげられ、宙で足をばたつかせながら、叫び立てている盗人に気をとられさえしなければ。あの騒ぎのあと、空白のスペースは、別の書類、他の誰かが壁に加えた資料によって埋められたにちがいない。

「妄想を抱いていようがいまいが、バグジーには法的に、正常になってもらわなきゃならない」マロリーが言った。まるでそう言えば、それがかなうかのように。そしていま、彼女は期限まで定めた。「きょうよ！」


舞台裏で、あの女優が手を伸ばし、走っているバグジーの腕をつかんだ。彼はよろめき、足を止めた。

ああ、くそっ！　アルマはハイになってるぞ――まるでビー玉みたいな目をして。またコカインか？　もしかするとスピードも少々？　ちがいない。彼女はそわそわぴりぴりしている。その両手は、扇風機の羽根の速さで空気を切り裂いていた。唯一の逃げ道をふさがれ、彼は舞台監督のデスクと衣装ラックのあいだに閉じこめられた。双子どもがまたこの子を脅かしたのか？　バグジーは腕時計に目をやった。その電池は何年も前に切れているのだが。とにかく急がなきゃならない。

急ぐってどこへ？　目下の彼には答えられない。

アルマが両手でぎゅっと耳をふさいだ。「音が聞こえるの――黒板を爪でひっかく音。それに、うしろから足音も聞こえる。でもそこには誰もいないのよ。誰もあたしを信じてくれない。警察でさえ。ゴーストライターはあたしに危害を加えたがってる。たぶんあたしを殺す気よ！」

ああ、アルマ、天井から降りておいで。そこは危ないから。

もしシリル・バックナーにこんな姿を見られたら、かわいそうに、この子はあいつに蹴っ飛ばされるだろう。

「いいかい、この劇場で怖い目に遭うのは、あんたが初めてじゃないんだ」バグジーはデスクの縁に尻を乗せ、顎で椅子を示した。「すわんなよ。ひとつ物語を聞かせてやるから」

アルマはいちおう腰を下ろした。ただし、じっとすわってはいられない。左右の脚はピストンみたいに上下運動している。まるで、椅子にすわったまま、どこかへ駆けていこうとしているようだ。

バグジーは彼女に、お化けのせいで頭がおかしくなった別の女優の物語を話して聞かせた。彼が静かに語っているあいだに、アルマは錠剤を二錠、口に放りこんだ。小さな白い粒。ジアゼパム（抗不安薬、鎮静薬として用いられる薬品）か？ うん、そうらしい。**よしよし。**そして物語を終えると、彼は言った。「でも、傑作なのはここからでね。気の毒なその女を発狂させたとき、その老いぼれは生きていたんだ。そいつは幽霊なんかじゃなかった――そのときはまだな。これでわかったろ？ 誰も何もされやしないさ。劇場の幽霊ってのはそんな馬鹿はやらない。見せてやるよ」

彼はデスクからぴょんと飛びおり、引き出しの鍵を開けて舞台監督のパソコンを取り出した。

「この町には、四十かそこら劇場がある。その全部に怪談があるんだ」彼はパソコンを起動すると、〝ホーンテッド・シアター〟と打ちこみ、あるウェブサイトを呼び出した。「全部ここに載ってるよ。誰にも危害を加えない幽霊のことがすっかり。あんたはだいじょぶだ……心配いらない」

アルマが明るい画面を見おろす。そしてバグジーは逃げ出した。彼にはどこも行くところなどない。でも、遅れるわけにはいかないのだ。

飲みすぎたジアゼパムを中和するため、彼女の喉をまた何錠か薬が下りていった。薬の回りが早すぎて、吐き気が波のように襲ってきた。彼女は幽霊譚の輝くページをスクロールしつづけた。もはやその文言は頭に入ってこなかったけれど。

しかし信じる気持ちは強かった。

アルマは、幸運を呼ぶ靴や、割れた鏡や、スコットランド王の呪いのパワーを信じている。それに、ゴーストライターのパワーも。そしていま、彼女は、インターネット上では彼が見つからないことを知った。

ゴーストライターは背後にいる。

壁と椅子のあいだにはさほどスペースもないのだが、彼女は手の届く範囲内に誰かがいるのを感じた。自分に目が注《そそ》がれているのが、彼女にはわかった。ステージから自分の名を呼ぶシリル・バックナーの声は、耳に入らなかった。

「アルマ？」ギル・プレストンが肩に触れ、彼女が両手で身をかばうと、一歩、後退した。

「アルマ、ステージでみんなが待ってるよ」彼女は理解できずにのっぽの少年を凝視し、彼はもう一度、同じことを言わねばならなかった。「シリルが早く来いって」

女優はあわてるあまり椅子をひっくり返して立ちあがった。椅子はバタンと倒れ、彼女は書割のドアを駆け抜けて、ステージの床の自分の印を見つけた。彼女はそこに立って、真鍮のベッドの上の俳優と向き合った。

アクセル・クレイボーンが自分の台詞《せりふ》、彼女のきっかけの台詞を言った。そして――彼女は――何も言わなかった。

新しい台詞が出てこない。恐ろしい数秒がチクタクと過ぎていく。彼女の口は乾いていた。頭のなかは真っ白だった。振り返ると、シリル・バックナーの怒った顔が目に入った。**パニックの時**。彼女はステージから逃げ出し、その袖で舞台係のふたりに衝突した。彼らは彼女を追って階段をのぼり、楽屋までついてきた。鍵のかかった室内に三人で閉じこもると、アルマは自分の手を見おろした。震えてる！　どうしよう！「何か飲まなきゃ――」

「あんたに必要なものはわかってるよ」ジョー・ガーネットが言った。

「あたしもうめちゃくちゃよ。ラリってるなんてシリルに思われたら、クビになっちゃう。でも神経が――」そしていま、全身が震えだした。

「大丈夫。いい薬があるんだ」テッド・ランダルが、彼女のてのひらに黄色い錠剤をひとつ落とした。

「これは何？」

「あんたに必要なもの」舞台係は言った。「それで震えが止まるよ――即効だ」テッドはまた別の錠剤、赤いやつを取り出した。「一分待って。それから、このチェーサーを飲むんだ」

売人たちとの〝医師と患者〟の関係に全幅の信頼を置き、アルマはその薬を口に入れた。パニックは消えた。それも、あっという間に。彼女は開いた手を持ちあげた。岩みたいに揺るぎない。でも、頭のなかはまだ真っ白だ。

テッドが赤い錠剤を手渡した。「これでスピードが出るよ」

まるで、喉に薬が落ちるやいなや（まさにスピード）急上昇したようだった。最初の台詞が脳にポンともどってきた。つづいて、つぎの台詞も、そのつぎも。究極の集中力。アルマはすぐさま部屋を出て、二段抜かしで（彼女は飛べるのだ）階段を下りていった。急ぐあまり、途中一度だけよろめきながら。そして、ステージへと走っていき――それから足を止めた。

彼女はあとじさり、袖に引っこんだ。

団員たちは彼女を待ってはいなかった。衣装係のナン・クーパーがアクセル・クレイボーンとのシーンを演じ、アルマの台詞を言っている。女の頭皮の禿げた箇所に頭上の照明の光が反射した。

あの衣装係の鬼婆でさえも、完璧に台詞が入っている。

アルマは天から降りてきた。縮こまり、膝へと沈みこみ、彼女はくずおれた。体内の空気は全部吸い出されていた。

演者たちは芝居をつづけた。アルマを顧みる者はない。彼女は彼らの目には映らず――消えたも同然なのだった。誰にも嗚咽《おえつ》を聞かれないよう、アルマは両手で口を押さえた。

自らの新たな台詞を頭のなかで唱えながら、バグジーは大急ぎで通路をのぼっていった。

全粒粉パンのパストラミ・サンドウィッチに、オレンジ・ソーダ。

本気で走りだし、彼はロビーを駆け抜けた。

ライ麦パンのハムとスイスチーズのサンドウィッチに、クリーム入りコーヒー。

正面のドアを抜け、歩道へ、日差しのもとへ。うん？　制服警官がふたり――こっちを見ている、いる。

バーガーに、フライドポテトに、コーラ。

ここで左折し、デリカテッセンへ――左右に警官がひとりずつ。

四種の豆のサラダに、ブラック・コーヒー。

「アラン・レインズ」右側の警官が言った。なおかつ、その言いかたは、止まれ、と命じているようだった。

チーズ・デニッシュに、ペリエ。

警官たちの手がかかった。ふたりが彼を引きずっていく。

遅れることはもうまちがいない。

第二十一章

ロロ　母親というのは、すごいものだね。彼女たちは、腕を折られても、闘いつづける。死ぬまで闘うんだよ。

「真鍮《しんちゅう》のベッド」第三幕

こんなことは許されない。他人の日記を読むのとおんなじだ。

この渡り政治屋め。

ホルストン警部は、招待も受けず、取次ぎも介さず、捜査本部に入ってきたのだ。町の王族気取りで、ミッドタウン・ノース署のこの新任指揮官――**調子のいいくず野郎**――は、重大犯罪課の両脚を切断する自らの計画を説明した。**いやなやつ。**そのうえで警部は、恨みっこなしとばかりに――**へえ、そうかい**――きれいに爪を整えたそのやわらかな手を差し出したのだった。たぶん、警部補がそこにキスするとでも思ったのだろう。この侵入者は、自分のほうが階級が上だという事実を重く見すぎているのだ。

これに応えて、ジャック・コフィーは折りたたみ式のパイプ椅子に――握手はせずに――腰を下ろし、食べかけだったサンドウィッチを平らげた。ホルストンなんぞ糞くらえだ。

いま、ランチを終えた警部補は、デリカテッセンの空き袋をぎゅうぎゅうに丸め、クルミサイズの玉にした。一方、劇場地区の警部はコルクの壁の前を得々と行きつもどりつしている。同じ管区からのもう一名の来訪者、太鼓腹のハリー・デバーマンは、ご主人にぴったりついて歩いていた。

ライカーが入ってきて、ボスに顔を向けた。「あいつら、ここで何してるんだ――」

「ミッドタウン・ノース署の副警視が引退してね。ホルストンがしばらくその穴埋めをすることになったんだ。警部の話だと、合同捜査班がひとつ立ちあげられたらしい」これ以上は付け加えるまでもないが、警部が多忙な署の責任者になるということは、その男が大出世の途上にあるということに他ならない。それは、つぎの昇格のための凝った面接なのだ。

ライカーは理解してうなずいた。「するとホルストンは、新聞の見出しを奪いに来たわけだな――このおれたちから」

そこへちょうどマロリーが入ってきて、ミッドタウンの乱入者たちが壁から資料をむしりとるところを目にした。ジャック・コフィーは同じ話を二度するのが嫌いだ。そこで彼はマロリーに言った。「刑事局長がきみのテレビ宣伝を見たんだ。それで、きみのために少し人を回してやろうと思ったわけだよ」これは嘘だ。しかし刑事局長はいまごろもう、ローカル・ニュース・チャンネルで彼女による女優のものまねを見ているにちがいない。

マロリーは首を振った。ありえない。

コフィーは笑みを浮かべた。これが彼女の大きな盲点なのだ。マロリーは、黒いサングラスで自分の正体を隠せる、美しさを抑制できる、と本気で信じている。彼女のこの奇妙な弱点は、刑事部屋の定番のジョーク——吸血鬼と同様、彼女には鏡の自分を見ることができないのだというやつを、守《も》り立てる一方だった。

ハリー・デバーマンがズボンを引っ張りあげ、彼女のほうへよたよたと歩いてきた。バグジーの写真を差し出しながら、彼は気分よさげに笑っていた。「こいつの安宿の住所についちゃ、お宅ら下手をこいてたぜ。こいつは何カ月もそこには帰ってないんだ」

「実にずさんな仕事ぶりだな」ホルストン警部は、紙を引き裂き、鋲《びょう》を床に撒き散らしながら、コルクからまた一枚、書類をむしりとった。「アラン・レインズは劇場の前で逮捕させたよ」警部はうしろに退《さ》がって、壁全体を眺め渡した。「うん、彼の事情聴取に必要なものは全部回収できたようだ」くるりと振り返ったとたん、そのえらそうな態度は消え、警部はぎくりとした。彼は、激怒した刑事、ライカーが部屋の入口に立っているのに気づいたのだ。

その伝説的痛飲の時代——数段下の位へと転落する以前は、ライカーがホルストンのボスの警部だったのだ。しらふであろうがなかろうが、ニューヨーク市警にライカー以上に尊敬されている刑事はまずいない。だからいろいろな意味で、彼はいまもホルストンより上位なのだった。そしていま、この刑事が警部に命令を下した。「バグジーはマロリーの情報屋だ。事情聴取は彼女がやるよ」

ホルストンの視線がさっとドアに飛んだ。彼は対決となれば必ず逃げてきた男だ。しかしきょうは、その選択肢はない。「うちの署で」彼は言った。「一時間後に」

ライカーはうなずき、話は決まった。

警部は、彼の犬、デバーマンをすぐうしろに従え、精一杯の空威張りで、ふんぞり返って出ていった。

「一時間か」ジャック・コフィーはマロリーの腕をつかんだ。「それだけあれば、家に帰って着替えができるな。ミッドタウンへはあの革ジャケットは着ていくなよ。あの署はいたるところ記者だらけなんだ。連中がまたきみをアルマ・サッターとまちがえたらまずいだろう?」

マロリーは、自分のカシミアのブレザーをつかむ彼の手を見おろした。おそらく、服地に接触する彼の爪が清潔かどうかチェックしているのだろう。第一、ずうずうしくもわたしに触れるなんて、いったいどういうつもりなの? しかしこれは目による会話だった。言葉では彼女はこう言った。「なぜあの連中がバグジーを引っ張ったか、わかってるでしょう?」

警部補は彼女の腕を放して、肩をすくめた。「ホルストンはマスコミ相手にショーをやりたいのさ。あの使い走りには、高価な弁護士は付いていない。彼なら簡単ってわけだ」

ライカーは首を振った。「それはないだろ。バグジーを殺人罪で告発するとなると――」

「そうはならんよ」コフィーは言った。「われわれは取引したんだ。ミッドタウン署が問うのは軽罪一件のみ。そしてそれは、犯人逮捕は堅いと見せかけるためにすぎない。ホルストンは、本当の仕事を重大犯罪課にさせることに、なんの異存もないんだ。ただし、本件最初の突破口は彼の班が開く――バグジーというやつを。そうして警部は見出しを獲得し、立ち去るわけだ」

「いいや」ライカーが言った。「あの野郎は信用ならない。ホルストンはきょう、おれたちの事件をぶっつぶす気なんだ。やつはバグジーにすべてをおっかぶせるぞ」

「ありえない」コフィーは言った。「それは不可能だ。バグジーの犯行を裏付ける証拠はひとつもないんだからな。殺人罪こそ、ホルストンが何よりも避けたいものだろう」

「そのとおりよ。でも、彼にはそこまでやる必要はない」マロリーは荒らされた自分の壁を見つめた。「すべてが嚙み合う。ここをこそこそうろついてるデバーマンをあなたがつかまえたあの日だけどね、彼はバグジーの精神状態の審理の記録を盗んだのよ。だからホルストンは、バグジーが精神病院にいたのを知っている。つまり彼は、裁判を受ける能力のない生贄《いけにえ》を握っているわけ。記者会見で、彼はただあの魔法の言葉を言えばいい――〝重要参考人〟ってね。あとは記者たちが適当に穴を埋め……事件は終結となる」

「そうとも」ライカーが言った。「ホルストンがあの小男をカメラの前に引き出した瞬間、おれたちは終わりなんだ」

マロリーはコルクの壁の空白部分の前に立った。「あのふたり、ベックの弁護士の聴取のメモをむしりとっていった。その弁護士はホルストンに動機を提供できる。彼の依頼人は、バグジーをクビにしようとしていたの。大きな動機とは言えないけど――でも、バグジーはイカレてるんだものね？　それに、このことは絶対に裁判では争われない」

警部補は両手を上げた。「もういい」ふたりが正しいことが、彼にはわかっていた。この事件には科学的証拠が一切ない（ありがとう、クララ・ローマン）――彼らにあるのは、状況証拠だけなのだ。真犯人が裁判を受けるとき、弁護人に必要なことはただひとつ。彼はただ、勾留下にある公認の精神障害者を指さしてみせればいい。どんな陪審にとっても、それは合理的疑いとなる。「わたしには連中を止める手立てはない。だが、マロリーが事情聴取をやるなら、なんとか被害を抑えられるかもしれんな」

「オーケー」ライカーが言った。「で、ホルストンがでっちあげる軽罪ってのはなんなんだ?」

「死体遺棄。もしあの小男が完全にイカレてるんでなければ、それは六百ドルの罰金刑に相当する」だが慣例により、精神障害者は精神病棟で鑑定を受けることになる。そしてバグジーはずっとそこに留め置かれるだろう。

マロリーが行こうとすると、コフィーは言った。「ちょっと待った! あの新しいジャケットは着るんじゃないぞ。クロゼットで何か、副業は銀行強盗だと主張しないようなのを見繕うんだ。わかったな?」

ライカーは、金モール付きのお仕着せを着た瘦せ男が、お気に入りの居住者を歩道に送り出すのを見守りながら、車のなかで待っていた。マロリーはチップをたっぷり与えているにちがいない。ドアマンのフランクは、彼女のコートの裾を捧げ持たんばかりだった。

それに、なんというコートだろう。これではコフィー警部補に譲歩したとは言えない。その長い黒のダスターコートは、古い西部劇でよく見るやつに似ているものの、それよりはるかに格好がいいし、革製だ。いつものシルクのTシャツは、黒のカシミアのタートルネックに代わっている。また、彼女は、あの高価なランニングシューズを途方もなく値の張るハイヒール・ブーツに履き替えていた。

彼女が運転席に乗りこむと、ライカーは手を伸ばして、その革の袖に触れてみた。すごくやわらかい。子牛の革だ。それに賭けてもいいが、この生贄の子牛たちは、あまりにか弱すぎて母牛の胎内から生きて出てこられなかったにちがいない。「コフィーが大ショックを受けるな」

そして彼らは出発した。

車が歩道を離れると、ライカーは聖クリストファーのメダルをバックミラーに掛けた。これはお守りだ。あの旅行者の守護聖人は、彼が生きて目的地にたどり着きたいと心底願っていることをマロリーに気づかせるだろうから。

彼女は第一の犠牲者の車の後部に静かに近づいていった。「もし面倒なことになったら、地下鉄でソーホーに帰って」前の車は猛スピードで彼女の通り道から出ていった。

「こっちは別にかまわんがね」ライカーは言った。「でもなんでだ?」

マロリーは彼に顔を向け、前方から目を離したまま、赤信号を突っ切り、彼らの背後の恐怖の航跡に鳴り響くブレーキの悲鳴からぐんぐんと離れていった。「ぶらぶら出てったりしないでよ。できるだけすばやく抜け出すの」

そして例の言葉、〝関係否認の能力〟が彼の頭に浮かんだ。

この傍聴室は、重大犯罪課の傍聴室ほど設備が整っていなかった。ここのミラーガラスはさほど大きくない。それに、跳ね上げ式の座席といった上等なものも、ミッドタウン・ノース署にはなかった。奥の壁には、折りたたまれたパイプ椅子が重ねて立てかけられているが、室内の人間は全員立ったままだった。

警部補は若い地方検事補の隣にいた。拳銃による決闘の距離、十歩先では、ホルストン警部が力の誇示のために選ばれた余分な刑事四名に取り巻かれている。これは、ジャック・コフィーに、数で負けているのに気づかせる小道具だ。一同はそろって、ガラスに顔を向けていた。

その向こうの取調室では、まぶしい照明のもと、小男がひとりテーブルに着いている。背中を丸め、バグジーは一方の手でもう一方の手をこねまわした。すっかりおかしくなり、ひどく怯えている彼は、神の造る他のどんな創造物より無力な生き物となっていた。尋問者を待ちながら、彼は二秒おきにドアを見あげた。

「マロリー刑事は遅いな」ホルストン警部が言った。

マロリーはひとつ下の階で、ミッドタウン・ノース署のロッカールームを物色していた。ピックでつぎつぎ鍵を開けては、勤務明けにジムに通う警官たちのスポーツバッグをかきまわす。めあてのものは、女のロッカーのひとつで見つかった。盗んだ品をダスターコートに潜ませてから、彼女は廊下を進んでいった。入構者の名札は付けていないし、金バッジも表に留めてはいないのだが、制服警官にも事務員にも咎《とが》められることはなかった。

セレブやＶＩＰに奉仕するこの署で、きょう、彼女が身に着けているのは、金《かね》だけだ。

刑事は階段をのぼってつぎの階に行き、傍聴室の前で相棒と合流した。彼は禿げ頭の男といっしょに立っていた。派手なチェックのスーツを着た、ずんぐり太った無精髭《ぶしょうひげ》の男。この連れの前では、ライカーも身だしなみがよく見えた。

「マロリー、エディ・モンローを覚えてるかな。彼がバグジーの弁護士なんだ」

公設弁護人事務所きっての無精者のこの三流弁護士を、誰が忘れられるだろう？　モンローは迅速な解決を好む。ときには汚いやつを。そしてこの性格的欠陥は、本人の衛生面にも及んでいる。彼はにおった。それに、その爪は汚れていた。

「バグジーは取り調べに弁護士を同席させる権利を放棄した」ライカーが言った。「びっくりだろ？　気の毒に、エディは無駄足を踏んだわけだよ」

マロリーは弁護士に向き直った。「今回はちゃんと依頼人と話をしたの？」

「いや」モンローは両手を広げ、〝なんのために？〟と問いかけた。「死体遺棄だからな。ちゃちな罪状だよ。それに、連中は罰金を科す気さえない。わたしは彼のために取引をしてやった」弁護士は太った親指を立てた。「まず、彼が自白をする」つぎに彼は人差し指を立てた。「それから、わたしが彼を釈放させる」最後に中指が来て、〝くそったれフィニッシュ〟を表現した。「そして、みんな早くうちに帰る」

「実にスマートだな」ライカーがマロリーに顔を向けた。「罪状認否手続きはすでに裁判所の予定表に載っている。バグジーはまだ告発されてもいないのにだ」

「そうとも」モンローは言った。「記者会見にタイミングを合わせたんだ。取り調べには一時間使えるよ、マロリー。そんなに長くはかからんだろうがね。わたしの依頼人は、完全にイカレてるそうじゃないか」
それに、〝使い走り〟にとってこれ以上ひどい擁護《ようご》者はいない。
マロリーはサングラスをかけたまま、王族の来賓さながらのいでたちで、傍聴室に入ってきた。

遅刻して。謝罪もせず。言い訳もせず。

全員が彼女のほうに目を向け、室内の緊張レベルがひと目盛り上がった。コフィー警部補だけがほほえんでいた。マロリーの新しい、よりよくなった衣装に腹を立てもせず。彼女のハイヒール・ブーツを彼はじっと見つめた。目下、彼の部下は身長で警部とその部下たちの半数に二インチ勝っていた。

若い地方検事補が、重ねられたパイプ椅子のほうへ飛んでいった。彼は椅子のひとつを取って、マロリーのところに運んできた。レディーが腰かけられるように。

「何をやってる?」ホルストン警部が地方検事補から椅子をひったくり、もとの壁のほうへ放り出した。「彼女はすぐに行くんだぞ!」彼は怒りの矛先をマロリーに向け、隣室に面したガラスの窓を指さした。「行け。いますぐだ!」

まあ、あわてるな。

マロリーはただ警部を見おろした。それから、これ見よがしにゆっくりと自分のボスのほうを向き、コフィーに――警部より下位の男に判断を仰いだ。彼女は身じろぎもせず、そこに立っていた。時間はいくらでもあると言わんばかりに。

そして、お楽しみはここまでと判断してから、ジャック・コフィーは彼女にうなずいて言った。「行け」

マロリーはよき兵士のように回れ右をして、出ていった。あとでコフィーはこの瞬間を、警報が作動せねばならなかった時として思い出すことになる。

ライカー刑事は公設弁護人を従えていた。いや、むしろ引っ立てていると言ったほうがいい。傍聴室のなかに弁護士を進ませるとき、ライカーの手はその背中に当てられていた。

まず驚き、つぎに腹を立てて、ホルストン警部はエディ・モンローをにらみつけた。無言のうちに、これじゃ話がちがうぞ、と弁護士を責めているんだろうか？　ライカーは警部の視線をとらえ、モンローはここに留まるのだ、と伝えた。これは新たな取引なのだ、と。

リンチの目撃者は多ければ多いほどいい。

異論が出ることはありえない。部屋に、地方検事補がいるかぎりは。その若造はロースクールを出たばかりのように見える。経験も狡猾《こうかつ》さもないために、この役に抜擢されたにちがいない。いまもまだ法律に関連するすべてに恋をしている若者。

ライカーはミラーガラスに顔を向けた。相棒が取調室に入ってきて、バグジーの向かい側にすわる。彼女はペンと罫線入りの黄色いノートを差し出した。バグジーが彼女の両手をつかみ、ぎゅっと握り締めると、ノートパッドはテーブルに落ちた。彼はマロリーに会えて大喜びしており、彼女が行ってしまうのをひどく恐れていた。

マロリーは彼に静かに語りかけた。静かすぎるほど静かに。ホルストン警部は操作パネルに手を伸ばし、彼女の声が聞こえるよう音量をぐんと上げた。「わたしを信じて」

バグジーの頭がうんうんと上下に動く。もの言えぬ動物の同意。彼はマロリーの手を放してペンを取った。指示に従い、黄色いノートに視線を注《そそ》ぎ、自分の本名をアラン・レインズと書きこむ。マロリーが彼の偽の住まい、あの安宿の住所を口述すると、彼は一瞬、いぶかしげに顔を上げ、それから、彼女のためにまた一行、ペンを走らせた。

「自分の言葉で」マロリーは言った。「舞台裏から車椅子を盗み出した経緯を書くのよ——その車椅子を使って、ディッキー・ワイアットの死体を劇場の座席に運んだ経緯も」

バグジーは顔を上げ、彼女の目に目を合わせて首を振った。

「言うとおりにして」〝わたしを信じて〟と言ったときと同じ静かな口調で、マロリーはそう言った。

そしてバグジーは、日々演じているあの役に忠実に、命令に従った。彼は身をかがめて仕事にかかり、死後二日目の遺体を車椅子で運んだことを告白した。

ガラスのこちら側で、地方検事局の若造が言った。「彼女は自白を引き出しているんじゃない。あれは口述ですよ」

ホルストンは、若い法律家の肩に優しく腕を回した。「坊や、われわれはこれを録音していない。心配するな。きみのボスに聞いてみるといい。警官たちは始終この種のことをやっているんだ」

地方検事補は不安に駆られ、公設弁護人を見やったが、当のエディ・モンローはこの討論になんの興味も示さなかった。彼は我関せずといった体《てい》で、奥の壁に寄りかかり、新聞のスポーツ欄を読んでいる。そしてこのことは、地方検事の部下を――いや、地方検事の小僧を安堵させたようだった。

供述を書き終えたバグジーは、マロリーに目を向けて、つぎの指示を求めた。

「今度は、あなたが遺体を手に入れた経緯について書かなきゃならない」彼女は言った。

バグジーの抵抗を示す唯一のものは、〝たのむから〟というその口の動きだけだった。

「言うとおりにして。約束する。そうすれば、あなたは釈放される。わたしが自分でここからあなたを連れ出すから。いっしょにピザを食べてビールを飲みましょう」

「こんなのはまちがっている」地方検事補が言った。

「いいや」ホルストン警部は言った。「これでいいのさ」彼は若造の肩に両手をかけて力を加えた――強くぎゅっと。「マロリーは一日じゅう彼に嘘をついてもいいんだ。嘘八百を並べ立ててもかまわないんだよ」警部は威嚇《いかく》のレベルまで声のボリュームを上げた。「最高裁がそう言っている！」

「アーメン」新聞から顔を上げ、エディ・モンローが言った。彼は地方検事補に向かって親指を立ててみせた。「落ち着きな、坊や。何も問題ない」

取調室では、マロリーが言っている。「いい？　バグジー」彼女は、マジックミラーを指さした。「あの鏡の向こうには観客がいるの。みんな、あなたを見に来たのよ」声を低くして、彼女はつづけた。「あなたはきょう、ディッキー・ワイアットを殺した男を演じるの」

「あの女、どういうつもりなんだ？」ホルストンはうしろを振り返った。公設弁護人はいまの言葉を気にしているだろうか？　いや、気にしていない。ホルストンは、怒気をはらむしゃがれ声でジャック・コフィーにささやいた。「われわれは、軽罪がひとつほしいだけだ。そのことは彼女も知っている。第一、ワイアットは殺されたわけじゃないだろう」

ライカーは笑みを浮かべた。どうやらミッドタウン・ノース署には、検視局に問い合わせをした者はひとりもいないようだ。そしてドクター・スロープはいまもディッキー・ワイアットの検視報告書を留め置いている。

「警部補のメモを」警部が指をパチンと鳴らすと、ハリー・デバーマンが手帳の一ページを手渡した。それは、ジャック・コフィーの手書きの文字で埋め尽くされていた。ホルストンによる重大犯罪課急襲の戦利品だ。「ジャック、きみの部下たちが例のジャンキーの遺体を発見した直後、きみは検視局と話をした。そうだろう？　ここに書いてあるぞ。検視官の診断は、麻薬の過量摂取だと」

「わたしはマロリーに、あなたたちがほしいのは中途半端な成果だけだと話したんですがね」コフィーは言った。「たぶん彼女は我慢しきれなかったんでしょう」彼の視線は取調室のバグジーに注がれていた。小男はまだ、自分の犯した架空の犯罪の詳細を書き綴っている。「マロリーはうまくやってる。これで事件は終結ですよ。殺人の告白――あなたたちのビッグな記者会見にもちゃんと間に合う」

「殺人？」エディ・モンローが新聞を放り出して、ガラスに歩み寄った。「これは、うちのボスが承認した取引とはちがうな。ホルストン、あんた、何を企んでるんだ？　わたしを失業させる気か？　取引は中止だ！　書類を返せ！」

「もっといい書類があるぞ」ホルストン警部がハリー・デバーマンに視線を向けた。「例の裁判記録を彼に渡してやれ」

デバーマン刑事は分厚い書類の束を公設弁護人に渡した。「ほら。これによると、あんたの依頼人はすでに精神病棟で暮らしたことがあるんだ」

書類が広げられた。ライカーには、それが例の盗まれた資料、バグジーの精神状態の審理の古い記録であることがわかった。

「それに、ディッキー・ワイアットは過量摂取だしな」ホルストンは言った。「彼は自分で自分を殺したんだ。モンロー、わかっているだろう？　われわれは起きてもいない殺人で精神障害者を告発したりしない」ホルストンは若い地方検事補に目を向けた。「きみから彼に言ってやれ！」

「ミスター・レインズは殺人の自白をすることができます」地方検事補は言った。「しかし、警察には彼を告発する義務はありません。わたしが保証します。彼らはもっと軽い罪で――死体遺棄で手を打ちます。ですが、もし彼が精神障害者として認定されているなら――」

「結構」エディ・モンローはブリーフケースに記録をしまった。

地方検事補は親指でミラーガラスを指し示して、ホルストン警部に訊ねた。「あの男はどの程度、頭がおかしいんです?」エディ・モンローが急いで部屋を出ていくとき、若者はその背中に呼びかけた。「いまの書類を見せてもらえませんか?」

もう遅い。ドアが閉まった。

「いいや、見せるわけにはいかない」ホルストン警部が地方検事補の腕をつかみ、モンローのあとを追おうとする彼を引き留めた。「何年も前に、精神状態の審理があったんだ。あの男は病院から解放された。だから彼はイカレてるかもしれないが、法的には正気だ。きみにはかかわりのないことだよ、坊や」

ライカーにはわかっていた。エディ・モンローはあの記録を読みはしない――罪状認否手続き前には絶対に。そんなのは仕事っぽすぎる。もしもっとよい弁護士だったなら、あの男には自白をぶっつぶして依頼人を釈放させることができたろう。それでさらに手間が省《はぶ》ける。

それに、ホルストンのほうも、法律用語で頭を麻痺《まひ》させるあの記録を丹念に読んだとは思えない。おそらく要約のページにさえ目を通していないんじゃないか。過去のあの精神状態の審理では、正気かどうかは問題じゃなかった。五年前、問われていたのは、バグジーの自由だけだったのだ。

それはまだどうなるかわからない。これもエディ・モンローのおかげだ。

そしていま、ライカーは自分とボスを即刻――マロリーの予備のプランが始動する前に――ここから脱出させねばならないわけだ。他の者たちがぞろぞろと出ていくとき、彼は取調室の窓をちらりと見やった。彼女はどこに行ったんだ？
いや、知らないほうがいい。

あの人はどこなんだ？

バグジーはひとりすわって、壊れた時計を見つめ、十分後にもどると約束したマロリーをじっと待っていた。鍵がカチリと鳴った。ドアが開き、彼女が入ってきた。しかしその手に鍵はなく、あるのは金属の小さな道具ふたつだけで、それらはすばやくポケットに収められた。

「出発よ」刑事は身をかがめて、茶色の袋と紙コップが複数入った浅い箱をテーブルに置いた。「配達の男の子から奪ってきたの」彼女はデリカテッセンの注文伝票のお客の名を指さした。「これは、ケイ刑事の分。覚えておいて――彼のランチは最後に届けるの」つぎに彼女はコートの前を開け、ピンクの野球帽のひさしが飛び出しているビニール袋を取り出した。「何点か衣装を借りてきた。それと、これも必要ね」そう言って、自分のサングラスを手渡す。

彼女はさらにいくつか指示を与え、彼はうなずいた。彼女が部屋をあとにしたとき、ドアは少し開いたままになっていた。

バグジーはビニール袋から派手なピンクのTシャツを取り出した。それは借り物の帽子とそろいだった。彼がホモっぽい軟弱男のイメージで演《や》ることにしたのは、この色のためだ。彼はマロリーのサングラスをかけ、飲食物の箱をかかえて、廊下を進んでいった。その先には、デスクの並ぶ部屋があり、男や女が電話したりノートパソコンのキーをたたいたりしていた。甲高い裏声を使い、バグジーはふたりの刑事の名前を呼んだ。手が上がり、彼はデリカテッセンの袋とコップを各注文者のもとに届けた。

さて、最後のひとつだ。「ケイ刑事？」

「こっちだよ」

バグジーはその男の席、階段にいちばん近いデスクへと踊るように歩いていき、茶色の袋を置いた。「ライ麦パンのハムサンド」おつぎは紙コップ。「それと、クリーム入りコーヒー。七ドル五十セントです」彼は代金を受け取るべく片手を差し出した。

刑事は十ドル札を寄越した。「釣りは取っときな、坊や」そう言うと、感嘆の眼でまじまじとバグジーを見つめた。「いいサングラスだなあ。そのフレーム、本物の金なの？」

バグジーは、はにかみ屋の女の子みたいにくすくす笑うと、気取った足取りで部屋を出て、階段室に入った。待っていたマロリーが、ピンクの野球帽をひったくり、Tシャツをすばやく脱がせた。彼女は、彼のコートと鍵一式を手渡した。一階に着いたとき、バグジーはマロリーの十フィートうしろを歩いており、彼女の航跡に隠れ、その姿は目に見えなくなっていた。

マロリーは会議室の人混みの後方に立っていた。ライカーはとうの昔に消えている。いまごろはもうソーホー署にもどっているだろう。それに、警部補のほうも、どうやらミッドタウン・ノース署をあとにしたらしい。彼は、まもなく始まる犯人のお披露目、カメラと照明と嘘八百にかかわりたくないわけだ。

ホルストン警部は演台に向かって立っている。重要参考人の勾留を発表したあと、記者たちの矢継ぎ早の質問に応え、彼は両手を上げて静粛を求めた。「いいえ」彼は一同に言った。「当該人物の名前を明かすことはできません」しかし、もしお待ち願えるなら――と彼はみなに約束した――みなさんはその男が署から連れ出される姿を目にすることができるでしょう。

警報が鳴りだした。そのけたたましい金属的な叫びのなか、制服警官がひとり、演台に駆け寄っていく。別の制服警官がドアを閉めて、その前に立ち、腕組みをした。署内全域で、いま、警官たちが階段や非常口を封鎖しているにちがいない。

マロリーはマスコミの一群を眺め渡した。ここにいる警察署の番記者たちは、あの音を知っている。あれは火災警報ではない。厳重警戒態勢を命じる一本調子のサイレンだ。ひとりの記者がこちらを向いた。彼女がよく知っている顔。ルイ・マーコヴィッツは、本人の左足に因んだあだ名を持つ印象的なこの男をときどきうまく利用していた。

ウッディ（木製の意）は、片方だけ義足の足でぎくしゃくと歩いてきた。「やあ、マロリー。いったいどうなってるんだ？　誰が逃げたんだよ？」

「さっぱりわからない」

思い切り冷笑的に、記者は言った。「オーケー、つぎの質問だ。あの警部の言う、重要参考人ってのは誰なのかな？」

「わたしの知るかぎり、重要参考人なんていないけど」

「それはつまり――もういないってことだよな」ウッディ・メリルは言った。

ウッディのカメラマンがふたりに加わった。彼は、ミッドタウン・ノース署の指揮官を指さした。「警官が駆け寄ってきたとき、おれはホルストンから三フィートのとこにいたんだがね。やつはホルストンに『あの男が消えた』って言ってたよ。ただ歩いて出てったんだとか」

「どの男かは言ってなかったのか？　名前は？　いや、そう都合よくいくわきゃないな」ウッディはマロリーに顔をもどした。「オーケー、これで重要参考人が逃亡中だってことがわかった。そいつが例の殺しの犯人なんだろう？」

「重大犯罪課はこの騒ぎとはなんの関係もないから」マロリーは言った。「わたしなら、ホルストンが勾留した男を重要参考人とは呼ばない。これはいまもわたしの事件よ。わたしには当然わかってる」

「すると、警部は法螺《ほら》を吹いてるんだな？　あんたのいまの言葉――」

「だめよ」マロリーは、戦時の功績と犠牲ゆえに彼女の養父に敬われていたこの退役軍人にほほえみかけた。そして彼女はルイ・マーコヴィッツの言葉をそっくり借用して言った。「もしわたしの言葉を引き合いに出したら――いいほうの脚の膝の皿を撃ち抜いてやる」

マロリーは、ぷんぷんにおう大型ゴミ容器のかたわらで立ち止まった。車は歩道から見えないよう、路地裏のそのゴミ容器の陰に駐めてある。彼女は片手に平たいボール箱、もう一方の手にビールの六本パックを持っていた。

バグジーがドアに鍵を挿しこみ、劇場の裏口を開けた。ピザとビールをマロリーから引き取ると、彼は脇に寄って言った。「レディー・ファースト」

　建物内が無人であることは、壁のスイッチを入れる前にわかった。静まり返った空間《デッド・スペース》。「異状なし」彼女が言うと、バグジーがあとから入ってきた。ふたりは舞台セットの裏手を歩いていった。ゴーストライトが背景の窓の向こうで輝いている。彼らは階段をのぼって、楽屋の並びへと向かった。

「わたしは突き当たりの部屋で寝てるんです」〝使い走り〟は先に立って、手すりのあるロフトのデッキを進んでいき、いちばん奥のドアの前で立ち止まると、キーホルダーを取り出した。

「この部屋は二十年間、閉めっ切りなんです。呪われた部屋だからね。わたし以外、足を踏み入れる者はいません。なかにはトイレとシンクもあるんですよ」ドアの鍵を開けながら、彼は「誰にも言わないでくださいよ」とささやいた。「他の部屋は改装してありますが、ここはゴミ溜めのまんまです。だから、あんまり期待しないでくださいよね？」

　楽屋に入ってまず目についたのは、破片がいくつか欠け落ちた、割れた鏡だった。鏡は小さな電球に囲まれており、点灯しているのはそのうち二個だけだ。そして鏡の前には、縁から布が垂れたテーブルがあり、物が置ける他のあらゆる場所と同じく、その上にも埃まみれの口紅やメイクブラシが積みあげてあった。ひとつだけあるコンセントには、もつれあうコードのプラグが挿しこまれていた。

　〝使い走り〟はピザの箱と六本パックを、寝床の上に置いた。それは、すり切れた毛布、小さな枕、マットレス代わりの積みあげた新聞紙でできていた。錆《さ》びたラジエイターの周辺では、水漏れするパイプが過去に起こした洪水により、緑の壁のペンキがはがれ、幅木がたわんでいる。ラジエイターの横の床には、ホットプレートがひとつ置いてあった。

宿なし用の宿の備品は、すべてそろっている。

バグジーは彼のダッフルバッグの載った安楽椅子を指さした。「あそこにすわっちゃだめですよ。埃でむせちまうといけないからね」彼はマロリーのために雑巾《ぞうきん》で木の椅子を磨いた。それから、床の上の一時しのぎのベッドにすわると、膝をかかえこみ、ぐらぐらと体を揺らして、一日の不安を振るい落とした。「ここにずうっといられたらいいんですがねえ。こいつは、わたしがこれまでに寝泊まりしたなかで最高の宿なんです」

だがマロリーは知っている。彼はチャールズ・バトラーの高い基準に見合う高価なアンティークで設えられた家で育ったのだ。「あなたのお母さんはとってもいい家をお持ちだと聞いてるけど」

「わたしには母親はいません」バグジーは言った。「わたしはひどい難産で生まれましてね、母親はそのお産で死んじまったんです」

これは芝居の台詞《せりふ》なのだろうか？

たぶんあの劇評家が正しく、アラン・レインズは本当に消えてしまったのかもしれない。この男のなかにはもう、バグジー以外、誰もいないのかも。「それはお気の毒に」マロリーは言った。母のない子がもうひとりの母のない子に。「ところで、何か情報はない？　その後、黒板に新しいメッセージは書かれた？」

「ああ、アルマに言わせりゃね。本当とは思えませんが。彼女にはいつも、ありもしないものが見えるんですから。あれこれ聞こえることもあるようだしね」〝使い走り〟はマロリーを見あげた。その目は前ほどびくついていない。彼は化粧テーブルに顔を向けた。「あの鏡がどうして割れたのか、教えてあげましょうか。ほら、一箇所、大きく欠けてるとこがあるでしょう？　その破片は、この劇場の持ち主だった爺さんの心臓に刺さってたんです。この話、もうしましたっけ？　爺さんを殺した女優はイカレててね――幽霊を刺してるつもりだったんですよ」彼はビールの蓋をねじ開け、マロリーにボトルを差し出した。「この部屋にはその爺さんが出るって言われてます。わたしは見たことないですが。わたしはアルマに、その話が載ってるサイトを教えてやりました。参考になるかと思ってね。彼女は、その幽霊がゴーストライターだと思ってるんで」

「でも、あなたはちがう。あなたは幽霊なんて信じてないんでしょう？」それほどには。

彼女が何を言いたいか、バグジーは理解した。その笑顔はうしろめたげだった。「でもね、ここはわたしらがほんとじゃないことを造りあげる場所なんです」彼は頭を垂れた。「幽霊か。どうですかね。夜が更けると、わたしにもいろいろ聞こえますよ。真夜中に警備員が建物を巡回するんですが、ときどき彼のとはちがう足音がするんです。朝にもまた足音がするし。公演が始まってからずっとですよ。だけど、ほんとに怖いのがなんなのか、わかります？　それは、ある音がしないってことなんです。ほら」彼は指を一本立てて、静かにするよう合図した。「何も聞こえない。ネズミが壁の内側をくずす音がしないでしょ。こういう古い劇場としちゃ、こりゃあおかしな話です。ハツカネズミがいないなら、クマネズミがいる。それは確かなことなんだ。なのに、わたしはどっちも一度も見たことがない。音もしなけりゃ、影も形もない……何が言いたいか、わかりますよね?」

そう、彼女にはわかった。クマネズミが怯えて逃げ出すほど怖いものとはなんなのだろう?

第二十二章

ロロ　なぜ？　どこであれ、あのふたりについていくなんて、きみは何を考えていたんだ？
スーザン　ふたりからメモを渡されたの。あなたには助けが必要だって、そこに書いてあったのよ。（彼女はその紙を彼に手渡す。彼はじっとそれを見つめ、やがて首を振る）
ロロ　知らなかったよ。あのふたりに字が書けるとはね。

「真鍮《しんちゅう》のベッド」第三幕

チャールズ・バトラーは台本のページをぱらぱらと繰った。「本当ですか？　読んでないなんて？」
「マーカーの入った部分だけ読んだんだ」ライカーは言った。「一家惨殺《ざんさつ》事件に合致する箇所だけな」刑事はコルクの壁に顔を向けた。そこにはさらに何層もの紙が加えられていた。刑事十名では読みきれない量の資料が。だからそろそろ、彼らと会話できる人間掲示板、チャールズを更新しなければならない。「新情報が山ほどあるんだよ。アクセル・クレイボーンがらみのは一件だけだ」ライカーはマロリーの個人的なメモの一行を軽くたたいた。

「お金の問題?」心理学者は、何日か前に自身の直観像記憶に取りこんだ古い新聞記事を指さした。「この記事によると、彼は最高級のギャラを取るハリウッド・スターだったんですよ。たとえ最近、映画に出ていなかったとしても——」

「そうだな、あの男にはおれレベルの金の問題はないよ」ライカーの銀行口座は慢性的にマイナスなのだ。「マロリーの話じゃ、彼は百万ドルの当座資産を持ってるそうだ。たぶんもうちょいだな」億万長者の本拠地、ニューヨーク・シティでは、その程度では資産家とはみなされない。この町の基準では、あの俳優は金持ちですらない。「やつは財産のほとんどを大暴落でなくしてる。ハイリスクの投資をやりすぎたんだ——たとえば、やつのコンドミニアムとかな。いまそれを売った場合、やつには七桁の負債が残る」だから、無理があるかもしれないが、ポケットに百万ドル持つ男が、マロリーのレーダーにひっかかったわけだ。彼女の最愛の動機、〝金〟を探知するレーダーに。

「でも、クレイボーンはブロードウェイで山ほど稼いでるはずですよ」

「それがその百万ドルの出所なんだ」ライカーは言った。「あいつは前金でそれだけ支払われてる。ところで、この壁にないものはなんだと思う? ディッキー・ワイアットの検視報告書だよ」なのに、あのくそ検視局長は、ポーカーの席でその結果を漏らしやがった。「コピーを見せるよ。だが、それを見たことは他言無用。特にドクター・スロープには絶対言うなよ」マロリーの持つ検視報告書は、初期の草稿、ハッカーの戦利品なのだ。スロープには、彼女が彼の背後から違法なのぞき見をしたことを知られてはならない。

ライカーは、コルクの壁に取り組むチャールズを残して、その場をあとにした。刑事部屋に入った彼は、自分のデスクの椅子が占拠されているのを知った。警部補がそこにすわって腕を組み、辛抱《しんぼう》強く待ち伏せしていた。

「マスコミから何本も電話がかかってきていてね」ジャック・コフィーは言った。「連中によると、ミッドタウン・ノース署から逃亡者が出たらしい。われわれの事件の重要参考人だそうだ」彼は眉を上げてみせた――びっくりだろう？「連中は名前も人相もつかんでいない。その男がどうやって抜け出したのかも、知らない。だから……万が一、また連中が電話してくるときに備えて、訊いておくよ。これについて、何か考えはあるかな？」

「いや」ボスはこれを信じるだろうか？　いや。

「結構」コフィーは立ちあがり、歩み去った。おそらくは、厳重警戒警報が鳴りだしたとき、マロリーはどこにいたのかを考えながら。それに、彼女がバグジーをどこに隠したのかを。だがそれらの疑問の答えを知れば、彼は訊くんじゃなかったと後悔するだけだろう。肩越しに振り返って、警部補は言った。「マスコミからの電話は、あんたに転送するよう電話を設定したよ」

なんとすばらしい先見の明――予想していた嘘に対する懲罰《ちようばつ》任務だ。

デスクの電話のボタンはどれもみな、保留中の呼び出しで赤く点滅していた。その昔、ニューヨーク・シティでは、二十八名の人員が市警のマスコミ対応のために雇われていた。彼らは第一級の仕事をしており、本物のニュースを発信したものだ。ところが前市長がその部署を骨抜きにし、無菌化された新聞発表を行うPRマシンへと変えた。現在、記者たち——その特に優秀な者たちは、それなりの時間、警官を悩ませれば、真実に到達できるものと考え、警察署のドアをたたいたり、電話回線を満杯にしたりする。

うまくいくわけはないのに。

ライカーは腰を下ろし、自分たちの事件に重要参考人が存在することに驚いてみせながら、放送局や新聞社の質問をさばいていった。「初耳だな」彼はニューヨーク・タイムズの記者に言った。「おれはその事件を担当してるんだが」行列の四番目の電話を取ったときは、「いいや」とCNNの女性に。「知らないねえ。ホルストン警部に訊くんだな。それは彼の署なんだ」そしてここで、彼は知った。コメントを求めようにも警部はつかまらないらしい。つづいて、あるキー局の報道記者には、こう言った。「冗談だろ？　ミッドタウン・ノース署から容疑者が逃走？」なんてショッキングな。彼はあくびをし、壁の時計に目をやった。

時間切れだ。準備ができていようがいまいが。

操作ボタンの半分を占める、保留にされた記者たちの点滅中のライトを放置し、ライカーは立ちあがって捜査本部へと向かった。チャールズ・バトラーは、劇場の黒板を写した一連の写真の前に立っていた。ゴーストライターのマロリー宛のメッセージに、彼は釘付けなのだった。その手には固く巻かれた芝居の台本が握られている。そして彼は、もう一方のてのひらに何度も何度もそれをたたきつけていた。これは、彼がその原稿を不穏なものと見ている証《あかし》だ。

刑事はそばに行って訊ねた。「さてと……進捗状況は？」訊かなくても、見ればわかったが。チャールズは、三層分の資料をめくって、マロリーの首の切断をにおわす黒板の写真を見つけたのだから。どうやら彼がこれを見るのは初めてらしい。ヒントは、彼のカエルの目にあった。それは飛び出し、つづいて固く閉じられた。

「やっぱりだ！　あの芝居にぴったり一致――」

「そのことなら気にするな」ライカーは言った。「あの野郎はマロリーをからかってるだけだよ」

「えっ？　そいつは彼女の首を打ち落とすために、自分の芝居に彼女を書き加えたんですよ」

チャールズは壁から黒板の写真をむしりとった。「このメッセージと実際の公演とで、彼女の命に対する脅しは二件になるんです！」

「あの芝居は数に入らんよ。あれはマネキン人形の首だからな。きみも現場にいたんだ。その目で見ただろう」ライカーはチャールズの手から写真を引き取った。「このことは忘れるんだ。ただの悪ふざけだよ」

チャールズは台本を掲げた。「あなたもこの芝居を読むべきですよ」

「言ったろう。もう読んだよ。死体の数も、犯行現場の詳細も――」

「でも、劇中の過去の物語、例の一家惨殺――あれは女性を殺す話なんです。女性を殺すのが大好きだという話なんですよ。そしていま、その作者はマロリーに照準を合わせているわけです」

「二十ドル賭けよう。彼女のほうが先にそいつをやるだろうよ」

チャールズはこれをおもしろいとは思わなかったらしい。さらに残念なことに、彼には賭けに応じる気もないようだった。友人をなだめるため、ライカーは相棒の無事を確認すべく携帯電話を取り出した。


刑事が化粧テーブルに携帯電話を置いて、拳銃を抜いた。

この人にもいまの声が聞こえたにちがいない。

バグジーは開いたままのドアに目を向け、耳をすませた。誰かが外で泣いている。彼はすばやく道を空け、刑事はドアから出ていった。ビュン。彼女はもういない。

おつぎはどうする?

そうだな、ビールはぬるくなりつつあるし、ピザは冷めつつある。そのひと切れにかぶりつこうとしたときだ。刑事が放置していった携帯電話が鳴った。彼はその電話に出た。出ないわけにはいかない。それがこの世における彼の仕事なのだから。「もしもし?」

すると、男の低い声が言った。「彼女はどこだ?」

「マロリー刑事ですか? たったいま出てったんですが。メッセージをうかがいましょうか?」バグジーは化粧テーブルの引き出しをかきまわして、古い口紅を一本、取り出した。キャップを取ると、赤いスティックは乾いており、ボロボロとくずれた。彼は割れた鏡の上に試し書きをした。準備完了。「どちら様でしょう?」

「ひとこと」鼻にかかった中西部の訛《なまり》で、声が言う。「一、家、惨、殺。そう言えば、彼女にはわかる――」

「ああ、一家惨殺ね。その話なら知ってますよ」

厄介なブーツ。

このハイヒールは音を立てすぎる。マロリーはブーツを脱いで、ステージに出ていった。

動物が人間そっくりの声を出すこともある。きっと猫にちがいない。そしてネズミは猫を怖がる。ふたつの謎が解けた――泣き声と、害獣のいない音なしの壁の不思議が。彼女はホルスターに銃を収めた。それから、ブーツを手に階段をのぼっていき、楽屋が並ぶ一帯へと向かった。ロフトのデッキの突き当たりに近づくと、バグジーが話しているのが聞こえてきた。彼の声に恐れはない。それでも彼女は銃を抜き、そっと部屋へと歩み寄ると、一インチだけドアを開いた。

あの小男が床にすわり、彼女の携帯を耳に当てて言っている。「いや、耳はでっかくないですよ……そう、あの双子に関して唯一ノーマルなのが、耳なんでね」

マロリーは室内に飛びこみ、バグジーの手から携帯をひったくった。彼は仰天して飛びあがった。彼女はカチッと電話を切り、活字体で書かれた鏡の赤い文字を見つめた。一家惨殺。電話のメニューをクリックして、受信記録を見ると、そこにはハーパー保安官の携帯の番号があった。

「わたし、何かまずいことをしちゃいました？」驚きからは立ち直ったものの、バグジーは今度は不安げな顔をしていた。

「いいえ、あなたはよくやった」マロリーは、彼の手のぼろぼろの口紅を見おろした。「保安官に芝居のことを話したの？」

「芝居のことは何ひとつ話しちゃいませんよ」バグジーは鏡の文字を指さした。「それが彼らの伝言です。で、わたしは、その話なら自分も知ってると言ったんです」

「そしてあなたは彼にその話をした、と」マロリーは言った。「それから？」

「一家惨殺の話になって、まもなくですがね。向こうがえらく興奮したんです。まあ、彼にしちゃってことですが。とにかくテンションの低い男でしたから。だのに、わたしが双子のことを口にしたら――いきなり食いついてきて、そのふたりに会ったことがあるのかって訊くんですよ。わたしは、もちろんだ、と言ってやりました。毎日会ってるってね。すると彼は、あのふたりの耳のことを訊いてきたんです」

「大きな耳ね」マロリーの手のなかで電話が鳴っている。小さな画面には保安官の番号が表示されていた。彼女はそれをそのままにして、留守録サービスに送った。「この劇場にはネズミ退治をするやつはいる？」

「猫ですか？　いや、見たことないな。猫用のトイレも何もないし」彼はドアのほうを見やった。「ああ、あの泣き声ね。ときたま、アルマが楽屋で泣いてるのが聞こえるけど、いま聞こえたのはそれとはぜんぜんちがいますよ」そしてここで、彼は片手で声を殺し、女みたいに泣いてみせた。それがアルマの泣きかたらしい。

マロリーは彼と並んで寝床にすわった。この情報屋、この入場パスにより、彼女は出演者やスタッフの舞台裏の全生活を自由にのぞきこめるのだ。彼は最高の観察者であり、団員たちの声色や口調まで伝えられる。それに、涙までも。「正確なところ、アルマはいつから泣くようになったの？」


ちくしょうめ！　近いうちにあの双子たちが姿を現すことは、わかっていた。

保安官のジープは、除雪車のあとにつづき、インディアナ州の道をのろのろと進んでいた。彼が裸足で走っても、もっといいタイムが出るだろう。だが、とにもかくにも雪はやんだ。それに、ラジオによると、ニューヨーク・シティはすごく天気がいいらしい。

進むべき何マイルもの道。横断すべきいくつもの州。行く手に待つよりよい道路。

昨夜、モーテルにこもっているとき、彼は暇な時間を利用して、マロリー刑事専用の着信音を設定した。そしていま、彼の携帯電話が「クライ・ミー・ア・リヴァー」のイントロを奏でている。電話を耳に当てると、絹のような声が言った。「あなたが見失ったとき、あなたの第一容疑者たちはいくつだったの、保安官？　耳の大きなその少年たちは？」

「目撃者だ——容疑者じゃない。里親に引き取られたとき、彼らは十二歳だった」

「彼らを引き取る親族は残ってなかったわけ？　ふたりはその全員を殺してしまったの？」

なに、かまうもんか。少し刺激してやれ。そうとも、彼女をしゃべらせるんだ。「一週間ほどして、親族のひとりがちゃんと彼らを迎えに来たよ。おばさんだか、いとこだか。どっちかは忘れたがね。その女は、双子の母親の家を売り、一家の銀行口座を空っぽにするまで、ふたりを手もとに置いといた。それから、州外のどこかで子供たちを捨てたんだろう。わたしはその女の行方をさがし、メンフィスで彼女を見つけた。本人によれば、子供たちは家出したんだそうだ」

「でも、あなたには彼女が嘘をついているのがわかった」マロリーは言った。「たぶん、双子たちが彼女をビビらせたんでしょうね——または、彼女のことも殺そうとしたのか。大きい男の子のほうはどうなったの？　体が不自由な子は？」

さっきの男、バグジーも第三の生存者のことを知っていた。

「彼はどうなったのよ、保安官？　あなたはそれを言ってないでしょ」

そして、いまも言うつもりはない。カチリ。

ミッドタウン・ノース署からバグジーをさらったことをもしも怒っているとするなら、ボスはその怒りを奇妙なかたちで表していた。締めつけは解かれた。ライカーと相棒はもう人手不足に苦しんではいない。課の全員が手がかりを追う時間を与えられ、初期に寄せられた情報は第二のコルクの壁へと枝を広げつつあった。

しかし彼らの人間データ貯蔵庫、チャールズ・バトラーは立ち去ろうとしている。オーバーのボタンをかける彼に、マロリーが鍵を手渡した。ライカーがこのやりとりを見守っているのに気づくと、彼女は意味ありげに彼に首を振ってみせ、これがどういうことなのかあなたは知らないほうがよいのだ、と伝えた。

ということは、これはバグジーがらみにちがいない。そして、〝関係否認の能力〟という彼女の贈り物を踏みつけるのは、無作法というものだろう。ライカーはもとどおり壁のほうを向き、去っていく心理学者の背後でドアは閉まった。

「誰も車椅子は見ていなかった」ゴンザレス刑事が口に鋲《びょう》を含んだまま、メモを留めていく。「おれは寝たきり説に一票入れる」ゴンザレスと彼の相棒は、ネブラスカの小さな町のある道の一区間に電話で聞きこみをかけたのだ。過去十年のあいだに引っ越した人々については、三つの州で足跡を追い、居所を突き止めた。「事件が起こる日の朝、誰かが傷病者用の搬送車であの家を出ている。サイレン音はなし。つまり、それは救急搬送じゃなかったわけだよ」

マロリーは壁を見つめた。ライカーは彼女がゴンザレスやロナハンの雑な資料の留めかたに悶えるのを見守った。神よ、ふたりにご加護を！　彼らの書類は定規で描いたようなまっすぐな列を成してはいない。しかし彼女は、ふたりから鋲と紙を奪い取って自分で資料を留めるようなまねはしなかった。あの整理魔のチビは身をこわばらせつつも、よくこらえた。

「サイレン音はなしか」彼女は言った。「その搬送車は通常の移送のためだったのね」

「ああ、それがおれの考えだ」ロナハンが彼の最後の資料を壁に留めた。

一個の鋲で。上端の左右にひとつずつではなく。そして、その紙のゆがみは、マロリーの心を乱すのに充分だった。ライカーは彼女がそれに触れないよう念じた。その無精者たちがしてくれたことに、彼は大いに感謝しているのだ。この聞きこみに注《そそ》がれた膨大な時間に。

「どうやら障害者がひとりいるようだね」ロナハンが言った。「ちょうど芝居の男みたいな。ただし、彼は太っちゃいない。あのファットスーツのアクセル・クレイボーンとはぜんぜんちがう」

「その人物の外見について目撃情報があるの？」マロリーが雑然たる掲示物から振り返った。すべてが忘れ去られた。

「ああ」ゴンザレスが言った。「お向かいのご婦人が、搬送車の連中が彼を家から運び出すのを見てるんだよ。でも、それが何者だったのかは、さっぱりわからないらしい。そこには何年も寝たきりの病人が暮らしてたのかもな。可能性はあるぞ。近所の住民がその家に足を踏み入れることは一切なかったんだから。だが、惨殺事件の前の年、住民はみんな、銃声を耳にしている。ミセス・チャルマーズの旦那が自殺したときにな。そのブロックの誰もが、双子たちが父親を自殺に追いこんだものと思ったそうだよ。女の子ふたりはまともに見えたが、兄ちゃんたちはかなり異様だったらしい」

「その点はリナルディ兄弟と一致してるな」ライカーは言った。「ただし、あのふたりが芝居を書いているところなど、とても想像できないが。第一幕から判断すると、作者にはユーモアがある。ブラックなやつにしろ、確かに。しかしあの双子には、ユーモアのかけらもない」

「そして」ゴンザレスはつづけた。「父親の死後、祖母が越してきて、未亡人と四人の子供といっしょに暮らしはじめた。後に、未亡人の妹も加わった」

「それと、もうひとり」ロナハンが言う。「おれは、搬送車が障害者を乗せるのを見たというご婦人から話を聞いた。運ばれてったのは、他の子たちより年上の子供だ。それが誰なのか、彼女にはわからなかったそうだ」

「子供か」マロリーが言った。「その目撃者は、何歳くらいって言っていた?」

「あまりよく見てないんだよ。ティーンエイジャーだと思ったそうだ。だが、ここからがいいとこでね。ご婦人は、少年が家から運び出されるとき、ストレッチャーにスポーツバッグが載っていたのを覚えているんだ。だから彼女は、少年が滞在していたお客で、これからうちに帰るところだったとは、考えていない。彼はその家の住人だったんだ」

「なぜなら荷物がスポーツバッグだったから」マロリーが言った。「スーツケースではなく」

「一泊用の小さなバッグってわけか」ライカーは言った。「その障害者には、鉄壁のアリバイがある。あまりにも完璧なんで、やったのは双子じゃないのかもって気がしてきたよ」

第二十三章

スーザン　キャスター付きの真鍮《しんちゅう》のベッド？
ロロ　ベッドじゃどこへも行けっこないのにな。ぼくは永遠にこの部屋から出られない。きみもだよ。

「真鍮のベッド」第三幕

ジャック・コフィーはリモコンのボタンをつぎつぎ押して、テレビのチャンネルを切り替えていった。ミッドタウン・ノース署からの逃亡者に関するローカル・ニュースはわずかだった。それに、あの署の目立ちたがりの指揮官は、記者たちの電話に出ていない。これは、隠れている男を意味する暗号だ。

そしてここで、画像が変わった。カメラは、記者会見を開くニューヨーク市警のマスコミ対応担当者を写している。室内は満杯だった。女は笑顔で、配線の不具合により厳重警戒警報が作動してしまったという説得力のない話を暗唱した。逃亡者に関する質問に応え、彼女は笑った。まあ、おもしろいこと。本当に残念ですが、ホルストン警部の重要参考人についてはなんの情報もありません。そしていま、観衆を放り出し、ご婦人は、欲求不満の記者たちと彼らが口々に叫ぶ質問に背を向けた。口にはされなかったが、当然のごとく伝わった彼女の別れの挨拶は、〝遊んでくれてありがとう〟だ。

まちがいない。これは、ミッドタウン・ノース署の新しい指揮官が現在、ポリス・プラザ一番地にいて、自分がいかにしてきょうという日をめちゃくちゃにしたか説明しているということだ。あのケチな盗人、ホルストン警部の大躍進もここまでか。

で、バグジーはいまどこなんだ？　コフィーは知りたくなかった。

バグジーってのはいったい誰なんだ？　別の警官か？　気のいいニューヨークの警官とか？　ここで保安官は、マロリーの携帯に出た男という問題を棚上げにした。州警察の警官が、車の行列の前のほうからこっちに向かって歩いてくる。警官はガラスをノックし、ジェイムズ・ハーパーはジープの窓をくるくる下ろして、彼の話を聞いた。それによると、すべての車両がこの先で追い返されているという。前方の橋で起きた車六台の玉突き事故により、その道は通行不能となったのだ。

車列のUターンがのろのろと始まった。保安官が逆方向を指し、つるつるすべる凍った道をゆっくり進みだしたのは、一時間もしてからだった。つぎの町に入るまでに、彼は十二マイル、後退していた。

日が落ちるまでにはまだ何時間かあったが、保安官は来る夜に備え、モーテルの部屋を見つけた。そこで彼は、ベッドカバーの上に古い事件現場の写真を並べ、靴の赤い跡と人間の残骸から成る血なまぐさいパッチワークを作った。

バグジーは絶対に刑事じゃない。保安官はそう判断していた。あの男の話しぶりは、キャンプファイアで法螺話《ほら》をする育ちすぎた子供みたいだった。

とはいえ、話し上手ではある。

それにバグジーの話は、ほとんどの点で事実と一致していた。ところどころずれはあったが、あの男は確実に目撃者しか教えられない詳細を知っている。あるいは、血のなかの靴の跡と祖母の裸足の足跡から全体像を組み立てたのか。部屋から部屋へ追い立てられた祖母。彼女は、誰よりも近しく愛しい者たちの切り刻まれ殴打された遺体を見せられていた。

いちばん年上の子供、寝たきりの少年の部屋の近くに血の足跡はなかった。マロリーはそれを知っているんだろうか？　バグジーのほうは？　それに、あの男はいったい誰なんだ？

「いやいや、あなたの最後のひと切れをもらうわけにはいかないな」チャールズ・バトラーは言った。

すると、バグジーはややほっとした様子で、ピザの箱の蓋を閉じた。

心理学者はビールを飲み終え、それとともに劇団の使い走りの評価も終えていた。ひと息ついて、彼は長い脚の一方を試しに伸ばしてみた。もう一方は、寝床の上であぐらをかいているうちにしびれてしまっている。

マロリーはいつ来るんだろう？

彼の目は絶えず、割れた鏡のほうへ吸い寄せられていた。完璧なメタファー。欠け落ちた断片に至るまで、的確だ。彼の招待主はものすごく魅力的であり、確実にイカレている。それでも〝使い走り〟は、精神障害の法的定義には当てはまらない。バグジーというペルソナは機能しているし、良心もちゃんとあり、善悪を明確に理解しているのだ。

ドアノブが回り、マロリーが入ってきた。そしてチャールズは、隣の床にすわる小男と彼女との交流をもう一度、見る機会を得た。

バグジーは彼女に尻尾を振らんばかりの笑みを向けた。「まだ少しビールが残ってますよ」

「いいえ、いらない」刑事は言った。「チャールズとわたしは行かなきゃならないの。でも、あなたにデザートを持ってきてあげたわよ」彼女はナプキンを広げて、大きなブラウニーを見せた。「あなた、ブラウニーが好きだって言ってたでしょ」

なんて親切な――妙に優しいじゃないか。

彼女が〝使い走り〟のそばにしゃがんだため、チャールズはそのブラウニーを間近から観察することができた。そして彼は、その表皮の穴の模様に気づいた。たぶん製造者のトレードマークだろう。とてもきれいな穴。完璧に左右対称で……マロリーそのものだ。彼は彼女を見つめた。まさかそんな！

バグジーがピザの箱を指さした。「いまは腹がぱんぱんなんで」

「残念ね」マロリーは深い落胆を装った。

チャールズには、彼女が芝居をしているのがわかった。

「このブラウニー、わたしが作ったのよ」マロリーは言った。

そうはいかないぞ。ああ！

そしてチャールズが〝やめろ！〟と言う間もなく、バグジーはブラウニーを丸ごと口に押しこんだ。


マロリーは南へ、ソーホー方面へと車首を向けながら、〝彼が眠れるように、すりつぶした錠剤を少しだけ〟と認めた。まるで、人のブラウニーに薬を混ぜるのは日常茶飯事と言わんばかりに。「彼にはしばらくじっとしててもらわなきゃならないの」

彼女は運転の腕を上げたらしい。あるいは、チャールズの集中を妨げたくないかだ。シートベルトを締めて助手席に収まり、彼はすばやく精神状態の審理の記録に目を通した。もっともその名称はややずれている。それはむしろ、最高裁の決定の説明書みたいなものだった。第二の文書にかかり、彼はそのページを繰っていった。アラン・レインズの古い精神鑑定書。これは裁判所命令によるものではなく、費用は家族が支払っていた。「これは秘匿特権付き情報だよ。きみには――」

「その鑑定書は彼の母親からもらったの」マロリーは言った。「公正に入手したものよ」

信じてもよいのだろうか？　彼女はすらすらと嘘をつくのだ。

根拠なく信じることにし、いわばそのブラウニーにかぶりついて、彼は鑑定書を読んでいった。その速さは、ただページを繰っていくのとほぼ同じだった。所見の考察に要した時間は、さらに短かった。「ぼくもバグジーの精神科医と同じ意見だよ。重度の鬱《うつ》。すべてがここにある――あらゆる徴候が。入院がクリッペンの弁護士によって打ち切られたのが残念だな。グリーフ・カウンセリングだって、何もしないよりましだったろう。現時点の行動から見て――」

ああ、またあの言葉、彼女の忌み嫌うやつが出てしまった。「彼は役割演技をしているんだと思う。極端なケースだけどね――妄想というより固定観念だな。バグジーは懸命にそれに取り組んでいる。疲労困憊《こんぱい》するほどに。きみが偽のペルソナを否定したとき、彼が心を閉ざしたのはだからだよ。ぼくがきみならそういうことは二度としないな」

「つまり彼は狂ってるのよね?」

簡潔に言えば。

「うん、彼は病気だよ。長いことそうだったんだ。ミセス・レインズは週に一度、町に来て、彼の地下道での公演を見ている。彼女によると、彼はいまでも母親がわかるそうだ。確かに顔はわかるだろうね。それは理にかなってる。でも、彼があの人を〝お母さん〟と呼ぶとは思えないな」

「ええ、そうは呼ばない」マロリーは言った。「バグジーの母親はお産で死んだの」

「彼の架空の母親はね。彼は、初めて自転車に乗ったときのことや女の子にキスしたときのこと、子供時代に通った学校のことをぼくに話そうとしない。バグジーが知っていることしか語らないんだ。そうして毎日、一日じゅう、彼は自らを消耗させている。自身の全生活を圧縮して、古い芝居の台本に出てくる人物の範囲内に収めているわけだよ」マロリーが簡潔を好むこと――遠回りをいやがることをチャールズは知っている。そこで彼は、科学的とは言えない、まとめの台詞《せりふ》をさがした。「アラン・レインズは嘆き悲しんでいた。重度の鬱。耐えがたい苦しみ。何年もその状態がつづいたすえ、彼は意識的に地獄のひとつを選択した。自分に妻のいない地獄……彼女が死ぬことのないやつを選んだんだ」チャールズはもう一方の文書に目をやった。法律ばかりを語るもの、より大きな権威をもって、バグジーの運命を宣告しているものに。

「何年も?」マロリーは、彼女の好きな駐車スペース、バスの停留所に車を停めた。「いいえ、クリッペンの弁護士が退院させたとき、彼はすでにバグジーだったのよ。それは、彼の奥さんが死んでからほんの数カ月後のことだし」

「彼の母親の話じゃちがっていたよ」チャールズはふたつの文書を掲げた。「それに、バグジーという名前は、どっちの文書にも出てこない――」ああ、待った! 肝心なのは前後関係だ。

「アラン・レインズが一夜にしてバグジーになったと、きみは本気で思っていたの? レオナード・クリッペンがそう信じるよう仕向けたのかな?」

「というより、単純に嘘をついたわけ」

「だとしたら、ぼくたちはあの劇評家の病理にも注目すべきなんだろうな。ぼくは、アラン・レインズが病院を出たとき、バグジーというペルソナが存在しなかったことを知っている。クリッペンが彼をニューヨークに連れもどし、最初の使い走りの仕事に就かせたのはそのときだ。たぶんアランにこなせるのは、雑用くらいのものだったろう。鬱は人の能力を奪うからね。どんな仕事であれ、つづけるのはむずかしかったはずだよ。そこで劇評家は自分のコネを利用し、アランがクビにならないようにした……そして、それが非常に不健全な依存の始まりだったわけだ」

「でもクリッペンは彼の大ファンなのよ」

「とんでもない。ミセス・レインズが、息子のブロードウェイ・デビューのときに出た批評を全部、見せてくれたんだ。クリッペンの批評は特に目立っていた。それは、あの俳優を絶賛していない唯一の批評だった。彼もアランの才能を認めてはいる。でも、その記事には、いたるところに狙いすました攻撃がちりばめられていた。なかのいくつかは、容赦のないものだったよ」

「ファンじゃないのか」マロリーは言った。「それも嘘だったのね」彼女の両手がハンドルをぎゅっと握り締めた。「つまりこういうことね。アラン・レインズは使い走りとして働きだした――ちょうどブロードウェイで演じた人物のように」

「月日が流れていく」チャールズは言った。「そして、そのあいだずっと、精神を病んだ男、才能ある俳優が、舞台での昔の役を再演していたわけだ――レオナード・クリッペンの奨励のもとでね。あの劇評家がなぜバグジーに自分を訪問させ、芝居をやらせるのか、きみは不思議に思わなかった？」

「こっちもその嘘は見破っていたのよ」マロリーは一方の拳《こぶし》でハンドルを殴りつけた。「あの男はわたしたちに、自分にとってはそれがバグジーの演技を見る唯一の機会なんだと言った。

でもあいつは毎週、どの夜でも、例の地下道の公演を見られたはずなの」

「バグジーはクリッペンの作品だったんだよ」チャールズは言った。「あの怪物は、彼をいくら観賞しても、し足りないんだ」


遠い昔に芝居の台本から破りとられたぼろぼろのページを並べながら、〝使い走り〟はあくびをした。彼が地下道でやるのは、いつもワンシーンだけだ。そしてこのシーンは、相手役の台詞を読む物乞いがひとりいればそれですむ。ぶっつけ本番の台本読みは、あまりうまくいかないものだが、彼の経験では、酒やクスリに酔った連中は稽古《けいこ》をしても上達しない。

さて、おつぎは？　仕事は全部かたづいてしまった。

バグジーは腕時計に目を落とした。この三年間、それは四時で止まっているのだが。時刻はまだ早い。今夜の公演に遅れる心配はなかった。そう、いまのところ、ただ待つ以外やることは何もない。

あくびが止まらない。

ひと眠りしてみようか。

彼は寝床を均《なら》し、枕をたたいてふくらませ、若い女の写真をその下に入れた。女には顔がない。写真のその部分は、キスですり減り、消えてしまったのだ。ただし、バグジーにはキスをした記憶はない。それに、女の記憶もだ。彼女はアランの恋人だから。

〝使い走り〟は身を横たえて眠りに落ち——人間になった夢を見た。

第二十四章

ロロ　命乞いしたって無駄だよ。ぼくの祖母は命と引き換えに、チョコレートチップ・クッキーを差し出した。祖母は夜中の二時にそれを焼いたんだ。きっとおいしかったろうな。結局、祖母は死んだけれどね。

「真鍮《しんちゅう》のベッド」第三幕

彼らは奇妙なコンビだった。

鑑識員クララ・ローマンは、服に合った冬のブーツを履いている。頭のてっぺんからつま先まで灰色の彼女は、サンガー刑事と並ぶととにかく地味。刑事のほうは、派手なものならなんでも――けばけばしいシャツも、もっとけばけばしいネクタイも、ダイヤのピンキーリングのきらめきも――大好きという男だ。目下、ふたりはコルクの壁の前に立ち、自分たちのメモを留めながら、チリについて論じている。ディッキー・ワイアットが最後に食事をしたレストランは、いまだに見つかっていない。

サンガーがライカーと彼の相棒のために問題点を解説した。「チリはワイアットの大好物だった。彼はハーレムからバッテリーパークまで、理想のチリを訪ねて歩いていたんだ。チリがメニューに載ってりゃ、彼は必ずその店に食べに行った。タイムズ・スクエアのある店のウェイターがそう言ってたよ。ところが、劇場の近辺には、彼を常連として覚えてる店は数軒しかないんだ」

「それに、あの女優に見覚えのある人間はひとりもいないしね」クララ・ローマンが言った。

「ああいう美人は人目を引くもんだ」ライカーは言った。「アルマの線は行き止まりかもな」

そして、この大いなる時間の無駄は、彼らのボスのおかげなのだ。だから彼はグループ内の平和を維持すべく、つぎの言葉を慎重に選んだ。「アルマには確かにドラッグを入手する伝手《つて》がある——だが、ワイアットが芝居を抜けたあとで、彼に薬を盛る必要はないよな？　彼はもう、彼女を悩ませちゃいなかったんだ。となると、これはなんのためなんだ？　彼女の目的は——」

「殺人者はふたりいるのかもしれない」ローマンが言った。「両方の殺人に共通の動機がないという問題は、それで解決する。犯人たちが協力しあっていたなら——」

「「見知らぬ乗客」かい？」それはヒッチコック映画の名作で、交換殺人によるふたつの殺しを描いたものだ。だがその筋書きは、映画のなかでしか通用しない。それでもライカーはひとまず考えるふりをし、そのうえでこう言った。「いいや、ちょっと無理があるな」

　どうやらこれでは配慮が足りなかったらしい。

　クララ・ローマンは最後の紙を留め終えていた。そしていま、彼女はくるりとこちらを向いた。鑑識員が彼に突っかかってくるより早く、なんと、配慮など誰からも期待されていない人物、マロリーが言った。「共謀というのはうなずける。でも、いま必要なのは、舞台係のふたりを締めつけるネタよ。彼らのお客はアルマだけじゃなかったの」
「不法所持だけじゃ連中はビビらんさ」サンガーが言った。「今夜、ふたりがどこに行くか確かめようぜ。何かつかめるかもしれない」

「こんばんは、ナン・クーパー、なつかしいこと」禿げのある赤毛の老婆の鬘《かつら》と安物のドレスはベッドに放り出され、裕福な女、ナネット・ダービーは、自前の黒髪と寝室のクロゼットから選び出した服をまとって化粧テーブルに向かっていた。彼女が選んだのは、マロリーのものに似たカシミアのブレザーと高級ブランドのジーンズだ。衣装の最後のアイテムは、きょうの午後に購入した。あの若い刑事のと同じブランドの黒のランニングシューズ——その値札の額はショッキングだった。

かつての映画スターは、小さな電球に縁取られた卵形の鏡に向かった。そして彼女は、その基部のボタンを押して、舞台照明のレベルまで明度を上げた。

鬘職人は、彼女の扮装の仕上げの装身具を誇らしげに手に持って、椅子のうしろに立っている。アドルフォは今回、特に冴えていた。そして彼は、自分の腕を顧客が正しく評価できるよう、天然のブロンドに含まれるさまざまな色合いの髪を再現するむずかしさについて語った。
「スタイリングも大変でしたよ。あの刑事が使っているのは、まちがいなく五十七番ストリートの美容院ですね。これは四百ドルのカットです」そうして、緊急オーダーの料金に加え、多額のチップを得るための、彼の口上は終わった。

女優はすでに、あの刑事の好みが給料を超えるものであることを知っていた。そして彼女は、今度の役のその要素――汚職しているかもしれない刑事という部分を気に入っている。

アドルフォが彼女の頭に鬘をかぶせた。髪の交換により、ナネットは毎日、時を行き来してきた。禿げのせいで老けて見える婆さんから、外科手術で三十前後に改造された四十代の女へと。そしていま、ローションでは修正できない皺をブロンドの巻き毛がぼかすと、さらに何年かが消えた。彼女は締めの小物、緑のコンタクトレンズを入れた。

「すばらしい」アドルフォが言った。「まるであの刑事の妹ですよ」

「嘘つき」でも、それは上手な嘘であり、約束のコカインのチップに少し現金を上乗せするだけの価値があった。そう言えば、彼女のクスリを持ったあのいやな子たちはどこにいるんだろう？

寝室の入口にメイドが現れた。「あのふたりが着きました。いまドアマンが上に寄越すところです。わたしがお通ししましょうか？」

「いいえ、絶対だめ！」舞台係の少年たちがなかに入るのを許されたことはない。ホワイエには高価なものが多すぎる。値が張り、ポケットに入り、質草になる品が。それにメイドを見たら、あのふたりは驚くだろう。これまで彼らが来たときは、いつもナネットが自分で呼び鈴に応えていた。まあ、〝自分で〟とは言えないか。少年たちは、赤毛の衣装係、ナン・クーパーに扮した彼女しか知らないのだ。

そして今夜は、あの馬鹿な小僧どもにより、ウィッグと衣装の厳しい審査が行われることになる。豪華な部屋部屋を通り抜け、ゆったり歩いていくうちに、ナネット・ダービーの顔は仮面と化し、呼び鈴が鳴ると、その目は緑の氷になった。彼女はドアを開け、ジョー・ガーネットとテッド・ランダルを迎えた。驚いて凍りついた彼らの格好は、実におもしろかった。クスリの袋を手にした少年たちは、ナネットを、いまや彼らがいやというほどよく知っているあの刑事だと思ったのだ。

上出来だわ。

彼らの咄嗟《とっさ》の反応はともかく、この年齢の女は二十いくつでは通らない。それでも彼女は充分満足だった。

現金とコカインのやりとりをすませたあと、彼女はしばらく戸口に留まって、アルマ・サッターに関する最新ニュースを聞いた。かわいそうな――可愛い――気の狂ったアルマ。「ああ、彼女、崩壊しだしてるのね？　悲劇よねえ」でもスピードが遅すぎる。結局この手であの女を階段から突き落とさなきゃならないのかも。ナネットはそう思った。

昔はあんなに簡単にいい役がつかめたのに。

舞台係どもには現ナマがどっさりあるにちがいない。彼らはタクシーを止めようとしていた。クララ・ローマンは、上りB列車でコロンブス・サークルまで彼らをつけてきており、さきほど、セントラル・パーク南通りのふたりのいる地点を報告した。そしていま、サンガー刑事の車が歩道を行く彼女の横に停まった。地下鉄の駅を出発したあと、彼は同乗者を得ていた。

ライカー刑事が降りてきて、彼女のためにドアを押さえ、紳士的に助手席を譲って後部座席に移った。

前方で、少年たちが東に向かうタクシーに乗りこんだ。そして、覆面の警察車両は彼らのあとをゆっくりと追った。

クララは殺人担当の刑事という種族に好意を抱きだしたわけではない。彼女の面前でそう言う度胸は誰にもないだろう。しかし彼女は、何年ぶりかで楽しんでいた。サンガーは、尾行の任務は九割がた退屈だとこぼしていた。だが、クララはそうは思わなかった。舞台係どもが麻薬密売の上がりを使い果たすのを待ち、ナイトクラブの外で何時間も過ごしたあとでさえも。彼女は、現場で自ら証拠を集めていた日々をひどく恋しがっていたのだ。

クララは後部座席の男を振り返った。「もう遅いわ。連中はたぶん夜の残りもクラブで遊んで過ごすんでしょうね」あの少年たちは、ただただ楽しみたいばかりで、それ以上の野心など一切ないように見えた。

「いや」ライカーは言った。「いま、ガーネットの携帯への通信をキャッチしました」

「つかめたのは、公衆電話の位置だけだ」サンガーは南へ曲がり、五番アベニューに入った。

「通話時間は一分弱。それだけあれば――」

「ドラッグを注文できる」昔、パトロール警官だったころ、クララは麻薬取引の要領に通じていた。サンガーがまだ知ったかぶりの胎児だったころに。「で、どこに行くの？　アルマ・サッターのうち？」

「いや」ライカーが言う。「ガーネットに入った信号の発信元は、トライベカの公衆電話なんですよ。マロリーがいまそっちに向かってます」

「でもあのガキどもは、小者の売人なんだ」サンガーが言う。「やつらはいつも荷を持たずに動いてる。だからまず、ヤクを手に入れなきゃならない。つぎの立ち寄り先はその場所だぜ」

しかし、少年たちはどこにも立ち寄らなかった。ふたりの乗ったタクシーは、速度を落とすことすらなかった。刑事ふたりと鑑識員は一度も曲がらず、少年たちがドラッグを仕入れる場所に通じる道をすべて通過した。そしていま、彼らは西に向かっている。

「おかしいな」サンガーが言った。「あのガキどもにはお決まりの手順がある。連中が手ぶらなのは確かなんだ」

彼らはトライベカの奥のほうまで来ていた。クララ・ローマンがマロリーの私用車に気づいたのは、そのときだ。小さなシルバーのコンバーティブルが、公衆電話のそばに停まっている。ここが買い手の電話の発信元なのか？　そのようだ。タクシーが減速した。サンガーの車はそのまま走りつづけ、尾行の任務はスムーズに引き継がれた。

サンガーは角を曲がって歩道際に車を停めた。一方、ライカーはその間、相棒と電話で話していた。「あのブロックの先？　そりゃアクセル・クレイボーンの住所だよな？……いや、マロリー、そこが問題でね。彼はお客じゃないんだ……うん、坊主どもは途中でヤクを仕入れてない」

それに、クレイボーンの住むアパートメントでの少年たちの滞在時間は、通常の取引のときよりも長かった――異例な点がまたひとつ。サンガーは最初それを〝ビールを一杯やる時間〟と呼び、つぎに〝馬鹿話をする時間〟と呼んだ。後部座席の刑事を振り返って、彼は訊ねた。

「どう思う？　あいつらは友達なのかね？　映画スターと阿呆《あほう》なガキふたりが？」

「さっぱりわからんね」ライカーは言った。とそのとき、彼の電話が鳴った。「マロリーからだ」

「やっとか」サンガーがエンジンをかけた。「あいつらがまた動きだしたわけだ」

ライカーは携帯電話を耳に当て、車はゆっくりと歩道を離れた。「マロリーによると、アパートメントから出てきたとき、坊主どもは金を山分けしてたそうだ――たくさんの札をな」

マロリーは路地側の入口から劇場に入った。ピッキング道具のポーチをポケットにしまい、書割のドアから射すゴーストライトの光をたよりに舞台袖へ。黒板の前で足を止めると、活字体でそこに書かれた新たな変更――会話の一行をよりうまく言い換えた短い文句に目を通した。黒板の木枠の底部に指を一本、走らせる。粉塵。黒板のチョークの文字が粉になって、はがれ落ちている。ヘラーはそれを古いチョークだと言っていた。結合剤は現在のものではないと。古いチョーク。古い劇場。

彼女は壁のスイッチを入れ、階段を下りていった。地下には、たくさんの小部屋があった。ドアをつぎつぎ開けていくと、ある部屋には、鬘の棚や衣装のラックが並んでおり、またある部屋には、ミシンと何巻もの布地が置かれていた。最後のドアを開くと、そこは大工道具のそろった作業場だった。ステージの真下に当たるエリアは、オープン・スペースになっており、段ボール箱が積みあげられていた。箱の中身はそれぞれラベルに記されているが、チョークはなし。壁には、木立の形の書割が複数、立てかけてあった。彼女は、青空の色のシルクの巻物や、星空を表す光の点がぽつぽつ描かれた黒いキャンバスを目にした。でも、チョークはただの一本もない。

清掃員がめったにここまで降りてこないこともわかった。彼女は二列の箱の山のあいだで足を止めた。そこに人の通った痕跡はない。床の埃には彼女のもの以外、靴の跡はなく、鑑識員らがこのエリアを捜索した形跡はゼロだった。あの怠け者ども。チョーク捜索のための超過勤務なんて、この程度のものなのだ。

でも、最近ここに来たのは、彼女だけではなかった。

いま目の前には、動物の足跡、たくさんの足跡がある。それは、昨夜の泣き声の説明になりそうだ。ただし、この劇場に猫が住んでいる様子はない。そいつはどうやって出入りしているのだろう？　クララ・ローマンの部下たちは他にも何か見逃したのだろうか？

不可解な事象を放置するのは気が進まなかったが、猫の通路はただのネズミの穴という可能性もある。それに今夜は、捜索を行う気にはなれない。骨の髄《ずい》まで疲れ果て、マロリーはステージへの階段をのぼっていった。もうひとつ階段をのぼって、楽屋の並びの前に出ると、ロフトのデッキを進み、いちばん奥のドアまで行った。ほんの数秒の作業で鍵は開いた。

バグジーはまだ眠っていた。彼女はペンライトの光を当てて、上下する胸の動きを観察し、彼の呼吸をチェックした。もちろん、ブラウニーに薬を混ぜる際は、慎重にやった——分量は鎮静作用がぎりぎり朝までもつだけにして。

今夜は地下道の公演はなしだ。

彼の枕は丸まっており、そこから写真が半分飛び出していた。マロリーは膝をついて、それを拾いあげ、顔の部分が摩滅《まめつ》した女の写真をじっと見つめた。例の死んだ妻だろうか？　刑事は眠っている〝使い走り〟の枕の下に写真をもどした。造られた男、この女の亡霊以外、過去のない男のもとに。そして、その女ももはや顔はなく、消えかけている。

彼の演技の才能がマロリーはうらやましかった。彼女も自分の人生に大きな穴などないふりをしたかった。自分をひとりぼっちにし、世を去った人々。その形をした空洞などないふりを——

なぜ彼はあの古い写真を捨てずに持っているのだろう？

彼女はペンライトの弱い光で彼の顔を照らした。

あなたはそこにいるの、アラン・レインズ？　いまもまだ？

ライカーが携帯電話に出たのは、ちょうどアパートメントの自室に入ったときだった。

またトラブルか。

少し耳を傾けてから、彼はウェストサイド署のそのパトロール警官に言った。「うん、おれの知り合いだよ。直接、話をさせてくれ」そしていま、電話が別の手へと渡され、ライカーは警官の捕虜の話をしばらく聴いてから言った。「チャールズ、いいんだよ……いや。彼女は大人だし、でかい銃も持ってるだろ……で、きみは劇場でたまたま彼女を見かけたんだな？」

その沈黙からは多くのことが読み取れた。劇場はバグジーを隠しておくのに恰好の場所だ。チャールズ・バトラーはあの小男の様子を見に行ったにちがいない。そこへマロリーがやって来たわけだ。ライカーは相手のつぎの言葉に耳を傾け、状況が予想以上に悪いことを知った。

ああ、くそっ。

「彼女をうちまでつけただと？」ライカーはこれを〝ちがうと言ってくれ〟という口調で言った。「それできみは、自分の尾行に彼女が気づかないと思ったのか？」チャールズの車、この世でいちばん高価なメルセデス・ベンツは、車の往来のなかで人目を引きがちなのだが。「ああ、保証するよ。彼女は腹を立ててたろう……うん、うん」

そしていま、チャールズは警察車両の後部座席にすわっている。なぜそのウェストサイド署の警官が、極寒の夜、マロリーの住むアパートメント・ビルの前に立つ長身の男——見張り番をする男に興味を引かれたのか。その理由は訊くまでもない。もしチャールズがあの間の抜けた笑いを見せたなら、そこには警官のイメージどおりの頭のおかしい男の像が出来上がったことだろう。

もちろん、チャールズは庇護欲に駆られたのだ。しかしあの男はわかっていない。そこで刑事は、民間人にも理解できる言葉で説明してやった。以前はまるで浸透しなかった言葉だが、彼はめげずに再挑戦して、こうどなった。「銃を持ってるのは彼女のほうなんだぞ！」

今回もだめだった。

電話の向こうの男は、徹夜で見張りに立つ気でいた――彼に手錠をかけた〝親切なおまわりさん〟に、ライカーが話をつけてくれるなら、と。

「いいや、チャールズ。そりゃ絶対にまずい。マロリーに撃たれる前に、その建物から離れろ。彼女なら、高い窓からでもやれるぞ。あのチビは凄腕の狙撃手だからな」

それに、マロリーが怒るのも無理はない。明日、彼女の名は、パトロール警官の報告書に載るだろう。それも、ありがたくないかたちで。彼女に対するすごくたちの悪いジョークのように。

「警官に代わってくれ」パトロール警官との話をすませ、チャールズの正気と善意を保証し終えると、ライカーにはもうランプを点ける気力もなかった。彼は、窓のカーテンの隙間から射しこむ街灯のほのかな光のなかにすわった。切れた携帯電話が彼の手から転がり落ちた。

数歩先のキッチンで、冷えたビールが彼の名を呼んでいる。疲労困憊《こんぱい》の体《てい》で、彼は椅子から立ちあがった。コートは、ここよりずっと汚い、リノリウムの床がべたつくキッチンに入る前に、敷物の上に放り捨て――これを衣類の管理とした。冷蔵庫のドアを開くと、庫内の電球がまぶしい光の薄切りを形作った。そして彼は急いでドアを閉めた。

彼の頭は、明かりがないとき、もっともよく働くのだ。

暗闇のなかで、ボトルの蓋が調理台からカーンと跳ね返った。

もしかすると、チャールズの心配は妥当なのかもしれない。マロリーは決して心配しないだろう。自分に対するゴーストライターの強い関心を、彼女は気にするふうがない。命取りとなる一撃——剃刀《かみそり》や斧やバットのひと振りが、彼女には予期できるだろうか？　それは暗闇のなかで起こるにちがいない。他に彼女を襲う手はないのだ。

チャールズは、あの芝居は女性を殺すのが大好きだという話なのだと言っていた。ビールをぐいぐい飲みながら、ライカーはその説の欠陥について考えた。どちらの殺人も被害者は男だ。快楽殺人じゃなく、利益目的の殺しなのか？

チャールズは、病的楽しみの部がこれから始まることを恐れているんだろうか？

疲れ果て、へとへとになって、ライカーは、障害物のガラクタを記憶をたよりに迂回しながら、部屋から部屋へと進んでいった。真っ暗なバスルームの入口を通り過ぎたとき、彼はアクセル・クレイボーンの苦情を思い出した。プラスチックのイエス像の常夜灯は電球が切れているのだった。

ああ、熱いシャワーで愚かさを洗い流せるものなら！

やや落ちこみながらも、前より少し賢くなって、チャールズ・バトラーはベッド脇のランプを消し、枕と掛け布団に身を埋《うず》めた。疲れてはいたが、さまざまな考えに悩まされ、眠ることはできなかった。

彼を叱ったライカーは正しい。もちろん今夜、マロリーは、自分をつけてくるメルセデスのヘッドライトに気づいただろう。彼女は暗闇でも目が利くと言われているが、その神話なら難なく信じられる。彼女は生き延びるためにみごとに装備されており――彼の助けなど一切必要ないのだ。

馬鹿め！ おまえはちっともそのことがわからない。

でもたぶん、最近の彼の愚行は、よく眠れない夜のせいにできるだろう。マロリーの首がステージを転がっていくあの光景がひどく心を乱すので、彼は毎晩、彼女のいない世界について考えずにはいられなかった。自分はそんな場所で生きていけるんだろうか？

彼女の住む建物の前に立っているだけで、いくばくかの安らぎは得られた。彼はそうして歩哨に立ち、現れる者すべてを警戒していた。あのパトロール警官は別だけれども。そして当の警官は、彼の行動を大いに怪しみ、車を寄せたのだった。女性をつけまわすことを、勇敢な行為とはみなさずに。

この馬鹿。ピエロめ。

あのシーンを見たら、マロリーは笑うだろうか？　いや、それはない。

正気と理性を取りもどしたいま、彼にはわかった。きっと自分は罰を受けるだろう。でもこれはそんなにもまちがっているんだろうか？　怪物どもから彼女を護りたいというこのやむにやまれぬ思いは？

彼女から見れば、もちろんそうなる。ひどくまちがっていることに。明日、彼女はどんな反応を見せるだろう？　その怒りはどの程度のものだろう？

夜の闇のなかでさらに一時間、これらの考えは頭のなかを這い回り、害獣よろしく彼をかじり、不安をいや増し――

氷のように冷たいものがうなじを突いた。

ショックで目を大きくしたまま、彼は凍りついた。激しい脈拍、早鐘を打つ心臓。そしてここで――ハートアタック・エクスプレスのゲームオーバーの台詞《せりふ》。

「あんたは死んだ!」マロリーが言った。

いいとも! 納得だ。

第二十五章

スーザン　あなたが死ねば、障害者手当が入らなくなるのよ。
ロロ　ああ、生死にかかわらず、ぼくの使い道はあるんだよ。死体はあのふたりが集めてるハエを引き寄せるからね。

「真鍮《しんちゆう》のベッド」第三幕

ここ五番アベニューでは、神の家が町の一ブロックの全長を占めている。それでもその建物はいつも観光客に不意打ちを食らわす。壮大な尖塔も、事前に警告を与えはしない。摩天楼のエリアのなかで、その威容は隠され、矮小化《わいしよう》されている。そして入口は、路面からすぐのところ、短い階段をのぼった先だ。ライカーはそれを、傍若無人《ぼうじやくぶじん》なゴシック様式の大聖堂として見ていた。

大きな扉は別の入口ふたつにはさまれており、それらはみんな、巨人の規模で作られている。だから絶え間ない会葬者の流れが、すぐ前の歩道に集まった五人の刑事に妨げられることはなかった。

「リナルディ兄弟には、生活ってものがまるでない」ジェイノスはベーグルをひとつ取り出してから、相棒にデリカテッセンの袋を回した。「彼らは毎晩、レキシントン・アベニューのしけた店で夕飯を食べている。おれはふたりの担当のウェイトレスに話を聞いた。彼女によると、連中は徐々に気味の悪い変人に変わっていったらしい。稽古《けいこ》が始まるまでは、ただ、ちょっとぞわぞわする程度だったそうだ」

ワシントン刑事がぱらぱらと手帳を繰った。「再放送料の話は嘘じゃなかった。連中は金持ちじゃないが、仕事にあぶれているときでも、家賃を払ってお釣りが来るくらいの収入はあるんだ」彼はもう一枚、ページを繰った。「連中は医療保険に入っていない。あるいは、別名義で入っているかだな」

「それはどうでもいい」マロリーが言った。「形成外科手術は、保険会社の記録に載らないわけだし」

なんで形成外科手術が出てくるんだ？　疑問に思ったのは、ライカーだけではなかった。他の男たちももの問いたげな顔をしている。

マロリーは、リナルディ兄弟のエキスパート、ジェイノスに顔を向けた。「エージェントはあのふたりの顔写真を送ってきた？」

「ああ、双子たちはまちがいなく手術を受けてるよ」ジェイノスは携帯電話を掲げた。画面には、子供時代の双子の写真が出ていた。「この写真だとパグ鼻はない」彼はクリックして、つぎの画像を出した。「これはもっとあとの写真だが、わかるかな？　ふたりは前より幼く見える。エージェントはそうは言わないだろうが、あのふたりは大人びて子供の役が不似合いにならないように、鼻をちょん切られたんだろうな」

マロリーは彼の手から携帯を引き取った。彼女は俳優たちの写真をつぎつぎクリックしていき、ライカーは目を細めて、少年から大人へと変化していくリナルディ兄弟を見守った。

「大耳なんてどこにもない」マロリーは言った。「エージェントに訊いて。以前、ふたりの耳は――」

「単なる好奇心だが」それに、少々むっとしてもいる。ライカーは彼女のほうに身を乗り出した。「その大耳ってのは、なんのことだよ?」

何を隠しているのかと訊ねる間もなく、マロリーは自ら言った。「ネブラスカの惨殺《ざんさつ》事件の少年たちは、耳が――」

「それはない」ジェイノスが言った。「あのふたりがゴーストライターだと思ってるのかい? 絶対にちがうね。彼らは低能じゃないが、そこまで利口でもない。持ち芸はひとつきりだ。彼らは人をぞっとさせる。それだけだよ」

「ギル・プレストンには誰も注目してないよな」ゴンザレスが言った。「彼はコロンビア大学で優秀な成績を収めてる。舞台を照らすのは、理想の仕事じゃないだろう。おれが思うに彼なら――」

「いいえ」マロリーが言った。「彼は無害よ」

そして男四人はその判断を受け入れた。女には、無害、ゆえに出来損ない、とされる哀れな男たちを確実に探知するレーダーがあるのだから。

ジェイノスが、リナルディ兄弟のシチュエーション・コメディー時代に出た、ある雑誌記事のコピーをライカーに手渡した。「宣伝用の略歴だよ。ふたりの子供は、絵葉書みたいな町の、アメリカの理想的な家庭で育っている。ママとパパの写真を見てくれ」

眼鏡をかけなくても、ジェイノスの余白のメモは読めた。**そんな人たちはいない。そんな場所はない。**

チャールズ・バトラーは、新品の鍵で劇場の路地側のドアを開けた。マロリーにたのまれれば、バグジーは百本でも複製を渡したろうに、彼女は鍵を盗んでそれをひな型に複製を造ったのだ。

盗人の指示によれば、朝の面談が終わる前に、もとの鍵は〝使い走り〟のキーホルダーに秘かにもどされねばならない。それを以て、昨夜の不幸なストーカー事件のことは許される。ささやかな代償。

自分はただ、すでに信頼を得ているあの小男をだましさえすればいいのだ。そしてチャールズは、マロリーのいつもの台詞《せりふ》をまねて、ひとりつぶやいた。「確かにね」

焼き菓子の袋とコーヒーを手に、彼は階段をのぼり、手すりのある通路を進み、いちばん奥の楽屋のドアをノックした。

「どうぞ」バグジーの声に警戒の色はなかった。誰が来たのかという好奇心すら感じ取れない。たぶん薬の効果がまだ切れていないのだろう。ドアを開けると、〝使い走り〟は床の上を這い回って、例の古い芝居、彼がブロードウェイで主演したやつのぼろぼろのページを整理していた。「おはよう、バグジー」

「きのうの夜は、公演をすっぽかしちまいましたよ。ちょいとひと眠りのつもりが、死人みたいに眠りこんじまってね」

「また次回があるさ」チャールズは言った。でも、マロリーからのブラウニーの差し入れは、もう二度とあってはならない。そしてここで、彼女の行為をごまかし、自らの罪を償《つぐな》うために、彼は例の鍵をポケットから取り出してバグジーに手渡した。「これはきみのだよね」

「ああ、どうも」そして鍵はポケットに収められた。疑惑は持たれず、質問も出なかった。〝使い走り〟の頑丈なキーホルダーからそれが落ちることはまずありえない。それでも、盗まれたという考えが彼の頭に浮かぶことはないだろう。それはごく当たり前のやりかたで返却された。だから彼は、その鍵は盗まれたのではなく、誰かが借りたものとみなしたのだ。

実に簡単だ。チャールズにはこうなることがわかっていた。

バグジーに狡猾《こうかつ》さはない。そしてまた、その心は広い。前回、話したとき、彼はアルマ・サッターへの同情を口にしていた。それに、明らかに彼女を護りたいとも感じているらしい。それは、別の若い女性に腎臓《じんぞう》を贈った事実とも整合する。もっと浅薄な心理学者なら、彼にレスキュー・コンプレックスというレッテルを貼り、これを欠陥と呼んだだろう。だがチャールズは〝使い走り〟を、たとえそんなものはいそうになくとも、高潔な騎士として見た。盾も剣も鎧《よろい》もない、無防備な、芯まで脆《もろ》い騎士として。

ふたりで並んで寝具の上にすわり、コーヒーを飲みながら、焼き菓子を食べているあいだに、チャールズはリナルディ兄弟に対する〝使い走り〟の反応が至極正常なものであることを知った。あのふたりは、バグジーの心をかき乱すのだ。

「それに連中はアルマを怖がらせ、おかしくなるよう仕向けてる。連中にとっちゃそれが娯楽なんですよ」

「彼女だけ？　なぶる対象として彼女に白羽の矢を立てたってことかい？」チャールズはドアに顔を向けた。「聞こえた？　誰かが泣いてるみたいだけど」

「ああ」バグジーは言った。「ありゃあアルマですよ。あればっかりはいつまで経っても慣れないな」

「でも、きょうは稽古はないはずだよ」チャールズは腕時計に目をやった。いまごろ、俳優やスタッフはみな、葬儀会場に集まっているだろう。なぜバグジーが弾かれたのか、チャールズはいまだわからずにいた。「なぜアルマが――」

「ときどき、ここに来るんです。黒板を確認するだけのために」

「で、いま、彼女はそのせいで動揺してるわけだね」チャールズは立ちあがって、開いたままのドアへと向かった。これは確かに調査に値する。

「ほっときなさい。黒板にはアルマを泣かすようなことなんて何も書かれちゃいないから。そんなもの、あったためしがないんです。彼女がまたありもしないものを見てるだけのことですね」〝使い走り〟は指を一本、こめかみのあたりでくるくると回してみせた。「ちょっとここがイカレてるんです……かわいそうに」

かわいそうなアルマ。かわいそうなバグジー。

チャールズはドアの外に出て、手すりの前に立った。下を見おろすと、人形サイズのアルマ・サッターが口を手で覆い、泣き声を抑えながら、うしろ向きに袖から出てくるのが見えた。彼女はくるりと向きを変え、ティッシュで目をぬぐった。それから、ティッシュを細かく裂いて、濡れた紙吹雪の尾を残しつつ、舞台裏のエリアをよろよろと歩いていった。この女優は本物の純情娘だ。まだ女ではなく、稽古中——すごい高さの母親のハイヒールから転げ落ちる寸前の女の子。

チャールズにはわかった。きょう彼女に会う人はみな、胸の内でこう言うだろう——転ばないで。


アルマは遅れて到着したが、ほとんどの人はまだ席に着いていなかった。

ピーター・ベックの葬儀は大聖堂を満杯にしていた。中央の通路の行列はのろのろと進んでいる。会葬者の大半が、リッチなセレブたちをひと目見るために来ていることは、すぐにわかった。一方、広報担当者の付いている者はみな、見られるために出向いたのだ。

群衆を見渡し、いつもの癖でお客の入りをカウントしながら、女優はまた一歩、足を踏み出し、小さく前進した。めざす先には、劇団員のためにキープされた信徒席がある。その最前列に並ぶ頭はどれもみな見分けがついた。代役者まで何人か来ている。

ああ、やだ。足首が外へねじれ、彼女はよろけそうになった。まったくもう！　馬鹿な彼女は、衣装の呪文をあべこべに唱えてしまったのだ。コカインにはハイヒール、ヴァイコディンにはフラットシューズなのに。

わたし、蛇行しているの？

アルマは、自分と並んで歩いているスリムな黒髪女性に目をやった。劇団のチケット係、ドナ・ルー。彼女に腕を貸してくれるようたのんでみようか？　ところが、アルマが口を開くより早く、ドナは乱暴に脇へ押しのけられた。

そしていま、リナルディ兄弟がアルマの左右に現れた。ふたりは、彼女にくっつき、肩と腿を押しつけて、密集隊形で歩いている。それはまるでイモ虫に寄り添われているようだった。前方以外、行けるところはない。彼女の足首がぐらついた。双子の一方がなぐさめるふりをして彼女の腕をなでた。そして彼らはそろって彼女を見つめた。ハエの死骸《しがい》が目玉代わりのあの顔で、そして、ああ、あの紋切り型のうすのろの笑いを浮かべて。

ふたりがくすくす笑った。

胃がむかついている。てのひらはじっとり湿っていた。

オルガンの音は大きく響き渡っており、こう叫んだとき、彼女の声はその騒音にのみこまれた。「あっちへ行って！　放っておいてよ！」彼女は向きを変え、逃げ道をふさぐ人々を押しのけて引き返そうとした。「通してちょうだい！」無駄だった。通路には立錐の余地もない。そのとき、いい案が閃《ひらめ》き、彼女は叫んだ。「吐きそうなの！」

彼女のために道が開かれた。そしてそのすぐうしろから、双子たちがにやつきながら、小走りでついていく――くすくすと笑いながら。

刑事らは、大聖堂の階段をのぼっていく会葬者たちをパチパチ撮影しまくっており、そのさなかにライカーは、それがとても陽気な一団であることに気づいた。

リムジンが一台、歩道の前に停まった。今朝、ここにリムジンが停まるのは、それが初めてではない。だが長さは、その車がいちばんだ。運転手はちょっとしたハイキングのあと、後部ドアからお客を降ろした。最初の叫び声が上がると、会葬者の一群は編隊飛行する鳥の群れよろしく向きを変え、猛スピードで階段を下りてきて、映画スターへと押し寄せた。みんな、走りながらサイン帳を引っ張り出している。アクセル・クレイボーンはファンのためにサインをし、カメラマンのためにほほえんだ。

ライカーは相変わらず長いリムジンに気をとられていた。あの車はどうやって角を曲がるんだ？

「ホルストン警部はまだ引きさがってないのね」マロリーが道の角にぽつんと立つ人影を指さした。その男は無帽で、両手をポケットに入れ、足踏みをして暖を取っていた。「あれはミッドタウン・ノース署の男よ」

「ロン・バウマンだな」ライカーは言った。

「彼は以前、あなたの部下だったんじゃない？」

「そう。前世でな」それは、彼に地位があり、部下たちがいたいい時代――前夜の酔いを残したまま出勤し、一日じゅうその状態でいながら、それでも彼が賞賛を集めていたころのことだ。その後、ある裏切者のヘボ警官が若干のダメージをもたらし、指揮官ライカーの任期の終わりを早めた。そして卑怯者のご多分に漏れず、ホルストンはどんどん出世して、いまやミッドタウン・ノース署の指揮を執る身となっている。ホルストンはまた、ライカーのお気に入りの青い目の若者、ロン・バウマンも手に入れた。これこそ侮辱の決定打だ。

　バウマンは新しい指揮官をどう思っているんだろう？

　階段の端まで歩いていき、ライカーは待った。やがて、周囲をさぐる昔の部下の目が彼を見つけた。ライカーは軽く手をひと振りし、〝こっちへ来い〟と合図した。それから、鋭く二度、足もとを指さし、〝さあ！　早く！〟と命じた。

　ミッドタウン署の刑事はやって来た。だが、ゆっくりとだ。そして、そのあいだに彼は、自らのルーツを思い出し、初めて自分に輝くチャンスを与えてくれた男のためのほほえみを浮かべた。バウマンはいま、当時より十四歳、年を取っている。新米刑事らの成長のなんと速いことか。

　ふたりが向き合うと、バウマンは彼のスタンダード・ナンバーである詩の一片を暗唱した。

「おお、船長《キャプテン》、我が船長《キャプテン》よ！」（リンカーンの死に寄せたホイットマンの詩からの引用）

「相変わらずきざな小僧だな」ライカーは言った。

　それから、「調子はどうです？」「どうしてた？」とごく自然なやりとりが始まり、それは次第に終息に向かって、「ええ、ホルストンはいまもくそ野郎ですよ」へと落ち着いた。とはいえ、あの男は現在、バウマンのくそ野郎、バウマンの指揮官《キャプテン》なのだ。「だから、先にアラン・レインズを見つけたら、こっちで彼を引っ張りますからね」

よかれ悪しかれ、〝警官の国《コップランド》〟では命令は絶対だ。

「あの男は雲隠れしちまったんだ」ライカーは言った。「ここには現れっこないさ。そっちはこの件にどの程度、力を入れてるんだ？」

「全員がアラン・レインズをさがしてます。もしくは、バグジーをね。名前はなんでもいいんですが。ホルストンは、あの小男さえつかまえりゃ、重大犯罪課をぶちのめせると思ってるんです。願わくは、自分が降格になってサウス・ブロンクスに送り出される前にそうできればとね」

ライカーは笑みを浮かべた。夢を見てりゃいい。「手がかりはあるのか？」

「バグジーのファンが公開してるウェブサイトを見つけましたよ。昨夜、われわれはタイムズ・スクエアの下の地下道の大捜索を行いました……今夜ももう一遍、やる予定です」

ライカーはうなずいて、この情報提供に感謝を表した。

ふたりの男は同時に振り返り、アルマ・サッターを目にした。彼女が大聖堂から――四インチのヒールで、一目散に――飛び出してくるのを。事故が起ころうとしている。一方の靴が脱げ、彼女はよろめいた。

ああ、まずい――

なんてこった！　まさかジェイノスがあんなに俊敏《しゅんびん》に動けるとは！　彼女は倒れたが、彼がその転落を食い止めた。

リナルディ兄弟が大聖堂の扉を背に、階段のてっぺんに立っている。笑みを浮かべて。

フリークどもめ。

「真鍮《しんちゅう》のベッド」第三幕

第二十六章

スーザン　そのあとはどうなったの――

ロロ　まずは葬式。おつぎはウジ虫たち。

アルマ・サッターが首を折らないとわかって、リナルディ兄弟は脚本家の葬儀への興味を失った。マロリーがじっと見ていると、ふたりは階段を下り、下の歩道のサンガーの前を通り過ぎていった。

葬儀の見張りのために、あの刑事はダークスーツを着ていたが、パープルのシャツとネクタイの派手さは相変わらず目立っていた。笑みをたたえ、彼は階段をのぼってきて、大聖堂の扉の前の彼女に合流した。「ワイアットの借りてた部屋を見つけたぞ！」

それで、いつこの男は、ワイアットの最後のチリさがしをサボることにしたんだろう？　どれだけの時間が失われたんだろうか？

「ガサ入れもした」サンガーは言う。「彼の携帯はそこにあったよ。だが、ノートパソコンや個人的な書類はまったくなかった。彼の元の部屋に住んでる男によると、ワイアットは本を山ほど持ってたそうだ。だが、新居には本が一冊もない。だから、彼はロッカーを借りてたんだと思う。おれは引きつづきこの線を——」

「あるいは、チリの線を追いつづけるって手もあるわね」マロリーは怒りを抑え、苦言を和らげて助言にした。「あっちのほうがいい手がかりかも」文句は出ず、つまらない言い合いにもならなかった。彼はただうなずいて、彼女の言うとおりかもしれないと認めた。

　彼女の相棒が階段をのぼってきて、サンガーのうしろに立った。そしていま、ライカーはあのいまいましいばあやのほほえみを浮かべている。他の子と仲よく遊ぶ彼女のことが誇らしくてならないわけだ。マロリーは彼をにらみつけた。彼のほほえみは消えなかった。いやなやつ。ライカーは年下の男の背中をぴしゃりとたたいた。「よくやったな。これで、最後の二週間、ワイアットがどこにいたかがつかめたわけだ——」

「いや。彼はその二週間、アップタウンの私立病院にいたんだ」これで、サンガーの名誉は回復された。「すごく高級な治療施設だがね。麻薬課の連中のモグラはどこにでもいるからな。まあ、聞いてくれ。ワイアットはぶり返しを認めた。ところが、本人はどんな薬物も使った覚えがなかったらしい。グループセラピーのあいだ、彼のその話は一貫して変わらなかった。だからモグラは、それは本当にちがいないと見ている」

「それに、記憶喪失というのは、彼の九十日の薬物検査の結果と整合しない」

「そうとも。施設に入ったとき、ワイアットは薬物痕跡量の検査を受けてる。これは、おれのイメージするヘロイン中毒のぶり返しとはちがうね。誰かが薬を盛ってたとしかおれには思えないよ」

ブラウニー以外の食品でそれをやる方法を、マロリーは五、六通り思い描くことができた。

職務の一環として、殺人担当の刑事は多くの葬儀に参列する。そしてこの式には、葬儀屋が取り仕切る出来合いの葬儀の特徴がすべてそなわっていた。司祭の話はごく簡単で、ところどころタイムズ紙の死亡記事から拝借した情報が放りこまれており、親しい者が提供するような故人の逸話はまったく含まれていなかった。

最後の賛美歌が斉唱され、オルガンの音がやんだ。司祭が、故人と親しかった人にひとこと弔辞《ちょうじ》を述べるよう求めた。沈黙がつづいた。進み出る者はない。司祭は居心地悪そうに、手もとの資料をぱらぱらと繰った。たぶん、遅ればせながら弔辞など予定されていなかったことに気づいたのだろう。自分はミスを犯したのか？　そう、それも目立つやつだ。で、おつぎはどうする？　この空虚な沈黙を受け入れるわけにはいかない。こんなかたちで葬儀を終わらせてはならない。司祭は最前列の顔を見回し、遺族のためのその席にいる人々に救いを求めた。しかし彼らは天井を仰いだり、腕時計に目をやったりして、彼の視線を避けている。登壇する者はなく、長引く沈黙は脚本家に贈られるリアルな弔辞となっていた。

ピーター・ベックに同情しているのは、死者に個人的感情を抱くことなどまずない刑事、ライカーだけだった。彼は、ひとりの男に対するこのひどい侮辱に不快感を覚えた。ベックは仕事も命もむしりとられたのだ。そこへ、この決定的な一撃。それも、こんな公の場で。

信徒席の中央で、女が立ちあがった。カシミアやキャメルや毛皮のなか、たったひとり、質素なウールのコートで。ブランド物のバッグもない。パールもない。司祭がほほえみ、手招きした。会衆は静まり返り、しんとした堂内に、女の小さな声が響き渡る。席にすわった人々の前を通り、つま先を踏みつけては詫びの言葉をつぶやきながら、彼女は信徒席から出てきた。

説教壇へとのぼった女がこちらを向いたとき、ライカーはその顔に気づいた。これは、脚本家がなくした手袋の片割れを彼に渡した女だ。そしていま、彼女が、サリー・ライアンです、と自己紹介した。

「わたしはバーテンです」彼女は言った。「故人とのつきあいは長くありません。せいぜい三、四週間というところでしょう。彼は本当にいい人でした。いやなことなんて一度も言われなかったし、チップもはずんでくれたし……ピーターは不幸せでした……もともとはお酒はやらない人だったんです。酒には触れたこともないと言ってましたよ。だけど彼は飲むことを覚え、最後には、飲めるようになったんです。でも彼は、自分の芝居を失い、恋人を失いました。そして知り合いはみな、彼の敵に回りました。彼はひどく悲しんでいました。あの最後の夜、わたしは彼が泣くのを見ています。いつものように、ピーターはひとりで入ってきて、ひとりで飲みました。新聞で読みましたけど……彼は赤の他人に囲まれて死んだんですね」彼女は会葬者の一群を見渡し、それから、最前列の連中に照準を合わせた。「彼にこんなに大勢お友達がいたとは思ってもみませんでしたよ」

ライカーはささやいた。「やっちまえ、サリー」

そして彼女は叫んだ。「このくず野郎ども！」

チャールズ・バトラーは、ジェイノスの巨体が楽屋の開いた入口を満たすのを見て、ぎくりとした。バグジーの居所はいまや、重大犯罪課では公然の秘密なのだろうか？

「プラン変更。マロリーは来ません」ピンキーリングをはめた指を品よく伸ばして、刑事はミッドタウンのあるレストランの名前が入った白い袋を掲げてみせた。「ブランチです」大型類人猿のサイズの警官としては、ジェイノスの足は小さい。そして彼はその足で、寝床をよけて軽やかに進み、埃まみれの化粧テーブルに場所を作ると、種々さまざまな砂糖漬け入り焼き菓子をそこに並べた。つづいて彼は、紙コップをふたつ、危なっかしく端のほうに置いた。「クリーム入りがあなたのです、チャールズ。バグジー、きみはブラックだったね？」

「そのとおり」バグジーは言った。「葬式はどうでした？」

「とてもいい式だったよ」刑事はうしろ向きに部屋から出ていき、ついてくるようチャールズに合図した。閉じたドアを背にふたりが通路に立つと、ジェイノスは、バグジーの指名手配は発令されていないと説明した。「ですから、もう心配はいりません。逃亡犯を助けたという理由で、投獄される恐れは――」とここで、チャールズの胸中がその驚いた顔に広告されたため、ジェイノスは言った。「マロリーはバグジーが逃亡中だということをあなたに話さなかったんですね？」

そしてこれは明らかに修辞疑問だったので、チャールズは言った。「きっとうっかり言うのを忘れたんでしょう」

「葬儀会場には、ミッドタウン・ノース署の刑事がうようよいました。連中はバグジーを再度、逮捕するために来ていたんです」

再度？　ああ、マロリーはいろいろと言い忘れたようだ。「彼らはここに来ますかね？」

「いや、連中は、バグジーは地下に潜ったものと見ています。だからマロリーは、あなたに何時間かバグジーの見張りをしてほしがっているんです」ジェイノスはトライベカのある住所を名刺の裏に書きこんだ。「そのあと、ここでわれわれと合流してください」

チャールズが楽屋にもどると、床に落ちた彼の紙コップがこぼれたコーヒーの川のなかに倒れており、バグジーが両膝をついて、紙ナプキンで床を拭いていた。

「いやあ、すいません」バグジーはチャールズにもう一方のコップを手渡した。「ほんとに申し訳ない。ほら、わたしのを飲んで」

「そんな。もらえないよ」

「いいからいいから。こっちにはインスタントがあるしね」彼は隅のホットプレートを指さした。それから、ダッフルバッグに手を伸ばし、コーヒーの缶を取り出した。「ぜひそうさせてくださいよ……かまいませんかね？……無理を言っても？」

レキシントン・アベニューのその飲み屋には、ムードも何もなかった。午後の光は、汚れた窓から流れこんでいる。飲み物は安く、わずかばかりのお客のなりはみすぼらしい。ライカーは、証人がよりリラックスできるよう、この店を選んだのだった。酒場は彼のホーム、彼の教会だ。しかし彼は、ピーター・ベックご愛顧のバーテンに対するこの聴取への同席を辞退した。その理由は言おうとしなかったが。

マロリーは、これはなんらかの意思表示ではないかと疑った。ライカーは彼女の欠点を指摘しているのかもしれない。ふたりが最初にこの女と会ったときの成果の乏しさを、ライカーはわたしのせいにしているんだろうか？

サリー・ライアンは、脚本家が死んだ夜、彼らに明かした以上のことを、大聖堂で語っていた。ここはまあ、自分の非を認めてもいいだろう。バーテンと飲んべえのあいだの神聖な守秘義務に対し、彼女はまったく忍耐力がない。今回も、ゆっくりと、ライカー流に事を進めるのは、骨が折れた。彼女はサリー・ライアンと並んでバースツールにすわり、つぎつぎバーボンを空ける相手に合わせて、お茶の色をした水を飲んでいた。

「で、彼は恋人と別れた、と」マロリーは言った。「その点は確かですか？」

「ピーターは泣いていたもの。アルマは自分の最後の味方だったたって。でも、もうそうじゃないって」

「彼がその話をしたのはいつです？」

「死んだ夜よ。その前の夜は姿を見せなかったの。わたしは、初日は見に行った？って訊いた。ピーターは、行かなかった、寝過ごしちゃったたって言ってた」

「つまりあなたは、前夜、彼は早くから飲みだし、そのまま酔いつぶれたものと見ているんですね？」

「うん。でも、それって彼らしくないのよね。ピーターは忠実なタイプだもの……飲むのは、わたしのバーと決まってたし……とにかく、わたしはそう思ってた」

ベックの部屋の無数の空き瓶は、それに反することを物語っている。お客としての忠誠心は崩壊していた――そして、あの男自身も。最後に劇場に向かったとき、ベックは途中で少なくとも二軒の店に寄り、へべれけになっている。「あなたはあの夜、彼に最初にお酒を出した人です。彼はどんな状態でした？」

「入ってきたときは、もう酔ってた」サリー・ライアンは言った。「そんなこと、初めてだった。わたし、そのことで冗談を言ったのよ。浮気してるんじゃない？　他の誰かと飲んでたでしょって。そしたら彼はあたりを見回したの。まるで、店に入ってくる途中で誰かとはぐれたみたいに。そうして、泣きだしたのよ」

彼は恋人を失ったのだ。

警察が来て、ドアをたたいている。ガンガンと、握り拳《こぶし》で。ライカーとマロリーが交互に名前を呼んだとき、彼女にはその声の主《ぬし》が誰なのかわかった。

アルマ・サッターはバスタブと便器のあいだの狭いスペースに体をねじこみ、バスルームの床にすわっていた。便器の水はくるくると渦を巻いている。そして彼女の錠剤と粉末は呑みこまれていった。コークやX、ヴァリウムやオキシーの最後のひと粒まで。彼女のハイとローのすべてが。

さようなら。

だけど、全部始末するなんて無理なんじゃない？

そうよ、いつだって何かしらは残っている。警察はそれを見つけるだろう。カウチのクッションの隙間にマリファナはない？　戸棚のなかにヴァイコディンは？　見落としている引き出しがあるんじゃない？

警察は彼女を逮捕するだろう。あの役は別の女優が引き継ぐだろう――でもその女には、恐怖というものはわからない。アルマのように演じるのは絶対に無理だ。絶対に。

もういや！　あの騒々しいノック、いつまでつづける気なの？

震えと吐き気に襲われ、彼女は便器の上にかがみこんで、嘔吐《おうと》物に薬物のあとを追わせた。そしていま、ぬめりで髪をよれよれにし、彼女は上に手をやって、トイレのタンクの銀色のレバーを押した。そして凍りついた。身じろぎひとつせず。

ああ、そんな。お願いだから。

ノックの音と叫び声はやんでいた。トイレの流水音をかき消す音はない。ううっ、このにおい！　ひどく寒くて、彼女は震えた。胃袋がうねる。また吐きたくなって、口のなかに手を突っこんだ。

警察は行ったの？

のろのろと一時間が過ぎた。

警察はもう行ったの？

アクセル・クレイボーンの嘆きは、ニューヨーク・シティでは稀有《けう》なものだった。クロゼットが多すぎる。造りつけの背の高いのが壁のなかに。そのうえ衣装簞笥も、数千平方フィートのスペースに無数にあって、そのなかには何頭ものポニーを隠すことができる。

大きな窓からの眺めは、いちばん早く灯った町の灯できらめいていた。

夜が迫っている。

もうあまり時間がない。

いったいどこにしまったっけ？

彼は最後のクロゼットを開けた。このクロゼットのなかも、もう二度さがしたような気はしたが。おお、あったぞ。一枚、また一枚と、彼は、奥のスーツケースのうしろに隠れていたボードを引き出した。それから、部屋の中央へそれらを持っていき、二分割されたディナーテーブルのあいだにはめこんで、付属のそのパーツでテーブルを遺体が載る長さにした。

ドアマンがインターコムに彼を呼び出し、来訪者を取り次いだ。

テーブルを飾るものが届いたにちがいない。時間ぴったりだ。

覆面の警察車両六台が、アクセル・クレイボーンの住む高層アパートメントの正面に二重駐車で駐められた。最上階の窓は明るく輝いていた。「ほら見て」マロリーがそう言って、酒店の配達用バンを指さした。「連中、飲み物を補充してるのよ」

「みんな、もう充分、酔っ払ったんじゃないかな」ライカーは歩道に降り立ち、チームの他のメンバーに合図した。そしていま、全員が動きだした。彼らは道を渡っていき、ドアマンを呆然とさせた。この男は一度にそんなにたくさんのバッジを見たことがなかったのだ。警官の波は、ガラスのドアから、輝く鋼鉄の柱と毛足の長い絨毯《じゅうたん》のロビーへと流れこみ、ドアマンを後方に押し流した。彼らはその半エーカーの無駄なスペースを横断して、最上階専用のエレベーターの前で止まった。エレベーターを呼ぶボタンはない。あるのは、キーカードの挿入口だけだ。


ライカーはどなった。「このドアを開けろ！」

ロビーのデスクの男がエレベーターを開けるボタンを押した。つづいて電話に手をやった彼に、マロリーが言った。「やめて！　これはサプライズなの」

そのサプライズを邪魔されぬよう、ロナハン刑事がデスクの前に残り、チームの他の面々はエレベーターで最上階へと向かった。ドアが開くと、そこはソファや椅子の置かれた広々した入口の間だった。コート掛けには、古ぼけたパーカから高級な毛皮までありとあらゆる上着が掛かっている。若い男が刑事らに、コートをお預かりしましょうか、と訊ねた。

いいや、結構。

突破すべきドアがもうひとつ。マロリーがノブを回し、体育館並みの広さのスペースに先に立って入っていく。一面に広がるスカイラインの眺め、ダンスする人々、そして遺体が一体。

その柩《ひつぎ》は長いテーブルの上に置かれ、ウィスキーやワインのボトルに囲まれている。

室内は生バンドの演奏で活気づいていた。ビートに乗って何百もの足が踏み鳴らされ、床板は鈍い音を立てている。ライカーは衣装係の女性こと、ハリウッドのコメディー・スターに目を留めた。ナン・クーパーのマスカラは涙で流れていた。それでも彼女は笑みをたたえ、ロックンロールで踊っている。そしてさらに刑事たちが流れこみ、声をあげて笑う追悼者の集団に加わった。通夜は常に、奥の部屋での尋問に勝《まさ》るものとされる。そこには、語りたい気分の酔っ払いが大勢いるのだから。

アクセル・クレイボーンがどなった。「おうい、みんな！　手入れだぞ！」そして、招かれざる客たちにはこう言った。「実にクールでしょう？　でもすべてきちんとやってますよ。合法的にね。今回は誰もディッキーの亡骸を盗んではいないし」彼は書類をマロリーに手渡したが、それはそのまま床に落ちた。クレイボーンは彼女の相棒に笑みを向けた。「それで……あなたたちは誰か逮捕しに来たわけですか？」

「いや」ライカーは言った。「われわれは踊りに来たんだ」

そして彼は衣装係の手をつかみ、ダンス・インタビューの第一号が始まった。ナン・クーパーの今夜の髪は自前のものだった。彼女は最高のドレスと最高の顔で盛装している。ただ、涙で流れたマスカラの痕は惜しいけれども。警官がロックのビートで踊れることに驚き、レディーは笑い声をあげた。彼は彼女をくるくる回してフロアを行ったり来たりした。それから、バンドスタンドの前で金バッジを掲げると、古いウィリアム・ホールデン映画のテーマ曲のタイトルを叫んだ。「《ムーングロウ》！」そうしてふたりは、スローダンスの穏やかなテンポへと入っていった。

「すごくロマンチックね」衣装係は言った。「とってもいい感じ」そしてふたりが踊っているあいだに、ナンは、ワイアットのハリウッドにおけるブラックリスト時代の思い出を語った。「いいえ、あの脚本を書き換えたのはディッキーじゃない。でも彼は、アクセルの身代わりに罪をかぶろうとしたの。そしてふたりはそ、ろ、っ、て追い出されたのよ」


その遺体はおそらく、この室内におけるベストドレッサーだろう。

マロリーは柩のなかに手を入れて、死者のスーツの襟の片側をめくった。つづいて、袖口とズボンの折り返しもチェックした。

「もう充分！」アクセル・クレイボーンがかたわらに現れ、彼女の手をつかんで、スローダンスを踊る追悼者たちのただなかに入っていった。彼はマロリーを引き寄せ、ふたりは《ムーングロウ》のメロディーに乗ってステップを踏みだした。

彼女は少し体を離して訊ねた。「記者たちはいつ来るの？」

「あなたはぼくを過大評価していますよ」彼はそう言って、ふたたび彼女を引き寄せた。「このことでメディアに騒がれたくはありません」

「申し分なくいい死体を無駄にするつもり？……あなたらしくないわね」

曲は終わったが、クレイボーンは彼女を放さなかった。両腕を彼女に回して、彼は言った。

「ディッキー・ワイアットの身内は全員、こういった通夜で送られています。彼らはみんな逝ってしまった。ディッキーは彼の一族の最後のひとりだったんです」手のひと振りが、部屋じゅうの人々を包みこむ。「すべて演劇関係者ですよ。いまやわれわれが彼の唯一の家族です。そして、われわれはちゃんと身内の面倒を見るんです」

バンドがまたスローな曲を演奏しはじめた。ライカーの選ぶベスト白黒映画のひとつで流れる曲、《時の過ぎゆくままに》だ。そして、ふたりは踊った。

「ベックはワイアットと家族喧嘩したんでしょう?」マロリーは言った。

「血は流れていませんよ。単なるどなりあいですよ。ピーターはディッキーに裏切られたと思ったんです。もちろん、それは本当ですが」クレイボーンは彼女の耳にささやきかけた。「誰も、彼もがゴーストライターに従ったんですよ」

ふたりのまわりでは、刑事らがパートナーとともに旋回している。ひとりが割りこんで女を奪えば、別のひとりが取り残された男を脅してそいつといっしょに踊りだす。ジェイノスは、この点、少しも控えめではなく、自分のお気に入りのカップル、リナルディ兄弟に照準を合わせ、ふたりのすわる壁際のカウチに直行していた。彼は双子の一方を引きはがし、仰天している俳優をリードして部屋じゅう踊り回った。そしてそいつがかたづくと、今度はもう一方を追いかけ、カウチを乗り越えて標的をつかまえた。

一段階、テンポが上がり、クレイボーンはマロリーを抱き寄せた。さらに近くへ。さらにしっかりと。ほとんどセックスのように。彼女は言った。「あなたは、ワイアットの現住所を知らないと言ってたわね」

するとここで、彼のリズムが乱れた――ポリグラフの曲線の急激な動きのように。「確かにそう言いました」

彼女は頭をめぐらせて柩を見た。「あなたの友達はとてもいいスーツを着ている。そして、ピンは一本も留まっていない。あの服は彼のためにあつらえられたものよね。みごとな仕立てだわ。でも、葬儀屋はそこまでしないはずよ」

リズムを取りもどし、クレイボーンは彼女の頬に頬を押しつけた。「ぼくは最高金額を支払ったんです」

「古いスーツに？　それはないでしょう。あなたはワイアットのクロゼットからあれを持ってきたのよ。つまりあなたは、警察に嘘をついていたわけ。本当はワイアットの住まいがどこか、知っていた――」

アクセル・クレイボーンは笑った。「気づいてますか？　あなたはぼくをリードしてますよ」

ゴンザレス刑事はディッキー・ワイアットのエージェントと踊っていた。それは彼より二十歳年上の恰幅のよい女だった。スローなターンでフロアを移動しながら、彼女は酔っ払ったチアリーダーみたいにべたべたしてきた。

「そうそう」エージェントは言う。「ふたりは長いつきあいなの。うんと若いころ、ディッキーはピーター・ベックが初の芝居をやるのに手を貸したのよ。ヴィレッジの小劇場で上演したやつ」

「じゃあワイアットは前にもベックと仕事をしたことが――」

「いいえ、ちがうの。ディッキーはそのとき仕事をもらえるはずだった。それがフェアってもんでしょ？　ところがピーターは、演出家はいらないって言ったのよ。信じられる？」

頬に頬を寄せ、女の片手を尻に、スロー回転で踊りながら、ゴンザレスはあの脚本家が舞台美術や照明の専門家も使わなかったことを教わった。そのうえピーター・ベックは、演劇学校や演技コーチを心底軽蔑していたという。上演場所が組合非加盟の劇場だったため、彼は最初の芝居の際、正式に演技を学んだ俳優たちの採用を拒否し通せたのだった。

「アマチュア・ナイトみたいだな」ゴンザレスは言った。

「そのとおりよ、坊や」エージェントは的を射たその発言へのご褒美として、満面の笑みを見せ、彼の尻を――今度は両手で――ぎゅっとつかんだ。「ピーターは自分のすばらしい本さえあれば、すべてうまくいくと思っていたの。結局、その芝居は吹っ飛んだ。二度目の挑戦はブロードウェイだったけど――そのとき、彼はクリエイティブ・コントロールを放棄せざるをえなかった。でもその芝居で、彼は初めてピューリツァー賞を獲ったのよ。ピーターはただ、自分の流儀を変えさえすればよかったわけ」

「すると、あの男には才能があったんですね」ゴンザレスは言った。

「そりゃもちろんよ。あのすごい自負心だけどね、ピーターにはそれだけのことがあるの。彼はすばらしいわ」

「それじゃ、なぜレオナード・クリッペンはあんなにあの男を酷評しまくったんです?」

女は踊るのをやめた。もうその顔に笑みはなかった。「クリッペンはサディスティックな怪物だから。彼が優しくする相手は、月並みな脚本家だけ。偉大な脚本家は激しくたたくの。批評家としては邪道よね……クリッペンは才能を憎むのよ」


ライカーが携帯電話を耳に当てた。「バグジーの様子を確認するよ」

マロリーはうなずいて、アクセル・クレイボーンのほうにゆっくりともどっていった。彼はテーブルの死者のそばにいた。彼女は人混みを眺め渡した。「アルマは?」

「たぶん酔っ払っていて、この場所を見つけられないんでしょう」クレイボーンはウィスキーの水割りを作り、グラスを彼女に握らせた。「あの子には悪い癖があるのでね」

「あなたが彼女を追い出したい理由はわかる。でもバグジーがあなたに何をしたっていうの?」そしてここで、マロリーはこの夜、最初の嘘をついた。「ピーター・ベックが死ぬ前日、バグジーはベックの様子を見に彼のアパートメントを訪ねた。そしてわたしは、あなたがバグジーの頭にその考えを吹きこんだことを知っている。あなたは身代わりを用意したわけ?」

クレイボーンはとまどって、彼女を見つめた——あるいは、これは演技なのか?

「あなたは彼をはめたのよね」彼女は言った。「非の打ちどころのない生贄《いけにえ》。今夜、他の警察署のチームが彼をさがしている。もし彼らにつかまれば、バグジーは精神病棟に行くことになる。それがどんなところか知っている? イカレた連中が壁にガンガン頭をたたきつけ、床の上に排便し、あらゆるものに尿をかける。よだれを垂らす者に、叫び立てる者。バグジーがそれに耐えられるとはわたしには思えない。あなたはどう？　それが計画なの？　彼は穴倉の奥へと消え、誰もが彼を犯人とみなす。でも精神障害者は裁判にはかけられない。だからしばらくすると、マスコミも飽きてしまい、離れていく。わたしは事件を解決できず……あなたは殺人の罪を免れる」

「ぼくがバグジーを傷つけることはありえない。どうか信じてください。ぼくはあの小男が好きなんです。あなたはピーター・ベックを傷つけた。彼のほうはあなたに何もしていないのに」

「あなたはピーター・ベックを傷つけた。彼を苦しめる理由など——」

「ぼくは何も——」

「したのよ……全部あなたがやったの」彼女は柩に顔を向けた。「それに、ディッキー・ワイアットのこともある。あなたはジャンキーの友達のあと押しをしたんじゃない？　もしかすると彼の食べ物に薬を盛ったとか？　昔の習慣にもどっていくように、適量、投与したんじゃないの？」ああ、ついに彼に傷を負わせ、出血させる言葉が見つかった——もしあの目に浮かぶ苦痛の色を信じることができるなら。

「ぼくはディッキーを愛していました」

「へええ、そう」彼女は遺体を見おろした。「彼の遺体を劇場に引きずりこみ、安っぽい宣伝を打つほど——」

「マロリー、誤解しないでくださいよ——ぼくは正真正銘の異性愛者ですからね。でもぼくは彼を愛していた。この世界の誰よりも、ディッキー・ワイアットを愛していたんです」彼は柩に向かって身をかがめ、死者の唇にキスした。


ジェイノス刑事は痩せっぽちの黒髪女、劇場のチケット係と踊っていた。ドナ・ルーはいまも、その発音に生まれ育ったブルックリンの痕跡を留めていた。演技コーチもたたき出せなかった子音落ちの名残りを。「でもわたし、がんばってんの」彼女は言った。

「ゴーストライターのことをクリッペンに話したのは、あなただそうですね」ジェイノスは言った。

「わたしは指示に従っただけ。ピーター・ベックの芝居となると、クリッペンは決まってこきおろすから」

「指示って誰の?」そしてその答えは当然予想できたので、彼は彼女と口をそろえて言った。「ゴーストライター」

ふたりは踊りながらライカーのそばを通り過ぎた。ジェイノスは彼に呼びかけた。「なあ、チャールズ・バトラーはどうしたんだ? もう着いてなきゃおかしいだろう」

ライカーは叫び返した。「なんで彼が来るんだよ?」

「マロリーが呼んだからさ」

「だったら、われわれの小さな友達のお守りは誰がしてるんだ?」

「さあ、聞いてないね」ジェイノスとドナ・ルーはそのままフロアの彼方へと向かった。

ライカーは窓辺に立って、玩具の自動車が行き交うトライベカの通りを見おろした。携帯電話を耳に当て、彼は五回目の呼び出し音まで待った。それだけあればバグジーは、下の階にすっ飛んできて、舞台監督のデスクの電話をとれるだろう。あの小男は敏捷《びんしょう》なのだ。だが今回はちがった――いや、さっきもか。劇場の留守録装置がふたたび始動。録音されたメッセージが電話をかけてくる者すべてに、第一幕で止まったままの芝居の結末がいつ見られるかは警察に問い合わせるよう助言する。そしてご親切にも、重大犯罪課の電話番号が告げられた。

これで先の楽しみができた。明日は、芝居好きの怒れる民衆が課の電話の全回線を満杯にするだろう。

ライカーはもう一度、同じ番号にかけ、今度はもっと長く呼び出し音を鳴らしつづけた。

彼は玄関のほうに目を向けた。ダンスするカップルたちで視界はさえぎられている。だが問題ない。チャールズ・バトラーはこの人混みの大半の人間より頭ひとつ分、背が高いはずだ。あの男はどこにいようと人目に触れてしまう。そして彼は、いまここにはいなかった。なぜマロリーはチャールズを呼んだんだろう？　バグジーの見張りは誰がしているんだ？　自分は心配すべきなのか？　お気に入りの機械化反対者《ラダイト》が現れるまで、ライカーに知るすべはない。

ライカーが信仰を抱くのは、宗教的祝日、もしくは、銃を向けられた時だけだ。だが今夜、彼は習慣を破り、天を仰いで言った。「ああ、神様、クリスマスにはチャールズに携帯電話をお与えください」

マロリーがかたわらに来て、新しい飲み物を彼の手に握らせた。「じゃあ……まだ出ないのね」その口調は、疑問符の抑揚に欠け、一本調子だった。好奇の色はない。

こいつは劇場で誰も電話を取らないことを予期していたんじゃないか？　もし相棒と同じように妄想症だったなら、彼はそう思っただろう。

「心配しないで」マロリーは言った。「ロナハンに、バグジーの様子を見に行かせたから」

「何かあったんだよ。バグジーは必ず舞台裏の電話を取るんだからな」ところが彼女はまるで懸念を示さない。それを見て、ライカーは言った。「ああ、まさか。またじゃないよな。あの男に薬を盛ったりしてないって言ってくれ」

彼女がうまい嘘を編み出すより早く、ライカーの携帯が鳴り、彼はその小さな画面を確認した。「ロナハンからだ」電話を耳に当てて言う。「もしもし？」ややあって、彼はマロリーに顔を向けた。「それで……どれくらい盛ったんだよ？　ロナハンによると、チャールズは意識がないらしい……バグジーはいないしな」

するとマロリーが、全員に聞こえるよう叫んだ。「逃亡よ！」

第二十七章

ロロ　あのふたりが何をしたか……何者なのか、わかってるだろう？　もちろん、痛いに決まっているさ。

「真鍮《しんちゅう》のベッド」第三幕

重大犯罪課の刑事たちが通りへとなだれ出る。車は放棄され、一行は一ブロック先の地下鉄の駅へと走った。A列車は彼らを、バグジーの前回の地下公演予定地で降ろすだろう。

アクセル・クレイボーンが群れとともに走っているのを見て、ゴンザレスは驚いた。あの男は前方を走りながら、マロリーに言い寄ろうとしていた。自殺行為だ。俳優が彼女にこう叫ぶのが聞こえた。「あなたは完全に誤解していますよ！」これは、ゴンザレスがさっきワイアットの尻揉みエージェントに言ったのと同じ台詞《せりふ》だ。それでもあの女は、彼を再度ひっぱたいて、叫んだ。「ディッキーは真っ当な人よ！　ピーター・ベックにそんなことするわけない！」

二度ひっぱたかれた顔はまだひりひりしている。その痛みを感じつつ、彼は仲間とともに歩道を走っていき、最後に地下へと駆けおりた。そこで、刑事の一団と映画スター一名は、タイムズ・スクエアに向かう列車に乗った。

ファンのウェブサイトに載っていた場所では、酔っ払いがホームの縁で嘔吐《おうと》している最中だった。バグジーと観客は、だからそこを引き払い、どこかにおいがましなところに移動したのだろう。彼は、トンネルとプラットホームのこの迷宮のどこにいてもおかしくない。地下二十フィート、四十フィート、七十フィートのどの階にいても。

「ぼくが彼に弁護士を付けてやりますよ」アクセル・クレイボーンが言った。「いくらかかろうと、優秀なのを」

ここ二分でこれが二度目だが、マロリーは言った。「うるさい！」

「オーケー、みんな」ライカーがどなった。「散れ！」

刑事たちは散開して、単独のランナーとなった。ただしマロリーは別だ。彼女には映画スターを振り切ることができなかった。そしてクレイボーンはあまりにも目立ちすぎていた。随行員が増えていく。人々が彼を見つめ、指さし、あとを追ってくる。彼はマロリーと並んで走り、ハアハアあえぎながらこう訊ねた。「それで、その別のチームですが――なぜ彼らはバグジーが遺体を動かしたと思っているんです？」この質問は、沈黙に迎えられた。マロリーは走りつづけ、俳優とそのファンの小集団は遅れはじめた。クレイボーンは彼女に向かって叫んだ。「法廷で誓ってもいい――彼はディッキーの遺体には指一本触れていません！　これは本当です！」

マロリーは歩行者用のトンネルの奥に向かった。難なく加速し、彼を引き離しながら、彼女は振り返って叫んだ。「なぜあなたがそれを知ってるのか不思議よね！」

トンネルの出口でマロリーは止まった。くそ。ミッドタウン・ノース署の刑事たちが地下道の一斉捜索にかかったにちがいない。プラットホームの縁には、こちらに背を向けて、ハリー・デバーマンが立っていた。あのまぬけはきょろきょろとあたりを見回し、ひとりの男を見つけようとしている。本当は、さがすべきは人の群れ——バグジーの観客たちなのだが。

クレイボーンとその崇拝者たちが追いつくと、彼女は言った。「手を貸して。下の階に行って、ホームを確認するのよ」

彼女の命令に従い、彼はファンを引き連れて下の階へと向かった。そして、階段の途中でまた新たなファンがひとり加わった。

ハリー・デバーマンの背中に目を据えたまま、マロリーは人の群れに向かってプラットホームを歩いていった。バイオリンの最初の調べを聞いたとき、それがちがうパフォーマンスであることがわかり、彼女はデバーマンを振り返った。あの刑事はまだ気づいていない。その表情は時間をつぶしている男のものだった。彼は労せずして残業代を稼いでいるわけだ。

ちょっと話をする価値はあるかもしれない。今夜、この仕事にミッドタウンの警官が何人投入されているのかさぐり出してやろう。マロリーはぐるりと回って別の階段に行き、その途中まで下りてから方向転換し、また上に向かった。今度は、デバーマンも彼女に気づいた。彼は小走りに駆けてきて言った。「ありがとよ。おれの時間を節約してくれて」そして、マロリーの背後の階段を見おろす。「じゃあ、やつは下にはいなかったんだな？」

「いいえ、いた。わたしが撃ち殺したけど」

「突っかかることないだろ、お嬢ちゃん」

このにわか集団の頭の向こうがよく見えるよう、アクセル・クレイボーンは木のベンチの上に立った。彼の隣では、浮浪者がバッテリー式の舞台照明をかかえているが、そのハロゲンランプは点灯していない。

おもしろい。

観衆の前には、ステージとなるコンクリートの一画があり、身なりの汚い老女が台本の一ページを手に、自分の台詞を読んでいる。酔っ払って、始終つかえてはいたが、最後の三語はその女もちゃんと言えた。「なぜ、なぜ、なぜ？」

観衆は沈黙し、気を張り詰め、待っている。

バグジーがゆっくりと視線をめぐらせ、観客の顔をひとつひとつとらえていく。それからその両手が広がり、みなの理解を乞うた。「四六時中、おれは怖くてたまらなかった……だけど世界はでかかった。まるで、そこでビッグバンを待ってるみたいだったよ」彼は顔を上げた。「光をくれ！」このキューで、アクセルの隣の浮浪者が舞台照明のスイッチを入れた。そしていま、バグジーはまぶしいスポットライトのなかに立っている。「ビッグバン、火の玉……そして、おれ……そして、おれの宇宙のロックバンド」彼は自分の足もとを見おろした。「そのあと、第二幕には、人は何をすればいいのか？……教えてやろう……小さな世界に収まるように、おれは身を縮めた。いまも生きちゃいるよ。だけど、おれをさがしてみな。見つからないから。おれはそんなにも小さいんだ。おれがあの娘を愛してたと思うかい？　いいや！」バグジーは叫び、それからその声が低くなった。「彼女を愛するには、実物大でなきゃならない。人間のサイズでなけりゃ……おれは虫けらだよ」彼は目を上げて、ランプを持つ浮浪者を見た。そしてこのキューでスポットライトは消えた。

　アクセルは他の観客とともに激しく拍手し、彼らの歓声や口笛に熱狂的に加わった。

「あなたの役目は、わたしのために彼を見つけることであって、芝居を見ることじゃ――」

「ああ、驚いた！」振り向くと、マロリーが彼と並んでベンチの上に立っていた。ついさきほどまで、浮浪者がいたところに。こういう技で、この女は男の心臓を止めるわけだ。そしてふたりは、バグジーが観客に帽子を回すのを見守った。自分の番になると、アクセルは財布の中身を全部そこに空けた。

　え？

　彼は、〝使い走り〟が金をすべて、喜色満面の歯なしの共演者と照明係のあの浮浪者に与えるのを目にした。

「バグジーはあれを取っておけないのよ」マロリーは言った。「彼が演じた人物はそんなにたくさん現金を持っていないから」

「なんだって？」そしてここで、アクセルは、警察署にゴーグルの箱を取りに行った日のことを思い出した。あのとき彼はしばらく留まり、〝使い走り〟の話をしている。「つまり、ぼくの言ったとおり、バグジーは芝居のなかの人物だったということかな?」彼は振り返って、〝使い走り〟をじっと見つめた。「ひとつの芝居が彼の人生を基にできていたわけですか?」

「その逆」マロリーは言った。

彼女によれば、今夜つかまったら、〝使い走り〟は精神病棟に送られてしまうという。驚いたことに、荒唐無稽《こうとうむけい》なその話を信じるのは容易だった。彼女はこう説明した――かつて劇評家たちに絶賛された元舞台俳優、バグジーはいま、劇中の登場人物、正気を失った小男になっている。ひとつの芝居のなか以外には存在しない男に。

「それがどういうことか、わかりますか」アクセルは言った。「彼の人生は、目覚めている時間すべてがパフォーマンスなんですよ。そして彼は、みごととしか言いようがない」だが〝使い走り〟はそれをはるかに超えた存在でもある。彼は、演技に関する世界一偉大な理論家の説を裏付ける、生身の証拠なのだ。「バグジーは、ある理論の化身です。彼はスタニスラフスキーの〝マジック・イフ〟なんです。あの俳優は自分自身を劇中の架空の国に投影し、そこに住んでいる……あたかもそれが現実であるかのように。われわれはみなそれをめざしているんです。しかし誰もそこには到達していない」アクセルは〝使い走り〟を見つめた。「彼だけですよ」

ああ、だが警官は役者たちの教会では異端者だ。そしてアクセルには、自分の隣にいるこの若い異教徒が、あろうことか、この奇跡を退屈だと思っているのがわかった。彼女がすっかり興味を失う前に、話をまとめるには、どう言えばいいだろう? 「真に才能のある俳優だけが、あの種の狂気に到達できるわけです」

マロリーは同意してうなずいた。そしてここで、彼は気づいた。自分は彼女に、本人がすでに知っていることを教えていたのであり――彼女はそのことに退屈していたのだ。今後は二度と、彼女を見くびるまい。

「つまり、ぼくは何週間もブロードウェイ一のパフォーマンスを見ていながら、そのことに気づいていなかったわけですね」だがマロリーはいま、深い不信の念をこめて彼の顔を見つめている。アクセルにはその理由がわかった。彼は、バグジーを架空の男と定義した最初の人間だったのだから。

マロリーは頭から彼を信じず、腕組みをして訊ねた。「彼がアラン・レインズだということを知らなかったわけ？」

「ぜんぜん。レインズの舞台は見たことがないものでね」彼はプラットホームの向こう側に目を向けた。スーツ姿の男たちがこちらに向かってくる。決然と、厳めしく。あれはまちがいなく警察だ。だがそこに、彼の知るマロリーの同僚の顔はひとつもない。「問題発生かな？」

先頭はロン・バウマン。そのすぐ背後に、ミッドタウン・ノース署の他の刑事たちがおり、ハリー・デバーマンは、いちばんうしろからふうふういいながらついてきていた。そしてさらに男や女が階段を下りてくる。マロリーはコートとブレザーをうしろに引き、ホルスターの銃を見せて、彼らとバグジーのあいだに立った。

むきだしの銃、〝おまわりの戦争〟を告げるネオンサインを目にして驚き、バウマンは歩調をゆるめた。「こっちには令状があるんだぞ、マロリー」

「わたしがつかまえたの」彼女は言った。「わたしが連行する」

「こっちは二十人いる……そっちはひとりだ」バウマンは、数の論理を信じる道理をわきまえた男らしく、のどかに肩をすくめてみせた――

「勘定をまちがえてるぞ」ライカーがそう言いながら、ミッドタウン署の軍勢のなかを歩いてきた。

そして彼らは全員、彼のために道を空けた。

戦況が変わった。

ライカーが彼らの敬意を失うことはありえない。酔っ払ってへたりこみ、ゲロを吐いているときでさえ。しらふで直立しているいま、彼は強敵だ。群れのリーダー、ロン・バウマンは立ち往生していた。だがこれも長くつづくはずはない。

「あの男はこっちのものだ」ライカーはバウマンを通り過ぎ、マロリーの横に並んだ。彼は列を成す刑事たちひとりひとりに目を合わせ、誰であれ、自分を排除してバグジーをとらえることは許されないと伝えた。

膠着状態。

最後に、ライカーは自分の友、ヒヨッ子おまわりから育ててあげた男をにらみつけた。ひとり、またひとりと、重大犯罪課の男たちが静かに階段を下りてきて、バウマンのチームの背後で各自の位置に就く。そしていま、ミッドタウン・ノース署の刑事らがくるりと向きを変え、新たに着いた者たちと対峙した。

戦況がふたたび変わった。

「警官には警官で対抗か」ライカーの口調は平坦で穏やかだった。「ホルストンの考えそうなやり口だよ。だがやつは今夜ここにいない。すべておまえ次第だ、ロン。判断しな」

ミッドタウン・ノース署の連中が振り返ってボスを見る。バウマンは両手をポケットに入れ、戦争終結を伝えた。おみごと。言葉で命じるまでもなく、彼の部下たちは一歩退《しりぞ》き、楽な姿勢を取った。ライカーに向かって、彼は言った。「じゃあ、罪状認否手続きに逮捕者を連れてきてもらえますね？」

「朝一番で連れていくさ」ライカーの言葉は黄金に値する。話は決まった。

重大犯罪課の刑事たちは勝ち――同時に負けたのだった。

チャールズ・バトラーのキッチンは、高い錫《すず》の天井に取り付けられた一世紀前の照明器具に照らされていた。戸棚には、コンピューター・プログラミングの学位なしには操作できない近代的なコーヒーメーカーがしまいこんである。それは去年のクリスマスのマロリーからの贈り物だ。アンティーク好きのチャールズは思う。今年、彼女がくれるのは、どんなハイテク製品だろう？　ふたりがあの祝日がまた巡りくるまで友達でいられるとして、だけれど。

目下の彼は（彼女のおかげじゃないが）すっかり覚醒している。そして彼は、古いパーコレーターの載ったコンロに火を点けた。これは、薬物抜きのコーヒーをポットに一杯、作るためだ。デリカテッセンのコーヒーに彼女が鎮静剤を入れたことは、もうわかっている。背後の男を振り返り、彼は思いを吐き出した。「ああ、しかも、ジェイノスにそれを運ばせるなんてね。まさに天才ですよ」あの優しいゴリラが罪のない人に薬を盛るなんて、誰が思うだろう？

　ライカーはキッチンテーブルの椅子を引き出した。「きっと彼女も悪かったと思ってるさ」だがその声には、あまり自信がこもっていなかった。

「悪かった？」マロリーは、詫びるどころか、いまだ薬物混入の一件に触れてすらいない。もちろん、自分が彼女の標的でなかったことはわかっている。そう、それはない。彼の回復はあまりにも速かった。明らかに彼女は、彼よりずっと小柄な男に合わせ、薬の量を量ったのだ――〝使い走り〟を朝まで眠らせるつもりで。だが、それがなぐさめになるだろうか？　とんでもない。

「チャールズ、明日の罪状認否手続きに備えて、彼をコーチしてくれないかな？」

「やってみます。でもうまくいきっこありませんよ。何日か前、マロリーがバグジーというペルソナについて質したとき、彼は対処できなかったんです。彼女の説明から見て、彼は緊張病ではない。でも、それに近い状態なんです。明日、公の場で判事に質されるときも、彼はうまく対応できないでしょうね。公開法廷で取り乱せば、それは、彼を精神病棟へ送りこみ、精神鑑定を受けさせる充分な根拠になります。そしてそれこそが悲惨な結果をもたらすわけです」

「法廷じゃ、しゃべくりは全部、弁護士どもがやるからな」ライカーは言った。「なんとかなるんじゃないか」

「そうは思えませんね。彼の精神はとても脆《もろ》いんです」チャールズはずっと、廊下のほうに耳をすませていた。その先にはお客用の部屋がある。バグジーをマロリーとふたりきりにしたのは、まずかったんじゃないだろうか？　彼女には、ごっこ遊びに対する忍耐力がほとんどないのだ。

　彼はコンロを止めて、キッチンを出た。ライカーも彼につづき、ふたりはお客用の部屋へと向かった。なかをのぞくと、四柱式ベッドのまわりには、宿泊客の持ち物が広げられていた。きわめて質素な衣装ばかりが。どうやら靴は、バグジーがいま履いているぼろぼろのスニーカーしかないらしい。

「ソックスはなし」マロリーがこのわずかばかりの衣類、丸められたTシャツやジーンズを調べていく。「これじゃどうしようもない。法廷で着るスーツが必要よ」

「わたしはスーツなんぞ着ないんです」バグジーが言った。「そういう種類の人間じゃ――」

「へええ、そう」マロリーが言う。「アラン・レインズはスーツを持ってるんじゃない？」

　チャールズは目を瞠《みは》り、部屋の入口に立ったまま、無言で両手を振った。だめだよ！　やめて！

「ああ、もちろんですよ」バグジーは言った。「コネチカットの彼の実家にあるんです。アランの母親は、息子の昔の部屋を、彼が出てったときのまんまにしてるんで――服も靴も全部ね。トニー賞のトロフィーは、炉棚の上に飾ってあるし」

そう、ミセス・レインズを訪ねたとき、真っ先にチャールズの目をとらえたのが、あのトロフィーだった。そしていま、身を支える必要を感じ、彼はドア枠に寄りかかった。

なんと他ならぬあのマロリーが、家庭と家族の思い出、本物の記憶の言語化への突破口を開いたのだ。若い刑事がかなり奇抜な情け容赦ないセラピーを行うあいだ、心理学者は口をつぐんでいた。それはきっかり四分つづき、最終的にバグジーは明日の法廷でアラン・レインズの役を演じることに同意した。

そう、たぶん、精神衛生の分野における博士号は過大評価されているんだろう。でも、素人《しろうと》が気のふれた男の精神をいじくることは許されるべきじゃない。ああ、それにマロリーのアイデアときたら——完全に狂っている。

コネチカットのミセス・レインズへの電話を終えると、ライカーは、翌朝、母親が町に衣類を持ってきたとき、彼女と会わねばならないことを〝使い走り〟にはっきり伝えた。「敬意をもって接するんだぞ。いい息子みたいに」

「了解」バグジーは言った。「アランは母親を愛してましたもんね」彼は笑みを浮かべた。このイカレたプランになんの抵抗も見せずに。

それどころか、その時を楽しみにしているようだ。

ああ、こんなのはまちがっている。

バグジーはいとも簡単にこのアイデアを受け入れた。〝使い走り〟というキャラクターから抜け出し、法廷で真の自分のように振る舞う——それは強要されたことではなく、彼には努力の必要もない。マロリーは偽のペルソナを否定してはいないのだから。彼女はただ彼に演じるべき別の役を与えただけだ。かつての彼自身の役を。

何かが変化していた。

そしてチャールズの小さな一部が死んだ。バグジーはいま、役を演じているのではない。変身が完了し、彼は〝使い走り〟となった。本当に失われて《ロスト》。まるでアラン・レインズがある種の死を遂げたようだ。

希望は絶たれた。そんなもの、踏みつけてしまえ。

第二十八章

ロロ　大丈夫、なんとかなるさ……さあ、今度はきみが嘘をつく番だよ。

「真鍮《しんちゅう》のベッド」第三幕

法廷内は陽光にあふれていた。百年前の羽目板に、凝った装飾の蛇腹《じゃばら》。広々したスペースは扉付きの柵で仕切られ、傍聴人たちは、弁護士や被告人の席から離れた彼らの居場所に囲いこまれている。人々はみな、空っぽの判事席に顔を向けていた。判事席のうしろの壁を飾るのは、〝我ら神を信ず〟の標語が入ったエンブレム。チャールズ・バトラーは、〝神よ、我らを救いたまえ〟によく似たこのフレーズが司法制度というものに転がるサイコロのイメージを与えていると思った。

きれいに髭を剃ったバグジーが法廷に入ってきた。その髪はもう鳥の巣状ではなく、カットして櫛《くし》を当ててある。黒のスーツと赤いシルクのネクタイは、彼が法律家の一団に溶けこむ一助となっていた。ただし、その身なりは、彼の公設弁護人よりもはるかに立派だ。それに、彼には他にも変化が見られた。いまの彼は――正気を演じる狂った男を演じ――特権階級の自信を発散させている。

彼は、かつての彼自身であるあの若者と同じくらいハンサムだ。これは、彼の母親の意見だった。彼女は今朝、アラン・レインズのクロゼットから選んだ服と靴を携えて、町にやって来たのだった。彼女はまた、もっとよい弁護士を息子に付けようとしたが、そこはマロリーのアドバイスが功を奏した。あの刑事は、もし可能であれば、自分ならバグジーのためにもっとだめな弁護士を見つけると主張したのだ。

ミセス・レインズは、チャールズ・バトラーと並んで傍聴席にすわっていた。彼女はほほえんだ――いや、輝いたと言うべきか。「アランは、罪状認否手続きのとき、わたしにいてほしくないんです。わたしもあの子を緊張させたくありませんし。だから、すぐうちに帰ると約束しました……あの子はわたしを〝母さん〟と呼んだんですよ。一日の刺激はそれだけでもう充分だわ」さよならを言い、握手をしたあと、彼女は立ちあがり、立ち去った。つぎの列車でコネチカットにもどるという。

マロリーが母親の去ったあとの席にすわって、彼にささやいた。「順調に行けば、あなたの出番はないの。もしものときは、バグジーに対するあなたの評価を判事に話して。それで、精神病棟への小旅行はつぶせるはずよ。あなたはただ、彼はイカレているけど、無害だと言えばいいの」

「それは本当だしね」チャールズは言った。「それで……なぜ彼は殺人の自白をしたの？」

「わたしがそうしろと言ったから」

「え？……いまなんて？」

廷吏の号令で、全員が起立し、マーゴ・ウィッカー判事が長い黒のローブ姿で入廷した。黒っぽいその髪はひっつめにして簡素な髷《まげ》にまとめてあった。なおかつ彼女はメイクなし、マニキュアなしで、身を飾る術は一切、使っているふうがない。その渋面の皺《しわ》の深さ、特に眉間の怒りのすじから、チャールズは彼女を厳格なタイプと見た。〝吊るす判事〟という言葉が頭に浮かんだ。声をひそめ、彼は言った。「バグジーはあの人からはあまり同情を得られないんじゃないかな」

「同情なんてどうでもいい」マロリーは言った。「大事なのは法律なんだから。あの判事に当たったのは、幸運よ。ウィッカーは何事も見逃さない。罪状認否手続きを三十秒ですませたりはしないの」一同が再度、着席すると、マロリーは後列を振り返って人々の顔を見回した。

その視線を追ったチャールズは、ある著名な人権派の弁護士が彼女に会釈するのを見た。ジェイムズ・トッド。白髪交じりの髪にそぐわぬ童顔の、身なりのいい男。しかし記者たちはもっと的確に、大砲級の殺し屋と彼を評している。まさにマロリーの好みじゃないか。

そして法廷の奥には、バグジーの公設弁護人、エディ・モンローがいる。こちらは、まったく異なるキャラクター――ピエロもどきのチェックのスーツを着た、無精者のせっかち男だ。地方検事補が罪状を列挙するのを聴きながら、彼はひどく退屈し、底の減った靴の一方でトントンと床をたたいていた。他方の地方検事補はほんの若造で、きのうロースクールを出たばかりであってもおかしくない。

「第一の罪状」判事が言った。「起訴回避のための逃走。被告人側の申し立ては?」

「罪を認めます」公設弁護人が言った。

「無罪を申し立てます」バグジーが言った。

原告側の法律家、あの若いやつは、お菓子屋で釣り銭をごまかされた子供の顔になった。

〝ママに言いつけてやる〟風に、彼は言った。「判事殿、その事実に議論の余地はありません。ミスター・レインズは、警察署から逃げ出したとき、逮捕下にあったのです」彼は判事に黄色い紙を一枚、手渡した。「それが彼の供述です」

判事がその全文を読むあいだ、法廷内はしんとしていた。彼女は視線を上げ、地方検事局の若い男をにらみつけた。「ミスター・レインズは死体遺棄と殺人を自供していますが……あなたは殺人のほうは見逃すことにしたわけですか？　興味深いこと。しかし、それについては後ほど取りあげましょう」これは若干脅しめいて聞こえた。彼女は、年のいったほうの、チェックのスーツの男にしかめ面を向けた。「ミスター・モンロー、どうやらあなたは依頼人との面会と事案の把握にいつもの二分をかけなかったようですね」

「わたしは逃走などしていません」バグジーが言った。

「ミスター・レインズ」ウィッカー判事は言った。「あなたの言いたいことは代理人が言いますから」

公設弁護人をちらりと見てから、バグジーは判事に顔をもどした。「でも、わたしはこれまでこの人を見たこともないんです」

「やっぱりね。わかっていましたよ」判事は小槌《こづち》を手に取り、柄を持ってくるくる回した。

「わたしは千里眼にちがいない」

バグジーはズボンのポケットからくしゃくしゃになった紙きれを何枚か取り出し、判事の前に差し出した。「これはレシートです。わたしは刑事部屋の刑事たちにランチを届けたんです。ライ麦パンのハムサンドというのがあるでしょう？　それはケイ刑事の注文です。そうそう、それと、クリーム入り、砂糖多めのコーヒーだったな。彼はわたしのサングラスを気に入っていました」〝使い走り〟は胸ポケットからアビエイター・サングラスを取り出すと、法廷じゅうに見えるようにそれを振った。

すごくカッコいい――それに高級品だ。チャールズはマロリーに目を向けた。「あれはきみのサングラスじゃ――」

彼女はただ指を一本立てて、彼を黙らせた。そして彼は、それが引き金を引く指であることに気づいた。

判事によく見えるよう、バグジーはサングラスを高く掲げた。「ケイ刑事は、そのフレームは本物の金なのかと訊きました。彼はわたしを覚えているはずです。代金をもらったあと、わたしはどうすればいいのかわからず……それで、そこから立ち去ったわけです」

「ただドアから歩いて出ていったのですか……警察署から？」

「はい、判事殿。歩いて出ていきました。逃げてなどいません」

判事はほほえんだ。ただしそれは、楽しげな笑顔にはほど遠く――どちらかと言うと、狂気じみた笑いだったが。「すると……勾留されているさなか、あなたはミッドタウン・ノース署の刑事たちのお使いをしたわけですね」

「はい、判事殿。それは、供述のあとでした」

「いまの話は電話一本で確認できます」判事はそう言って、レシートを地方検事補に渡した。

「その後、もしあなたがお望みなら、この恥さらしな事実を公の記録に載せてもいいですし」

その言いかたは質問ではなく、むしろ挑戦のようだった。

「われわれは、起訴回避のための逃走に関する訴えを取り下げます」

「賢明ですね」ウィッカー判事は言った。「つぎの罪状。死体遺棄。被告人側の申し立ては？」

「罪を認めます、判事殿」公設弁護人が言った。

判事がバグジーに目を向けると、彼は首を振った。判事の目がチェックのスーツの男へと動いた。「あてずっぽうですが、モンロー弁護士。もしかするとあなたは、忙しすぎて――」

「わたしはその場にいました、判事。依頼人は事情聴取に弁護士を立ち会わせる権利を放棄したのですが、それでもわたしは、原告側に殺人罪での訴えを取り下げさせたのです」

「そのとおりです、判事殿」若い地方検事補が言う。「彼の依頼人には精神疾患の既往歴があります。よってわれわれは、二週にわたる精神状態の観察を求めます」

チャールズはバグジーの姿勢の小さな変化に気づいた。その肩がわずかに下がったことに。おそらくそれは、もう一方の人生、実人生の記憶の侵入を示しているのだろう。

「何かその精神疾患の既往歴を証明するものはありますか？」判事は手にした書類をぱらぱらとめくった。「わたしは何か見落としているのでしょうか？」

「その文書はわたしも読んでいないのです」地方検事補が言う。「ホルストン警部が公設弁護人のモンロー弁護士に手渡すのは見ましたが」

エディ・モンローは混乱の表情を浮かべていた。何か忘れているらしい。それから、ああ、と気づいて、弁護人席にもどり、ブリーフケースのなかをさがしはじめた。「ちょっとお待ちを、判事」そしていま、彼は丸めた書類をひとつかみ持ち、判事席に飛んでいくと、判事にそれを差し出した。

傍聴席でそわそわと足が動き、人々がささやきあうなか、判事は文書を黙読した。一言一句余さず、その全文を。読み終えると、彼女はチェックのスーツの男をじっと見つめた。

ああ、もし可能ならあの目は、フィッシュナイフよろしく弁護士の腸《はらわた》をえぐり出していただろう。

「あなたはこの文書を読んでいないのですね」ウィッカー判事は言った。「どうしてわたしにそれがわかったのか、不思議でしょう?」彼女は地方検事補に顔を向けた。「そしてあなたのほうは、これに手を触れてもいない。まあ、あなたの救いはそれだけですね、お若いの。さて……ミスター・レインズが逮捕されたとき、この文書は警察の手もとにあったわけです。ここには、弁護士としてジェイムズ・トッドの名前が載っていますが。誰かトッド弁護士に連絡をしたんでしょうか――」

「いいや、聞いてない!」傍聴席の後方から声があがった。

「トッド弁護士、歓迎しますよ」判事は言った。明白な嘘を。もうこれ以上、面倒はひとつも増やしたくないだろうに。「どうぞこちらへ」

人権派弁護士は、その隅のポジションを賢く選んでいた。一同が無言で待つなか、彼はゆっくりと後方の席の傍聴人たちを通り過ぎ、期待と緊張を高めつつ、あわてず騒がず判事席へと向かった。「地方検事補もある一点においては正しいのです」柵の扉を通り抜けながら、彼は言った。「わたしの依頼人には精神疾患の既往歴があります。彼に、弁護士を立ち会わせる権利を放棄する能力はありません」かたわらの小男を振り返って、トッドは言った。「やあ。元気だったかい？」

チャールズは、バグジーがびくりとし、それから作り笑いを浮かべたのに気づいた。またしても、好ましからぬ思い出がよみがえりかけたのか？　ちがいない。小男は手を振って、記憶を払いのけた。

「ミスター・レインズ」ウィッカー判事は言った。「トッド弁護士をご自身の代理人に指名しますか？」

バグジーは傍聴席を振り返って、人々の顔を眺め渡し、マロリーの顔を見つけ出した。彼女がうなずくと、彼は判事に顔をもどして言った。「はい、判事殿」

「では、そういうことで」判事は地方検事補に目を向けた。「それともうひとつ。自供は無効とします。戦略的撤退をしてはいかが？……考える時間を三秒あげましょう。一、二――」

「われわれは精神鑑定のみでよしとします」若い地方検事補は言った。

「弁護人は拒否します」ジェイムズ・トッドは腕時計に目をやってから、うしろを振り返った。

ドアが開き、アクセル・クレイボーンが大股で入ってきた。法廷内の全員がその有名人のほうに頭をめぐらせた。判事が三度、小槌を打ちおろして、〝おお〟とか〝ああ〟とかいう声を静めた。

「判事殿、遺体を盗んだのはわたしなのです」俳優は両腕を持ちあげ、磔《はりつけ》のポーズをとった。「どうぞ御意のままに」

なんて大仰な。

チャールズはマロリーに顔を向けた。このショーを仕切っているのはまちがいなく彼女だ。でも、どうして？　証拠の欠如、放り捨てられた自供、残った脚一本でぐらぐら立っている検察官。これだけそろえば、アクセル・クレイボーンの登場はやりすぎ。度を超している。

「この人たちの記憶には映画スターのことしか残らない」マロリーは言った。「バグジーがいたことなんか、みんな忘れてしまうでしょう」

だがチャールズは、そうではないこと、それだけではないことを感じ取った。

小槌の音が鳴り響き、ようやく人々は静かになった。

「ミスター・クレイボーン」不幸な判事は言った。「わたしの法廷では芝居がかったまねは許しません。犯罪を自白したいなら、行くべき場所は地元の警察署です。きちんと手続きに従っていただかないと——たとえ有名人でもです」

一方の手を胸に当て、俳優は傷ついた心をオーバーに表現した。「手続きを端折《はしょ》る気はなかったのです。昨夜、ホルストン警部に告白しようとしたのですが、彼は耳を貸さなかったのですよ」クレイボーンは両手をバグジーの肩にかけた。「警部はわたしの若き友を何がなんでも精神病棟に追いこむつもりのようです。なぜなのかはまったくわかりません。彼は無実です。それに、そのことはホルストン警部も知っているのです」

チャールズの耳には、このスピーチが稽古《けいこ》したものに聞こえた。そして、マロリーの微笑は共謀の罪を立証している。明らかに彼女は、そのホルストン警部という人物が嫌いなのだ。

「訊けば後悔しそうな気がしますが」無表情に判事が言った。「しかし訊かないわけにはいきません……なぜあなたは遺体を盗んだのですか、ミスター・クレイボーン？」

「ディッキー・ワイアットはある芝居の演出をしていました。ところが初日を見ずに、彼は死んでしまったのです。一度として拍手を聞くに至らぬまま。笑えますよね。さて、彼は死んで数日経っており、少々においだしていました。そこでわたしはこう思ったわけです。やるならいまだ、これがディッキーの最後のチャンス――」

小槌の音が鳴り響き、このスピーチに終止符を打った。クレイボーンの微笑が揺らいだ。たぶん、判事が自分のファンでないことを正しく推測したのだろう。

マロリーが腕組みをし、これがチャールズへの第一のヒントとなった。あの俳優は台本を逸脱したのだ。

ウィッカー判事が地方検事補を小槌で指した。「ミスター・ワイアットの死因はわかっているのですか？」

「はい、判事殿」若い地方検事補は、ノートのページの小さな束を掲げた。「これは、重大犯罪課の責任者、コフィー警部補から入手した私的メモです。遺体が発見された翌朝、警部補は検視局に電話したのです。死因はヘロインの過量摂取だと彼は告げられました。正式な検視報告書が提出されるまでには、あと数日かかりますが、これによれば——」

「殺人ではない」ウィッカー判事は言った。「ミスター・レインズの自供のその部分を数に入れないことになぜあなたが同意したのか、それできれいに説明がつきますね。その一方、今度は、ホルストン警部が、無罪を証明する告白を握りつぶしたように見えますが」判事は法廷を見渡した。「他に誰か、付け加えたいことがある人はいませんか？　この混乱をさらに大きくしたい人は？」

チャールズはマロリーの耳もとに口を寄せた。「でもエドワードの判断では、死因は——」

「おとなしくしていて」

いいとも。よくわかった。

法廷の奥では、アクセル・クレイボーンがふたたびショーをやっていた。「判事殿、事実を知れば、混乱する一方ですよ」俳優は傍聴席の笑いが静まるのを待った。「ディッキー・ワイアットはいちばん最初に死にましたが、遺体の発見は三番目です。初日のあの女性の死。あれは心臓発作でした。つぎの夜は、脚本家が現れ、何者かに喉を切り裂かれました。では、二夜目までの劇評は？　まさに最高でしたよ。だから、三日目の夜——その流れを維持するために、わたしはディッキーの遺体を車椅子で劇場に運び、最後列にすわらせたのです。観客のなかに自殺願望を抱くティーンエイジャーがいるなんて、わたしには知りようがありませんから。ねえ？」

「死体遺棄の罪で、罰金六百ドル」判事が言った。まるで彼の言い訳を前にも聞いたことがあり、その話に退屈しているかのように。彼女はそれほど長く判事を務めているのだ。「廷吏に支払いなさい」

人権派弁護士が判事に言った。「裁判の却下を――」

「ちょっとお待ちなさい」ウィッカー判事は若い検察官に目を据えた。「自供の前ですが――そもそも警察はなぜミスター・レインズを逮捕したのですか？　容疑に根拠はあったのでしょうか？　たとえば、目撃者がいたとか？　なんでもいいですが？」

「わたしには目撃者がいますよ」アクセル・クレイボーンが廷吏のテーブルの前で百ドル札を数えながら言った。「自白のためにホルストン警部を訪れる際、わたしはうちの劇団の案内係を連れていきました。ディッキーの遺体を劇場に運びこむとき、わたしは看護師の格好をしていたのです。だから少し背を丸めていました――女にしては背が高すぎると思われたくはなかったのでね。それでも案内係は、自分より大柄な人物を見あげたことを思い出してくれました。なおかつ彼は、アラン・レインズより背が高いのです」

「判事殿、いまのは伝聞です」地方検事補が言った。

「ああ、黙ってて」ウィッカー判事は小槌を置き、しばらく両手で目を覆っていた。それから指を一本曲げ、入口に立つ制服の警備員にこちらへと合図した。その男と話すとき、判事の声は低かったが、チャールズには彼女がこう言うのが聞こえた気がした。「ホルストン警部の首を持ってきなさい」

アクセル・クレイボーンが最後のサインを書き終え、傍聴人の最後のひとりが法廷の外へ導かれていったとき、バグジーと法律家たちはまだ判事席の前にいた。俳優はドア付近に立つマロリーとチャールズに合流して、こう訊ねた。「どうでしたか、ぼくは？」

「嘘が下手なのね」マロリーは言った。「色をつけすぎ」

「でも、あれはすべて本当ですよ」

「だから？」

ライカーが廊下から入ってきた。「どこもかしこも記者やカメラだらけだぞ。バグジーは裏口から連れ出そう」

マロリーがカッとしてアクセル・クレイボーンに向き直った。「また宣伝を打とうってわけ？」

「パパラッチは始終ぼくを追い回しているんです。有名なのはぼくのせいじゃありませんよ。でも今回、連中のおめあてはぼくじゃない。入ってくるとき見たんですが、裁判所の階段でホルストン警部が記者会見を開いていましたからね」

「それはほんとだよ」ライカーが言った。「おれもそこに居合わせたんだ。ホルストンは記者どもに、重要参考人が罪状認否手続きの最中だと話した。今回は、アラン・レインズって名前も出したしな。そのあと、制服警官が現れて、ホルストンをなかに連れこんだ。記者どももぞろぞろあとにつづいた。いま、全員でこっちに向かってるよ」

マロリーはドアに向かった。するとクレイボーンが言った。「やめたほうがいい。外にはジャッカルの大軍がいるし、あなたは写真のモデルにうってつけですからね」

廊下からがやがやと声が聞こえてきた。マロリーは判事席の前の連中を振り返った。バグジーの演技は崩壊しはじめている。トントン足を踏み鳴らし、両手をもみしぼり、彼は〝使い走り〟の役に逆もどりしつつあった。

チャールズ・バトラーもまたじっと見つめており——心配していた。「バグジーはうまくやれないんじゃないかな。エドワードのクリニックに連れていけば、記者たちも彼をつかまえられない。逃げこむのにぴったりの場所——」

「クリニック？　彼にとってはそれこそ最悪ですよ」クレイボーンが言う。「どんな医者も決して理解できないでしょう——」

「ぼくは医者、あなたは役者です。おわかりですか？　よかった」チャールズはマロリーに顔をもどした。「バグジーは危うい精神状態にあるんだ。彼には——」

「ああ、後生です」クレイボーンが言う。「勘弁してください。これは月並みな妄想症とはわけがちがう。ありきたりのものじゃないんです。ある夜、芝居の登場人物が第四の壁を通り抜け、ステージを下り、この世界に入ってきた——命ある、呼吸している芸術作品が。バグジーは生きている。でも、彼が実在しない、架空の存在だなんて、どこの医者に理解できますか」

実在しない？　マロリーはバグジーを振り返った。いつのまにか彼は、法律家たちの会話の輪から離れだしていた。彼女がこう叫んだとき、彼はドア付近まで来ていた。「だめよ、外に出ないで！」

彼女は彼に突進した。

そして空《くう》をつかんだ。

バグジーは、叫び立てる記者たちとまぶしい照明の急流にさらわれていった。

マロリーとともに、チャールズがドアの外に出て、走る人々のなかに割りこみ、腕と肩で彼女のために道を切り開こうとした。だが、より成果をあげたのは、ライカーのほうだ。彼はカメラマンのひとりに体当たりし、記者のひとりを蹴つまずかせた。

マスコミの軍団は狂乱のなかバグジーに襲いかかり、その後頭部に向かってマイクを突き出し、口々に叫んでいる。「ねえ、アラン！」「ミスター・レインズ！」「待ってください！」さらには、質問の連射。「あなたがやったんですか？」「あなたはどの程度イカレてるんです？」吠える記者たち、カメラマン、竿《さお》付きの照明、カメラに取り囲まれ、バグジーは廊下を走っていった。猟犬の群れが彼をのみこむ。マロリーは人々を肘で押しのけ、騒動のただなかへと踏みこみ、暴徒をかき分けて前進した。見ると、バグジーは廊下の突き当たりに追いつめられ、立ち往生していた。

舞台中央に立ち、世界に怯え、そのなかで迷子になって、彼は頭を垂れると、自分への質問とはまるで無関係に、遠い昔のショーの台詞《せりふ》を言った。「おれはただのチビな男」それから頭をそらせ、虚空《こくう》に目を据えて、彼はジャッカルどものためにタップを踊った。

第二十九章

ロロ　叫んじゃいけない。泣いちゃいけない。ふたりをがっかりさせるんだ。
「真鍮《しんちゅう》のベッド」第三幕

賢者の言葉――記者をぶちのめすところを、わたしに見せるな。故ルイ・マーコヴィッツはまた、彼女にこうも言った。「それは不衛生なことなんだよ、おチビさん。そのカス野郎はどこをうろついてたかわからんからな」

マロリーは、記者の切れた唇から出た血を洗い落とした。それからもう一度、手を洗った。そして、もう一度。いくらやってもきれいにはならないだろう。

裏目裏目の悲惨な一日。

顔を洗っているとき、洗面台の列の上の鏡のなかで何かが動くのが目に入った。鏡に映る自分に不意に出くわすと、彼女はいつもそれがなんなのかわからない。街の浮浪児だった幼年時代の歪みの影響。十歳までに彼女が見たり嗅いだり触れたりした悪いもの――彼女に触れようと手を伸ばしてきたものの残滓《ざんし》だ。子供時代、この世の鏡はどれもみな、ひびが入っていた。

バグジーには、彼の壊れた鏡を見るとき、何が見えるのだろう。

彼女は視線を落とし、もう一度、手を洗った。

ホルストン警部は粉砕された。きょうの大惨事から彼が立ち直れるはずはない。だが彼女の事件は瓦礫《がれき》のなかだ。マスコミはバグジーの狂気というしみで事件の風景を曇らせるだろう。刑事はカウンターに拳《こぶし》を打ちつけ、痛みを呼び起こした。彼女の知る唯一の怒りの治療法だ。

すると心が落ち着いた。

マロリーは薬瓶がいくつも入った袋を手に取った。署員らからの寄付の品々。彼女はその袋を持って、休憩用の小部屋に向かった。それは、警官たちが徹夜の仕事の合間に簡易二段ベッドでひと眠りする場所だ。チャールズ・バトラーはそこで、〝使い走り〟をアラン・レインズのスーツから救い出す作業に当たっていた。そしていま、下着姿のバグジーがベッドの下段に横たわった。彼は深いショック状態にあった。

「彼にはここのほうがいいのよ」マロリーはこの議論にもうこれ以上、我慢する気はなかった。

「静かだし。安全だし」

「きみの言うとおりなんだろうな」チャールズはしゃがみこんで、バグジーに毛布をかけてやった。「病院の緊急治療室のどたばたは、彼にとって悪夢だろうからね。でも、やっぱり医者は必要だよ。処方箋を書いてもらって薬を――」

「それなら大丈夫」彼女は袋を提出した。「いろいろ集めたから」

チャールズがひとつひとつラベルを読み、薬の容器を調べているとき、制服警官がまたひと瓶、寄付する薬を持ってきた。

バグジーが寝返りを打って横を向いた。すると毛布がすべり落ち、Tシャツがめくれあがって、外科医のメスが体につけた古い傷が露《あら》わになった。

「そいつ、一フィートはありますね」そのひどい傷をよく見ようとして、制服警官が身をかがめた。ティーンエイジャーの少年が恋人に与えた腎臓《じんぞう》はそこから取り出されたのだ。「いったい何があったんです?」

「彼は恋に落ちたんだよ」チャールズが言った。

重大犯罪課への階段をのぼっていくとき、ライカーというその刑事は非常に感じがよかった。だがそのあと、刑事は一日の冷えを取るコーヒーを買いに行ってしまい、保安官はひとりそこに取り残された。彼はスーツケースを足もとに置き、刑事部屋の中央に立っていた。

ジェイムズ・ハーパーの首からは入構者の名札が下がっている。そしてたったいま、彼はパーカを脱ぎ、よそゆきのスポーツコートに留めた星形の金バッジを披露したばかりだ。だが、これと同じいでたちの他の刑事らは、彼のことなど気にも留めない。ある者たちは部屋を行き交い、また、ある者たちは書類を繰りながら電話でしゃべっている。

そのとき彼は、彼女に気づいた。この殺人課の唯一の女——下の階で内勤の巡査部長はそう言った。保安官の予想より、彼女は若かった。そして、もうひとつの彼の偏見——その娘は綺麗すぎる。あまりに綺麗で、男の目にきつい。それに、冷たさは? そう、凍りつくようだ。彼女の視線が彼を貫く。その歩きかたは決然としていた。保安官には、彼女が自分の前を素通りする気でいるのがわかった。彼は女の行く手をふさぎ、ニューヨーク・シティのタクシーを呼ぶように彼女に手で合図した。「マロリー刑事！」

彼女は足を止め、頭のてっぺんからつま先まで保安官を眺め回した。彼を田舎者と判定したのか？　ああ、ちがいない。

「ハーパー保安官、手ぶらで来たんですか？　もしそうなら、無駄足を踏んだことになるけど」

彼はスーツケースを持ちあげて、笑顔を作った。「わたしのを見せてやろう。だから、そっちのも見せてくれ」

マロリー刑事は彼をよけて先へ進んだ。彼女が遠ざかっていく。

彼はあとを追い、その背中に向かって言った。「事件のファイルは全部、わたしが持ってるよ」そして、これは本当だ。ただし、スーツケースに全部、入れてきたかのように聞こえたとしたら——そこはちがうが。

娘は歩きつづけた。そしていま、彼らは廊下に出た。

彼女のすぐうしろから、彼は言った。「それで、いつギブ&テイクにかかれるのかね？」

「そちらがポケットを裏返し、スーツケースの中身も見せたら、すぐに」彼女は開いていたドアを通り抜けた。「わ、た、し、の殺人犯の引き渡し命令書がもしそこになければ、あなたに一本、骨を放ってあげるかも」

保安官は彼女につづいて、コルクが張られ、図や血なまぐさい写真が留められた一室に入った。検視報告書の一枚に、彼はすばやく目をくれた。そして別の一枚にも。この壁には山ほど証拠がある。彼は胸ポケットから名なしの男の引き渡し命令書を取り出した。「当面これは預けておいてもいい。別にかまわんさ」彼にはコピーがあるのだから。

彼女は命令書をたたんでジーンズの尻ポケットに入れた。他の刑事たちがぱらぱらと入室しはじめ、ついに最後のひとりの背後でドアが閉まった。保安官はもう無視されてはいなかった。彼は刑事の集団の中央に立っていた。そしてその連中のなかに、お近づきになれてうれしい、という雰囲気の者はひとりもいなかった。


ライカーは、捜査本部のリンチ・パーティーにぶらぶらと向かう途中、お気に入りの〝頭の医者〟に呼び止められた。相手はバグジーのダッフルバッグを持っていた。「よう、チャールズ。あの小男はどんな調子だ？」

「なんと言えばいいのか。ある警官が腎臓の傷のことを彼に訊ねたんですよ。そうしたらバグジーは、それは自分の傷じゃないと言うんです……他の誰かのだって」

「すると完全にイカレちまったんだな？」

「うーん、薬が言わせていたのかもしれません。彼はいま眠っています。でも、目を覚ましたら、慣れた環境に移したいんですが。また劇場に連れていっても、大丈夫でしょうか？」

「ああ、事態は収まった。記者どもはただ、アラン・レインズのことが訊きたくて電話を寄越しているだけでね。どいつもバグジーとのつながりには気づいてないんだ。それに、どのカメラも彼の顔をうまく撮れてないしな。写ってるのは、ほとんどマロリーの手かおれの手なんだ」ライカーは腕時計に目をやった。

そろそろネブラスカの保安官をぶちのめしてやる頃合いだ。

「ところで、チャールズ……パーティーに行かないか？」


両手でゆっくり輪を描き、混乱を表しながら、ジェイノス刑事が訊ねた。「十二歳の子供ふたりを見失うなんて、そんなことがありえますかね？」

他の刑事たちが四方から一歩詰め寄り、保安官の返答を促す。そこで彼は言った。「あの子たちを引き留めておく手はなかった。マロリー刑事に話したとおり、双子は親戚が州外に連れていったんだ。その女がどの州で子供たちを捨てたかはわからん。しかし最終的にふたりが里子に出されたことは確かだ。いったんあの制度に埋もれてしまえば、子供の足跡は残らんよ」

彼はマロリーに顔を向けた。「その点に関して、あんたはどの程度つかんでいるんだね？」

「じゃあ、あなたは何年もずっと待っていたってわけね」彼女は言った。「誰か他の刑事が自分の代わりに彼らを見つけるのを」

「連中は遅かれ早かれ浮かんでくるものと見たわけさ」

「誰かを殺してからな！」この一撃は、彼の背後の激した男からだった。

保安官のスーツケースは開かれて、コルクの壁のすぐ前に置いてあり、マロリーはそのそばに立って、写真をつぎつぎ留めていた。チャルマーズ家の双子を撮った彼のスナップ写真。容疑者の顔写真みたいな立派なものじゃない。パジャマ姿の少年たちはうつむいており、その目には長い髪がかぶさっている。それに、耳にもだ。彼は思わず笑みを浮かべた。家と車を賭けてもいい。マロリーはまだ大耳という偽の手がかりを追っているにちがいない。誰だか知らないが、ありがとうよ、バグジー。

彼女は腕組みをして、不満そうに壁に並ぶ写真を眺めた。「これがいちばんいい写真なの?」

いいや、まさか。いい写真は全部、ネブラスカに置いてきたのだ。「学校の集合写真はないんだ」保安官は言った。そしてこの部分は本当だった。「あの子たちは、自分んちで勉強を教わっていたからな」

「でも妹たちはちがった」マロリーが言った。

「双子たちだけか」彼の右にいるいらついた男、霧笛みたいに声のでかいやつが言った。

「つまり母親はそのふたりがどこかおかしいことに気づいてたわけだ」ゴンザレス刑事が保安官の左側面に迫った。「だから学校にやらなかったんだよな」

「あなたはずっと、犯人はその子たちだと知ってたのよね」マロリーが言った。

「証拠は何もなかった。彼らに血は付着していなかったし——」

「でも血はあった。ふんだんにね」壁の向こうで、白髪交じりの女、クララなんとかが、彼のスーツケースから強奪した事件現場の写真や私的メモのコピーを留めている。「シャワー室は濡れていた。それに排水管の防臭弁のなかにも血はあった。犯人は明らかにシャワーを浴びている」年嵩《としかさ》のその女は、保安官のほうに意地の悪い視線を投げ、廊下のカーペットに残る血の色をした靴の跡の写真を指さした。「冗談でしょ? あなたはこの靴を手に入れた。なのに、これが誰のつけた足跡かわからないって？」

　この点はすでにマロリーが解き明かしている。だから、これについて真実を語っても特に支障はあるまいと保安官は思った。「ミスター・チャルマーズは前の年に死んでいる。自殺だよ。かみさんは最後まで旦那の衣類を捨てる気になれなかったようだ。われわれは旦那の血まみれの靴が寝室のクロゼットにもどしてあるのを見つけた」

「靴をいくつ？」マロリーが訊ねた。「一足？　それとも二足？」

　保安官はその質問を無視し、リナルディ兄弟の顔写真に興味があるふりをして、壁に歩み寄った。「この写真だけじゃなんとも言えんな。鼻がちがって見える。それにわたしは、チャルマーズ家の双子が笑うのを見たことがないんだ」

　ライカーがぶらぶらと部屋に入ってきた。ジェイムズ・ハーパーがきょう見た友好的な顔と言えば、ライカーのものだけだ。そしていま、その男が彼に約束のコーヒーを手渡した。ふたりはコルクの壁の前に並んで立ち、打ち解けた沈黙のなか、一分かそこらそうしていた。それから、刑事が手を伸ばして、パジャマ姿の双子たちの古い写真を軽くたたいた。「このふたりはあんたをずっとさせたんでしょう？」

「端《はな》っからな」

　そして休憩時間が終わった。

　ゴンザレス刑事が保安官のスーツケースの中身をどさっと床の上に空けた。

　いま、そこには残りのファイル・フォルダーと種々雑多な品々が放り出されている。ジェイムズ・ハーパーは、自分の汚れたパンツやつま先に穴の開いた臭いソックスを見おろしていた。このニューヨーク野郎どもはパーティーのやりかたを心得ており、それを正しく行うわけだ。連中は、彼を丸裸にしたも同然だった。

そして保安官はそのことに感心せずにいられなかった。

ゴンザレスはフォルダーの最後の一冊を開いていた。そして彼は首を振り振り、マロリーを見あげた。あの声のでかい刑事、ロナハンが保安官に顔を向けた。「あの家にティーンエイジャーの少年がいたことはもうわかっている。だがここには何もないんだな。その少年の写真も、証人の供述も。まるであんたの事件にぽっかり穴が開いてるみたいだ。その年上の子供だが――名前はなんていうんだ？」

保安官は肩をすくめ、忘れられた些末な点としてこれを受け流した。そしてそれは失敗――大きな失敗だった。言葉であれ、しぐさであれ、嘘は嘘だ。彼は刑事たちの顔から顔へ視線を移し、信じてはもらえないと知りながら言った。「上の男の子は確かジェリーとか、そんなふうな名前だったな」警官相手に嘘をつくというのは、彼の性分に合わない。だから保安官はひとつ本当のことを教えた。「その子供は事件のとき家にいなかった。あの夜に関しては、彼には鉄壁のアリバイがあるんだ」

「つまり、彼は消息不明になったわけね」マロリーが言った。「それに双子たちも。ずさんな捜査」

「おいおい」室内唯一の礼儀正しい男、ライカーが言った。「そう人を責め立てるなよ。事件の夜、その子供は現場にいもしなかったんだろ。追っても無駄な線に労力を費やすやつがどこにいる？」

ジェイムズ・ハーパーはさきほどきっかり四分で、この男との絆《きずな》を作りあげていた。ライカーもまた離婚している。これは、刑事稼業に共通のリスクなのだ。

「その子供……ジェリーでしたっけ、名前は？　彼が傷病者用の搬送車で家を出たことはわかっています」ライカーの口調は丁重で、糾弾《きゅうだん》してはいない。ただ訊ねている——それだけだ。

「だけど、彼はどこが悪かったんです？」

「自動車事故で数年間、寝たきりだったんだ」

「ひどい事故だったようね」マロリーが言う。「その少年が車を運転していたんですか？……彼は免許を取れる年だったのかしら？」

「そこにはわたしもさほどこだわらなかったんだろうよ」保安官は言った。「山ほど問題をかかえてたからな。殺された女が三人——ばらばらになった幼い女の子がふたり、とね」

サンガー刑事は自分好みのファイルを見つけていた。なかの書類に目を通しつつ、彼は言った。「ミセス・チャルマーズには四人しか子供がいなかったんだ。女の子ふたりと双子だけだよ」そう言って、保安官を見あげる。「この奥さんの妹はどうだったんだ？　彼女はあの家に住んでたんだよな。結婚後の名前はわかってるのか？……彼女、離婚してたんだろ？……その女がジェリーの母親なのか？」答えが返ってこないとわかると、彼は訊ねた。「その女はネブラスカで離婚したのか？」

保安官は、何も知らないと両手を上げてみせた。

マロリーが、上等のスーツを着た鷲鼻の男に顔を向けた。それは、ライカーのあとから入ってきた、カエルの目をしたあの巨人だった。そして彼が口を開いたとき、その話しぶりはまったく警官らしくなかった。それはまるで、歩いて話せる嘘発見器の言葉だった。彼はマロリーにこう言った。「その少年は確かに車を運転していた。事故のとき、彼は免許を取れる年齢じゃなかった。少年の母親はミセス・チャルマーズの妹だ。そして彼女は確かに州外で夫と離婚している。彼女は結婚後の名前を使いつづけていたとぼくは思う。この最後の一点は、単なる推測にすぎないけどね」


他のデスクの刑事らが、無免許運転のティーンエイジャーが起こした車の事故を片っ端から追跡するなか、ジェイノスはネブラスカ州の出生記録のウェブサイトに入るため、必要事項を打ちこんでいた。「すると、年上の子供の名前はジェリーじゃないんですね?」

「そのとおりです」チャールズ・バトラーはプリンターの前にそそり立っていた。彼は、機械から流れ出てくる有望な事故報告書を順次、読んでいく仕事を与えられたのだ。「あれこそぼくの指標となった嘘だったんです」そしてこの嘘にかぎって、彼はいままで触れるのを怠っていた。

あの偽の名前は、全員がその場で気づいた大嘘だった。礼儀正しいチャールズはただ、明らかに誰もが知っていることを指摘するようなまねができなかっただけではないか。刑事はそう思った。

実に紳士的だ。

「ちくしょう!」たったいまわかった事実。母親の旧姓からは出生の記録を検索できないらしい。そして近所の住人のなかに、あの寝たきり少年の母親の結婚後の姓を知る者はいなかった。保安官の爪のあいだに針を刺すのは簡単だろう。だがジェイノスはそういうことをするタイプではない。あるいは、あの男の腕をうしろへねじ曲げ、骨の折れる例の衝撃的な音——音楽に近いやつ——を聴いてもいいが、他者を痛めつけるなど、彼には考えられないことだった。いや、考えられなくないとしても——

「ミセス・チャルマーズの妹のことは忘れて」マロリーがデスクの横の椅子にすわった。「その線は行き止まりよ」彼女はデスクマットの上に一通の出生証明書を置いた。ただし、ジェイノスがさがしていたものではない。それは、寝たきりの子の母親のものだった。「もし彼女が社会保障カードを申請していたら、政府機関がそれをファイルしたはずよ——でも、ファイルはされていなかった」

どうしてそれがわかったのか、訊くつもりはない。ジェイノスのかつてのボス、ルイ・マーコヴィッツは、自ら手本を示すことでそのルールを設定した。政府の巨大な官僚機構がなぜ当署の〝コンピューターの魔女〟にそんなに協力的なのか、それを問うてはならない。「だから……彼女は所得申告も夫の収入との総合申告も提出していないはず。足跡はゼロなの」なるほど、この母親と彼女の前夫は、買い物は現金払い、品物はお持ち帰りするタイプで、運転下手の息子とともに電子の網の外で生きていたわけだ。

アメリカで雲隠れすることは、いまもなお可能なのだ。

ちくしょう。

マロリーがチャールズ・バトラーにほほえみかけた。「保安官の嘘の看破、みごとだったわ」

ああ、実にみごとだった。なにせ保安官はほぼずっと沈黙を守っていたのだから。この男は無言の嘘を見破ったのだ。

「どんな手でやったんです?」ジェイノスは訊ねた。「微表情を読んだとか? その種のことですか?」

「いやいや。それは時間の無駄ですよ」チャールズは事故の報告書の山を下に置いた。「コアな感情が生み出す無意識の表情というものは確かにあります。でもそれを読み取るには、十五分の一秒で飛び去っていくヒントをとらえなきゃなりません。それに、普遍的なピノキオ的変貌というものは存在しないんです。微表情では嘘は見抜けません。あれはおとぎ話ですよ」

「それじゃどうやって――」

「ぼくはポーカーテルでそれをやるんです。保安官の心を読むのは簡単でしたよ。彼はあなたたちをだましたくないんですから。第一の大嘘、誰もが気づいたあの最初のやつで、そのことははっきりわかりました。あの男はためらった。つぎに、ふうっと息を吐き、それから唇を引き結びました。そしてようやく、彼は架空の名前を教えたんです。つまり、ひとつの嘘に三つのヒントですね。言葉によらない彼の嘘を暴露《ばくろ》するのは、引き結んだ唇と上向いた口角です。

微表情のデータでは、それは軽蔑のサインとして挙げられています。でも彼は、あなたたちの誰に対しても軽蔑など見せてはいない。あなたたちが彼の汚れた洗濯物を床にぶちまけたときでさえ、です」チャールズはマロリーに顔を向けた――が、もうそこに彼女はいなかった。マロリーのようなタイプには、このレクチャーは長すぎたのだ。彼女は脱落したのだった。

ジェイノスはぐるぐると手を回して、先を促した。

そしてチャールズはつづけた。「つまり、質問の答えが言葉で得られないとき、彼の場合、あの場面では、いま述べた表情が、エースを四枚持っていながらワンペアにも勝てないふりをしていることを意味するんです。まったく同じ場面で別のテルを見せる人たちをぼくは知っています。指を引き攣《つ》らせたり、首をかしげたり。人それぞれ独自の癖がある……なんにでもぴったり合う科学なんて神話にすぎないんですよ」

ジェイノスはチャールズに大きな笑みを向け、その裏にある考えを相手に読まれないよう祈った。ポーカーテルに関するこのレクチャーは、課員のうちチャールズ・バトラーのポーカー下手を知る者たち、つまり、課員全員にとって、興味深いものだろう。この男は対戦相手の手を読むことができる。それについては疑いの余地はない。その一方、彼は自らの手を隠せたためしがないのだ。チャールズにはだましあいで勝つことはできない。それでも彼は、あの嘘つきのゲームが大好きなのだった。

刑事は、警部補の執務室の大きな窓に目を向けた。そこではライカーが敵とともにすわって、コーヒーを飲んでいた。

かくしてゲームはつづく。

ハーパー保安官は二杯目のコーヒーを飲みながら、この一団のボスがふたたび顔を見せるのを待っていた。

ライカーは彼とともに時間をつぶし、離婚弁護士の話や女たちが出ていくときあとに残すあのみじめさに、共感を表した。この愛想のいい鷹揚《おうよう》な刑事は、本人も言うとおり、女のことをよく知っていた。いまの彼は、保安官の前の妻のファーストネームも知っている。その旧姓までも。また、彼女が現在、どんな仕事で生計を立てているかも知っているし、彼女が離婚後も故郷の町を離れなかったという事実も知っている。

しかしありがたいことに、保安官は例の一家惨殺《ざんさつ》事件については何ひとつ訊かれなかった。なぜありがたいかと言えば、尊敬すべきこの男に嘘などつこうものなら、ひどく気がとがめたにちがいないからだ。

ジェイムズ・ハーパーは窓の向こうの刑事部屋を眺めた。すると、ダッフルバッグを肩に掛けたマロリーが、だぼだぼのジーンズ姿の薄汚い小男と並んで歩いていくのが見えた。階段室のドアまで行くのに介助がいるのか、彼女は空いているほうの手を小男の腕にかけていた。

「重要参考人かね？」

ライカーは窓にちらりと目を向けた。「いや」刑事はコーヒーをちょっと飲んで、ほほえんだ。「じゃあ、前の奥さんは実家にもどって父親と暮らしてるわけだね？」

「そのとおり。ほんの六ブロック先でな」

コフィー警部補が執務室に入ってきた。

やっとおもどりか。

部下の刑事に顔を向けてこう言ったとき、警部補はまちがいなく怒っていた。「例の芝居が今夜、再開される」

なんの芝居だ？

「まずいな」この知らせに喜ぶふうはみじんもなく、ライカーが立ちあがった。「何が起こるか、わかってるだろ――」

「ペリー議員に言ってくれ。あの馬鹿がまたビールを脅したんだ」

「だからなんだよ？　長官は捜査中の事件には介入できない――」

「そうとも」コフィーは言う。「そのジョークなら前にも聞いたことがある。いつから規則があの老いぼれを止められるようになったんだ？　それに、やつは市長まで味方につけた。観光業の足を引っ張る劇場の閉鎖など絶対あっちゃならんってわけさ。開演までまだ九時間ある――」警部補はくるりと振り返り、ジェイムズ・ハーパーに顔を向けた。「そうそう、あなたをご招待しますよ、保安官。最前列の席が確保できているんで。この町でいまいちばん話題のショーを見に行きましょう」

ああ、ようやく。ささやかなおもてなしか。

マロリーは例の楽屋に入っていき、〝使い走り〟のダッフルバッグを肘掛け椅子に放り出した。クッションから小さな埃の雲が舞い上がった。

鎮静剤は切れかけていたが、警察署から車でここにもどるまで、バグジーはずっと無言だった。そしていま、彼は寝床の上にすわっている。じっと動かずに。これは、彼本来の落ち着きのなさに反する。それに、その悲しみも。マロリーは薬の瓶を持ってきていた。彼が眠れるように。この日を忘れられるように。それが簡単な脱出法だろう。

彼にとっては。

また、彼女にとっても。

だが、それにたよるのはやめ、彼女は化粧テーブルのほうを向いて、割れた鏡をじっと見つめた。「あなたが話してくれたあの物語。昔の殺人事件の話だけど。わたし、そのことを調べてみたの」二十年前、その事件は一時間以内にきれいに処理されていた。彼女は鏡へと手を伸ばし、破片が欠け落ちた箇所の輪郭《りんかく》を指でなぞった。「犯行現場に凶器は残っていなかった。検視報告書に合致するような大きなガラス片はね。でも劇場主の遺体はここで見つかったわけじゃない」

「知ってます」バグジーは言った。「実はね、彼の遺体をその女性の楽屋から運び出すってのは遺族の考えだったんです」少しがんばって、彼は立ちあがった。「前に改装の話をしましたよね。劇場は夜間、わたしらにステージを使わせてくれるんです。それで稽古《けいこ》場の借り賃がずいぶん節約できるんですよ」彼は大昔のカレンダーを壁からはずした。すると、緑の壁面にきれいなままの四角い箇所が現れた。その中央には、漆喰《しっくい》の充塡《じゅうてん》された小さな丸い部分があった。

「工事業者が他の楽屋を修理する前、わたしはその全部の部屋でこれとおんなじ詰め物を見つけました……のぞき穴を埋めたやつを」

マロリーは、なるほどとうなずいた。二十年前、被害者の遺族は、警察にこの部屋を調べられたくなかったわけだ。壁の穴は、殺害された身内が変質者だったこと、のぞき魔だったことを暴露しかねなかったから。

「ほら、ここ」バグジーは鏡の一箇所を指さした。それは、第二の破片、もう一方より小さなやつが欠け落ちた部分だった。「わたしの聞いた話によると、遺族らがそいつの遺体を下に運んでいる最中に、女優はここで手首を切ったんです」彼は敷物をめくって、床板の漂白された箇所——血痕が消された跡を見せた。「男の遺族らに部屋から引きずり出されたとき、女優はまだ生きていたそうです。警察は、廊下で血を流し、死にかけている彼女を発見したんです」

「あなた、その話をアルマ・サッターにしたの？」

「ええ。彼女に教えてやりたくてね。ここを怖がった人間は、何も彼女だけじゃ——」開いたドアのほうに、彼はさっと顔を向けた。

マロリーにもそれは聞こえていた。下の階で、物が床にぶつかった音。何かが落ちたか倒れたかだ。この劇場の鍵を持つ者、ここに来る理由のある者は、他にもいる。しかしそれきり物音がしないことが、彼女にホルスターの銃を抜かせた。これは、罪の証《あかし》の静寂。誰かが凍りつき、待っている。下の階で、耳をすますもうひとりの人物が。

第三十章 ロロ

ぼくにもひとつできることがある。きみが許可してくれるならね。

「真鍮《しんちゅう》のベッド」第三幕

「わたしが部屋を出たら、ドアに鍵をかけて」彼女はささやいた。「音を立てないようにね」銃を手に、マロリーは楽屋の敷居をまたぎ越した。

各部屋の前で足を止めながら、彼女は手すりのある通路を移動していった。ピッキングの必要はなかった。彼女には、室内が無人かどうか聞き分けられるよい耳がある。階段に着くと、そっと足を踏みおろしつつ、下の階に下りていき、黒板を確認するため、舞台セットの裏のエリアの向こう側まで進んだ。

黒板はきれいに拭いてあった。

路地側の入口に歩み寄り、ドアのノブを回してみた。鍵はちゃんとかかっている。物音はしなかった。だから、なぜ反射神経が反応したのかは、自分でもわからない。彼女はくるりと振り返った。銃を向けた先には、赤毛の猫がいた。チョークの粉にまみれたやつが。

猫は背を丸め、尾を高々と振りあげて、鋭い歯を見せながらシューッと言った。それから敵の勝利を認め、そいつは逃げ出した。ホルスターに銃を収めて、刑事がそのすぐあとにつづく。マロリーが衣装ラックの服の層を突破したとき、猫はちょうど、ゴム製のペット用くぐり戸の向こうへ消えるところだった。くぐり戸の付いているドアは、標準より小振りのもの、古風な鍵穴のあるドアだった。

またしても見落としか！

この出入口は、事件現場の見取り図には記されていなかった。だが今回ばかりは、クララ・ローマンを責めるわけにはいかない。見取り図は、あの夜、彼女が遅れて到着する前に、彼女の部下たちによって描きあげられていた。そして、あの馬鹿どものなかに、衣装ラックの奥を調べようと思ったやつはひとりもいなかったわけだ。そう、みんな手一杯だったから。

ドアの古い鍵は、ポーチのなかの道具で難なくこじ開けられた。もっとも彼女なら、手近にあったどんな金属片ででも、その程度の鍵は開けられただろう。錠が回り、彼女はドアを開けた。

建物の出口じゃない。

マロリーは煉瓦《れんが》の壁の開口部を通り抜け、小さな四角い踊り場に出た。狭い階段の一方は上の階につづいている。遠い昔に死んだのぞき魔は、楽屋に行くときこの通路を使ったにちがいない。もう一方の階段、下に下りるほうは、五、六歩先で黒い闇に消えていた。糞尿と朽ちた木材のにおいが下から立ちのぼってくる。壁のスイッチを入れると、階段のいちばん下で裸電球の明かりが灯った。そうっと歩を進めても、古い木材は足もとでみしみしと音を立てた。半分下りたところで、彼女は足を止めた。

木材がまたみしりと鳴った。

振り向くと、四段上にバグジーがいた。野球のバットで武装した彼が。背後から下りてくるその足音は、マロリー自身の立てる音にかき消されていたのだ。第二のサプライズ――彼女の銃は彼の頭を狙っている。反射的行動だ。ところが、彼は恐れの色を少しも見せていない。恐れているのが、覚醒中の彼の常態だというのに。

彼はバットを下ろした。

彼女は銃を下ろした。

マロリーは階段の上のほうを指し示し、口の動きでこう伝えた。**もどって！　さあ！**

彼は胸を張り、背筋を伸ばした。その足は、非バグジー的に、しっかりと階段を踏みしめている。勇気を演じているのか？

いや、そうじゃない。

こんにちは、アラン・レインズ。

よりによってこんなときに、正気に返るとは。

身振り手振りで説得しても無駄だった。バグジーは、彼女とともに踏み留まるつもりでいた。いまの彼は、マロリーの副将なのだ。手振りのやりとりにより、ふたりは合意に至った。彼はここに残り、上のドアに通じる階段をガードする。音は絶対に立てない。

いちばん下の段に足を下ろしたとき、マロリーは縦横に走る足跡を目にした。チョークの粉が描く動物の足形の点線。どの線も徐々に薄れて消えている。近くには、糞でいっぱいの猫用トイレがあり、その向こうには、側面に〝水〟と印字された、からからに乾いたペット用のボウルが見えた。空っぽのボウルがひとつだけ。あの猫が餌をもらった形跡はない。この事実から、彼女は、あれが働く動物であること、ハツカネズミやドブネズミの夕食を自分で獲っていることを知った。

天井は、錆《さび》の浮いた四角いブリキ板のパッチワーク、床には、埃まみれの段ボール箱やトランクや木箱が積みあげられていた。壁の一箇所には、カビに覆われたモップとともに、踏み段がひとつ壊れた梯子《はしご》が立てかけてある。そして、床の上は猫の糞だらけだった。このスペースがあまりに長いこと使われずにいたために、劇場のネズミ退治の猫までもがその存在を忘れられていたわけだ。

部屋の奥に目をやると、あの赤毛の猫がパイプの継ぎ目の下にうずくまっていた。水漏れするそのパイプが、辛抱《しんぼう》強い猫の開いた口へと、ときおり滴《しずく》を落としている。猫の座席は、水滴のしみのついた段ボール箱。その側面のひとつは崩壊し、中身の小箱がいくつかそこからこぼれ出ていた。どの小箱も濡れそぼち、ばらばらになりかけており、その外には何本もの白いチョークが転がっている。チョークのなかには、パイプから漏れる水に触れ、劣化しているものもあった。マロリーは段ボール箱の向こうに回って、猫を驚かせた。

黄色い目を恐怖でカッと見開いて、猫は船旅用トランクのうしろへと逃げこんだ。そして床の上には、点々とチョークの粉の足跡が残った。

他の足跡、消えかけたやつは、繰り返しひとつのドアに向かっている。そのドア板の、猫の手の届く範囲には、たくさんのひっかき傷があった。ドアに鍵は付いていない。だが、試してみるとノブは回らなかった。それはつかえている——錆びついて固まっているのだった。さらに力を加えると、カチリと音がし、つづいて、ポキンという金属音とともに内部で何かが折れた。それでもまだ、ドアは開かない。マロリーは壁に片足を突っ張らせ、ノブをつかんで引っ張った。

猫がふたたび現れた。そいつはマロリーのすぐうしろに控えた。それから、彼女の脚をかすめて前に出ると、半狂乱でドア板に爪を立て、なんとかなかに入ろうとした。そこに何があるにせよ、それはこの猫の人間に対する恐怖を凌駕《りょうが》するものなのだ。ドアが徐々に動きだす。そしていま、それが開いた。姿を現したのは、汚いトイレ。それだけだった。

猫が水のにおいを嗅ぎつけた。

そいつはあと足で立ちあがり、閉じた便座の蓋を前足でつつきながら、泣いた——喉がからからだよ。

マロリーはピシッという音とともにラテックスの手袋をはめた。まず、トイレを流してから、新鮮な水が渦を巻いて便器に流れこむさなか、汚い便器の蓋を上げる。すると、宙を飛ぶ赤い毛皮がさっと目の前をよぎった。そしていま、猫は便座の上で巧みにバランスを取りながら、頭を低く下ろし、心ゆくまで水を飲んでいる。とそのとき、猫の舌のピチャピチャという軽い音より大きく、上の階の物音がマロリーの耳を打った。静かな靴の動き、ひそやかな音だ。刑事はじっと立って耳をすませ、聴力で天井をはぎとり、黒板をひっかく爪の音を聞き取った。

招待なの？

猫が水を飲むのをやめた。刑事は銃を抜いた。

二段抜かしで階段を駆けのぼりながら、マロリーはバットを手にした小男に鋭くささやいた。

「ここにいて」

しかし、彼にその気はなかった。マロリーが開いたドアを通り抜けたとき、彼は彼女のすぐうしろにいた。彼女は片手を上げて、彼に止まれと命じた。それから、銃で彼の背後の階段を指し示した。〝使い走り〟は動こうとしない。だが、その表情は反抗的ではなかった。これはなんだろう？

決意。

アラン・レインズは彼女を援護する決意をしたのだ。

根負けし、マロリーは黒板へと向かった。そこにはこう書いてあった。**おはよう、マロリー刑事。**

彼女は黒板に背を向け、書割の開いたドアから射しこむゴーストライトの四角い光に向き合った。ステージには誰もいない。またひっかく音がして、彼女の注意を黒板に引きもどした。メッセージは変化していた。**会いたかったよ。**

ありえない。

過ぎた時間はほんの数秒。前のメッセージを消して、新しいこのメッセージを書きこむ余裕はなかったはずだ。文字を消した痕跡はない。チョークをこすった痕はひとつも。しかし彼女は、アルマの幽霊など信じていない。

マロリーは黒板に歩み寄った。板の左右を押しても、木の枠を引っ張っても、それは動かなかった。そこで今度は、舞台監督のデスクから紙を一枚つかみとり、黒板と枠のあいだに挿しこんでみた。紙は半ばまで壁に入った。偽物の壁に。そしてそれは、彼女の手からひったくられた。

マロリーはあとじさった。

「ずいぶん時間を食ったもんだな」アクセル・クレイボーンのくぐもった声がした。

黒板が中央の軸を中心に回転し、分厚い縁の一方が幅の広い枠のまんなかに垂直に突き出した。そしていま、彼女の目には、縦に二分割された黒板の奥のスペースが映っている。囲われた小さな部屋。あの秘密の階段室と同じくらい狭いが、そこに階段はない。

「こんにちは！」笑みを浮かべ、クレイボーンが開口部の片側から身を乗り出して、彼の奇妙な窓の桟に両腕をついた。握った手の一方からは、小さな金属の棒が突き出していた。

だぼ？　そう、まちがいない。黒板の枠の内側には、それにぴったり合う穴がドリルであけられていた。だぼをその穴にはめこんでしまえば、チョークのメッセージを書き換えるまで黒板は動かない。

結局のところ、アルマ・サッターはおかしくなどなかったのだ。そしてマロリーは、回転する黒板というこのトリックにすでに飽きていた。

「この小部屋に来たかったら」クレイボーンが言った。「また地下に下りて、梯子をのぼり、天井板のひとつを押しあげてください。その板の目印は――来ないんですか？　ここはとっても居心地がいいんだけどな」

一方の手が腰にあてがわれ、これ以上、彼女を怒らせてはならないことを彼に伝えた。

「わかりましたよ。お好きにどうぞ」クレイボーンは開口部の片側から這い出てきて、彼女の前に立った。悪びれるふうはない。ただ、自分の腹部に向けられた彼女の銃を見て少し驚いてはいた。

「ジョークは受け付けないわけですか？」クレイボーンは〝使い走り〟に顔を向けた。「しばらくマロリー刑事と話したいんだがね。ふたりだけで、だよ」彼はふたたび笑みを浮かべた。それはもうえらそうに。頭に一発ぶちかますべく振りあげられたバットなど――また、それを構えた男のほうも――まったく問題にせずに。

マロリーは銃を下ろして、かたわらの小男のほうに身を寄せた。「ぜひそうしたいというんでなければ、彼を殴るのはやめてやって。クレイボーンは無害よ……知ってるでしょ、こういうタイプ」彼女は映画スターの顔をちらりと見やり、この侮辱に彼がひるむのを見て満足した。これは、彼女の副将への無礼に対する返報なのだ。

バットが床に落ちた。〝使い走り〟は肩を落とし、深くうなだれた。

さようなら、アラン・レインズ。

はるか向こうの急な階段をめざし、ばたばたと逃げ出したその男は、バグジーだった。吊るされた砂袋や、ロープやケーブルの輪のあいだから、彼女は束の間、上の通路を走っていく彼の姿をとらえた。その行く手には、安全な彼の楽屋がある。

ドアが閉まった。

アクセル・クレイボーンは得意げに、黒板に施された自身の細工を眺めた。「うまくできてるでしょう?」

「じゃあ、あなたがゴーストライターだったのね……驚いた」彼女は言った。なんの驚きもなく。重大犯罪課には、わざわざその逆に賭ける者もいなかった。

クレイボーンは黒板を軽くたたいた。「ぼくが若いころ、この劇場を建てた爺様はまだ生きていたんです。いたずら好きの年寄り――それに、のぞきの趣味もあるやつでしたよ。ぼくはそのトリックを解明した。そして彼を現行犯でつかまえたんです。彼は秘密を守るとぼくに誓わせました。それから、ハリウッドのプロデューサーに紹介状を書いてくれたんです」

「勝手にひとりでしゃべってなさい」マロリーは銃をホルスターに収めた。

「これよりはるかにおもしろい話もぼくにはできるんですがねえ。取引しましょう。ぼくはあなたの質問すべてにお答えします――もし今夜、芝居を再開させてくれるなら、ですが」

楽な取引だ。許可はすでに下りている。だがこの俳優には誰も、現在ニューヨーク市警を牛《ぎゅう》耳《じ》っているのが政治家、ド素人《しろうと》であることを教えてはいない。

「決まり」彼女は舞台監督のデスクの椅子を目で示した。「すわって!」

クレイボーンは椅子を引き出し、彼女に一礼してすわった。

「もしわたしに嘘を――たったひとつでも――ついたら」彼女は言った。「公演は永遠に差し止める」

クレイボーンは椅子をうしろに傾けて前後に揺らした。にやにやと彼女に笑いかけ、なんにでも大喜びで従うつもりでいる。「ひとつめの質問は？」

「ずっと昔、ローマで仕事をしていたとき、あなたは麻薬で引っ張られたディッキー・ワイアットの身代わりに刑務所に入った。どうやって彼は自分の刑期をあなたに務めさせたわけ？ディッキーは何かあなたの弱みを握っていたの？」

クレイボーンの顔から笑いが消えた。椅子がうしろの壁に向かって傾く。それを前にもどし、自らを救ったとき、彼の動きはぎこちなかった。「いや、あれはそういうことじゃなく……ディッキーに、監獄のなかでヘロインを断つくらいならいっそ死ぬと言われて……彼は本気だと思ったもので。だから、監獄へはぼくが行ったわけです」

マロリーは真実の響きを聞き取った。そしていま、ようやく彼女は、彼がディッキー・ワイアットを愛していたことを信じた。あの男の死は、開いたままの血のにじむ傷なのだ。これは使える。「つまり、ゴーストライターというペテンを思いついたとき、あなたは昔の貸しを回収しようとしたわけね」

「いや、ぼくは彼に利益の分け前を与えると言ったんです。彼はこれでひと財産、作れたはず――」

「でも彼はお金をことわったのね？」そう、思ったとおりだ。クレイボーンは彼女に目を合わせようとしない。つまり、ディッキー・ワイアットのエージェントは正しかったわけだ。彼女のクライアントは本当に〝真っ当な人〟だった――クレイボーンへの借りを支払う時が来るまでは。いま、この男は話題を変えたがっているはずだ。どんな質問をされても、きっとありがたがるだろう。そこで彼女は言った。「教えて。あなたはいつからアルマ・サッターをいたぶっていたの？」

「最初からですよ。彼女はあの役にはまるで合わないので」

「あなたはあの芝居を稽古《けいこ》中に書いたわけじゃない。そのことはもうわかってる。著作権者を調べれば――」

「著作権はぼくの母の旧姓で登録されています」

「でも、あなたはすべてディッキー・ワイアットの功績としたのよね？　ピーター・ベックにあれは彼の作品だと――」

「ぼくはピーターに嘘をついたんです」彼は、それがどうした、とばかりに眉を上げた。「あの男にずっとやいやい言われつづけちゃかないませんからね。気が散ってしょうがない。でもディッキーは、神経症の連中に罵倒《ばとう》されるのには慣れています。それが演出家の仕事ですから」

「で、リナルディ兄弟にはなんと言ったの？　ふたりの過去を盗用したのはワイアットだと言ったわけ？」マロリーは、驚きの表情を待った。だが、クレイボーンはただおもしろがっただけだった。これは、ジョークのオチ――彼女をからかうジョークのオチなのだ。「あなたはあのふたりの正体を知っていたんでしょう？　彼らは――」

「サイコ？　殺人鬼？　ええ、そうですとも。あのふたりは、自分たちの物語をぼくに提供する。そして、ぼくが映画化権を売ったら、たっぷり分け前にあずかる。われわれの契約書は一年前に作成されたんです」悲しみは忘れ去られ、気分屋のクレイボーンはふたたび楽しんでいた。「最初、彼らはぼくに映画の脚本を売りつけようとしました。ひどい代物でしたよ――あの惨殺《ざんさつ》事件の単なる概略。八分間のスラッシャー映画にもなりゃしません。寝たきりのキャラクターは、ぼくが創造したんです。それに、会話も、プロットも――何もかも。あの惨殺事件は、物語の背景として使っただけで――」

「彼らが書いたオリジナルの脚本は保管してある？」

「ええ。彼らの手書きのメモもね。全部、あなたに差し上げますよ――今夜の公演のあとに、ですが。今夜はハリウッドの大物エージェントを招いているんです。彼に舞台上の双子たちの効果を存分に味わってほしいんですよ。サイコを演じる本物のサイコ。すばらしいですよね、彼らは？　本物ほど怖いものはありません」

「じゃあ、ふたりは告白をしたのね」

「いいえ、連中もそこまで馬鹿じゃありません。ヒントは、物語を売りこむときの、彼らの話しぶりですね。ぼくがちょっとした変更を提案したとき、双子の一方がこう言ったんです。『でも、そうはならないんだよ』もう一方は、詳しい説明を加え……幼い女の子が首を失ったとき……どうなるかを語りました……その小さな体がどんなふうに動きつづけるか。あれはほんとに怖かったな。その瞬間、ぼくはこのアイデアに恋をしたんです……あなたはあのふたりをどこかに放りこむ気なんですよね？」

「必ずね」

でも、きょうではない。

クレイボーンに銃を突きつけ、彼の持つ証拠を手に入れることができるとしても、それだけでリナルディ兄弟をネブラスカ一家惨殺事件の犯人として告発するのは無理だろう。ジェイムズ・ハーパーの協力がないかぎりは。そして、その協力は得られる見込みがない。保安官の名なしの男の逮捕令状は、彼女の尻ポケットに入っている。だが、あの男による身元確認なしにその令状を執行すれば、双子たちは終演時間のはるか前に娑婆《しゃば》にもどってくることになる。

「もしも今夜……わたしが待たされてるあいだに……誰かが危害を加えられたら——」

「あなたはぼくを撃つ」クレイボーンは言った。「わかっていますよ」

「あなたをつぶすのに、銃は必要ない」

クレイボーンは椅子をうしろに傾け、前後に揺らした。またしても笑いを——大きすぎる笑いを浮かべて。マロリーの手がさっと前に伸び、椅子の背を壁にたたきつけた。クレイボーンの頭が黒板にぶつかる。したたかに。

それに、痛そうだ。**よしよし**。

俳優の膝が宙に浮いた。胴体はほぼ水平になって、微妙なバランスを保っていた。彼女の足のひと突きで、椅子のうしろの二本の脚は、彼の下からすべり出ていく。

きわどい体勢。

クレイボーンが笑った。

この状況が楽しいらしい。

「あのチビのサイコどもは今夜は最高に行儀よくするでしょう」クレイボーンは胸に手を当てた。「お約束しますよ。何も起きるはずはない。映画化の話が出ていることは彼らも知っていますから。エージェントは三幕すべてを見る必要があるわけですしね」

なんてうれしそうな笑顔。

マロリーは椅子から手を離した。これ以上、彼を痛めつける気はしない。向こうはそれが好きなのだから。クレイボーンとの協定をどう守るか、そしてまた、どう破るか——彼女は策を練りながらその場をあとにした。

第三十一章

スーザン　お祖母様がどんな死にかたをしたのか、あなたは話さなかったわね。
ロロ　傷はひとつもなかった。あのふたりはただバットと斧を振りあげただけだ。祖母はそれで死んだんだよ……つぎを予想することで。だけど、ああ、あの顔を見せてあげたかったな。

「真鍮《しんちゅう》のベッド」第三幕

目下、ライカーは相棒に借りがある。賭けの負け分、二十ドル。マロリーにはなぜ、古いチョークひと箱のために鑑識課の長が自らお出ましになることがわかったんだろう？　挨拶は一切、交わされなかった。刑事は脇によけ、ヘラーはどかどか入ってきて、こう問い質した。「ブツはどこにあるんだ？」

このふたりでは、ライカーのほうが階級が下になる。だが彼は、さっと気をつけをするような男じゃない。まず、路地側のドアを閉じて鍵をかけ、それから、格別急ぎもせずに、あの壁の内側の階段へと鑑識課長を案内した。

ほんの数分で、ヘラーは下の悪臭ふんぷんたる穴倉から出てきた。彼は怒っていた。これぞ

〝警官の国《コップランド》〟における最高のサバイバル戦略。常に先に撃つべし、だ。「うちの連中の捜査対象は、観客のエリアに限定されていた。まあ、ステージは含まれるかもしれん。だが建物全体じゃないぞ！　もし現場主任があの夜、虫垂炎《ちゅうすいえん》を発症しなかったら、きみたちは事件現場を拡張することなど許されなかったはずだ」

ライカーの番だ。過去に見てきた、もっと広い事件現場のことを持ち出して反論する気はなかった。そう、彼はただこう言った。「あのドアはクララ・ローマンの見取り図に載ってなかったな」

ヘラーは銃を抜かなかった。ここまでは、すべて順調だ。

少女趣味のピンクのヘアブラシで武装したマロリーが、舞台袖の黒板のそばで彼らに合流した。鑑識課の長を見て、彼女は驚いた顔をした。まるで、彼が来るか来ないかの賭けなどしていなかったかのように。「ここで何をしているの？」

怒れる男は、ライカーにもの問いたげな視線を投げた。彼のほうはふりではなく驚いているのだが。

ヘラーはマロリーに向き直った。「きみの相棒が電話をくれてね。きみが検査に出すチョークの引き取りを求めていると聞いたんだ」

「ああ、それならわたしが届けてもよかったのよ」マロリーは舞台監督のデスクに手を伸ばして、証拠用の小さなビニール袋を取りあげた。なかには、階下の段ボール箱にあったチョークの箱がひとつだけ入っていた。それをヘラーに渡しながら、彼女は言った。「急ぎじゃないから。箱からアクセル・クレイボーンの指紋が出ることはもうわかってるし。実はね……ほんとにそれが必要かどうか迷ってるところなの」そしていま、彼女は、ピンクのヘアブラシをもてあそび、その毛から漫然と毛髪をつまみとっている。

ヘラーは動きのスローな熊男だが、その脳は驚異的スピードで働く。もしマロリーがチョークを必要としていないなら、隠れていたあのドア、彼の恩師が見落としたやつは報告書に載るに至らないかもしれない。その場合、クララ・ローマンは面子を失わずにすむ――この一件を知ることすらないだろう。

そしてヘラーは、不備のあるあの事件現場の見取り図が、ローマンが到着して鑑識班の監督を引き継ぐ前に描かれていたことには決して気づかないだろう。

ゆすりの殿堂のなかで、この企みは鮮やかに輝いている。あとは、マロリーが値を付けるだけだ。ライカーは彼女の手のヘアブラシを見つめた。アルマのブラシ？　アルマの毛髪？　彼は首を振って、やめておけと警告した。こんなことをうまくやりおおせるわけはない。ヘラーは絶対に過ちを犯すまい。証拠は売り物ではないのだ。

マロリーは、チョークの蓄えへと通じるあのドアを見つめた。「事件現場の拡張については、あなたの言うとおりね。ローマンがもう少し早くあの現場主任の代わりに入っていたら、そういうことにはならなかった。それと、鑑識班に上の階を捜索するよう命じたのは、わたしよ。ローマンは彼らを止めた。俳優たちは各自の楽屋の鍵を持っていたの」

「そして、プライバシー権を」ヘラーは、マロリーの手のピンクのヘアブラシを見つめた。その品が、立ち入れないそれらの部屋のひとつにあったことはほぼまちがいない。

「そのとおり。わたしたちは誰かを告発するまでは捜索令状を取れない」マロリーはブラシから毛髪を一本つまみとって光にかざした。「毛髪の検査をするとき、ドクター・スロープは科研の求める本数を倍にする。サンプルとして百本の髪を使うんだけど……あなたもそうなの？」

「スロープは遺体からサンプルを採るんだ。ブラシからじゃなく」ヘラーは言った。「その種の証拠は法廷では認められない」

「もちろんよ」マロリーが言う。「たとえば、このブラシ。誰のものか知らないけど、持ち主の女はコリー犬並みに毛を落としてる。ここにはきっと二百本もついてるわね。これは舞台裏の床の上にあったのよ。人目につくところに」

ヘラーはこの話を信じているんだろうか？　いや、まさか。だがライカーは、ヘラーがかすかにうなずいているのに気づいた。この男は、彼女の思考の流れを追って地獄まで行く気らしい。

「あなたの言うとおりよ」マロリーが言う。「このブラシから採ったサンプルは、証拠として認められない……鑑識課の業務記録に載せる価値もないでしょう――それに、警察の研究所で公式な検査をする価値も」彼女は手を伸ばして、ヘラーの手からチョークの箱の入ったビニール袋を引き取った。「これには時間を使わないで。ライカーがもうクレイボーンの供述を取ったから。わたしがチョークを見つけたことは、忘れましょうよ」

劇場をあとにするとき、ヘラーは薬物検査用のサンプル、アルマ・サッターの毛髪の入った小さな袋を持っていた。

舞台中央の真鍮のベッドに相棒と並んですわったとき、賭けの一敗で、ライカーの財布は少し軽くなっていた。でも、これくらいですんでよかった。機会さえ与えられれば、彼は第二の賭けをして、マロリーが書類の残らない科研の検査を勝ち取れないほうに自分の恩給を賭けていただろう。

恩給と月と、それにたぶんバーボンもひと瓶。

このカモめ。

ルイ・マーコヴィッツがはるか彼方の墓場から自分を罵倒《ばとう》しているのが聞こえる。ライカーは、あの親父さんを失望させたような気がした。だが、ルイの子供にいまどんな説教をしようと、それは馬鹿らしく空疎に聞こえるだけだろう。そうと知りながらも、彼は言った。「なあ、おチビさん、やりかたは他にもいろいろ――」

「いまのはフェアだった」マロリーは言う。「鑑識課は最初からこっちの足を引っ張ってたし、そのことはヘラーも知ってるのよ」

「じゃあ、なんでローマンに毛髪検査をやらせないんだよ?」

「非公式な検査を? 彼女がやるわけないじゃない」マロリーは言った。「証拠に関する規則は彼女の宗教だもの。最初はちがっただろうけど。きっと年を取るにつれて、凝り固まっていったのね」

「彼女の宗教……でも、ヘラーのじゃないってのか？　あの男は――」

「いまの彼があるのは、すべてクララ・ローマンのおかげなのよ。たぶん昔、彼女がミスの尻ぬぐいをしてやったんでしょうね。ヘラーは新米時代に、少なくともひとつ、とんでもないへマをしでかしたんだと思う。あの男は、証拠を残さずにわたしを殺す方法を十通りも知っている。ローマンの仕事を救うためなら、それも辞さないだろうし、もっと悪いことだってするでしょうよ」

ライカーの相棒には、人の弱みを見抜く才能がある。痛みを与えうる急所のすべてを。そして彼女はその能力を、小犬にも犯罪者にも同じように用いる。どんな生き物に対しても、同情心はまったく抱かないのだ。

ライカーの目の隅に、ステージの向こうの電光石火の動きが映った。そしていま、オレンジ色の猫がぐんにゃりしたネズミをくわえ、こちらにそろそろ近づいてくる。この狩りの獲物は、マロリーの足もとに置かれた。ニャアという小さな鳴き声がこれにつづき、その後、トラ猫はゆっくりあとじさってから、くるりと方向転換して、舞台袖へと走り去った。

マロリーはわけがわからず、床の上のネズミの死骸《しがい》を首を振り振り見つめた。

ライカーは、彼女はこの手の贈り物をもらったことがないのだろうと思った。彼は猫のいる家で育っており、連中がこういう贈り物を置いていくわけを知っていた。それは、愛情からと決まっている――そうでなければ、恐れからだ。あのオレンジ色のやつは、走り去るとき、どの足もかばっていなかったし、一見したところ怪我をしている様子もなかった。だから彼は、相棒にこう訊かずにはいられなかった。「おまえさん、あのかわいそうな猫に何をしたんだよ？」

警部補の執務室は、空になったデリカテッセンの袋や紙コップで散らかっていた。いまや彼とネブラスカの保安官は、〝ジャック〟〝ジェイムズ〟の仲だった。ドアは閉まっている。刑事部屋に面した窓のブラインドもだ。そして壁の時計は、ニューヨーク市警指揮系統迂回作戦の時が近づいていることを彼に告げていた。

彼の胃は、ビール長官との打ち合わせの後遺症で、いまもきりきり痛んでいる。ディッキー・ワイアットとピーター・ベックの検視結果を、彼は進んで報告した。ところが長官とその友達の市議会議員は、殺人というこれらふたつの判定はスロープのまちがいだろうと判断した。ジャンキーの演出家の件では、長官はこう主張した。麻薬の運び屋はヘロインを飲みこむじゃないか。ああ、もちろん、連中は飲みこむ。だがそれは、麻薬が安全に風船に収められている場合だ。ヘロインをチリの材料にするやつなど、どこにもいない。

馬鹿どもが。

しかし運とタイミングに恵まれれば、彼はあの芝居を開演前に中止にできる。これ以上、誰も死ぬことはないだろう。今夜だけは。

ハーパー保安官は落胆しつつ、ゴーストライターの芝居の最後のページを繰った。「すると、この町じゃ誰も彼もがわたしの事件の詳細を知ってるわけだね？」

「第一幕でやることだけですよ」ジャック・コフィーは言った。「あなたが持ってきてくれたあの写真ですが――あれはだめだな。使えませんよ。それに、リナルディ兄弟の経歴の資料はどれも、映画会社の宣伝係がでっちあげたものだしね。だから今夜、われわれは、証人に顔の確認をしてもらう必要があるんです」

「わたしはそのことじゃお役に立てんよ。そのふたりの役者がチャルマーズ家の双子だとしても、連中はずいぶん変わっちまってるからな」

「じゃあ、第三の生存者――例の従兄《いとこ》の居場所を突き止めないと。ご協力いただけますよね。どのみち、身内による確認のほうがいいわけだし」コフィーには確信があった。保安官はあの証人をどこか手近なところに隠しているにちがいない。寝たきりの少年は、そう遠くへは行けない。「情報源に何本か電話してみてはどうでしょうね……あちこち当たってみては？」

「実はいま、携帯電話の電池が切れててね。充電させてもらえれば――」

「デスクの電話を使ってください。わたしは席をはずしますよ」部屋を出るとき、ジャック・コフィーには、保安官がただ体裁上、長距離電話料金を嵩《かさ》ませることがわかっていた。ハーパーは協力しているふりがしたいだろう。

警部補は執務室の外に立ち、刑事部屋を眺め渡した。そこでは彼の部下たちが、ネブラスカ州とその隣接全州で起きた未成年者の交通事故という手がかりを追っている。ただ、警察の古い報告書に、ティーンエイジャーの少年を障害者にするような怪我といった情報がふんだんに載っているとは思えないが。

ライカーは自分の席にもどっていた。受話器を耳に当てたまま、彼は警部補にうなずいて、笑みを見せた。

すると、ネブラスカの例の女性がついにライカーに折り返しの電話を寄越したのだ。なおかつ、その知らせはいいものらしい。

開演まであと七時間。間に合うだろうか？

マロリーが捜査本部に入っていくと、麻薬にからむあらゆる事柄のエキスパートが薬物検査の報告書を彼女に手渡した。

「こいつはピーター・ベックのだ。検視局からのプレゼントだよ……あんたへのな」サンガーは軽い興味とともに彼女を見つめた。だが、彼女がどんな手で、喉を切られた遺体のための九十日のデラックス版薬物スクリーニングを勝ち取ったのか、彼は訊こうとしなかった。

彼女は、科研によるその検査がポーカーの集いの翌朝に発注されていることに目を留めながら、書類をざっと眺めた。「あなたはこれをもう読んだ？」

「ああ。ベックの体内に薬物はなかった。薬局で買えるようなやつさえな」

これで、あの脚本家に以前、薬が盛られていた可能性は排除できる。確率に反するとしても、ワイアットとベックの殺害に関しては、ふたつの異なる動機という線が残されたわけだ。

「もうひとつ、あんたが見るべきものがあるんだ」サンガーは彼女を連れて壁ぞいを移動し、携帯電話と固定電話の通話記録のところへ行った。「使い捨て携帯のあんたのリストが大当たりしてね。いまじゃ麻薬課のやつらはあんたの親友だよ」彼は印字された一行に手を触れた。「舞台係どもがここで連絡してるのは、監視下にある売人なんだ。そいつの番号がつかめたのは、大収穫だよ。ただし、おれたちの収穫じゃない。ガーネットとランダルの麻薬取引の証拠にはならんからな」

つぎに彼は、アルマの通話記録——舞台係たちのプリペイド携帯のカタログを指さした。「だがここを見な。稽古《けいこ》が始まって三日目に、あの女優はドラッグを買っている。数日後にもう一回。これがしばらくつづく。気晴らしにクスリをやる人間の購入パターンだな」

彼の指が通話履歴の下へと移動して止まった。「ほら、ここ。稽古が始まって十日目。アルマはさかんに電話をしている。癖になったんだ」彼は三週間後の一行をたたいた。「そしてここ、頻繁になりだしてる。六週間前も彼女は使っていた。でも、そのときはまだ、ドラッグを恋の対象とは見ていなかった。ところがいまは？　彼女が自分の稼ぎじゃつづけられない習慣にはまってるのは確かだ。それに、勘定を払ってくれる彼氏がもういないのも」サンガーはピーター・ベックの銀行やクレジットカードの利用明細書を壁に留めた。「この男は何週間も前に彼女を切ったようだよ」

「それにアルマは給料を大幅にカットされてる」マロリーは言った。「彼らはみんなそう。クレイボーンは別だけど。彼は前払いでもらってるから」でも、あの女優はからけつだし、ドラッグの売買は、現金払い、持ち帰りのビジネスだ。「誰かが彼女の勘定を舞台係のふたりに前金で払ってるのよ」

「クレイボーンか？　だとすれば、舞台係どもが彼のうちを訪ねたのもうなずけるな」サンガーが言う。「あの夜、彼がドラッグを買ってないことはわかってるし」

そう考えていいのか？　あの映画スターがアルマを脅かすお化けであり——同時に、彼女のサンタクロースでもあるということが、ありうるだろうか？

ジャック・コフィーの執務室から現れたハーパー保安官は、課全体がお祭りムードに包まれているのに気づいた。デスクからデスクへピザの箱が回され、炭酸飲料のプルタブがいたるところでポンポン引き起こされている。

警部補が、肉とマッシュルームが山と積まれた、チーズがぽたぽた滴るピザを彼にひと切れ手渡した。「ネブラスカじゃ、こういうのは食えませんよ。あの奥地で手に入るやつね——あれは、理論上のピザにすぎないんです」

「どうも」保安官は言った。「残念だが、どこに訊いても無駄だったよ。第三の生存者の情報はつかめなかった」

「ああ、あの従兄ですか？　そのことならご心配には及びません」コフィーは言った。「ビリーはわれわれが見つけましたから」

ジェイノスが炭酸飲料の缶を保安官の手に握らせた。「あなたがその男の正確な名前を覚えていれば、もっと早く見つかってたでしょうがね。でもまあ、完璧な人間はいないわけだし」

「そうとも」ライカーが言う。「州警察の連中がつぎの飛行機に乗っけてくれりゃ、従兄ビリーは今夜の芝居に間に合うんじゃないかな。だめだった場合は、すべてあなたにかかってきますがね、保安官」

「身元の特定に関しては、わたしはあまりお役に立てんだろうよ」ジェイムズ・ハーパーにとって、これは確かな事実だった。彼には、あの双子をニューヨークの警官どもに譲り渡す気など毛頭ないのだ。「もしわたしが顔を確認できなかったら――」

「かまやしません」ライカーが言った。「きっとリナルディ兄弟のほうがあなたを覚えてるでしょうからね」

コフィー警部補が彼の背中をぴしゃりとたたいた。「保安官、あなたはただ最前列に可愛らしくすわってりゃいいんです」

第三十二章

スーザン （窓辺に立って）暗くなってきたわ。（ドアのほうを振り返る）外のふたり、ずいぶん静かね。

「真鍮《しんちゅう》のベッド」第三幕

最初に劇場に入ったのは、ナン・クーパーだった。まずコートを脱ぐ。そして、舞台裏のランプを点け、壁のスイッチを入れる。劇団はずっと電気系統の不調に悩まされてきた。だから本当は驚くこともなかったのだが、真鍮のベッドに近づいたとき、ゴーストライトがちかちかして消え、ステージが真っ暗になると、そうもいかなかった。凶兆？　心の小さな一部で、見えないものの存在を信じるのは簡単だった。三十秒だけなら。

彼女はテーブルのランプを点けて、寝具を見つめた。これはしみなの？　シーツのにおいを嗅いでみる。酒だ。幽霊はいない。でも、生きている何者かがこのベッドを使っていたわけだ。彼女はマットレスからシーツを剝ぎ取って、きれいなシーツをさがしに行った。すると背後で、ゴーストライトがふたたび灯った。もしかすると、誰かがわたしをからかっているのでは？　いや、この劇場はまるで死んでいるようだ。この静寂。カビ臭さ。隙間風の流れすらなく、空気はよどんでいる。
三十分後、楽屋を一巡し終え、最後のクロゼットにきれいな衣装をかけているとき、ギルの大足が金属の踏み段をたたいて、キャットウォークの梯子《はしご》をのぼっていく音が聞こえてきた。スタッフが到着したのだ。下の階で、二台の車椅子がゴロゴロと動かされ、照明がちかちかと瞬き、〝使い走り〟があちこち駆け回り、舞台監督が大声で時間を告げている。いま、この小屋には脈がある。そして、役者たちが到着しだした。楽屋口が繰り返し何度も開かれ、そのたびに、空気が——息と命が——どっと流れこんでくる。

そろそろ一服しよう。

開演一時間前、人目のないときに、ナンは楽屋の並びの奥のほうに行き、ドアのひとつの鍵を開けた。彼女の新しい金髪の鬘《かつら》をかぶったスタイロフォーム製の首は、化粧テーブルに置いてある。その前を通り過ぎ、クロゼットに行くと、彼女はコートのポケットをさぐった。コートのすぐ横には、彼女自身の衣装の入った衣装袋が下がっている。

タバコのパックが見つかった。灰皿のほうはどこに隠したっけ？　彼女は引き出しのひとつを開けた。するとそのとき、背後でマロリー刑事の声がした。「衣装係に……楽屋？」

刑事のために笑顔を作って、ナンはくるりと振り向いた。「あの組合の契約書、きっとあなたも気に入るわよ」

「でしょうね」マロリーは、化粧テーブルの金髪の鬘に手を触れた。「舞台係のふたりがこの前の夜、あなたのうちにドラッグを配達したことは知っています」

「だから、わたしのアパートメントを捜索してヤクを見つけたいってわけ？　いいわよ」ナンはポケットから鍵を一式、取り出した。「どの部屋でもご自由に。パーティーでもおやりなさい。でも、わたしのお酒を全部は飲まないでね」

「時間の無駄」マロリーは言った。「ドラッグはあなたの鬘屋が運び出してる。あなたはエレベーターの防犯カメラのことをアドルフォに話さなかったでしょう。下におりていくとき、なかでコカインを吸っている彼の映像を手に入れましたよ。彼はハリウッド時代からのあなたのお友達だそうですね」

ナンのタバコのパックが床に落ちた。「つまり人質を取ったってわけね。お利口だこと……それで、お嬢ちゃん、わたしから何がほしいの？」

「舞台係のふたりはアルマ・サッターにも配達をしている。誰かが彼女の常習癖のあと押しをしているんです。もしかすると、彼女の役がほしくてたまらず、あなたが——」

「確かにわたしはあの子を見張ってたわよ。でも彼女のドラッグ代を払ってはいない」

刑事は角の肘掛け椅子にすわって、長い脚を前に投げ出した。もうしばらく、あるいは、ひと晩じゅう居座るつもりなのだろうか。「その他だと、アルマがそういうお金を入手するのはどこでしょうね？」

「つまり——ピーターが死んだあとってこと？」ナンはマロリーの笑いをまねながら、落ちたタバコのパックを身をかがめて拾いあげた。「この町じゃ彼女みたいに綺麗な女はお金なんて必要ないのよ」

「彼女がいくらドラッグに使っているか、あなたは知っている。たぶん舞台係のふたりが報告を――」

「オーケー、わたしはティーンエイジャー相手に噂話に興じてる」ナンはタバコに火を点け、完璧な煙の輪を吐き出した。「逮捕するなり撃つなりしてちょうだい。どっちつかずの状態には我慢できないの」

アクセル・クレイボーンの化粧テーブルの上の鏡は、壁全体に広がっていた。さらにクロゼットのそばには、全身の映る三面の姿見が置かれ、自分が好きでたまらないこの男のためにその姿をいくつも映し出している。

ライカーは、彼が頬の内側にコットンの詰め物を入れ、顔を十ポンド太らせるのを見守った。「ドアマンから聞いたよ。舞台係のふたりは週に数回、お宅に行くそうだね。連中はたいてい四十分から一時間、滞在するんだとか。三人でなんの話をしているんだ？」

「主に噂話ですね」俳優はスポンジで顔にドーランを塗りたくった。「舞台裏で何が起きているか知りたいので。映画のときも舞台のときも、ぼくは必ずスタッフと友達になるんです。彼らはいろいろと役に立つことを耳にするものですからね」

「すると、あんたはコントロール魔なわけだ」

「罪を認めます」クレイボーンは髪の毛をかきまわして、てっぺんと両サイドをたなびかせ、さらに、後頭部をなでつけて、枕でつぶれた頭の形を作った。「ナンはいったいどこにいるんだろう？　彼女——」

「アルマ・サッターの薬物常習癖もあんたがコントロールしているのかな？　ひょっとしてその資金を出してるとか？　誰かがあの子を薬で動くヨーヨーみたいに操縦しているんだが」

「ぼくはゴキブリにだってそんなことはしませんよ」俳優は立ちあがって、閉じたドアのフックに手を伸ばした。彼がファットスーツの下半分を下ろし、床の上に置くと、パジャマに包まれたその両脚はしゃがんだ姿勢を取った。「ドラッグはぼくの親友を殺したんです。ぼくは絶対——」

「わけがわからなくなってきたぞ」ライカーは言った。「あんたの新しい仲よし、あの舞台係たちだがね——あんたの旧友、ワイアットに薬物を供給してたのは、おそらくあのふたりなんだ」

「いや、それはちがうな」クレイボーンはローブを脱いで、床の敷物にするりと落とした。「ディッキーは稽古《けいこ》中ハイになるようになった。ぼくが本気であの子たちに興味を持ちだしたのは、そのときなんです。ぼくは何時間もふたりをしゃべらせた。絶えずディッキーに話をもどしながらね。でも彼らはディッキーにはドラッグを売っていなかった。それに関しては、ふたりとも嘘をついてはいませんよ」

だがライカーは懐疑的だった。パンツ一丁で歩き回っている男が人に信頼感を抱かせることはめったにない。「どうしてわかるんだ？　嘘発見器を使ったとか？」

「彼らは子供ですからね」俳優は、気泡ゴムのズボンの部分を引っ張りあげた。「子供は始終、嘘をつく。でも、嘘がうまくはないものです」スーツの上半分を着終えると、彼の体には少なくとも四百ポンド、偽の重みが加わっていた。「あのニキビ面のほう、ガーネットですが。彼は女がらみの武勇伝を語るとき、ぼくの目を見ようとしないんですよ。それに、もう一方のやつは、嘘をついたあと信じてもらえたかどうか、こっちの表情をうかがうしね。ふたりが金を全部、女に注ぎこんでいることも、それでわかったわけです。彼らは女たちを酒やドラッグで酔わせるんです。ただし、レディーをうちに連れ帰るに至ったことはありません」クレイボーンは短く一礼すると、つぎの質問をどうぞ、とばかりに眉を上げ、両手を広げてみせた。

それとも彼は、賞賛を期待しているんだろうか？

刑事は別に感心もしていなかった。それが顔に出ていたにちがいない。俳優は真顔にもどった。

「これでおわかりでしょう」クレイボーンはパジャマのシャツのボタンをかけた。「あのふたりには嘘なんぞつけない。だからわかるんです。彼らはディッキーにはドラッグを売っていなかった」

ライカーは、この戯言《たわごと》を信じるような馬鹿とみなされたことで、気を悪くしたりはしなかった。彼には、クレイボーン自身がこの話を信じていることがわかった。

いまや巨人となった俳優は、鏡に映る自分の巨体を感嘆の眼で見つめ、それから刑事を振り返って満足の笑みを見せた。「あなたが何を考えているかわかりますよ。ぼくがあのドアを通り抜けられるかどうか、気になっているんでしょう?」彼の両手が脇に垂れた。気泡ゴムの胴体を難なく圧縮しつつ、彼は大急ぎで楽屋から出ていった。

では、ライカーが実際に考えていたことは？

彼はただ、あのポーカーテルの魔術師に、舞台係のふたりをざっとチェックしてくれ、と言うべきかどうか、考えていただけだ。だが、今夜は何もたのめない。チャールズ・バトラーは、女がバットで歯を折られるのを再度、見ることを望まず、最前列での観劇を辞退したのだ。

誰もが生《なま》の演劇を好むわけではない。


「あの照明ブース、すごいよな」ゴンザレス刑事は言った。「フル装備でさ。鍵は誰が持ってるんだよ？」

「ぼくですよ。でも、ぼくはあのブースを使いません」ギル・プレストンは奥の壁の大きなブレーカー・ボックスを開け、ずらりと並ぶスイッチを刑事に見せた。これは照明の個人授業なのだった。「舞台照明は、キャットウォークの上のパネルから操作します。暗転のキューが出たら――」彼はレバーの並ぶ部分を指さした。「バグジーがこのブレーカーを落とすんです。これで操作できるのは、舞台裏の明かりとロビーと――」

「刑事さん！」シリル・バックナーがふたりのあいだに割りこんで、舞台袖を指さした。書割の開いたドアの前には、制服警官がひとり立っていた。「あの警官――彼はひと晩じゅう、あそこに立ってるわけですか？」

「ああ、そうとも」ゴンザレスは言った。

〝使い走り〟が、ぴりぴりそわそわ、腕時計に目をやりながら、猛スピードで通り過ぎていく。それを見て、舞台監督は叫んだ。「バグジー、おまえいったいどこに行ってたんだ?」

ゴンザレスは彼らに背を向け、十フィート先で路地側の入口を警備している若い警官に呼びかけた。「おい! おまえの相棒はどこなんだよ? 彼はここで見張りに立つことになってるんだがな。今夜は誰もこのブレーカーに近づかせちゃならないんだ」

「ちょっと待った」バックナーが言う。「舞台裏の明かりを切らないといけないんです。舞台係のふたりが暗視ゴーグルをかけているんで。電球一個でも点けっぱなしにしたら、連中が目をやられちまいます」

「それじゃ、よくよく注意して、忘れずに明かりを消すんだな……ふつうのやりかたでだぞ」刑事は言った。「このブレーカー・ボックスは、誰にも触らせない」

今夜、ライカーがすわっているのは、前よりもよい席だった。どまんなかではないが、壁寄りでもない。保安官は通路側の席を占め、しきりとあたりを見回したり、ロビーに出るドアを振り返ったりしていた。

一家惨殺《ざんさつ》事件の第三の生存者は、まだ劇場に着いていない。ネブラスカの州警察の警官たちはあの双子たちの従兄《いとこ》をマンハッタン行きの飛行機にちゃんと乗せたし、その飛行機はいまごろはもう着陸しているはずなのだが。

「心配しなさんな。従兄のビリーはすぐ来ますよ」これこそジェイムズ・ハーパーが何より聞きたくない言葉だろう。ライカーにはそれがわかっていた。

「しかし、いったいどうやって彼を見つけたんだね？　あんたのボスは何も言ってなかったが」

「ああ、昔の事故の報告書を調べたら、いくつかは、それらしき名前も出てきましたよ。でも、こっちにはもう時間がなかったし」ライカーは腕時計に目をやった。三十分後には芝居が始まる。「あなたのとこの副保安官たちはまるで役に立たなかったしね。彼らが情報を伏せてたとは言いませんよ。そういう感じはしなかったんで。あなたが自分の部下たちに隠し事をしてたんだろう……わたしはそう考えました。だから、あなたの別れた奥さんに電話をかけてみたんですよ」

第三十三章

ロロ　もう遅すぎる。これこそが何より怖い言葉だよ。

「真鍮《しんちゆう》のベッド」第三幕

ふつうの頭痛じゃない。

焼けるような痛みの針が右目の奥を突き刺し、鼓動する心臓さながらに眼窩《がんか》のなかで脈打っている。

ああ、やめて。今夜はいや！

バッグにはオキシコンチンが入っている。危険を冒して、それを使おうか？　ううん、いまはだめ。コカインを四ライン吸った直後だもの。

我慢するしかないの？

一錠だけなら、いいんじゃない？

もはや両手はアルマのコントロール下にはない。自分の指が革のバッグの留め金をいじるのを彼女は見つめた。まるで誰かが、彼女の手に何をすべきか命じているようだ。**これはいったい——**

小さな軽いそのバッグが足もとの床に落ち、墜落した砂袋よろしくドスンと重たい音を立てた。頭のなかの調節器が音量をぐんと上げており、プラスチックの薬瓶が、転がっていくホイールキャップの喧《やかま》しさでガラガラ床にこぼれ出る。背後では、ドアのノックが砲弾の斉射《せいしゃ》と化していた。バグジーの声が時間を告げると、彼女は両手でぎゅっと耳を押さえた。**この音を止めて！**

ドアの外の会話の声が徐々に大きくなり、轟々《ごうごう》と轟《とどろ》きだした。目玉の一方がマーチング・バンドのリズムでずきずきと疼《うず》いている。そして、脳が痛みに撃ち抜かれた。

パニックの時。

彼女はクロゼットへと向かった。何かを取りに——でも何を？　四フィートのその道のりはあまりにも長かった。バランスをくずし、しばらく壁に寄りかかる。それから、ふたたび出発。木でできた脚、パペットの脚が振り出されては、びくんと上がり、ぽとんと落ちる。

轟きがやんだ。世界がしんと静まり返る。アルマは部屋のまんなかで静止した。穏やかに、ふんわりと。クロゼットへの旅のことは忘れ去られた。

完璧な平和。

この惑星が地軸を中心に回転しながら、宇宙空間を移動していくのが感じられる。彼女は畏怖の念とともに、自らの裸足の足を見おろした。皮膚という境界がくずれ去った。アルマと月、ドアと床、内側と外側。それらすべてが——この女優と宇宙とが——ひとつになっている。彼女には部屋の向こう側に行く道がわからない。それでも彼女は、この世に在《あ》る総てに通じている。

多幸感。

そして今度は、刺すような痛み。皮膚がじんじんしている。

何百万ものハチが、強い波となって胸にあふれ、喉のなかをヒューッと駆けあがってくる。

硬い危険な世界へと、彼女はいきなり引きもどされた。衝撃。終わりのない痛み。グサッ、グサッ。アルマは床にすわりこみ、落ちた薬瓶をつかもうとした。ひとつは彼女を舞い上がらせ、もうひとつは引きおろす。痛みを止めるのはどっちだろう？　ラベルの文字は、のたくる線の意味をなさない暗号となっていた。

どっちか選ぶのよ！

彼女は薬の瓶をひとつ手に握った。でも、蓋の開けかたがわからない。もう一方の手はまったく役に立たなかった。

ドアの外で、バグジーの声がした。「開演十五分前」


ステージに出ていこうとしたまさにそのとき、アクセル・クレイボーンは、シリル・バックナーのしわがれたささやき声を耳にした。「ああ、くそ！」これにつづき、静粛を求める舞台裏のエチケットを完全に無視して、マロリー刑事が叫んだ。「あの救急車はまだ外に駐まってる？」

アクセルはあとじさりで袖にもどって、階段のほうを見た。

ああ、こりゃあ大変だ。

バグジーがよろよろ歩くアルマ・サッターを連れて階段を下りてくる。彼女は裸足で、身に着けているのはローブだけ、化粧気はまったくない。その腕の一方は〝使い走り〟の首に回され、もう一方はだらりと脇に垂れていた。

マロリーが階段の下に立って、救急車を路地に回せ、と叫んでいる。それから彼女は、別の刑事に呼びかけた。「ゴンザレス！　舞台係のふたりを連れてきて！」

バグジーがばあやのように優しくトランクの上にアルマをすわらせた。彼女は彼に向かって何かしゃべろうとしたが、その口は片側半分しか動かず、絞り出される言葉は意味不明の譫言《うわごと》ばかりだった。

救急隊が路地側の入口からなだれこんできた。

アクセルは奥の壁の時計を振り返った。開演十分前。

救急隊員のひとりがストレッチャーへとアルマを導いていく。一方、別の白衣の男はマロリーと話している。彼は声を大きくして訊ねた。「どういうドラッグです？」

「いま調べるから」彼女は答えた。

テッド・ランダルとジョー・ガーネットがマロリーの前に引きずり出された。彼女は、ストレッチャーにベルトで固定されている女優を指さした。「彼女は卒中を起こしたの！　教えなさい！　あれはなんのせい？　あなたたち、何を渡したのよ？」答えが返ってこないとわかると、彼女は言った。「ゴンザレス！　手錠をかけて！」指示を受けた男は即座に、ガーネットの両手をうしろにねじあげ、少年に手錠をかけた。さらに、別の刑事が進み出て、ランダルのためにその役を務めた。

「病院まで救急車についていって」マロリーが言った。「向こうに着くまでに、今夜、アルマに何を売ったのか、この子たちから聞き出すのよ」

シリル・バックナーは必死で悲鳴をこらえている。アクセルは、そのせいで彼の歯が吹っ飛ぶんじゃないかと思った。赤くなっていくあの顔は、爆発の前兆——

ほうら、来た。**ドカーン！**

舞台監督はマロリーのほうへ飛んでいき、ささやき声で相手をどなりつけるという離れ業に挑んだ。「あんた、イカレてるのか！　舞台係はいまはどこへもやれないんだ！」彼は両手を振りあげた。いったいどうしてこの事実に彼女が気づかなかったのか、わけがわからんとばかりに。この女は何を考えているんだ？

マロリーは彼を無視して、路地側のドアにぞろぞろと向かう、救急隊と少年ふたりと警官たちのパレードを見送った。

バックナーがバグジーの腕をつかんで言った。「今夜は、おれとふたりで小道具をやってくれ」それから彼は階段の上の楽屋の並びを指さした。「ナンを連れてこい」

開演七分前。アクセルはファットスーツ姿でステージに出ていき、所定の位置についた。スポットライトを浴びたその場所、真鍮のベッドの上で、彼は毛布を整え、幕が開くのを待った。

「そこをどいて、お嬢ちゃん」そうささやいた衣装係の女は、これ見よがしに服を変え、新しい鬘《かつら》、金髪のやつを着けていた。「五分後にはステージに出るんだから」

リナルディ兄弟は、刑事を生きた爆弾とみなし、その姿をじっと見据えて、尻込みしている。

マロリーは緊急性などみじんも認めず、書割のドアをふさぐ格好で、舞台袖に立っていた。

「すばやい変身ですね」そう言って、女の舞台衣装を値踏みする。同じ役のアルマが着ていたものよりも、こちらははるかに高級だ。それに、顔のほうも巧みに、入念に作られている。

「これだけのことを数分でやったとはね」

「そうなのよ。アルマが死んだって噂を聞いたわ。ちょっと若すぎるけど、まあ、しょうがないわね」

拡声器がキーンと鳴り、シリル・バックナーの声が代役の女優、ナネット・ダービーの出演をアナウンスした。別の時代のこの有名な名に、観客は拍手喝采した。もう一方の女優、救急車で運び去られたほうについては、なんの説明もなかった。

おやすみ、アルマ。

マロリーはさりげなく年上の女のカシミアの襟に触れた。「いいブレザーですね」

「ありがとう。ほんとはあなたの仕立て屋がどの店なのか調べるべきなんだけど、まあこれでもいけるでしょう。開演四分前。あなた、心臓発作を待ってるの？　いっそわたしを刺しちゃったほうが早いんじゃない？」ブレザーの前が開かれ、的として彼女の胸が現れた。

くそっ。威勢がよすぎる。これは空威張りじゃない。いまのところは。

うしろを振り返ると、ステージの向こう側の出入口に舞台監督の姿があった。彼はマロリーに指を三本立ててみせ、残り三分と合図した。「一分ちがっていましたね、ナン」マロリーは顔をもどした。女優はほほえんでいた。

この笑いをなんとかしなくては。

「バックナーはあなたをわたしだと思ってるのね」ナン・クーパーは両手を持ちあげ、ようく見て、と言うように自分の顔を囲ってみせた。「自分が見える、お嬢ちゃん?」

「いいえ、見えない」マロリーは片手をブレザーのなかに入れ、リボルバーを抜いた。「銃がすべてを変えるんです」一音一音同じだけの力をこめて、彼女は言った。「銃は歩きかたを変える——それに、しゃべりかたも」マロリーは、この女には恐怖を期待していなかった。だが、確かに不安は高まっている。ようやくだ。これは使える。

「わたしを逮捕するつもり?」女はそう言いながら、両手を広げてポンプの柄のように上下させた。「なんなの? どうすりゃいいのよ?」彼女は時計にさっと視線を投げた。「もう二分前よ」

それにバックナーが開演を遅らせるはずはない。彼はナンがすでにスタンバイしているものと思っている。ドアの前に立っているのは、実は刑事なのだが。

まだパニクッてない、ナン?

もう少しだ。

マロリーは楽屋の並ぶ上の階に目を向けた。のんびりと、天気の話でもするように、彼女は言った。「あそこで待機してるあなたが目に見えるようだわ。すっかり衣装を着けて、ステージに出るばかりになって……アルマの身に何かが起こるのを待っているところが」彼女は女優にほほえみかけた。「まるで蜘蛛《くも》みたい」

「バックナーの考えなのよ。アルマは日に日におかしくなってた。今夜、彼はわたしに、すぐ役に入れる状態でいてほしかったの」ナンはパチンと指を鳴らした。「こんなふうに、一瞬でよ」彼女は時計に目を向けた。「あと一分しかないんだけど！」

ここでようやく、マロリーは脇にどいた。


客席の照明が消えた。ライカーはネブラスカの男のほうに身を寄せた。「ショータイムですよ、兄弟」

保安官のバッジは、襟に留められている。そして幕が開きはじめ、煌々と照らされたステージが現れると、そのバッジはきらりと光った。

真鍮のベッドの上の俳優は、最初の台詞《せりふ》を言う前に、ただ有名であるというだけでひとしきり拍手を浴びた。つぎに、ナネット・ダービーが書割のドアから登場すると、またひとしきり拍手が起こった。女優はうしろ向きに歩いており、そのすぐあとに、彼女をステージへと追い立てるリナルディ兄弟がつづいた。

マロリーのものまねは今夜は完璧で、その姿にハーパー保安官はぎくりとした。

ライカーのポケットのなかで携帯電話が振動した。彼は小さな画面でメッセージを確認した。

飛行機は定刻に到着したが、ジェイノスとその同乗者は渋滞に巻きこまれているのだった。

ステージ上で、アクセル・クレイボーンが台詞を叫ぶ。「お客様に椅子をお持ちして！」

舞台袖の薄暗がりで、書割の両開きのドアがステージの明かりに向かって開かれる。リナルディ兄弟の一方がドアのなかに手を伸ばし、空っぽの車椅子を引き出していく。

双子のもう一方がドアを閉めると、新しい舞台係、バグジーとシリル・バックナーは、ドアの羽板の隙間から俳優たちの動きを見守った。ふたりはそれぞれ、暗視ゴーグルを首から下げていた。彼らのうしろには、マネキン人形がすわった第二の車椅子があり、そのうしろには――サプライズ！

「あなたはずっとアルマのドラッグのことを知っていた」マロリーが言った。

バックナーはくるりと振り向き、ひそひそと言った。「舞台裏では私語厳禁。前に言ったでしょう――」

「だったら、さっさとささやきはじめることね」少しも声を落とそうとせず、彼女は言った。

「徐々にああなったんですよ」舞台監督は聞こえるか聞こえないかの声で言った。「初めのうちはわかりませんでした。当初アルマは台詞を忘れたりしなかったし。でもディッキーは彼女を責め立て――」

「クスリでおかしくなりだしたのは、どっちが先？　ディッキー？　それとも、アルマ？」マロリーは一方の手をぐるぐる回し、話をつづけるよう促した。さもないと、自分がしゃべる。

そしてその声は大きいだろう。この脅しは弾丸よりも効果があった。

彼はささやいた。「ディッキーです。彼が初めてハイになったのは、稽古《けいこ》が二週目に入ったときでした」

「そうそう」バグジーが言う。「それから数日後、今度はアルマがおかしくなったんです。彼女が黒板で最初の脅しを見たのも、そのころでしたよ」

するとアクセル・クレイボーンは嘘をついていたのだ。彼は最初からアルマをつけ狙っていたわけじゃない。何もかもその二週目に始まったのだ。

舞台裏で点灯している明かりはほんの数個だ。まもなくそのすべてが消える。暗転のあいだ、ゴーグルをしている舞台係は、ごくわずかな光でも目が眩《くら》んでしまう。客席の刑事たちはひとり残らず、それに、舞台裏にいる連中も全員、懐中電灯を持っていると知ったとき、バックナーはそのことをすっかりマロリーに説明していた。「われわれを妨害しないでくださいよ。いいですね？　とにかくそれだけはお願いします」

マロリーは聴いていなかった。彼女はドアの羽板に目を据え、双子たちがステージの向こう側のドアから退場するのを見守った。そこからは、ワシントン刑事が監視を引き継ぐはずだった。芝居はもうずいぶん進行している。ジェイノスは何を手間取っているんだろう？

ライカーは腕時計を確認した。くそっ。そろそろその時が来る。

ジェイノスと証人はいったい何をしてるんだ？

リナルディ兄弟は書割の窓の前に立っており、ベッドの上の俳優が、彼らはハエの死骸《しがい》を集めているのだと説明する。「男には趣味が必要だからね」クレイボーンは言った。

ライカーの携帯電話が振動した。彼は小さな画面に目をやった。振り返ってみると、ジェイノスがロビーのドアから入ってくるところだった。

懐中電灯の光に先導され、巨漢の刑事は車椅子を押して通路を進んできた。最前列まで来ると、刑事は保安官のいる通路側の席の横に車椅子を駐めた。つづいて彼は、仰々しく膝掛けを広げ、ネブラスカ人の萎《な》えた脚にそれを掛けてやった。若い男の青白い顔にはどことなくリナルディ兄弟に似たところがあった。

保安官が障害者に顔を向けた。街ですれちがう旧知の者同士のように、ふたりは互いにうなずきあった。

ステージ上から、双子の一方がこちらを見ている。言葉や合図で促されるまでもなく、もう一方もくるりと振り返って、客席に着いたばかりのお客を凝視した。ライカーは笑みを浮かべた。あのふたりは無言のうちに、ネブラスカの従兄《いとこ》、車椅子の少年の顔を認めたのだ。そしていま、従兄のほうも恐怖の表情によりこの好意に報いた。

話をまとめる達人、ジェイノスが車椅子の若者にささやきかけた。「あのふたり、相変わらずおっかないですよね、ビリー？」

そして若者はうなずいた。

これで充分だ。

身元の確認はできた。双子たちは退場し、ライカーは相棒に簡潔なメールを送った。青信号。この合図を以て、彼女は名なしの男の逮捕令状を執行する。

舞台照明が消えた。スポットライトが真鍮のベッドの上で点灯する。刑事はゆったりと座席の背にもたれ、野球のバットのシーンを待った。それと、逮捕を——何ひとつ心配せずに。

暗転の闇のなかで、制服警官はブレーカー・ボックスのそばに立ち、耳を凝らしていた。音がする。小さな音。スイッチ音か？　すぐそばに人の気配が感じられる。虚空《こくう》に手を伸ばしてみたが、それは何にも触れなかった。そして気配は消え去った。

暗視ゴーグルを着けたシリル・バックナーは、車椅子のナンをバックで袖に引き入れた。バグジーは彼女の代わりに第二の車椅子に乗ったマネキン人形をステージに設置した。椅子の車輪をステージの留め具で固定してから、彼は袖に駆けもどり、さっとゴーグルをはずした。そしていま、この三人は、舞台照明が明滅し、点灯するのを書割のドアの羽板越しに見守っている。ステージ上で、アクセル・クレイボーンがバットを振った。マネキン人形の首が飛んでいく。観客は喝采し、その後、ふたたび漆黒《しっこく》の闇に放りこまれた。

ナンの車椅子のうしろで、舞台監督と〝使い走り〟がふたたびゴーグルを装着した。とそのとき、まぶしい光がふたりの目に注がれ、彼らは危うく苦痛の叫びをあげそうになった。

バグジーの頭からゴーグルがむしりとられた。彼に見えるのは、網膜に焼きつけられた一対の太陽の残像だけだった。

シリル・バックナーのゴーグルもまた奪われていた。その目は燃えている。あたりをさぐる盲目の両手が、車椅子を見つけた。彼はナンの腕を下へとさぐっていき、その手にライターを押しこんで言った。「バットとマネキンの首を取ってきてくれ。小道具の箱にもうひとつゴーグルがあるから。急げ！」

彼女はカチリとライターを点け、その小さな炎をたよりに、ステージの裏に向かった。

ステージ上で、アクセルの手からバットがひったくられた。これを合図に、目の見えない俳優は向きを変え、記憶に従って、歩数を数えながら真鍮のベッドへと引き返していった。

金属パイプと野球のバットで武装して、双子たちは階段を駆けおりた。唯一の光は緑――暗視ゴーグルを通して見える波長の光線だけだ。観客はステージと向き合って暗闇にすわり、何も見えない目を期待感で大きくして、照明が点くのを待っている。ゴーグルをした捕食者たちが車椅子の若者に迫っているとも知らずに。

やあ、ビリー君。ひさしぶり。

武器を振りあげたとき、双子たちはまた、そろってこう考えていた。**ああ、こいつ、驚いてるだろうな。**

兄弟の一方は自分を抑えきれなかった。彼はくすくす笑った。

何も見えない暗闇のなかで、車椅子の従兄がふたりに顔を向けた。ぎくりと驚き、ひどく怯えて。その笑い声を彼は知っていた。

別の緑の光線が、双子たちの光と交わった。振り向いた彼らは、ゴーグルを着けたマロリーを目にした――そして、自分たちに向けられた銃を。

ふたりの背中を、刑事は目で追った。あわただしい昆虫の動きで、彼らはばたばた走り去り――最前列の前を駆け抜け――ステージの階段をのぼっていく。頭からゴーグルをむしりとり、彼女は大声で叫んだ。「逃亡！」

黄色い光の筒が五本、客席に現れた。刑事たちが通路を走っていく。

ライカーは強烈な光で保安官をパッと照らした。「ビリーをロビーに連れてってくれ。路地の端は必ず制服警官にガードさせろ。さあ、急いで！」

舞台裏で、マロリーが叫ぶ。「ギル！　照明！」

ギル・プレストンはペンライトを点け、半狂乱で操作パネルのスイッチを入れた。どれも利かない。全部だめだ！　キャットウォークの手すりをつかみ、彼は下を見おろした。ステージ上では、黄色い光のすじが交錯している。これはブレーカーのせいにちがいない。ペンライトを口にくわえ、彼は梯子《はしご》を下りていった。

通路の案内係たちもまた、懐中電灯を振り回していた。保安官はそのひとつをひったくると、車椅子を押してロビーに出、正面口の前に立つ制服警官たちに目を留めた。「路地のほうはガードしてるのかね？」そう訊ねると、ひとりが答えた。「路地側のドアの内側に一名います。でかいのがね。彼なら誰も突破できませんよ」

一名だけ。建物内にか。

舞台裏に下りたギル・プレストンは、奥の壁へと向かった。すると、制服警官が懐中電灯を振って彼を追いやりながら言った。「ブレーカーには誰も触らせんぞ！」ギルは言った。「あんた、頭、大丈夫？」ああ、言うに事欠いて。警官は彼を突き飛ばした。

　バグジーの手はぎゅっと目を押さえていた。視力を奪う光の玉はいつまでも消えない。背中に衝撃が走った。肺の空気が一気になくなる。何か硬いものが両脚を打ち据え、彼は自分の骨が折れる音を聞いた。複数の手が彼をつかみ、床の上を引きずっていく。彼はショック状態に陥りつつあった。声をあげるという発想もなく。床を横切り、衣装ラックに掛かる服の層の下を通り抜け、その向こうの壁際へ。ふたたび脚への一撃。新たな痛み！　ああ、神様！　そして今度は腕。バリッ。骨が砕ける。彼の頭はあふれ出る温かな血に洗われていた。それは顔を流れ落ちてくる。目のなかへ。口へと。

「叫べよ」耳もとで声がささやいた。「大声で叫べ」リナルディ兄弟のもう一方が言う。

　そしてバグジーは吼えた。

　足音が聞こえる――いくつもの足音が。ドンドン、ドンドン。そのどれもが走っている。路地側のドアの見張りの制服警官が持ち場を離れた。それに、ブレーカー・ボックスのそばの警官も。ああ、やっとか。ギルは金属の扉を開け、レバーを全部上げて、すべてのブレーカーをリセットした。おつぎは壁のスイッチ。そして光が生まれた。

　衣装ラックが脇へ押しやられた。マロリーは悶《もだ》え苦しむ“使い走り”を見おろした。血を流し、打ち砕かれ、嗚咽《おえつ》する彼を。

まぶたが閉じていく。

声はもうしない。

保安官は路地の端にひとりで立っていた。職務中に銃を抜いたことは一度もない。銃は射撃練習場で撃つだけだ。そして彼は、射撃の名手とは言いがたい。だが、そこまではいかないだろう。彼の手は拳銃の握りにかかっていた。準備完了。あとは待つのみ。仮に脱出できたとしたら——あのふたりはこっちに来る。

路地の向こう端でドアがパッと開いた。双子たちが駆け出てきた。保安官は銃を抜いてどなった。「やあ、坊やたち！　飛行機に乗らんとな！」

あのふたり、いったいぜんたいどうなってるんだ？　双子たちは彼ににやにや笑いかけていた。撃てよ、とけしかけているのか？　いまいましいガキども。痩せたチビの一方は野球のバットを持ち、もう一方は金属パイプを持っている。どちらの武器も血で赤く染まっており、彼らの服にも血が点々と飛び散っていた。

おまえら、何をしたんだ？

おのおの武器を振りあげ、ふたりはこちらに向かってきた。肩を並べ、そのまま彼を通り抜けて進もうとしているかのように。ほんの束の間、保安官は、彼らにはそれができるんじゃないか、と思った。小さな怪物たち。深夜、洗面台の排水口からゴキブリがぴくぴく這い出てくる瞬間みたいに、おぞましい。血も凍るほどに。「そこまでだ」彼らは前進しつづけた。にやにやしながら、ゆっくりと。彼を襲うために。バットを持つほうが素振りをした。

「止まれ！」保安官はどなった。「止まらないと、撃つ――」

ああ、ちくしょう！　あの女、どこから出てきたんだ？

マロリーが路地の向こうから忍び足でやって来る。どこからともなく魔法のように現れて。それに、銃はどうしたんだ？　彼には射撃の腕がない。彼女は銃を抜いていない。なおかつ彼女は、急いでさえいなかった。

おいこら、嬢ちゃん。

双子たちは徐々に距離を詰めている。彼を殴り殺すべく、バットとパイプを構えている。保安官は自分の銃を見おろした。これは使えない。連中が安全な射程距離内に入るまで――女に当てずに二発撃ちこめるようになるまでは。だが、もし双子たちがスピードを上げれば、どちらか一方が必ず彼を仕留めるだろう。

あの刑事が双子たちに迫っている！　長身の彼女は、サイズでは彼らより上だ。だが、女には筋力が――

マロリーが両手を上げた。いや、あれはかぎ爪だ。肺が破れるかと思ったが、それでも保安官は息を止めたままでいた。彼の銃が上がっていく。落ち着け、落ち着け。狙いをつけろ。いや、撃てない。女が近すぎる。もう連中のすぐうしろだ。その顔は憎しみに満ちていた。目にも留まらぬ速さで、刑事は双子の一方の手からバットをひったくった。そしていま、すさまじい怒りをこめて、彼女は大きくバットを振り――頭蓋骨をふたつまとめて一撃で打ち据えた。

いやな音がした。

彼らは彼女の足もとにばったり倒れた。

バットがカランと舗道に落ちた。

怒りは過ぎ去り、彼女はしばらくただ彼らを眺めていた。双子たちの割れた頭のまわりに血が広がっていく。

満足かね、嬢ちゃん？　こいつらはもうどこへも行かんよ。

そう、彼らはもう用済みらしい。携帯電話であれこれ指示を出しながら、彼女はゆるゆると路地を引き返していった。ニューヨーク・シティのごくふつうの夜。そして、保安官の心臓は早鐘を打っている。いやはや。この町に早くおさらばしなくては。

第三十四章

スーザン　いつ?
ロロ　知らないほうがいいと思うよ……ぼくがきみなら知りたくない。
「真鍮《しんちゅう》のベッド」　第三幕

病院のこの階では悲鳴はしない。集中治療室の患者たちは、静かな患者、助かるかもしれない重篤な人々なのだ。民間人の面会者はほとんどみな待合室を去り、家族に提供されるベッドに眠りに行っている。

警察官は眠らない。

ライカーは保安官の隣の椅子に腰を下ろし、背もたれに寄りかかった。ゆっくりやれよ。ジェイノスとワシントンは立ったままでいる。彼らには訪れるべき別の部屋、跳ね返らせるべき別の罠《わな》があるのだ。

ハーパー保安官は読んでいた雑誌を閉じた。「彼女にはやつらの頭蓋骨をかち割る必要があったのかね?」

「銃を使うべきだったってわけですか?」ライカーは首を振った。「いいや、マロリーはうしろから撃ったりしませんよ。そのあとの書類仕事が大変なんでね。この町で弾丸を一発使うと、警官がどんな目に遭うか、あなたには想像もつかんでしょうよ」それに内務監察部は調査のあいだ、彼女の銃を没収するだろう。だが、警官一名に武装した殺人犯二名となると——頭蓋骨を割ったくらいなら、おそらく彼女はその自制心を表彰されるんじゃないだろうか。「傷は見かけほどひどくなかったんです。脳みそが漏れ出たとか、そんなこともないしね」

「それじゃ双子たちは助かるんだな」

ジェイノスがほほえんだ。「いやあ、それ以上ですよ、保安官。ふたりとも意識があるんですから。いま、うちの連中が供述を取っているところです」

「そうなんですよ」ワシントン刑事もこのよそ者を笑顔で見おろした。まるでこの話が真実であるかのように。もっとも嘘の部分は半分だけだ。リナルディ兄弟は確かに意識がある。だが、いまのところ彼らには、罪を認めるだけの理由がないのだ。

ライカーはごろんと頭をのけぞらした。目を閉じて無害を装い、彼は言った。「あなたの一家惨殺《ざんさつ》事件は、今夜、けりがつきそうですよ……家族を殺したとき、あのふたりは、えーと——十二歳でしたっけ？　実に残念だな。連中はまちがいなく児童用の裁判所で裁かれる」薄目を開けて、彼は保安官のほうを見た。「二十ドル賭けますよ。あなたは連中を六年以上の刑にはできない」

ハーパーは前よりリラックスしているように見えた。それに、安堵してもいるのでは？　まちがいない。この男は、彼らがあの怪物どもを引き渡し、ネブラスカで裁判にかけさせると本気で信じているのだ。ハレルヤを叫ぶ代わりに、彼は軽く膝をたたいた。「それで、あんたたちはどこにビリーを隠したんだね?」

「車椅子の若者ですか?　ちゃんと世話してもらってますよ」ライカーは、夜を前にくつろごうとしているようにネクタイをゆるめた。「あなたが本当に気にしてるのは、ビリーのことなんでしょう?」

保安官はハッと姿勢を正し、目を細めた。「わたしの前のかみさんは、正確なところ、あんたに何を話したのかな?」

「従兄《いとこ》ビリーは当時、車椅子を使っていなかった、と奥さんは言ってました。彼は寝たきりだったんだと」あのなごやかな事情聴取は実に楽しかった。かのご婦人の悪態はバラエティに富んでいた。それに、彼女は記憶力がよかった。「惨殺事件のあと、あなたは彼を自分ちのお客用の部屋に滞在させた。でも、ビリーの世話をしたのは、奥さんだった。それに、その子供に物理療法を受けさせたのも、奥さんだった。そうすりゃ彼も車椅子を使えるようになり——自分んちからとっとと出ていくだろうから」ただし、あの女性の使った四文字言葉は〝どっと〟などという穏やかなものじゃなかったが。「ところが、仕事と住む家を見つけてやったあとも、奥さんは毎週日曜にビリーの夕食を作らされた。何年もずっと。あなたの思いつきでね」

「かみさんは他に何か言ってなかったかね?」前の妻にいまも恋している男、ハーパー保安官にしてみれば、あの長距離電話の会話には多くがかかっているのだ。

「あの人に何が言えるんです?」ライカーは雑誌を一冊、手に取って、ゆっくりページを繰っていった。「あなたは、自分ちに泊めているお客が冷酷な人殺しだってことを奥さんに話さなかったんですからね」

保安官は黙りこんだ。これは、惨殺事件へのあの従兄の関与を認めたに等しい。ライカーはジェイノスとワシントンにうなずいてみせ、ふたりの刑事はぶらぶらと廊下を去っていった。彼らはこれから、双子たちの取り調べを行い——彼らが車椅子の首謀者と対決するよう仕向けるのだ。

ライカーはテーブルに雑誌を放り出し、別の一冊を手に取った。「あの双子たちはさほど利口じゃなかった。でも、従兄のほうは二年間、ベッドに寝たきりで計画を練ってたわけですからね……あの完璧なアリバイ。あなたがひっかかったのは、そこなんでしょう?」

「確かにあれは気になったよ」ハーパー保安官は言った。「ビリーは何年も家から出たことがなかったんだ。なのに、よりによってあの日の夜に——」

「ですよねえ。それであなたは彼の関与に気づいたわけだ」

「そのとおり。小さな子供は、自分じゃ使えない保険金や、自分じゃ売れない家のために人を殺したりはしない。しかし、ふたりの従兄はちょうど十八になったところで、後見人になりうる年齢だった。たぶん彼は、どっかから別の親戚がひょっこり現れ、双子たちを自分のものにしちまうとは思ってもみなかったんだな。あの子たちをほしがるやつなんぞいるわけがない。そうだろう?　ビリーは自分がすべて管理できるようになるものと——」

「そして、ビリーなら成人として裁判にかけられた。だがそれには、彼の従弟たちに法廷で彼のしたことをしゃべってもらう必要があった」さて、ここで悪い知らせを。「あなたは何年かあの双子たちを待たなきゃならんでしょうよ。優先権は、ニューヨーク・シティにあるんでね」「それはおかしい！」ハーパー保安官は憤然として立ちあがった。「大量殺人は常に暴行に勝《まさ》る。今夜、連中はあの男をぶちのめしただけだろう」

「罪状は、殺意を伴った暴行なんで」ライカーは言った。「それに、夜はまだ終わってませんしね」

保安官はソーホーの警察署に向けて出発した。彼は、特例として、双子たちの従兄の取り調べに同席することを許されたのだ。そしてその面前で、ニューヨーク市警が彼の古い殺人事件を終結させることになる。

病院の待合室は、放り出された上着、紙コップやキャンディーの包み紙で散らかっていた。マロリーの羊革のジャケットはライカーの隣の椅子の背もたれに掛けられている。そのポケットから飛び出している白い封筒に目をやり、彼はそれがまだ開封されていないのに驚いた。アルマの毛髪のこの違法な検査の報告書をヘラーは自ら届けたのだ。あの男をゆすってせっかく入手しておきながら、それを読むのを忘れるなんていったいどういうことだろう？　彼の相棒はもはやゲームに参加しておらず――ここにいないも同然だった。彼女は集中治療室の前の廊下をうろうろするようになっていた。

チャールズ・バトラーも到着していたが、今夜は誰もバグジーとの面会を許されそうにない。

そこで彼は、警察のために医学用語を翻訳するという別の仕事を与えられた。いま、あの心理学者は待合室の中央に立ち、集中治療室のアルマのベッドから借りてきたカルテに目を通している。「彼女は重態とされています。脳の損傷が永久的なものかどうかわかるのは、何時間もあとかもしれません。とにかく意識がもどらないことには――」チャールズはカルテから顔を上げた。「彼女は二度と目を覚まさない可能性もあるんです」

これは刑事たちの聞きたいことではなかった。五人の男は無言でコーヒーの残りを飲み干した。

レオナード・クリッペンもまた、面会に訪れ、〝使い走り〟のベッドの前から追い払われていた。鉢植えを唯一の仲間とし、彼は待合室の向こう端にすわっている。ライカーの見たところ、この男はバグジー受難の知らせを軽く見すぎていたようだ。劇評家が立ちあがって、チャールズ・バトラーに自己紹介しようとした。すると、あの完璧な紳士は、差し出された手に背を向けて、老人から歩み去り、ライカーの椅子のそばに移動してきた。疲れた刑事は顔を上げて訊ねた。「いまのはなんなんだよ?」

チャールズは何も言おうとしなかった。彼はただ首を振った。この男の沈黙がマロリーのためであることは、容易に想像がつく。またいつものいまいましい秘密ごっこか。彼女はあの劇評家について何をつかんでいるんだろう? 今夜、彼女はどんな隠し事をしているんだろうか?

マロリーがふらりと待合室に入ってきた。いま、彼女は足を止め、窓の外を舞い落ちる雪を見つめている。それからふたたび、その目的のない徘徊が始まった。

「ここはおれたちが残るよ」ライカーは言った。「おれとマロリーが。おまえたちはうちに帰って、ひと眠りしな」

ゴンザレスとロナハンが立ちあがって、コートを着こんだ。

サンガー刑事はすわったまま、空になった紙コップをぎゅっと片手で握りつぶした。「第一幕が四回だぜ。誰かあの芝居の結末を知ってるやつはいないのかよ?」

「ぼくは知っていますが」チャールズ・バトラーの気遣わしげな目は、廊下を行きつもどりつするマロリーの旅を追っていた。「その結末は刑事さんのお気に召さないんじゃないかな」

それ以上、何も出てこないとわかると、サンガーは非難をこめてジェイノスを指さした。

「あんたは台本を読んだんだよな!」

「いやいや、このわたしに語らせてください」笑みをたたえて、劇評家が言った。バグジーの怪我の心配からはすっかり立ち直って。「あれはつまり誘惑の物語なのです。それが土台であり――」

「なあ」サンガーは血走った目をクリッペンに向けた。「手短にたのむよ」

「いいですとも。第二幕で、双子たちは窓を開けます……そして観客は気づくわけです。誰かが窓から飛び出すにちがいない」

ゴンザレスとロナハンがすわった。

劇評家はつづけた。「耐えがたい緊張――実に恐ろしいシーンです。第三幕が進むにつれて、恐怖は高まっていきます。ところが、不意にそれが止まるのです。ロロとスーザンはお互いからなぐさめを得ようとします。最終的に身体的な触れ合いと愛撫とを求めるわけです。彼は彼女の手を取ります。非常に優しいひとときですよ」クリッペンはため息をつき、胸に手を当てた。「心が破れるほど」破れた心を脇にやって、彼はほほえんだ。「ロロはスーザンに庇護の手を差し伸べます。連中にきみを殺させはしないよ、と。彼女がベッドに上がったとたん、彼は彼女を抱擁で包みこみます。ふたりはキスを交わし……心は舞い上がります」

　劇評家は立ちあがって、両手を握り合わせた。「そのとき、ロロが叫ぶのです。『ジェロニモー！』すると、双子たちが駆けこんできます。彼らはキャスター付きのベッドをぐるりと回し、それを押して窓に突進します。ロロはいまにも飛んでいきそうに、大きく両手を広げます。ベッドは急停止します。そして、スーザンがうしろ向きに飛んでいくのです。彼女は窓の外に消えます。彼女が墜落死するまで、観客には遠のいていくその悲鳴が聞こえています。それから、ロロが笑って叫ぶのです。『つぎの女を連れてこい！』」

　老劇評家は深々とお辞儀をした。「そして……幕が閉じます」

　刑事たちは信じられずにまじまじと彼を見つめた。ついにサンガーが言った。「それだけ？それで終わりなのか？」

「そうですね、確かにこれは非常にブラックなコメディーですよ」クリッペンは言う。「しかし――」

「おれはもう行くよ」ゴンザレスが言った。

三人の刑事はそろって立ちあがり、縦一列で待合室から出ていった。

レオナード・クリッペンはジェイノスとライカーの顔を見比べた。「気むずかしい観客ですな。彼らがこの結末を気に入らないのは、おそらく、あの女優が自分たちの仲間にそっくりだからでしょうね」彼は、集中治療室の前の廊下を行きつもどりつしているマロリーに目を向けた。「彼らはあれを彼女とみなしたのでしょう」

「いやあ、単にひどい結末だってだけですよ」ライカーは言った。「全部見りゃ、民間人だってこれを気に入りはしないでしょ」

「いえいえ、必ず気に入りますとも」クリッペンはライカーが食いつくのを待った――だが、いくら待っても食いついてきそうにない。劇評家はため息をついた。「いいですか、マロリー刑事はゴーストライターの芝居の初期のバージョンをわたしに読ませてくれました。そして、そこにはひとつ重大な欠陥があったのです。スーザンという役は最初、感情移入しうる人物として描かれていたのですよ」

廊下の彼方でマロリーが、自分を見つめるライカーの視線に気づいた。仲間を一切寄せつけようとせず、彼女は彼に背を向けた。そして彼には、彼女を放っておくだけの分別があった。彼は、十か十一のときの彼女のことを覚えている。戯れる子供たちであふれた学校の運動場の、子供サイズの孤島。彼女はひとりでいた。昔からずっと。いまはただ、背が高くなっただけだ。

「初日の夜、それに、つぎの夜も」クリッペンが言った。彼はまだ黙る気がないのだ。「観客はスーザンのキャラクターに好感を抱いていました。第一幕で彼女がバットで殴られたとき、彼らは衝撃を受け――客席はしんと静まり返ったものです。彼らのなかに、最終幕の彼女の死に拍手する者はひとりもいなかったでしょう。あのバージョンでは、その結末は絶対に機能しなかったはずです。ところがそこへ、マロリー刑事が現れたわけですよ」

ゴーストライターの女神《ミューズ》が。

ライカーにはつぎに何が来るかがわかった。彼女自身はそのことに気づいていたんだろうか？　いや、たぶん気づいていない。ライカーはそうであるよう願った。なぜなら彼は、彼女にも傷つくことはあると信じる陣営の一員だから。

「三夜目」クリッペンが言う。「ヒロインの女優が、マロリー刑事の冷たい、やや残酷なペルソナ、誰も応援する気がしないキャラクターをまとうと……観客が共感を寄せる人物はロロだけになりました。第一幕で彼がスーザンの首を吹っ飛ばしたとき、観客が喝采したのはだからなのです。これでおわかりでしょう――さっきの結末がなぜ機能するか。彼女が死ねば、観客は大喜び――」

「言うな！」チャールズ・バトラーが、両の拳《こぶし》を握り締め、劇評家の前に立った。彼は身をかがめて、老人の目に目の高さを合わせた。「それを書くんじゃないぞ！」そして、そのつづきの言葉、〝書いたら殺す〟は付け加えるまでもなかった。この瞬間、彼の顔はさほどコミカルではなかった。怒りは彼によく似合っていた。

「それじゃチャールズ」ライカーは言った。「おれの銃を貸してやろうか？」

劇評家殺害から少し心がそれ、チャールズはいま、廊下のマロリーを見つめている。彼女は集中治療室の看護師と何か話しこんでいた。頭をめぐらせ、そこに立つチャールズを見て、彼女は驚いた。彼は両手を掲げ、何か用事はないか無言で彼女に問いかけた。これに応え、彼女は首をかしげてこう訊ねた——どうしてまだここにいるの？

エレベーターのドアが開いた。コートの裾をはためかせ、髪をなびかせて、ミセス・レインズが飛び出してきた。彼女は急ぎ足で集中治療室へと向かった。するとそのドアの前で、マロリーが両手を上げた。止まれと警告する交通整理の警官。そして、バグジーの母親は本当に止まった。彼女はやや不安定にそこに立ち、のろのろと首を振りながら話に耳を傾けた。

ライカーにはその言葉は聞こえなかった。だが彼は、否認のしぐさをすべて知っている——両手が上がる。いいえ、そんなの嘘！　片手が胸に。うちの子じゃない！　固く握られた拳。何かのまちがいよ！

それから、腹にいきなりパンチを食らったかのように、ミセス・レインズの体が折れ曲がった。マロリーがその肩を引き起こすと、婦人は若い刑事の首に両腕を投げかけた。マロリーはぐっと踏ん張り、この母親が床にくずれ落ちるのを食い止めた。

「真鍮《しんちゅう》のベッド」第三幕

第三十五章

スーザン　ねえ、あの音。
ロロ　聞こえるよ……ふたりがやって来る。

ニューヨーク・シティでは、悲劇の責任の割り振りは血の流れるスポーツだ。

記者たちはソーホー署の前に集まり、重大犯罪課の刑事たちを待ち伏せしている。明日、ドクター・スロープがディッキー・ワイアットとピーター・ベックの死因を殺人として公表すれば、この流血はエスカレートするだろう。マスコミは、芝居を続行させた警察の無能ぶりを叫び立てるだろう。そして彼らは、串刺しにした首を要求するだろう。最低でも、公開鞭打ち刑を。

傍聴室はいま、VIPの来客、つまり、今夜下手を打った政治家たちの真夜中の作戦会議室となっている。彼らは罰をきれいに免れる策を練っているのだ。そしてマロリーは、連中が生贄《いけにえ》、罪を背負う者として彼女のボスを選ぶことを知っていた。

相棒と並んで病院の廊下を歩いていきながら、彼女は警部補との携帯電話の通話を終えた。

「舞台係たちはしゃべりまくっている。地方検事補は数分ごとに取引に旨味を加えてるって。コフィーによると、ふたりは誰がピーター・ベックを殺したのか知ってるそうよ」

「ようし。で……おつぎの行き先は?」

「警察署」マロリーは言った。「それから、買い物に行きましょう。誰か罪を背負う人間が必要だものね」

ライカーはただうなずいた。彼女の言葉の意味が——今回ついに——わかったかのように。

ジェイノスが廊下の突き当たりで彼らを待っていた。彼は自分が病院に残って、アルマの病状を逐次伝えようと申し出た。「それに、双子たちをもうひと押ししてみようかと思ってるんだ。連中の供述を微調整するとかな」

ライカーにつづいてマロリーがエレベーターに乗りこむと、驚いたことに、ジェイノスが身を乗り出し、彼女に餞別《せんべつ》を寄越した。ティッシュをひとつ。これはジョークなのか、それとも、侮辱だろうか? ドアがするする閉まると、ティッシュは引っこめられた。マロリーは自分の頬に触れてみた。濡れている。化粧室で顔を洗ったせいだ。

ジェイノスは水道の水を涙だと思ったのだ。

どうやらライカーも同じ誤解をしたらしい。エレベーターがゆっくり降下しはじめたとき、その声は優しかった。「いいや、上にもどって、証人たちを撃つわけにはいかんよ」彼は腕時計に目をやった。「もう遅いぞ、おチビさん。サンガーはうちに帰ったわけだから、クララ・ローマンは今夜、単独で動いてるんだよな。彼女を引きあげさせようか?」

「いいえ、どのみち彼女はつづけるでしょう。わたしたちのために働いてるわけじゃないことをはっきりさせる、それだけのために」

サンガー刑事は、トライベカのそのエリアをディッキー・ワイアットが最後に食事をした場所の候補からはずしていた。彼の主張によれば、治療施設を出てまだ数日の中毒者が昔のドラッグ仲間に近寄るわけはないのだ。アクセル・クレイボーンのうちの近所をぶらつくことそれ自体、逆行の引き金になりかねないという。サンガーのロジックは論破できなかった。それは、麻薬課での長年の経験に由来するものだから。

しかし今夜、クララ・ローマンはあの刑事に邪魔されてはいない。

彼女は、ある若者のワンルームの部屋にすわっていた。その住まいは、彼の職場である地元のレストランから歩いて帰れる範囲内にある。もう夜も遅いが、このウェイターはまだ仕事用の服——黒っぽいズボンとチリのしみのついた白いシャツを着ていた。

彼はとても若い。それにとても愚かだ。バッジを見せたにもかかわらず、この若者は彼女を部屋に招き入れた。松の香りの芳香スプレーで大麻のにおいをごまかせると信じきっているのだった。潜在するにおいは殺虫剤のものだが、それはどうもゴキブリには効かないらしい。虫どもが散っていくなかで、彼女は顔写真の保存帳をぐらつくコーヒーテーブルの上に広げた。ウェイターはそれぞれの写真を時間をかけて入念に眺めた。何をするにも、彼はゆっくりだった。

ドラッグをやっているのだ。

それでも彼は、ディッキー・ワイアットのディナーの連れを難なく特定した。

ふたりの刑事はロビーのドアの前で足を止めた。暗い客席の広がりの向こうで、まぶしく輝く電球がひとつ、金網に囲われ、天井からぶら下がって、舞台の中央を——そして、真鍮のベッドに大きく横たわるあの男を照らしている。

「するとあれがゴーストライトなんだな」隅々まで音を運ぶ音響効果に配慮し、ライカーは声を低く保った。「これはいつからつづいているんだ?」

「友達が死んでから、彼は毎晩ここで寝ていたの」マロリーは言った。「バグジーは彼を一度も見ていない。でも毎晩、毎朝、足音を聞いていた」

これは、彼女のオチのうちもっとも難解なものだろう。なるほど、ディッキー・ワイアットがクレイボーンの自宅で死んだことが彼女にわかったのはそのせいか。あの俳優はもはや、そこで眠ることに耐えられなかったわけだ。もうひとつ彼女のヒントとなったのは、死んだ男の服、通夜のとき遺体が着ていたスーツだ。ライカーは、その謎なら自分にも解けたかもしれないと思った。

彼らは通路を下りていき、最前列で二手に分かれた。マロリーは階段をのぼってステージに向かい、ライカーのほうは客席の椅子のひとつを選んだ。腰を下ろす前、彼は眼鏡をかけた。いま、彼の目にはベッド脇のテーブルがはっきりと見える。そこには、内輪のパーティーの材料が並んでいた。ワインのボトル、中身は半分、グラスはなし、そして、小さなプラスチックの薬瓶が複数。

この町では、男も女も子供もみんなドラッグをやっているんだろうか？

ライカーはてのひらサイズの録音機と小さなマイクを俳優に掲げてみせた。「この聴取は録音しなきゃならないんだ。かまわないだろう？」

「結構ですよ。どうぞご随意に」アクセル・クレイボーンは片肘をついて身を起こし、暗闇から歩み出たマロリーがゴーストライトの下に立つのを見てほほえんだ。「やあ、どうも」

彼女はミランダ・カードを掲げて、クレイボーンの憲法上の権利の一行目を読みあげた。「あなたには黙秘する権利があります」

「それならお任せを」彼は言った。「こっちは何度も刑事役をやっているんですからね。ぼくは取り調べに弁護士を立ち会わせることもできる。そして、口を閉じていないと、ぼくの言うことは法廷でぼくを痛めつけるために使われる可能性がある。他に何かありましたっけ？」

「いいえ、だいたいそんなところよ」マロリーはテーブルにカードを置いて、彼にペンを渡した。「いちばん下にサインして。それで弁護士は不要になる……でももし――」

「なんでも致しますとも」クレイボーンはベッドからさっと脚を下ろすと、大仰な身振りとほほえみとともにサインをし、すべての権利を捨て去った。

いやに簡単だ。あの男、どれだけ酔っ払っているんだ？　ライカーは録音機の早戻しボタンを押し、最後の数語を再生してみた。だがクレイボーンの声からは、酒や麻薬の影響は聞き取れなかった。呂律《ろれつ》の怪しさが聴取の傷となる恐れはない。刑事は緊張を解き、姿勢をくずした。さあ、ショーをつづけよう。あの俳優は録音されていることをじきに忘れてしまうだろう。筋金入りの悪党でさえ、忘れがちなのだ。それを思い出させる弁護士がそばにいれば別だが。

クレイボーンは脚を引き寄せて、ヨガ風にすわった。「問題はリナルディ兄弟の一件ですよね。あなたは怒っている。そうでしょう？　すみませんね、あんなことになって。でも、ぼくは約束を守りましたよ。例の古い脚本と彼らのメモは、あのあと警察署に持っていきまし――」

「知っている」マロリーはひとつしかない椅子、あの車椅子にすわった。「ありがとう」

クレイボーンは彼女を意識して髪をなでつけた。「ぼくは法廷で証言することになるんでしょうか？」

「一家惨殺《ざんさつ》事件のことで？　いいえ、あの事件の裁判は行われない」マロリーの両手が車輪を漕ぐ。そして彼女は、椅子を進めてはもどした。「いま、ネブラスカの保安官が三つの自供書を持って地元に向かっている」

「三つ？」ベッドの反対側へとゆっくり向かう椅子の動きを追い、クレイボーンは頭をめぐらせた。

「虐殺《ぎゃくさつ》は確かにすべて双子たちがやった」車椅子を進めながら、彼女は言った。「でもあの大量殺人を計画したのは、年上の子供……障害者だったの。あなたが演じるはずだったキャラクター、あの芝居のためにあなたが作った人物。彼は従兄で、兄じゃなかった。でも、かなり近かったのよ」彼女はベッドのうしろへと椅子を漕いでいき、ゴーストライトの光の届かない暗がりに入った。

　クレイボーンは体をうしろにひねって、ベッドのヘッド部に渡された真鍮の棒をつかんだ。

「第三の生存者か」

「あなたの芝居と同じね」マロリーが車椅子を操作して、光のなかにもどってきた。

「芸術が偶然、人生を模倣したわけだな」クレイボーンはふたたび体の向きを変え、彼女に顔を向けた。「となるとぼくは――」

「殺人者を演じる……もうひとりの殺人者」マロリーは車椅子をベッドに近づけた。

　クレイボーンのほほえみが消えた。

　マロリーが後退し、離れていく。

　クレイボーンはベッドから起きあがり、彼女のあとを追った。

　ライカーは録音機にこれを収められたらと思った。それはほとんどスローダンスのようだった。

「ぼくがピーターを殺したって言うんですか？」

「あれをやったのは双子たちじゃない」マロリーは彼のほうに椅子を向けた。「あの異常者どもは殺しかたをひとつしか知らない。それは残酷でなきゃならないのよ。それは楽しくなきゃならないの」くるくる車輪を回転させ、彼女はクレイボーンのまわりを回った。「ベックはすばやく殺された。恐怖はなし。苦痛もなし。彼らのやりかたとはちがう」

「でもね、犯人はぼくじゃありませんよ」クレイボーンはマロリーの姿を追うために、ゆっくりと体を回転させていた。彼女は徐々に軌道を大きくしつつ、彼のまわりをぐるぐると回っている。とそのとき、クレイボーンがぴたりと停止して虚空《こくう》を見つめた。彼はパチンと指を鳴らした。「犯人はアルマにちがいない」そう言って、車椅子に顔を向ける――空っぽの車椅子に。マロリーは深い闇のなかに立っていた。「アルマ？　ヤク中が？　何分の一秒かのタイミングで？」

「彼女は毎回、そういったタイミングにちゃんと対応していた。スピードは彼女にとって問題じゃなかった。彼女のコカインにはたぶん、スピードも入っていたんでしょう」

「そのとおりよ……あなたは知ってて当然よね」マロリーが光の輪のなかに入ってきた。「アルマがあんなにドラッグを使うようになったのは、あなたが原因だものね。壁のなかに隠れて、黒板をひっかいたり。脅かしたり――なぶったり」マロリーは車椅子の背もたれをつかむと、クレイボーンに狙いを定めて、ぐいとひと押しした。「あなたにとってはそれが楽しみだったの？」

　クレイボーンは椅子をよけようとしなかった。ライカーはベッド脇のテーブルを見やった。そこには、反射神経を鈍らせるのに充分な酒とドラッグがある。彼の相棒が今夜、音声のみ、ビデオなし、を要望したのはだからなんだろうか？　彼女はあの俳優の近所の薬局を訪問したのでは？　それに、酒屋も何軒か？　ライカーには絶対に訊ねることができない。〝関係否認の能力〟こそ、いまの彼の呪文だった。

　空っぽの車椅子はごろごろと進んでいき、俳優にぶつかる寸前で止まった。こう言ったとき、彼はしらふを演じていた。「論理的に考えれば、アルマですよ」

マロリーはベッドの端に腰を下ろした。「そして、あなたにそれがわかるのは……映画で何度も刑事を演《や》ったからなのね」彼女はテーブルをドンと手でたたいた。一度、二度、三度。

ライカーは笑みを浮かべた。猫たちは尻尾であれをやる。まずは、この警告。おつぎは、かぎ爪。そして歯。

あの俳優は、どうやら猫とはつきあいがないらしく、真鍮のベッドの向こう側に近づいていった。自信たっぷりに、彼はマロリーの背中に話しかけた。「ピーターは、芝居を降りろ、とアルマに命じたんですよ。初日の夜にそれをやれ、と言ったんです」

「へええ、そう」マロリーは言った。いまにもあくびをしそうに。

「ぼくは壁のなかに隠れていた。何もかも聞いたんです――つまり、アルマの側の言葉は全部。彼女はピーターと電話で話していました――ひどく取り乱して――それも当然ですがね。ブロードウェイで彼女が舞台に立つチャンスは、二度とないでしょう。才能ゼロ。なのにあの木偶《でく》の坊には、それを理解するだけの頭もない。そして彼女の恋人は、公演を差し止めようと躍起になっていた」

「本当に？」マロリーはベッドから立ちあがり、さも興味ありげにワインボトルのラベルを見つめた。「ベックはただ手を引くだけでよかった。彼の名前が契約書になければ、シカゴの投資家たちは公演を中止にし――あなたを訴えたはずよ。彼らが投資したのは、ベックの芝居であって、あなたのじゃない。誰が三流のアマチュアに資金を投じるっていうの？」

呆然として、アクセル・クレイボーンは声もなく口を動かした――え？

チャールズ・バトラーの診断は正しかった。この俳優は、無限のエゴをそなえた超ド級のナルシストだ。つまり、資金を断たれる可能性など、クレイボーンの頭には一度も浮かばなかったわけだ。後援者たちがゴーストライターの芝居に惚れこまないわけないじゃないか？　そしてライカーには、この点に関し、あの男がマロリーに異を唱えようとしているのがわかった。

だが結局、クレイボーンは彼女の侮辱を受け流した。「ピーターは一日に二回、契約を破棄すると脅しをかけていましたよ。誰にでも訊いてみてください。彼にはそのちっぽけな力があった。でも、それを行使できるのは一度だけですからね」

「それがあるかぎり、ベックは勝負をつづけられた」マロリーが言った。「彼は自分の芝居のために闘っていたのよ」

「いやいや、そうじゃない」クレイボーンは首を振った。この子供の――銃を帯びた子供の愚かさを嘆くように。「あなたは要点がわかってない。ピーターはアルマを責め立てていた。彼女を脅迫していたんです。彼女は、初日の夜、降板しなければ、あの男が何をするか知っていて――ああ、待てよ！　動機はもうひとつあるな――ピーターの遺言書には彼女の名前が載っているんですよ」

「その仮説も通用しないと思う」マロリーのほほえみは、この言葉の意味をもっとうまく表現していた。**あんたの負け**。「ピーター・ベックの弁護士がきょう、書き換えられた遺言書を受け取った。もっと早く届くはずだったんだけど、あの暴風雪で郵便物の配達が遅れたのよ。あの男は何もかも、お気に入りのバーテンに遺したの」

「しかしアルマはそれを知らなかったはずです」

「彼女は、自分が遺言書から削除されるのを知っていた。わたしたちには、彼女の宣誓供述書がある。アルマは新しい遺言書の日付まで正確につかんでいたのよ」

「ふうむ、それは利口だな。おそらく彼女が、彼をそこに追いこんだんでしょう。そういう計略――」

「アルマは利口なの？　それとも馬鹿なの？」マロリーが言った。「どっちか選んで。ぶれずに行きなさいよ」

「ぼくはピーターを殺していない」

「でもあなたはアルマを殺した」マロリーは言った。まるでこれが、いま何時かというような小さな問題であるかのように。「彼女は脳死状態なの。わたしたちは、ご両親がオハイオから飛んできて、人工呼吸器のプラグを抜くのを待っているところよ。五分後には、あなたを殺人罪で告発――」

「彼女はドラッグで自分の脳をぶっ壊したんだ！　あなたもその場にいたでしょう！」

真鍮のベッドをはさんだこの一斉射撃の応酬に合わせ、ライカーの視線は二者間を行ったり来たりしていた。

「喉を掻き切ったほうがまだ親切だったでしょうにね」マロリーは言った。「あなたは長引かせなきゃ気がすまなかった」

「い、いったいぼくにどんな理由が――」

「あなたの親友が彼女をあの芝居から降ろしたがっていた。理由はちゃんとある。稽古《けいこ》中、彼は毎日、彼女を責め立ててたのよね。ディッキー・ワイアットは彼女に地獄を味わわせていた」

「いや、アルマはただ頭が悪すぎて、天才演出家のありがたみがわからなかっただけだ。彼女は厳しい指導をするディッキーを憎み――」

「それがあなたの見かたなの？　アルマが彼を憎んでいたって？」マロリーは腕組みした。それは彼女独自のこう求める姿勢だ――証明して。


穴を掘れ。

なかに落ちろ。


「あの女は初日から彼に怒りを抱いていた」クレイボーンは言った。「あの薬好きの恩知らずめが――」

「彼女はそんなに早くから薬をやってたの？　あなたはそれを知ってたわけ？」そのことならマロリーも知っている。しかしいま、彼女の両手が腰に行き、彼を嘘つき呼ばわりした。

「いや、ジャンキーってわけじゃなかった。そのころはまだね。でも、彼女がエクスタシーをやってたのは確かですよ。それに、マリファナと――」

「パーティー・ドラッグね」マロリーは言った。「お遊び程度の使用者にすぎない。それだけであなたは、ワイアットのぶり返しを彼女のせいにしたわけ？」その口調は、〝あなたは低能なの？〟と訊ねているに等しかった。そしてここで、皮肉はやめ――純粋な驚きを少々。「もしかして、彼女が仕返しのために彼に薬を盛ったと思ったの？」

「彼女がやったのは確かです」彼はいい気になっていた。すべての答えを握る者。誘導されているとも知らず、大喜びで若い刑事を導こうとしている。いや、待てよ。クレイボーンは、落とし物をしたような、何かなくしたような顔になった。見落としたことはなんなんだ？　自分はいったいいつ、どの時点で、アルマ・サッターが親友に薬を盛ったと言ったんだろう？

ああ、ニューヨーク・シティのルール――息を切らせば、順番は飛ばされる。

そしてマロリーが言った。「つまり、ワイアットはクスリでハイになっていた、と。それはいつ？　稽古二週目？　アルマが黒板であなたの最初の脅しを見たのも、そのころよね」彼女はベッドを回ってきて、ふたりのあいだの距離を詰めた。「それに双子たちは、あなたが彼らをアルマに放《はな》ったのもそのころだったと言っている」マロリーは射程距離のすぐ手前で止まった。「リナルディ兄弟にはひとつしか芸がない。彼らは人を怖がらせるのよ」

クレイボーンには返す言葉がなかった。だが、警官ならば誰でもわかる。その目の表情は〝つかまった〟と言っていた。

マロリーへのキューーだ。「あなたに脅かされ、双子たちになぶられ、アルマは四六時中怯えていた。神経はぼろぼろ。そして、舞台係のふたりはいつだっていい薬を持っていた。よく効くやつを、たっぷりと。ガーネットとランダルはさっさとあなたを裏切って何もかもしゃべったわよ。あなたは彼らに大金を払った――アルマのためのドラッグ奨学金を。彼らはただ同然で彼女にヤクを売ってたのよね」

「ぼくは何も――」

「あなたは彼らに、彼女に与えたものを逐一記録させた。まるで請求明細書みたいね。彼らのリストには、アルマの毛髪の検査では出なかった薬物も載っている。だから、わたしにはわかった。彼女が最初のころ買ったクスリの一部は、他の誰かの分だったの。そしてそれは、稽古中、あなたの友達をハイにしたのと同じドラッグだった」

「やっぱりな！」クレイボーンは足をドンと踏み鳴らし、その音で言葉を強調しつつ「ああ、ちくしょうめ！」と叫んだ。天を仰ぎ、彼は拳《こぶし》を振りあげた。そして希代の映画狂、ライカーは、この俳優が昔の映画でやった役、地獄の恐ろしさを説く伝道師を思い出した。

「あのアマ」マロリーが言う。その声は、〝ああ、兄弟、よくわかるよ〟と言うときのしわがれ声だった。俳優をまね、彼女は拳を振りあげた。「ディッキーをあんな目に遭わせるとはね！」

これに対する賛意《アーメン》として、クレイボーンはうなずいた。「イカレ女め！」なおも正義の人を演じ、そこに小道具の神がいるかのように、彼はキャットウォークを見あげた。「あいつが死んでせいせいしたよ！」

「自ら招いたことよね」マロリーが言う。「仕返ししなきゃ！　目には目を！」

さあ、兄弟、証言して。

「そのとおり！」ぎくりとして、クレイボーンは一歩あとじさった。あわただしく手を振って、自分の言葉を中空から消し去ろうとしながら。

ライカーが三つ数えたところで、マロリーのとどめの一撃が来た。

「でも、アルマは何もしてないの。あなたの友達に薬を盛ったのは彼女じゃない」

オチのひとこと。

「ディッキー・ワイアットは彼女にとって神だった」マロリーは言った。「彼を喜ばせるためなら、手首を切るのも厭わなかったでしょう。でも、あなたはそこを見落としていた。あなたは自分のこと以外は、何もかも見落とすものね。彼をほほえませる、ただそれだけのためにアルマがどれほど努力しているか、あなたはまったく気づかなかった。彼が投げつけるものを彼女は残らず受け止めた。アルマは喜んでそうしたの。彼女はもっとほしかったのよ……彼の遺体が発見された夜、わたしは彼女が泣いているのを見た」

クレイボーンは首を振った。いま、自分は何を見落としているんだろう？「ぼくは――」

「あなたと双子たちがなぶりにかかると、アルマはおかしくなり、台詞《せりふ》を忘れるようになった。集中するにはコカインが、眠るには睡眠薬が必要だった。それに、他のドラッグも。大量に。ただ毎日を切り抜けるためにね。だけど彼女は、いつまで経っても過量摂取に至らなかった。さっさと死ねばいいのに、そうはならない。そしてあなたには、それがなぜなのかわからなかった」

眉を上げてみせることで、彼はわかりやすく、あなたは答えを知っているのかと問いかけた。

彼女はじっと待ちつづけ、ついに彼は言った。「でも、あなたはわかっているんでしょう？」

「あの芝居がアルマを生き延びさせたのよ。彼女にあるもの――彼女のほしいものは、あの芝居の自分の役だけだった。だから彼女は持ちこたえた。アルマは自分の人生を手放すわけにいかなかったの」

胸の内の思いが表れたその声に、ライカーは呆然とした。ジャンキーを憐れんでいるのか？マロリーが？

「アルマのタイミングが完璧だったというのは、あなたのまちがいよ」いま、彼女の声からは、人間味がすっかり消えていた。〈機械人間〉マロリーが言う。「暗転のとき、舞台係のふたりは、彼女が車椅子にもどるのが数秒遅れたのに気づいた……彼女は暗視ゴーグルを着けていたそうよ……ええ、その点じゃあなたは正しい。ピーター・ベックはまだ自分の芝居を取り返したがっていた。それに、自分の恋人も。彼は契約を破棄する書類にいつまでもサインしなかった。アルマは相変わらずアルマの前にそれを——彼女に破滅をもたらすものを、振りかざしていた。アルマの目にはそう映ったのよ。生きるか死ぬか。だから彼女はピーター・ベックを殺した……彼があの芝居を殺す前に」

アクセル・クレイボーンはなかなかこれを呑みこめずにいた。本当になった自分自身の嘘を。彼は、あの女優に脚本家を殺すことができたとはみじんも思っていなかったのだ。

「ベックの喉を掻き切ったとき、アルマはかなりおかしくなっていた」マロリーが言った。「医者たちによると、卒中を起こす前から脳をやられていたのよ。判断力はめちゃめちゃ。あの大量のドラッグで舞い上がり、半死状態。それに、ひどく怯えていたし。あなたのお手柄ね。わたしの見かたはこうよ……あのふたりはどっちもあなたが殺したの」

マロリーは真一文字に喉を掻き切るしぐさで、録音終了を合図した。

　ほとんど詩のようだ。

ライカーはうなずいて、録音機の停止ボタンを押した。「べらべらとしゃべってくれて、ありがとう」彼は俳優に言った。「これで充分だ」

「充分って何に？」クレイボーンは、マイクのコードを録音機に巻きつける彼を見つめた。あの男は録音されていることを忘れていたのだ。「ぼくは誰も殺していませんよ」

「あなたは彼らを殺害したの」マロリーはうんざりした声で言った。いったい同じことを何通りの言いかたで言わなければならないのか。アクセル・クレイボーンさえいなければ、あのふたりは今夜も生きていただろうに。「わたしたちは自供を期待していなかった。この録音は検視局長のためのものよ。彼はアルマの精神状態の検視を行うことになっている。あなたの正式起訴にはそれが必要なの」

「この件で答弁の取引をしたいなら」ライカーは言った。「映画スター特典は、通常、八年……いや、十年から終身刑ってとこだろうな。でもそれは、アルマの分だけでね。事件番号2、ピーター・ベックに関しては跳弾のルールが適用される。あんたはみごとな狙い撃ちで女優を仕留め、その跳弾が脚本家を殺したわけだよ」

「そのうえに」マロリーが言った。「ディッキー・ワイアット殺しの共謀の罪も加わる」

　なんだって？　いや、地方検事補はその件ではマロリーの要請を却下している。演出家の死に関しては、正式に訴追が行われることはない。だが録音機はもう回っていない。ライカーは

彼女に顔を向け、無言で問いかけた──おまえさん、何をする気──

「ディッキー？　いや、彼は殺されたんじゃない」クレイボーンはライカーからマロリーに視線を移した。「ぼくはドアを開けた……すると彼が腕のなかに倒れこんできて、死んだんです。ドラッグの過量摂取ですよ」

「殺人よ」マロリーが言う。「そして、それはすべてあなたのせいなの」

「ちがう！　ぼくは彼を愛していた！」

「それは知ってる」マロリーはこの言葉を、いささかの皮肉も交えずに言った。「あなたは彼にずっと生きてててほしかったでしょうね」

クレイボーンは両手を差し伸べ、彼女に説明を乞うた。

そして彼女は言った。「バグジーが──」

「〝使い走り〟？　あなたはああなったのがぼくのせいだと──」クレイボーンはうなずいた。「そうか、それはまあ、わからなくもないな。あの双子たちはぼくの怪物ですからね。今夜、あの小男が怪我したことは、ほんとに残念です。彼の治療費はぼくが持ちますよ。彼には最高の治療を受けさせ──」

「彼は死んだの！」握り拳が上がっていく。マロリーはそれをテーブルにたたきつけた。すさまじい力で。ハンマーを打ちおろすように。華奢《きやしや》なテーブルが壊れた。ばらばらになったそれは薬やボトルもろとも床にくずれ落ち、飛び散った赤ワインが木の破片の周囲に溜まっていく。クレイボーンはあとじさりし、車椅子にぶつかった。よろけた彼はその座面に尻もちをつき、椅子はうしろへと転がっていった。マロリーが歩み寄り、彼の前にそそり立つ。椅子から逃れ出るすべはない。

ライカーは、彼女の顔、彼女の拳から怒りが退《ひ》いていくのを見た。ふたたび平静に、冷静になって、彼女は言った。「まだパーティー・ドラッグをやる程度だったころ、アルマは自分の彼氏のためにヘロインを買った。彼女はベックが何をする気か知らなかったんでしょうね。舞台係のふたりは、彼女がベックにそれを渡すところを見ている。でも薬物検査の結果では、過去九十日ベックはクリーンだった。もうわかったでしょう？　薬を盛っていたのは彼だったのよ。ディッキー・ワイアットはゴーストライターの変更に従っていた。だからベックは、自分の芝居を復活させるために新しい演出家がほしかったの。彼はただワイアットを追い払いたかっただけ……死なせたかったわけじゃない」

マロリーは車椅子のうしろに回った。「ピーター・ベックは偉大な脚本家だった」彼女は身をかがめ、クレイボーンの耳もとに口を寄せた。「ディッキー・ワイアットもずっとそう思っていたの。これは、通夜のとき、彼のエージェントの言ったことよ。じゃあ、あなたのほうは？　ベックに比べたら、あなたなんてどうにか鉛筆を正しく持てる猿にすぎない……ワイアットにそれがわからなかったと思う？」

クレイボーンは首を振りながら、車椅子から立ちあがろうとした。

マロリーはその両肩に手をかけて、彼を押しもどした。「ゴーストライター計画を持ちかけられる以前から、ワイアットにはあなたが三流であることがわかっていた。昔、あなたはある映画の脚本を書き換えて台なしにした。それから、その責任を自分の友達に負わせたのよね。さよなら、ハリウッド、さよなら、キャリア」

「その償《つぐな》いはしましたよ」

「ええ、知ってる。ワイアットがドラッグでつかまると、あなたは彼の罪をかぶった。親友のために刑務所に行ったのよね。だからわたしは、彼を愛しているというあなたの言葉を信じる。でも今回、彼があなたをバックアップしたのは、あなたに借りがあったからにすぎない。ピーター・ベックに対してあなたがあんなことをするのを、彼が喜ぶとでも思った？　芝居を離れるとき、ワイアットは自分がどこに行くのか言わなかった……それは、あなたとはもう縁を切ることにしたからよ」

「そんなことはない！　事実、過量摂取で死ぬ前、彼は助けを求めてぼくのところに来た」

マロリーは彼の肩をつかむ手にさらに力を加えた。万力で強く締めつけるように。そしてとても静かに、彼女は言った。「いいえ、実はそうじゃなかった。彼は治療施設を出て二日目で、すっかり薬が抜けていた。そのとき電話が入ったの……いっしょに食事をしようという誘いよ。ワイアットには良心があった。だから、いやとは言えなかったのね。今夜、ある店のウェイターが写真のファイルからピーター・ベックの顔を選んだ。忘れがたいおかしな顔の男。それに彼は行動もおかしかった。ウェイターは、彼が夕食時の混雑が始まる一時間前に入ってきたのを覚えている。あの男には席の希望があったけれど、選んだのはいちばん悪い席、厨房《ちゅうぼう》に近い隅の席だった。そして彼はふたり分の食事をオーダーし、それを連れが来る前に運ばせたがったの。彼はフロアに背を向けてすわっていた。だから誰も、彼がチリの皿に致死量のヘロインを混ぜているのに気づかなかったのよ……たぶん彼は、あの作品を書いたのはディッキー・ワイアットだというあなたの言葉を信じたんでしょうね……ワイアットはベックを狂わせた責任を負わされたわけ」

マロリーはクレイボーンの肩をつかむ手の力をゆるめた。「ディッキー・ワイアットがレストランを出たとき、表では暴風雪が吹き荒れていた。タクシーは一台も走っていない。だから彼は地下鉄の駅をめざした――あなたのうちの方角を。彼は気分が悪く、同時に、ハイにもなっていた。薬を盛られたことはわかっている。なぜ自分が死にかけているのかも。彼と並んで歩いているピーター・ベックが目に見えるようじゃない？　すっかりイカレて、理由を説明している姿が？　それでもワイアットは九一一に通報できない。彼には携帯がなかったの。それは自宅に置いてきた。それに、あの夜は店はどれも早くから戸締りしていたし。そしてここから助けが得られたかもしれないのに。彼は助かろうとさえしなかった。このうえ生きながらえたらが大事なところ……あなたを殺すくだりよ。彼は地下鉄の入口を素通りした。下に下りれば、って、なんの意味がある？　あなたのおかげで、もう二度とクリーンにはなれない……だから彼はただ歩きつづけた。歩けば歩くほど、早く死ねるから」

クレイボーンの口が大きく開いた。そこから声は出てこなかったが、ライカーはこの男の悲鳴が聞こえた気がした。そして彼は、その悲鳴も含めて、この夜を記憶することになる。

マロリーは車椅子から離れると、銃を持つほうの手に目を落とし、傷や汚れがないか爪を点検した。人間の腸《はらわた》を抜く作業にはもう飽き飽きとばかりに。それからその手が脇に垂れた。彼女の表情はライカーにはこうとしか読みとれなかった——まあ、いいか、もう一撃。

「ディッキー・ワイアットがなぜあなたのうちまで行ったかわかる？……あなたに愛されていることを彼は知っていた。だから、それであなたが死ぬだろうと思ったのよ……自分が死ぬところを見ることで」

クレイボーンが絞り出すように言葉を発した。そして彼はもう一度、その言葉を繰り返さねばならなかった。「ぼくは彼を愛していた」

「ええ、知ってる」マロリーはこぼれた薬のそばにしゃがみこんだ。「あなたはずっと嘆き悲しんでいたわね」彼女は容器のひとつを拾いあげて、ラベルを読んだ。「悲しい男のための楽しくなる薬」なかの錠剤をてのひらに空けると、彼女はその数を数えた。「あんまり残ってない。あなたは規定の量よりずっとたくさん飲んだのよ」その他の瓶がゴーストライトの光にかざされた。「アッパー系にダウナー系。あなたはすでにアルマと同じ道をたどりだしている」

目には目を。

「わたしはちゃんと警告した」マロリーは言った。「あなたをつぶすのに銃は必要ないと言ったわよね。バグジーが死んだとき、わたしはシカゴの投資家たちに電話をした。彼らは資金を回収したがっている。裁判所命令を取って、あなたの資産を凍結させるでしょう。わたしがあなたを迎えに行くのはそのときよ。あなたはどうやって保釈金を払うつもり？……嘆き悲しむ時間はもうあまりない——クスリに酔ってる時間もね」彼女は彼の右の手を取り、薬瓶をいくつもそこに押しこんで、そのすべてをぎゅっと握らせた。「相棒と賭けをしたの。わたしは、あなたにはもう生きる理由がないというほうに賭けた」

クレイボーンの命に関しては、賭けなど行われていない。彼女は嘘をついたのだ。どこの馬鹿が彼女の負けに賭けるだろう？

マロリーは舞台上手《かみて》から退場した。ライカーは拍手を差し控えた。

第三十六章

ロロ　わかっていたよね。こうなるしかなかったんだ。

「真鍮《しんちゅう》のベッド」第三幕

チャールズ・バトラーのキッチンには時計がないが、季節の変化を望める窓がおおまかに時間の推移を知らせている。いまは春だ。

人間不信という心の問題にけりをつけ、彼は喜んでそのコーヒーを――それを注いでくれたのがキャシー・マロリーだったにもかかわらず――飲んだ。今朝、彼女は礼儀正しくドアをノックして彼の部屋を訪れた。鍵をこじ開けて侵入し、ハートアタック・エクスプレスの強烈なワンラウンドで彼を脅かしたりはしていない。ふたりはもう長いことあのゲームをしていなかった。

彼女は飽きてしまったのだろうか？

マロリーは彼のためにこの町の新聞全紙の日曜版を持ってきていた。彼が新聞の煤《すす》けた紙面を愛していること、そして、コンピューターのテキストの無菌の輝きを嫌っていることを慮《おもんぱか》っての譲歩。この心遣いに、彼は心を動かされた。

最初だけは。

チャールズはカップを置いて、自分ならば選ばないあるタブロイド紙を手に取った。それは彼女の置いた新聞の山のいちばん上にあったのだ。その死亡記事は第一面から始まっていた。そして彼は、故人の遺体がきのう発見されたことを知った。しかし、死亡したのはもっと前だ。自宅にこもって数カ月のこの隠遁者が腸を解き放って死んでから、すでに一週間ほどが経っていた。日々の腐敗が糞便の悪臭にさらににおいを加えていたが、ハエたちがドアの下から侵入したのは死後一時間以内だった。大発生したウジは増殖しつづけ、ついに、何千匹もの虫の絶え間ない唸りに近隣住民から苦情が出るまでになった。すごい音なんだ、と彼らは言った。それに、ああ、あのにおいのすさまじさ。

すてきだ。安息日にホラーの彩り。

まあ、ここは劇場の町だから。密室での自然死にだって何かしらのドラマはあるんだろう。つぎの新聞に手を伸ばしながら、彼はその第一面の見出しを読んだ——**恐怖に死す。**

マロリーが彼のカップをふたたび満たす。前腕の産毛が逆立ちはじめた。これはなぜなんだ？

チャールズは最初の段落に目を注いだ。それによると、引きこもる前、故人は公衆の面前で奇行を繰り返していたらしい。見るかぎり追う者などいないのに、ブロードウェイをひた走り、命がけで逃げながら、彼はその叫びで歩行者をパニックに陥らせていたという——「彼女、銃を持ってるぞ！」

マロリーがチャールズのコーヒーにクリームを注いだ。いかにも無邪気そうに。

これらの場面の目撃者のなかに、銃を見た者はひとりもいない。拳銃使いの女は言うに及ばず、だ。あの男はまた、ひどく怯えて、自宅近くの通りを駆け抜けていくところも目撃されていた。そしてついに、恐怖のあまりうちから出られなくなり、犬の散歩にさえ行けなくなって、劇評家は飼っていたプードルを隣人に譲った。

そしてここで、著名な心臓専門医の言葉。その医師は、心臓麻痺《まひ》の主因をストレスとしつつ、これに加え、故人の年齢やすわりがちな生活を考えると、脅迫者の女から逃げる際の身体の酷使がさらなるダメージを与えたのだと述べていた。どうやら恐怖はあの老人を異常な速さで走らせたらしい。

二ページ目。そこではニューヨーク市警の関係者が、レオナード・クリッペンのストーカーの正体を漏らしていた。もっとも、その女は常に背後から接近しており、劇評家は恐ろしさのあまり振り返ることができず、女の顔を一度も見ていないという。にもかかわらず、クリッペンは彼女を名指ししたのだ。

マロリーがコーヒーを飲む。チャールズのカップは宙に浮いていた。

記事はさらにつづき、こう述べていた。数知れぬ警察への届け出のなかで、レオナード・クリッペンは殺害されたある俳優の母親を告発している。彼の主張によれば、その母親こそ自分を殺す動機のある唯一の人物なのだ。

まさか。あの気の毒な女性が？　いや、あ、り、う、る。

バグジーが死んだ夜、チャールズは嘆き悲しむ母親を車で家まで送り届けた。そして彼は、あの喪中の家、炉棚の祭壇のある家で彼女とともにしばらく過ごした。祭壇の存在はひとつの事実を思い出させた。彼女が、リナルディ兄弟に殺されるずっと前に息子を失くしていたことを。

　クリッペンの殺しかたは、双子たちより陰湿だった。

　だが、あの劇評家は、母親の動機がなんなのか警察に話そうとしなかった。そして昨日、この気になる手がかりを追い、記者たちがミセス・レインズのコネチカットの家に押し寄せた。人を脅すとは思えない、ましてや銃など持っていそうにない、声の優しいか弱い女性のもとに。結局、彼女は悲劇の人として退《しりぞ》けられた。警察はいまだ、謎のガンウーマンを見つけていない。本当にそういう女が存在するとしての話だが。

　チャールズの考えでは、記者たちは彼らの唯一の容疑者をそうやすやすと見限るべきではなかったのだ。ロジックも彼の味方だ。彼と話をしたとき、ミセス・レインズはあの劇評家を容赦なくこきおろしていた。ところが彼女は、レオナード・クリッペンが怪物だったことをその死後に大々的に暴露《ばくろ》する機会を見送っている。

　動機ありとされるのを恐れたから？

　そうは思えない。目撃者がいないとなると、彼女の罪を問うことはできない。したがって、怨念は猛威をふるって当然だった。だが、どうやらあの婦人は別のかたちで満足を得ていたらしい。

母親の愛はときとして過激になる。バグジーの母は、強迫的なストーカーに欠かせない憎しみを抱いていた。しかし彼女に殺人者の素質はない。軍人でも警官でもないふつうの人々のほとんどがそうであるように、彼女にも殺意を抱くことはあるだろう。だが彼にはわかっている。引き金を引いて人の命を絶つ前、彼女はまちがいなくためらうはずだ。そしてこれは、いきなり逃げ出し、ほぼ文字どおり弾丸より速く走っていくという劇評家の振る舞いに整合する。

いちばん下にあった最後の一紙は、謎の女について他紙の載せていないある事実に触れていた。その女は被害者の心臓を爆走させるため、必ず決まった脅し文句、衝撃のひとことをささやいていたのだ。この情報を提供した警察関係者によれば、ささやきでは声は聞き分けられないため、これは犯人特定の手がかりにはならないという。

だが、具体的な言葉なら参考になるかもしれない。

第一面の、記事の冒頭にもどったとき、彼はおなじみのウッディ・メリルの名前に気づいた。かつてこの記者は、故ルイ・マーコヴィッツの提供する特別な情報の受け取り手だった。チャールズは新聞から顔を上げ、この特ダネの情報源と思われる人物、マロリーを見つめた。「これによると、その女は何か言ってクリッペンを脅していたらしいよ。でも、なんと言ったのかは、どこにも――」

マロリーの顔にゆっくり笑みが浮かぶのを見て、彼は悟った。自分たちはきょう新たなゲームを始めたわけだ。これは彼の血を凍らせる笑いだ。これは彼が死ぬまでつづくゲームだ。そして彼はこのゲームをこう名付けた――**きみは何をしたんだ?**

彼はいやでも考えずにはいられない。

銃は実際に使われたのだろうか？　レオナード・クリッペンは、単に銃だと思っただけで参ってしまったのかもしれない。おそらくは、うなじの冷たい感触という感覚的暗示によって——それと、ゲームオーバーの台詞《せりふ》、〝あんたは死んだ〟によって。

彼自身もそうだった。

チャールズ・バトラーは非常に長生きする。マロリーの死のはるか後《のち》、彼自身が九十をとうに過ぎたころ、彼はよく頭のなかの部屋部屋をさまよい歩くようになる。その足はいつもキッチンで止まる。それは、彼がマロリーの思い出をしまってある場所、彼女をずっと生かしている場所なのだ。ここで彼は、虚空《こくう》からマロリーを呼び出し、あの日、彼女が浮かべていたのは嘘つきの笑いだったのか、と訊ねる。

それとも彼女は、〝使い走り〟の狂気とその哀しい人生に心を動かされたのだろうか？　バグジーが彼女を感化し、優しい復讐心を抱かせたということか？　拡大解釈すればヒューマニティーとみなしうるものを？　いや、いまのは取り消し。レオナード・クリッペンは無惨な死にかたをしている。これも取り消し。マロリーの惑星では、慈悲とはあってはならないものなのだ。彼女は慈悲を与えないし、受け取りもしない。だから、すべてがぴったり嚙み合う——ほんの束の間だが。

では、このメリーゴーラウンドのつぎの考えは？　彼女には、あの脅迫のゲームをやるのに、理由が必要だったのだろうか？

ああ、ゲームか。ふたたび〝嘘つきの笑い〟の可能性にもどる。あの遠い昔の朝、たぶん彼女は、恰好の状況と死亡記事という小道具に飛びついただけだ――面白半分、ちょっと彼を攪《かく》乱《らん》してやろうと。ときどきチャールズはその考えにしがみつく。そしてまた一時間後には、彼女ならなんだってしかねないと思う。長い時を経て、自分に遺された唯一のマロリー、キッチンの幽霊のせいで、彼はひどく堕落してしまう――ハートアタック・エクスプレスによる劇評家殺しは、高潔な行為へと作り替えられ、マロリーは〝使い走り〟のために戦う戦士となる。

でも、もしかすると彼女はやっていないのかもしれない。

チャールズは生きたのと同じように死ぬ。ゲームの熱心な参加者、愛に目が眩《くら》んだ愚か者として。その人生の終わり近く、彼のひ孫のひとりが彼女の小さな務めを果たすため、つま先立って彼のもとに行く。彼女はベッド脇の明かりを消すが、それでもあの謎は消えず、死の床で彼はなおも、マロリーの長いゲームの一例にすぎない、たったひとつのほほえみの意味をさぐりつづけるのだ。

訳者あとがき

第一幕の終盤に差し掛かると、必ず客席で人が死ぬ——そんな芝居がもし上演されていたら？　シリーズ第十一作の本作で、我らが氷の天使、キャシー・マロリーと彼女の相棒ライカーは、三夜連続、暗転の闇のなかで起こる客席での連続死亡事件に挑み、小さな劇団の団員たちが創り出す異様な世界に足を踏み入れる。そこでふたりが知ったのは、稽古《けいこ》期間中、黒板に現れる変更指示により、高名な脚本家の台本が徐々に書き換えられていたという事実だ。団員たちは、誰とも知れぬその〝ゴーストライター〟の指示に従って稽古を進め、初日を迎えるころには、もとの芝居はあとかたもなくなっていたという。

この設定の異常さもさることながら、本作において、読者が何より目を瞠《みは》るのは、劇団員たちの奇天烈《きてれつ》ぶりではないだろうか。本シリーズはそもそも、〝ソシオパス〟との評さえあるヒロイン、キャシー・マロリーの特異なキャラクターにより人気を得ているわけだが、そのマロリーがまあまあまともに見えてしまうほど、本作の登場人物たちは奇人変人ぞろいだ。肥大したエゴを持つ元映画スター、幽霊の脅迫に怯えつつもそれを糧《かて》に演技力を磨く女優、かつて演じた芝居の登場人物になってしまった男、気味の悪いサディストの双子、そして、殺人者……

本シリーズの作者、キャロル・オコンネルはこれまでも常に、普通ではない人々を好んで描いてきた。奇人変人を大量投入し、その奇矯《ききょう》な在りようで読者を振り回す本作は、まさにオコンネル・ワールド。そこに描かれる人間模様は、欲望、野心、愛憎、嫉妬がからむ複数のドラマを浮かびあがらせ、オコンネル作品らしい面白さを堪能《たんのう》させてくれる。

さて、マロリーは持ち前の直感と推理力で、この奇人たちの複雑な人間関係を読み解き、もつれあういくつもの事件を解明していくのだが、そこは天邪鬼《あまのじゃく》な彼女のこと、自らの行動の理由や意図（いま何を考え、どんな推理をめぐらせているのか）は、相棒のライカーにさえ明かさない。いつもながら、ゲーム感覚で周囲をじらしつづける「ほんとに頭に来る女」だ。ライカーもわれわれ読者も、わけがわからないことだらけで、もやもやといらいらに耐えねばならない。事件の全体像、マロリーの行動の謎のすべてが解き明かされるのは、実にラスト三十ページに至ってからだ。しかしそれだけに、すべてのピースがきれいにはまり、絵が完成されるとき、その感動は大きい。ミステリの完璧さとともに、愛と誤解とエゴの生んだ大きな悲劇が、きっと読者の心を揺さぶることだろう。

二〇〇一年に創元推理文庫による翻訳紹介が始まったマロリー・シリーズも、前述のとおり、本作『ゴーストライター』で十一作目となる。本シリーズはどの作品から読みはじめても楽しめるように作られているので、未読のみなさんは好みに合いそうなものから、ぜひ飛び飛びにでも読んでいっていただけたら、と思う。そんな方たちのために、ここで少しばかりシリーズのガイドを――

マンハッタンの浮浪児だったキャシー・マロリーは、十歳のころ、ニューヨーク市警の警視、ルイ・マーコヴィッツに引き取られ、マーコヴィッツ夫妻に深く愛されて成長、やがて養父と同じく警官となるのだが、その後まもなく、マーコヴィッツはある事件の捜査中に殉職してしまう。この事件をマロリーが解決し、いわば〝親父さん〟の仇《あだ》を討つのが、第一作『氷の天使』だ。そしてシリーズが進むにつれて、マロリーの謎に包まれた過去は徐々に明らかになっていく。このマロリーの過去を知りたい方は、『天使の帰郷』『吊るされた女』『ルート66』を順を追ってぜひ。『天使の帰郷』では、幼いキャシーが母親と別れた経緯が、『吊るされた女』では、現在の連続殺人事件を通してキャシーの浮浪児時代の生活が、『ルート66』では、成長したマロリーが自らのルーツをさぐる旅が描かれる。

マロリーの相棒で、読者に大人気のライカーにスポットが当てられるのは、『陪審員に死を』。また、『ルート66』においても、彼の活躍はめざましいので、ライカー・ファンにはこの二作がおすすめ。なおかつ、『陪審員に死を』は、本作のような奇人変人が跋扈《ばっこ》する物語を読みたい方にもおすすめだ。

そして個人的には、第二次世界大戦中の生きるか死ぬかの状況下での悲恋が描かれる『魔術師の夜』、シリーズ最高傑作だと私が信じる『生贄《いけにえ》の木』も、絶対に読んでほしい……などと言っていると、全作必読ということになってしまうので、このへんにしておこう。この先、マロリー、ライカー、チャールズがどんな事件に挑み、どんな道をたどるのか、シリーズへの興味はまだまだ尽きない。

検印
廃止

訳者紹介 英米文学翻訳家。訳書にオコンネル「クリスマスに少女は還る」「愛おしい骨」「氷の天使」「アマンダの影」「死のオブジェ」「天使の帰郷」「ウィンター家の少女」、デュ・モーリア「鳥」「レイチェル」、キングズバリー「ペニーフット・ホテル受難の日」などがある。

ゴーストライター

2019年3月15日　初版

著者　キャロル・オコンネル

訳者　務《む》台《たい》夏《なつ》子《こ》

発行所　(株)東京創元社
代表者　長谷川晋一

162-0814/東京都新宿区新小川町1-5
電話　03・3268・8231-営業部
　　　03・3268・8204-編集部
URL　http://www.tsogen.co.jp
工友会印刷・本間製本

ISBN978-4-488-19519-9　C0197